스티븐 킹 마스터 클래스

작가와 작품의 모든 것을 담다

THE
STEPHEN KING

ULTIMATE
COMPANION

스티븐 킹 마스터 클래스

작가와 작품의 모든 것을 담다

베브 빈센트 | 강경아 옮김

황금가지

옮긴이 | **강경아**

대학에서 영문학을, 대학원에서 문화 연구를 공부했다. 영화와 게임과 문학같이 상상력이 담긴 콘텐츠를
사회학적인 시선으로 뜯어보기를 좋아한다. 약한 것들, 낯선 것들의 목소리를 전하는 번역가가 되고자
한다. 글밥 아카데미 수료 후에 현재 바른번역 회원으로 활동 중이다. 역서로는 「듄의 세계」가 있다.

스티븐 킹 마스터 클래스 :
작가와 작품의 모든 것을 담다

1판 1쇄 찍음 2024년 7월 25일
1판 1쇄 펴냄 2024년 8월 9일

지은이 | 베브 빈센트
옮긴이 | 강경아
발행인 | 박근섭
편집인 | 김준혁
펴낸곳 | 황금가지

출판등록 | 2009. 10. 8.(제2009-000273호)
주소 | 06027 서울 강남구 도산대로 1길 62 강남출판문화센터 5층
전화 | 영업부 515-2000 편집부 3446-8774 팩시밀리 515-2007
홈페이지 | www.goldenbough.co.kr

도서 파본 등의 이유로 반송이 필요할 경우에는 구매처에서 교환하시고
출판사 교환이 필요할 경우에는 아래 주소로 반송 사유를 적어 도서와 함께 보내주세요.
06027 서울 강남구 도산대로 1길 62 강남출판문화센터 6층 민음인 마케팅부

ⓒ황금가지, 2024. Printed in Seoul, Korea
ISBN 979-11-7052-428-1 03840

㈜민음인은 민음사 출판 그룹의 자회사입니다.
황금가지는 ㈜민음인의 픽션 전문 출간 브랜드입니다.

목차

일러두기 :

- 본문 중 도서 제목은 가급적 영문 병기하지 않았다. 스티븐 킹의 주요 작품은 223~225페이지 작품 목록에서 영문 병기되어 있으며, 이곳에 빠진 작품 중 국내 소개되지 않은 작품이나 별도 자료 검색이 필요한 경우는 본문에 예외적으로 영문 병기하였다.
- 스티븐 킹 작품 제목 중 간혹 등장하는 미완성 작품 등은 ' '로만 묶어두었다.
- 번역이 필요한 이미지(메모 등)는 243~246페이지에 번호별로 별도 번역을 수록하였다.

서문

매년 10월이면 스티븐 킹의 애독자들이 뱅고어에 구름 같이 몰려든다. 한때 킹이 핼러윈 즈음해서 대중에게 개방하곤 했던 '유령의 집'을 다시 열어주기를 내심 기대해서다. 하지만 코난 오브라이언에게 자신이 "핼러윈의 산타클로스"가 됐다고까지 말한 적 있는 킹은 오래전에 이 전통에 종지부를 찍었다. 더는 감당하기 어려워졌기 때문이다. 핼러윈이 아닐 때도 팬들은 킹의 집 앞을 서성이면서 혹여 이 유명 작가의 그림자라도 볼 수 있을까 싶어 박쥐와 거미 모양 철 장식이 붙은 연철 대문 사이로 고개를 디밀곤 한다. 이후 그 집은 킹의 자료 보관소이자 작가들을 위한 안식처가 됐다.

'스티븐 킹'이라는 이름은 공포와 동의어고, 그의 작품은 공포 장르의 대명사가 되었다고 해도 과언이 아니다. 끔찍한 프롬 데이트 하면 『캐리』가 가장 먼저 떠오르고, 무시무시한 개는 『쿠조』의 '쿠조'라고 불리며, 자율 주행 자동차와 관련된 사고에는 필시 『크리스틴』이 언급된다. 언젠가 킹은 "전 항상 대중문화에 포섭당해 왔습니다."라고 말하면서 그리 기쁘지 않은 모습이었다.[1] 또 어느 인터뷰에서는 "도시락에 제 작품이 인쇄되는 게 못마땅해요."라고 말하기도 했다.[2]

J. K. 롤링이나 댄 브라운 같은 동시대 작가 중, 킹 이상으로 책을 많이 판 작가는 있을지라도 킹처럼 해당 장르 자체의 상징이 된 작가는 없다. 미디어나 기사에서 법정 소송을 묘사하면서 '존 그리샴의 소설에 나올 법하다.'라고 말하는 일은 없지만, 끔찍한 사건에는 '스티븐 킹 소설 같다.'라는 표현이 심심찮게 따라붙는다.

스티븐 킹은 공포 소설 분야에 시장이랄 것도 없던 시절에 혈혈단신으로 공포 소설 붐을 일으켰다. 여기에는 킹의 등장 시기가 적절했다는 점도 한몫했다. 당시 『로즈메리의 아기』와 『엑소시스트』로 공포 소설을 먼저 맛본 이후, 더 많은 것을 갈망하게 된 독자들 앞에 킹이 나타나 그 갈증을 채워준 것이다. 세 번째 소설 『샤이닝』이 베스트셀러가 되었을 무렵, 킹은 이미 '현대 공포 소설의 거장'으로 불리고 있었다. 언뜻 보기에 '스티븐 킹'이라는 이름은 하루아침에 브랜드가 된 것 같았다.

하지만 스티븐 킹이 당시 동료로 꼽았던 다른 장르의 작가 중[3] 오늘날까지도 여전히 인기를 유지하고 있는 작가가 거의 없다는 사실로 보건대, 킹의 성공을 순전히 타이밍 덕분이라고 치부할 수는 없다. 킹이 몇 번이고 베스트셀러 목록의 꼭대기에 이름을 올릴 수 있었던 건, 누구도 부인할 수 없는 그의 명민한 스토리텔링 능력 덕분이다. 그간 공포 소설 장르의 지위가 어땠건 간에, 킹은 계속해서 인기를 누렸다. 게다가 킹은 자신이 이름을 떨친 장르에 국한하지 않고 그 바깥 영역에까지 나아가 글을 썼다. 최근에 킹은 범죄 소

설을 써서 상을 받기도 했고, 킹의 대표작으로 장편 판타지 소설이 꼽히기도 한다. 스티븐 킹은 그 자체로 하나의 범주가 된 독보적인 작가다.

가난한 대학생 시절부터 고생스러운 학교 교사직을 거쳐 역대 최고 베스트셀러 작가이자 가장 유명한 작가가 되기까지, 킹의 여정은 독특했다. 그는 갖은 혁신 기술을 섭렵해 이를 작품의 출판과 홍보에 적용했다. 1990년대에 킹은 연재소설을 재발명했고, 전자 출판이 작금의 인기를 얻기 훨씬 전부터 전자 출판 실험을 감행했다. 21세기에는 줌(Zoom)으로 인터뷰를 진행하고, 트위터, 유튜브 광고 영상, 애니메이션을 활용해 새로운 청중과 애독자를 만나고 있다.

스티븐 킹은 장편소설, 단편소설, 에세이 작가일 뿐만 아니라, 시나리오 작가이자 영화 제작자이며, 영화감독이자 배우다. 그는 TV 광고에도 등장했고 《타임》의 커버를 장식하기도 했으며, 자선 단체를 설립했고, 명망 있는 상도 받고, 마침내 비평가들로부터 작품성도 인정받았다.

『캐리』가 세상에 나온 이후 거의 반세기 동안 스티븐 킹의 책 수백만 부가 전 세계에서 50여 개 언어로 출판됐다. 킹의 장편소설 대부분은 영화화됐고, 수많은 단편소설도 확장을 거쳐 크고 작은 스크린에 걸렸다. 1970년대 중반 이후

이전까지 윌리엄 아놀드 하우스로 불렸던 스티븐 킹의 뱅고어 주택. 이탈리아 주택 양식으로 지었으며, 주택 앞쪽에 철제 박쥐, 거미, 거미줄로 장식한 연철 대문이 서 있다.

부터 킹은 1년이 멀다 하고 베스트셀러 목록에 책을 올리거나 각색작을 극장 또는 스트리밍 서비스에 방영했다. 하지만 마케팅 전략만 잘 짜서는 계속해서 독자들의 열광을 끌어낼 수 없었을 터. 킹의 성공이 이토록 오래 지속될 수 있었던 이유는 그의 글이 수백만 독자를 사로잡을 만큼 압도적으로 매력적이기 때문이다.

스티븐 킹의 방대한 작업을 접해 본 독자는 킹에 대해 잘 안다고 속단할지도 모르겠다. 하지만 소설가는 이야기를 지어내는 걸로 먹고 사는 이들이라는 점을 유념하자. 소설가는 심지어 자전적 글을 쓸 때조차 이야기에 살을 붙이고 싶다는 유혹과 사투를 벌인다. 아니, 오히려 자전적 글이기

에 그런 유혹이 더욱 강해지는 것일는지도 모르겠다. 킹은 말했다. "작가에게 일어난 그 모든 일은 작가가 쓰는 그 모든 글의 거름이 됩니다."[4] 하지만 킹은 현실과 소설 속 허구의 관계를 라켓볼 게임에 비유하면서, 공은 소설의 기반을 형성하는 현실이라는 벽에 자주 부딪히지만 "사실은 거의 항상 공중에 떠"[5] 있다고 말한다.

스티븐 킹의 일흔다섯 번째 생일 즈음에 출판된 이 책은 킹의 소설을 렌즈 삼아 그의 삶을 들여다보며 킹의 작품에 영향을 준 사건들을 톺아본다. 이 일러스트 안내서에 수록된 잡다한 개인 수집품들은 '공포 소설 거장'의 삶과 그 작품을 더욱 생생하게 펼쳐 보여줄 것이다.

왼쪽 페이지: 킹의 수집품에서 발견한 날짜 미상의 공동묘지 사진.

예술가를 꿈꾸던 청년
(1950년~1969년)

　전해져 내려오는 전설 같은 이야기에 따르면 스티븐 킹은 1974년, 출판 시장에 난데없이 나타나 『캐리』를 내놨다. 다른 모든 전설과 마찬가지로 이 전설에도 약간의 진실과 약간의 허구가 섞여 있고, 과도하게 단순화된 측면도 있다. 세간에 떠도는 이 이야기는 킹의 기나긴 습작기를 거의 언급조차 하지 않는다. 『캐리』가 세상에 나타났을 때, 킹은 이미 글을 쓰기 시작한 지 거의 20년이 된 작가이자 첫 책을 출판한 지 10년이 된 작가였다.

　1947년 9월 21일, 스티븐 킹은 메인주의 포틀랜드에서 도널드 킹과 루스 킹 사이에서 태어났다. 스티븐 킹에게는 두 살 많은 형 데이비드가 있었는데, 일찍이 불임이라 생각했던 부모가 입양한 아들이었다. 스티븐 킹이 두 살이 되었을 때, 아버지는 가족을 버리고 떠났고, 이후로는 아무런 소식을 듣지 못했다. 어머니는 허드렛일로 가족을 먹여 살려야 했다.

　가족은 위스콘신주, 인디애나주, 코네티컷주 등지로 자주 거처를 옮겨 다니며 살았다. 킹은 편도선염 때문에 첫 1년간은 학교에 거의 출석하지 못했다. 편도선염은 귀 감염으로 이어졌고, 킹은 극도로 고통스러운 고막 절개 시술을 받았다. 그래서 킹은 당시 주로 침대에서 생활해야만 했다. 집에 TV도 없었기에 킹은 상상력에 기대어 시간을 보냈다.

　스티븐 킹은 이렇게 말했다. "제 유년 시절은 평범했어요. 아주 어렸을 때부터 무서운 걸 즐겼다는 점만 빼면요. (…) 전 어렸을 때부터 상상력이 풍부했습니다. 당시 '디멘션 X'라는 제목의 라디오 방송이 있었는데, 어머니는 당신이 그 방송을 들을 때 저는 못 듣게 하셨어요. 제가 듣기엔 너무 무섭다고요. 그래서 전 몰래 침대에서 빠져나와 침실 문을 슬쩍 열어둔 채 훔쳐 들었죠. 어머니가 무척 좋아하던 방송이었으니 어떻게 보면 어머니 덕에 저도 듣게 된 거예요. 문 너머로 들은 거지만요. 방송이 끝나면 전 다시 몰래 침대로 들어가 전율했습니다."6

　스티븐 킹은 독서광이 되었고, 여섯 살부터 이야기를 쓰기 시작했다. 처음에는 만화책을 읽은 뒤, 만화책에 나온 글에 자기만의 설명을 덧붙여 산문 형식으로 재탄생시키면서 창작 글쓰기의 세계에 발을 들였다. 어머니는 킹이 글 쓰는 것을 무척 좋아했지만, 어떤 글을 쓰는지 알고 나자 약간은 실망한 뒤, 자신만의 이야기를 쓰라고 조언했다. 그래서 킹은 "낡은 차를 타고 돌아다니며 어린이들을 도와주는 네 마리의 마법 동물"이 등장하는 소설을 썼다. "무리의 우두머리는 래빗 트릭이라는 이름의 하얗고 커다란 토끼였다. 운전대를 잡는 것도 래빗 트릭이었다."7 어머니는 킹의 소설이 책으로 내도 될 만큼 좋다고 말씀하셨다. 킹이 받은 생애 첫 비평이었다. 킹은 이모 거트에 관해서도 말했다. "이모는 제가 취미로 쓴 글을 재밌게 읽어주셨고, 소설을 써 가면 한 편당 25센트를 주셨습니다. 자연스레 전 이모가 감당 못 할 정도로 엄청나게 많은 글을 쏟아냈죠!"8

상단: 1948년 초, 메인주 포틀랜드에서 찍은 루스 킹과 두 아들 데이비드, 스티븐의 모습.
하단: 1953년경, 아버지가 가족을 떠났던 인디애나주 포트 웨인 집의 앞마당에서 찍은 킹과 형 데이비드의 모습.

11

25센트짜리 소설 중에는 구두 수선공의 아들이 큰돈을 벌러 나서는 모험담인 「조너선과 마녀들」이 있었다. 조너선은 왕을 알현했는데, 왕은 자신의 기분이 나쁘다는 이유로 소년에게 세 명의 마녀를 무찌르라는 명령을 내린다. 조너선은 모험 도중에 어느 토끼의 목숨을 구하고 3개의 소원을 들어주겠다는 토끼의 약속을 받았다. 조너선은 그 소원을 이용해 점점 더 잔혹한 방식으로 마녀를 한 명씩 모두 죽인다. 1956년에 쓰인 이 소설은 1993년 『첫 마디: 유명 현대 작가들이 처음으로 쓴 글들』을 통해 출간됐다. 이 책에는 자필 소설의 첫 페이지와 아홉 살의 스티븐 킹이 반려견 퀴니와 함께 찍은 사진도 실려 있다. 킹은 크면서 차츰 철자법이 나아졌다는 말도 덧붙였다.

킹의 가족은 마침내 메인주 더럼에 정착했다. 킹은 그곳에서 여러 프로젝트에 착수했다. 장차 창의적이고 혁신적인 작가로 거듭날 킹의 미래를 살짝 엿볼 수 있는 작업들이었다. 킹과 친구 크리스 체슬리는 1960년, 한 장짜리 단편들을 모아 『사람, 장소, 사물』을 출간했다. 그중 단 한 편, 「길 끝의 호텔(The Hotel at the End of the Road)」만이 재판됐으며, 『사람, 장소, 사물』 원본은 킹이 소유한 단 한 권만 세상에 존재하는 것으로 알려져 있다.

1959년~1960년 겨울, 킹은 형이 발간하던 동네 신문 《데이브스 래그》에 소설을 연재했다. 그중 「점퍼(Jumper)」와 「러시 콜(Rush Call)」 두 편은 2000년에 『비밀의 창(Secret Windows)』에 다시 실려 출판됐다. 1961년, 킹은 체슬리와

1950년대 중반, 접이식 의자에 앉아 있는 킹의 모습.

함께 본 로저 코먼의 영화이자 에드거 앨런 포의 소설에 기반한 「함정과 진자」를 소설화했고, 그 12쪽짜리 글을 지하실에 있는 데이비드의 인쇄기를 이용해 찍어냈다. 킹은 그 소설을 학교 친구들에게 열 부 정도 판다면 인쇄 비용과 종잇값을 제하고 남은 돈으로 영화를 또 한 편 보러 갈 수 있고, 열두 부 정도를 팔면 팝콘과 음료까지 먹을 수 있겠다는 계산이 섰다. "한 부에 10센트씩 가격을 매긴 뒤 학교에 가져갔는데, 아주 기절초풍했어요. 3일 만에 일흔 부 정도 팔았거든요. 그렇게 순식간에 흑자를 봤습니다. 돈 붙는 자석이 따로 없었죠. 베스트셀러 작가가 된 느낌을 그때 처음 느껴봤어요."[9]

모험심 넘쳤던 킹의 이 개인 출판 작업은 학교 선생님들의 귀에 들어갔고, 결국 킹은 학교 친구들에게 받았던 돈을 돌려줘야만 했다. 킹이 윈터에게 이렇게 회고한다. "선생님들은 저를 교장실로 데려가 그 일을 멈추라고 했습니다. 납득할 만한 이유는 없는 것 같았지만요. 제 이모가 그 학교에서 교편을 잡고 계셨기에 그다지 모양새가 안 좋았나 봐요. 그냥 그러면 안 되는 거였죠. 그래서 전 그만둬야만 했습니다."[10] 하지만 킹은 수많은 고객이 그 금서를 계속 갖고 있으면 안 되냐고 애원하는 모습에 내심 흡족했다.

킹은 열두 살이 되던 해, 이모 에슬린네 다락방에서 상자 하나를 발견했다. 안쪽에는 40년대 중반에 쓰인 문고본 SF 소설과 공포 소설이 가득했다. 개중에는 H. P. 러브크래프트 소설 모음집도 있었다. 그 책들은 소싯적 공포 소설 집

청년 시절 킹과 반려견의 모습이 함께 담긴 날짜 미상의 1960년대 사진.

필에 도전했던 킹의 아버지가 남긴 것들이었다. 비록 아버지 도널드 킹의 소설은 하나도 정식 출간되지 못했지만, 개인적으로 출간 거절 편지를 몇 통 받은 적은 있다고 킹은 『죽음의 무도』를 통해 밝혔다. 킹은 이전에도 공포 장르를 읽어본 적 있었지만, 판타지 공포 소설을 제대로 접한 건 이때라고 말한다. 일주일 뒤, 책들은 사라졌다. 아마 이모가 치웠을 터였다. 하지만 그 책들과의 만남은 킹에게 커다란 인상을 남겼다.

열세 살쯤, 꽤 자신감이 붙은 킹은 여기저기에 글을 투고하기 시작했다. 한 장짜리 짧은 소설 「킬러」는 포레스트 '포리' 애커만이 발행하던 《스페이스맨》에 보냈다. 비록 글은 잡지에 실리지 않았지만, 무엇이든 쟁여두기로 유명한 애커만은 원고를 폐기하지 않고 고이 보관했다. 그렇게 수십 년이 흐른 뒤, 애커만은 그때 그 원고를 들고 킹 앞에 나타나 사인해 달라고 부탁했다. 킹은 그 원고를 단박에 알아봤다. 당시 타자기의 'N' 버튼이 고장 나 원고 전체에 'N'을 자필로 써넣었기 때문이다.

1963년, 킹은 그때껏 쓴 글 중 가장 긴 5만 단어짜리 소설 '그 후(The Aftermath)'를 완성해 냈다. 이후 킹의 작품에서 드러날 몇몇 특징들을 엿볼 수 있는 소설이었다. 훗날 『파이어스타터』에 등장할 '더 샵'을 연상케 하는 군사 기관이 종말 이후, 정교한 슈퍼컴퓨터를 이용해 새로운 세계 질서를 구축하려는 이야기가 펼쳐진다. 소설에서 슈퍼컴퓨터는 드락(DRAC)이라고 불리는데, 이는 두문자어지만 필시 브램 스토커의 흡혈귀인 드라큘라가 떠오르지 않고는 못 배기는 이름이다. '그 후'는 앞으로도 세상의 빛을 볼 일이 없을 것 같은, 확실히 설익은 작품이지만, 소설을 뚝심 있게 밀고 나아가 완성하고야 마는 킹의 능력을 증명해 보인다.

1964년 6월, 킹은 4000단어짜리 18쪽 소설 「행성 침략자들(The Star Invaders)」을 등사판*으로 찍어냈다. 저작권은 '트리아드 주식회사 및 가스라이트 북스'가 소유하고 있으며, "이런 글을 원했던 조니에게" 바친다고 쓰여 있다. 킹의 중편 소설 「스탠 바이 미」 속 고디 라챈스가 그러듯, 킹 또한 친구들을 즐겁게 해주기 위해 소설을 쓰곤 했음을 알 수 있다.

두 개의 단편 「코드명: 쥐덫(Codename: Mousetrap)」과 「43번째 꿈(The 43rd Dream)」도 각각 1965년과 1966년에 리스본 고등학교 신문 《더 드럼》에 실렸다. 신문의 편집을 직접 맡은 킹은 이렇게 말했다. "내가 편집장을 맡았을 적에 《더 드럼》은 그리 잘나가지 못했다. 예나 지금이나 나는 미친 듯 일에 빠져 시간을 보내고 나면 얼마간 빈둥대는 시기를 거치곤 한다."[11] 소설은 다른 곳에서 재출간되지는 않았으며, 이 소설이 실린 호의 신문이 최근에 발견되기도 했다.

킹은 다시 한번 학교와 갈등을 빚었다. 《더 드럼》의 패러디물로 교직원들에 관한 가상의 토막 뉴스가 실린 《더 빌리지 보밋》 제작에 재능을 쏟았기 때문이다. 이번에는 방과 후 학교에 남아 벌을 서야만 했다. 이후 그는 상처받은 교직원들에게 사과했다. 이 일로 킹의 상담 교사는 《리스본 엔터프라이즈》에서 스포츠 기사를 써보라고 권하기도 했다. 글쓰기에 대한 킹의 재능과 열망을 감지한 교사들이 그 창의적 에너지를 발산할 통로를 찾아주고자 한 것이다.

킹은 《앨프리드 히치콕의 미스터리 매거진》과 같은 잡지사에서 숱하게 퇴짜를 맞았고, 침실 벽에 못을 박은 뒤 거기에 수두룩한 게재 거절 통지서를 모두 꽂아두었다. 통지서는 형식적인 거절문에서 시작해 사심이 담긴 격려문으로 차츰 진화했다. 그중에는 공상 과학 소설 편집자 앨지스 버드리스의 격려 편지도 있었다. 1965년, 마침내 「나는 무덤 파먹는 소년이었다(I Was a Teenage Grave Robber)」가 앨라배

* 등사판이란 기름먹인 종이에 글씨를 써서 구멍을 낸 다음, 잉크가 묻은 롤러를 위로 굴려 종이에 찍어내는 간단한 인쇄기다.

오른쪽 페이지: 1960년대 후반, 타자기 앞에 앉아 있는 젊은 시절 킹의 모습.

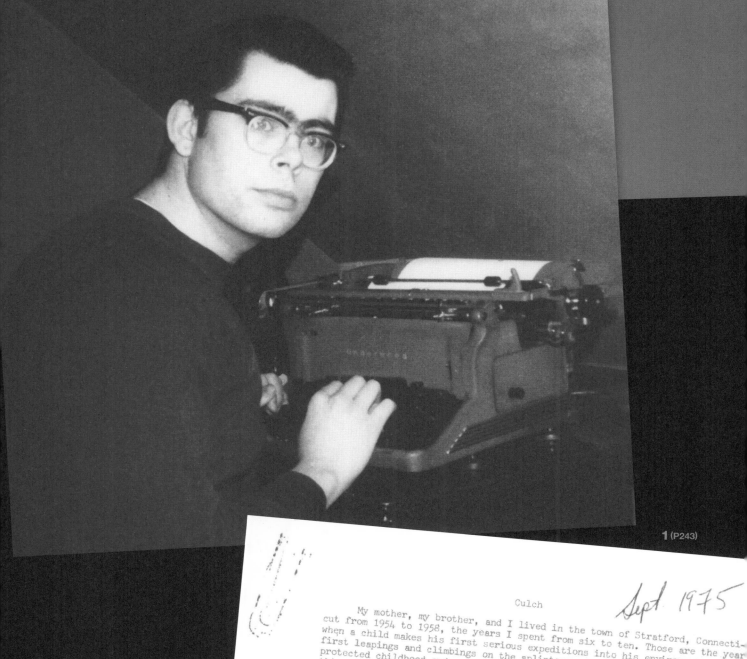

Culch   Sept. 1975

My mother, my brother, and I lived in the town of Stratford, Connecti-
cut from 1954 to 1958, the years I spent from six to ten. Those are the years
when a child makes his first serious expeditions into his environment, the
first leapings and climbings on the splintery yet fascinating hurdle between
protected childhood and something else. No one knows exactly what the some-
thing else is, or why a child wants it so badly; but I have spent most of my
adult life writing about the something else and I don't know either. Between
six and ten you learn for sure who the President is and if you are for him
or against him. You learn that to step on a crack means a long period in trac-
tion for your mother. Occasionally allowed out on your own, you are for the
first time able to inspect assorted dead cats, birds, and possibly even a dog
or two that have been hit by cars and thrown into the gutter. You have seen
them before, of course, but in those days your mother's hand was always clampe
like iron over your own and you were hurried by. Your queries about "those
funny white things in the kitty's mouth" were diverted by commands to wave to
Mrs. Chazon or to look both ways before you crossed Broad Street. But now you
are free to inspect. To draw conclusions.

In fact, for the first time, you are free to inspect everything. And
if you are like me, you will draw your own conclusions at eight, your teacher's
conclusions at eighteen, and your parents' conclusions at twenty-eight. God
help you if your parents' conclusions are dreck—that's most of the trouble
with the world today.

I think I was very lucky. My brother and I only had one parent, but she
was right at least sixty per cent of the time. And that's twenty per cent better
than the rest of the human race, I figure. When I say "right," I don't nec-
essarily mean right about my brother or right about me. Or about herself, for
that matter—she was very dark on those subjects.
But she was right about the world.

*

In those days, there was a machine on the basement level of the Strat-
ford F.W. Woolworths, where they sold shoes. This machine stood about four
feet high, was wood-inlaid, and looked rather like a futur...
the top was a viewer that you could l...
enough to admit...

마주 소재의 팬 잡지 《코믹스 리뷰》에 연재됐다. 이듬해, 이 소설은 「공포의 암흑가(In a Half-World of Terror)」라는 새로운 제목을 달고 또 다른 팬 잡지인 《스토리 오브 서스펜스》에 다시 실렸다.

그해, 고등학교 3학년이었던 킹은 '덤벼'의 첫 40쪽을 써냈다. 학교 선생님을 살해하고 학우들을 인질로 삼는 어느 학생의 이야기가 담긴 소설이다. 킹은 말했다. "만약 내가 오늘날 이 글을 썼다면, 그리고 어느 고등학교 교사가 이 글을 발견했다면, 교사는 원고를 들고 부리나케 상담 교사에게 달려갔을 테고, 나는 곧바로 심리 상담을 받게 되었을 것이다. 하지만 1965년의 세계는 지금과 달랐다. 그곳은 비행기를 타기 전에 신발을 벗어 속을 보일 필요도, 고등학교 정문에 금속 탐지기를 구비해 둘 이유도 없는 세계였다."[12]

킹은 시력이 나빴다. 그래서 징병 신체검사를 받더라도 통과할 수 없었을 테고, 따라서 비용 일체를 받고 베트남전에 참전할 수 있을 리도 만무했겠지만, 루스 킹은 한치의 모험도 용납하지 않았다. 그녀는 아들의 대학 진학을 고집했고, 그렇게 1966년에 킹은 장학금과 대출금으로 메인대학교에 다니기 시작했다. 킹은 캠퍼스 안팎에서 잡다한 일을 하는 동시에, 글쓰기도 손에서 놓지 않았다.

킹은 1967년 11월, 《메인 캠퍼스》 신문에 사설을 하나 썼다. 조건부로 베트남 전쟁을 지지한다는 글이었다. 같은 해, 스무 살이었던 킹은 처음으로 정식 고료를 받고 글을 팔기도 했다. 《스타틀링 미스터리 스토리즈》의 로버트 라운즈에게 30달러를 받고 「유리 바닥(The Glass Floor)」을 잡지에 신게 된 것이다.

그래도 킹은 소설을 단행본으로 출판하고 싶다는 생각을 놓지 않았다. 1966년 가을부터 1967년 봄 사이, 대학 신입생이던 킹은 전국의 라디오와 TV 방송사가 주관하던 80km 하이킹 행사에 영감을 받아 『롱 워크』를 써냈다. 당시 차가 없던 킹은 어느 날 밤, 히치하이킹해 차를 얻어 타고 집으로 돌아오는 길에 소설의 아이디어를 떠올렸다. 그는 자신의 웹사이트에 이렇게 썼다. "그때 나는 어딜 가든 히치하이킹을 했다. 하지만 80km 하이킹은 완주하지 못했다. 30km 정도 걷고 나면 나가떨어지지 않고는 못 배겼으니까."[13]

킹은 소설 속 "희미하게 드리운 전체주의적 디스토피아"에 크게 신경 쓰지 않았다. "내게 중요했던 건 생과 사가 걸린 그 대회의 본질이었고 (…) 인물들, 특히 풀리지 않는 수수께끼 같은 주인공 레이 개러티였다. 죽을 확률이 너무나도 높은 그런 대회에 참가하는 이유가 궁금해서 계속해서 글을 썼다. 그리고 마침내, 이유를 찾았다."[14] 소설을 본 영문학과 학생들이 썩 괜찮은 반응을 보이자, 킹은 용기가 생겨 랜덤 하우스 출판사의 베넷 서프가 주최한 신인 문학상에 소설을 출품했다. 하지만 킹은 가타부타 아무런 말도 듣지 못한 채 출품 자체가 거절당했고, 그렇게 원고를 여러 출판사에 돌려볼 생각은 말끔히 사라지고 말았다.

캐럴 F. 테럴 교수는 킹에게 베트남전 같은 시의성 있는 주제로 글을 쓰면 출판될 확률이 높아진다고 조언했다.[15] 그렇게 킹은 도심의 고등학교에서 인종 폭동을 일으켜 그 사건에 사람들의 이목이 쏠린 때를 틈타 여러 범죄 기업체를 털려는 사기꾼 집단에 관한 이야기 '어둠 속의 칼(Sword in the Darkness)' 집필에 착수했다. 책의 전반부는 테럴과 함께 한 챕터씩 워크샵을 진행하며 작업했다. 킹은 어느 출판사에 원고 일부를 보냈고, 아니나 다를까 테럴이 경고했던 것처럼 돌아오는 대답은 소설을 완성한 뒤 다시 연락하라는 내용이었다. 결국, 약 15만 단어에 육박하는 '어둠 속의 칼'은 십여 군데에서 퇴짜를 맞아 오늘날까지도 미출간 상태로 남아 있다(『스티븐 킹: 미수록작 및 미출간작』[16]에는 자세한 설명과 함께 이 소설의 한 챕터만 실려 있다.).

대학 입학 후 첫 2년간 킹은 메인대학교의 문학잡지인 《유브리스》에 단편을 써서 실었다(이 잡지는 현재 수집가들 사이에서 수백 달러를 호가하는 희귀품이다.). 이 잡지에 실린 초기 단편으로는 1968년 작 「카인의 부활」, 「호랑이가 있다」, 「딸기봄」과 1969년 작 「밤의 파도」, 「가식의 도시」가 있다. 「가식의 도시」는 이후 중편소설 「스탠 바이 미」에서 새롭게 활용되어 등장한다. 1969년, 킹은 또한 《스타틀링 미스터리 스토리즈》에 「사신의 이미지」를 투고해 두 번째 원고료를 받기도 했다.

1969년 1월, 킹은 《메인 캠퍼스》에 문화 비평이 부족하다는 점을 지적하는 한 통의 편지를 부쳤다. 이에 자극받은 편집자는 "당신 같은 사람들이 필요합니다."라고 답장했다. 그로부터 한 달도 채 되지 않아, 킹은 「킹의 쓰레기 수거차(King's Garbage Truck)」라는 정기 칼럼을 기고하기 시작했다. 이는 2003년부터 2011년 초 사이에 《엔터테인먼트 위클리》에 기고한 에세이 「킹의 대중문화(Pop of King)」의 전신이다.

킹의 주머니 사정은 형편없었지만, 메인대학교에서 우수한 성적을 거두어 1969년에는 우등생 명단에 이름을 올렸고, 그해 여름에는 대학교 도서관에서 근로장학생으로 일하며 학비를 벌었다. 킹은 도서관 근로 학생들끼리 떠난 소풍에서 태비사 스프루스를 만났다. 처음에 킹은 태비사의 걸걸하고 놀라우면서도 태연한 웃음소리에 마음이 끌렸다. 살면서 본 사람의 다리 중 태비사의 다리가 가장 예뻤다는 점도 한몫했다. 하지만 태비사를 사랑하게 된 건 시 창작 수업에서였다. 당시 킹은 4학년, 태비사는 3학년이었다. 킹은 태비사가 시를 온전히 이해할 수 있다는 점뿐만 아니라, 태비사 자신도 자기 시를 온전히 이해하고 있었다는 점 때문에 킹은 사랑에 빠지고 만 것이다.

1969년, 킹은 「사고(The Accident)」라는 제목의 단막극을

써서 영문학과의 햄릿상을 받았다. 1960년대 말, 킹은 대학 신문에 글을 싣고 있었고 교직원들도 킹을 격려하긴 했지만, 정작 출판 관련해서는 몇몇 준전문급 글을 내본 경험이 전부였다. 작가로 성공해 입에 풀칠하고 머지않아 생길 새로운 가족까지 부양할 수 있게 되기까지는 아직 몇 년 더 남아 있었다.

STARTLING **MYSTERY** STORIES

ACME

Fall No. 6

UNUSUAL - EERIE - STRANGE

50¢

MY LADY
OF THE
TUNNEL

by
ARTHUR J. BURKS

•

Jules de Grandin
in

THE
DRUID'S
SHADOW

by
SEABURY QUINN

•

DEATH
FROM
WITHIN

by
STERLING S. CRAMER

•

BEVERLY HAAF
ANNA HUNGER

MOTH

상단: 킹이 처음으로 원고료를 받았던 「유리 바닥」이 실린 《스타틀링 미스터리 스토리즈》(1967),
오른쪽: 킹이 쓴 세 편의 시 「어둠의 남자」, 「도노반의 뇌」, 「침묵」이 담긴 교외 출판물 《나방》(1970). 오른쪽 페이지: 1970년 1월 15일에
발행된 메인대학교 교지의 1면. 킹의 공식 웹사이트 게시판은 이 이미지의 글을 "FAQ 좀 읽어, 망할!!"로 약간 변형해 사용하고 있다.

a public service poster from the makers of:

the maine
CAMPUS

number fifteen   Orono, Maine 1/15/79   volume LXXIII

photo by Frank Kadi

Study, Dammit!!

인터루드
스티브 킹의 시

스티븐 킹은 종종 시를 향한 깊고 넓은 관심을 표한다. 인터뷰 도중에 시를 인용하거나, 작품 여기저기에 키츠나 셀리 같은 거장에 대한 언급을 흩뿌려두거나, 제임스 디키, 스티븐 도빈스, 조지 세페리스 등을 소설의 제사(題詞)로 인용하는 식이다.[17]

1960년대 말, 메인대학교에 재학 중이던 킹은 버턴 해틀렌과 짐 비숍이 가르치던 '현대 시'라는 이름의 특별 세미나에서 40~50개의 시를 썼다. 그중 오늘날까지 남아 있는 작품은 몇 안 되지만, 시 몇 편은 대학교의 문학잡지에 실렸다. 가장 먼저, 1968년《유브리스》가을호에는 마구잡이로 들여쓰기를 한 100행 정도의 자유시 「68년의 해리슨 주립공원(Harrison State Park '68)」이 수록됐다.

현대 시 세미나에서 시작된 1970년의 다이제스트 잡지《나방》에는 킹이 커트 시오드맥의 공상 과학 소설에서 영감을 받아 쓴 「도노반의 뇌(Donovan's Brain)」와 함께, 당시 곤궁했던 킹의 형편을 반영하듯 인간의 기본적인 욕구를 충족하지 못해 분노한 사람의 관점에서 쓴 「침묵(Silence)」이 담겨 있다. 의식의 흐름 기법으로 쓰인 66행짜리 시 「무뢰한의 변(The Hardcase Speaks)」에는 1950년대 말, 여자 친구와 합심해 11명을 살해한 십 대 소년 찰스 스타크웨더에 대한 언급이 담겨 있다. 「60분」과의 인터뷰에서 킹은 어릴 적 스타크웨더의 범죄를 다룬 신문 기사를 스크랩해 보관했었다고 말했다.[18]

킹의 초기 시 여섯 편은 공포 작가들의 시선집이자 지금은 절판된 『악마의 와인』에 수록됐다.《퍼블리셔스 위클리》는 서평을 통해 킹의 공로를 콕 집어내면서 킹의 시를 읽으면 "독자들은 킹에게 이야기의 신이 더 자주 강림하기를 바라게 될 것"이라고 긍정적으로 평가했다.[19]

최근 몇 년간, 킹은 자신의 단편소설집이나《솔트 힐 저널》,《틴 하우스》와 같은 문학잡지에 시를 게재했다. 또 몇몇 작품은 킹의 소설 속 인물이 쓴 시로 활용되기도 했다. 원래《플레이보이》에 실렸던 시 「납골당」 도입부에서 킹은 "내가 시에는 별 재주가 '없다.' 겸손의 표현이 아니라 사실이 그렇다. 어쩌다 마음에 드는 작품을 한 편 건지더라도 소 뒷걸음질 치다 쥐 잡는 격일 때가 많다."[20]라고 말한다.

「브루클린의 8월」은 뉴욕에서 마지막 시즌을 맞이하는 다저스에게 바치는 헌시다. 킹은 이 시가 "여러 야구 기담 모음집에 실렸는데, 매번 내가 뭐 하는 사람인지, 그 시가 무슨 내용인지 눈곱만큼도 알지 못하는 편집자들이 내 시를 고른 것 같았다. 난 그 점이 무척 마음에 든다."[21]고 말했다.

킹의 작품에 가장 깊은 영향을 준 시는 로버트 브라우닝의 「롤랜드 공자, 암흑의 탑에 이르다」로, 킹이 이 시를 처음 접한 건 초기 낭만주의 시인을 다룬 어느 대학 수업에서였다. 여기서 영감을 받은 킹은 여덟 권짜리 분량의 「다크 타워 시리즈」를 집필했다. 그는 이 시를 몇 번이고 다시 읽었지만, 내용을 이해하지 못했다고 했다. 하지만 킹은 이 시의 분위기를 그대로 구현한 장편 로맨스 소설을 쓰고자 했다.[22]

캐리 화이트, 『토미노커』의 짐 가드너, 『미스터 메르세데스』의 홀리 기브니를 포함해, 킹의 수많은 인물이 시를 쓴다. 킹의 소설에 등장하는 시 중 가장 잘 알려진 작품은 『그것』의 열한 살짜리 벤 핸스컴이 쓴 하이쿠다.

> 너의 머릿결은 겨울의 불꽃
>
> 1월의 불씨
>
> 내 마음도 함께 타올라

2(P243)

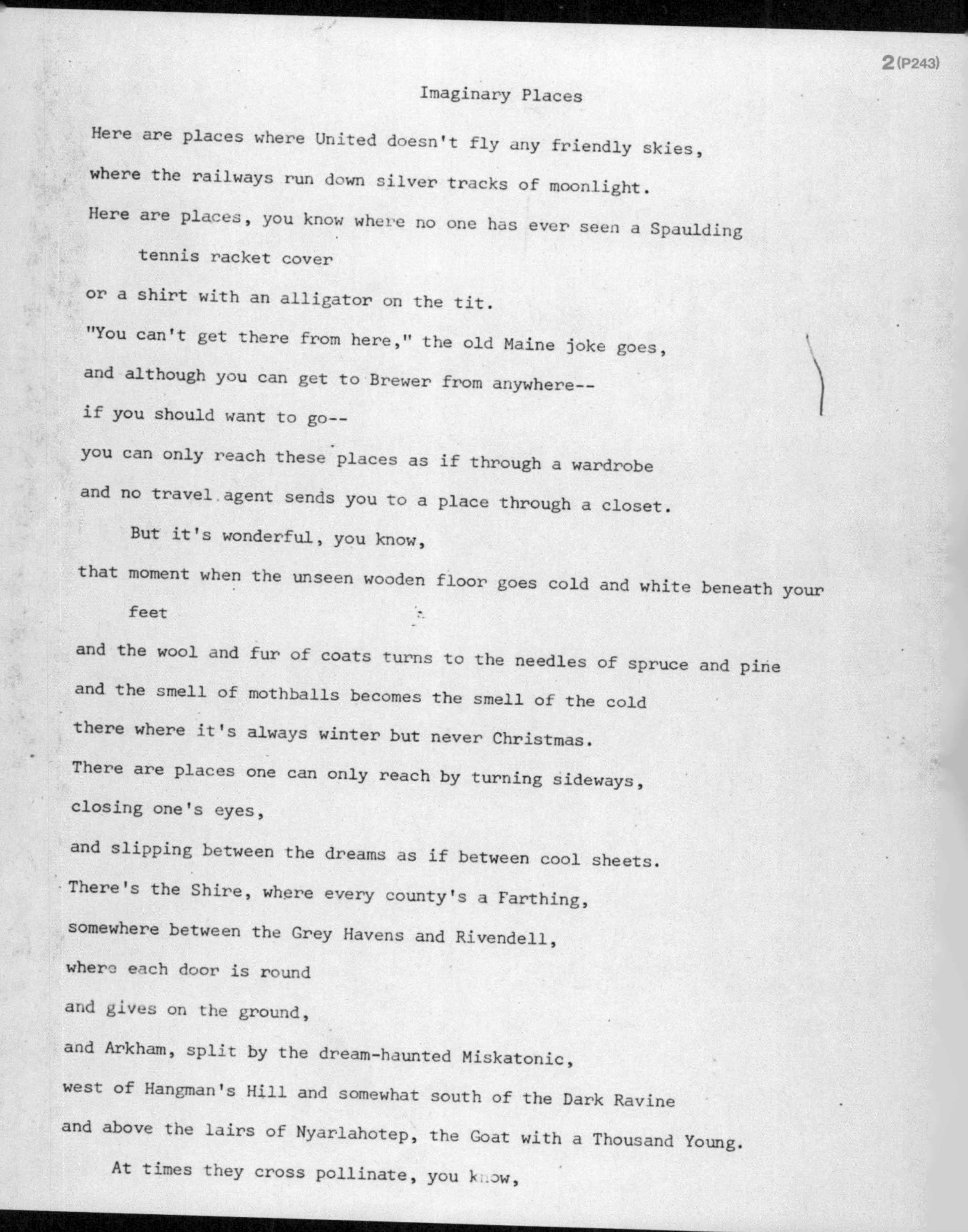

Imaginary Places

Here are places where United doesn't fly any friendly skies,
where the railways run down silver tracks of moonlight.
Here are places, you know where no one has ever seen a Spaulding
tennis racket cover
or a shirt with an alligator on the tit.
"You can't get there from here," the old Maine joke goes,
and although you can get to Brewer from anywhere--
if you should want to go--
you can only reach these places as if through a wardrobe
and no travel agent sends you to a place through a closet.
But it's wonderful, you know,
that moment when the unseen wooden floor goes cold and white beneath your
feet
and the wool and fur of coats turns to the needles of spruce and pine
and the smell of mothballs becomes the smell of the cold
there where it's always winter but never Christmas.
There are places one can only reach by turning sideways,
closing one's eyes,
and slipping between the dreams as if between cool sheets.
There's the Shire, where every county's a Farthing,
somewhere between the Grey Havens and Rivendell,
where each door is round
and gives on the ground,
and Arkham, split by the dream-haunted Miskatonic,
west of Hangman's Hill and somewhat south of the Dark Ravine
and above the lairs of Nyarlahotep, the Goat with a Thousand Young.
At times they cross pollinate, you know,

킹의 아카이브에서 발견한 시 「상상 속의 장소들(Imaginary Places)」의 첫 장. 일부 자료는 이 시의 작가가 킹이 아니라고 말하지만, 킹이 직접 쓴 시라고 확인해 준 바 있다.

더블데이 시절
(1970년대)

1970년대는 킹 개인의 삶과 작가로서의 삶이 송두리째 뒤바뀐 시기다. 60년대에 킹은 미래가 불투명한 미혼의 대학생이었다. 하지만 70년대 중반에 킹은 슬하에 두 명의 아이와 곧 태어날 세 번째 아이를 둔 기혼자이자 아버지였으며, 책을 출간한 소설가이자 공포 소설계의 떠오르는 샛별이었다. 그런데도 킹과 가족은 몇 년간 빈곤과 거절에 시달려야 했고, 그 끝에 '하루아침에 성공한' 작가가 될 수 있었다.

1970년 6월부터 8월까지, 킹은 「다크 타워 시리즈」의 등장을 예견하는 듯한 「슬레이드(Slade)」라는 제목의 유머러스한 서부극 패러디 소설을 《메인 캠퍼스》에 연재했다. 또한 1970년대에 그는 편당 최대 200달러라는 오늘날 기준으로도 엄청난 금액을 받으며 남성 잡지 《카발리에》의 편집자인 나이 월든에게 십여 편의 소설을 팔았다. 킹은 잡지에서 자기 글이 실린 부분을 오려내고 야한 광고들을 모두 까맣게 칠한 뒤 사본을 만들어 어머니에게 보여주었다.

킹은 어린 시절을 보낸 집의 지하 창고에서 '덤버' 미완성 원고를 발견하곤 1971년에 소설을 완성했다. 그는 원고를 "『시차적 관점』의 편집자"가 맡아줬으면 한다는 메모와 함께 출판사에 송고했고, 그렇게 원고는 빌 톰슨의 손에 넘어갔다. 빌은 이 소설에 대해 "캐릭터와 서스펜스를 다루는 솜씨가 능수능란한 작품이지만, 정적이고 밀실 공포증을 강하게 유발하는 구석이 있어 회사를 설득하기 어려웠다."[23]고 회고했다. 그는 킹에게 재작업을 세 번이나 요청했지만, 결국에는 이 소설의 출간을 강제로 포기할 수밖에 없었다. 킹의 초기 소설인 『롱 워크』도 그 당시에는 이와 비슷한 운명을 맞이했다.

스티븐 킹과 태비사 스프루스는 1971년에 결혼식을 올렸다. 킹은 자기 몸보다 훨씬 큰 정장을 빌려 입고 결혼식을 치렀다. 이들은 결혼식을 올리기 1년 전에 딸 나오미를 낳았다. 교사로 채용되지 못한 킹은 저임금 산업 세탁 일에 뛰어들었다. 이는 킹의 어머니가 하던 일 중 하나이자, 단편 「맹글러」의 영감이 된 일자리다. 태비사는 던킨도너츠에서 일했다. 두 사람의 수입은 입에 겨우 풀칠할 정도였다. 예기치 못한 지출이라도 발생하는 날에는 예산이 그 즉시 한계를 초과했다. 킹이 떠올리길, 이처럼 위태로웠던 나날들에는 단편소설 출간 후 고료가 지급되면 그제야 가까스로 곤경을 면하곤 했다.

1971년 가을, 킹은 메인주 햄든 아카데미의 교사 자리를 꿰찼다. 초봉으로 6400달러를 받게 되자, 세탁일을 하며 최저 시급을 받던 때에 비해 엄청나게 도약한 것처럼 보였다. 하지만 학교에서 과외로 일하는 시간이 많아지자 글 쓸 시간이 축났다. "금요일 오후쯤 되면 집게 전선으로 뇌를 꼬집어둔 채로 일주일을 보낸 것 같은 느낌이 들었다."[24] 1972년 여름 방학 기간에 아들 조셉이 태어나자 킹은 다시 한번 뉴 프랭클린 세탁소에서 일하기 시작했다.

여전히 재정난을 겪고 있던 가족은 당시 트레일러 하우스를 임대해 살고 있었다. 어느 날, 일을 마치고 집에 돌아온 킹에게 태비사는 신용카드를 전부 내놓으라고 말했다. 부부의 수입으로는 감당할 수 없을 정도로 이자가 불어났기 때문이다. 태비사는 신용카드를 모조리 잘라버렸고, 그렇게 부부는 이후 2년 동안 신용카드 없이 생활했다.

킹은 1972년 봄방학 동안 『런닝맨』이라는 소설도 썼다. 킹이 이 책을 집필한 기간을 둘러싼 여러 설이 존재하는데, 짧게는 72시간, 길게는 일주일 만에 써냈다고 한다. 하지만 이 책은 편집자 빌 톰슨의 구미를 당기지 못했다.

햄든 아카데미에서 촬영한 킹의 모습.

편집자 빌 톰슨

편집자 빌 톰슨은 유명 작가 두 명을 발굴한 공적을 세웠다. 그중 첫 번째 작가는 톰슨이 더블데이에서 근무하던 1970년대에 발굴한 스티븐 킹이고, 두 번째 작가는 1987년에 만난 존 그리샴이다. 처음에 킹은 소설 계약에서 여러 차례 고배를 마셨는데, 그중 소설 두 편은 전면 수정을 거쳤음에도 계약이 불발됐다. 하지만 톰슨은 그 후에도 킹에게 계속해서 글을 쓰라고 독려했다. 그러다 마침내 『캐리』를 만난 톰슨은 이번에야말로 되겠다 싶었다. "편집자 생활을 하면서 작가가 글에 담아내고자 하는 콘셉트가 그토록 제대로 내 마음에 와닿았던 경험은 그전에도, 그 후에도 없었다. 스티븐과 나는 『캐리』가 나아가야 할 방향이 어디인지, 독자들에게 무엇을 보여줘야 하는지 알고 있었다."[25]

킹의 시점에서 바라본 상황은 이랬다. "톰슨이 제시한 아이디어는 너무 잘 들어맞아서 꿈결만 같았다. 마치 모래사장에 깊숙이 처박힌 채로 한쪽 귀퉁이만 빼꼼 튀어나와 있는 거대한 보물 상자를 보고서, 모래 밑에 파묻힌 상자의 가장 자리를 정확히 가늠해 한 치의 오차도 없이 말뚝을 박아 넣은 것만 같았다."[26]

톰슨은 선인세를 1500달러에서 2500달러로 올려 회계사와 계약서 작성자에게 슬쩍 넘겼다. 그는 이후 킹의 차기작 네 권을 편집했다. 하지만 1970년대 말, 킹이 더블데이와의 관계를 끊어버리자 톰슨은 출판사에서 해고당했다.

톰슨은 그 후로도 킹과 가깝게 지냈다. 에베레스트 하우스에서 새로이 둥지를 튼 톰슨은 킹에게 공포 장르를 둘러싼 현상에 관한 논픽션 글을 써보는 게 어떻겠냐고 제안했다. 품이 많이 드는 작업이 되겠지만, 책을 쓰고 나면 킹의 삶이 한결 편해질 거라고 설득했다. 이제 누구라도 킹에게 왜 공포 소설을 쓰냐고, 혹은 사람들이 왜 공포 소설을 읽냐고 물어보는 이가 있거든, 그저 『죽음의 무도』를 가리키기만 하면 될 일이었다. "책을 팔면 다시는 그런 질문에 답할 필요가 없을 겁니다!"[27] 톰슨이 말했다.

3 (P243)

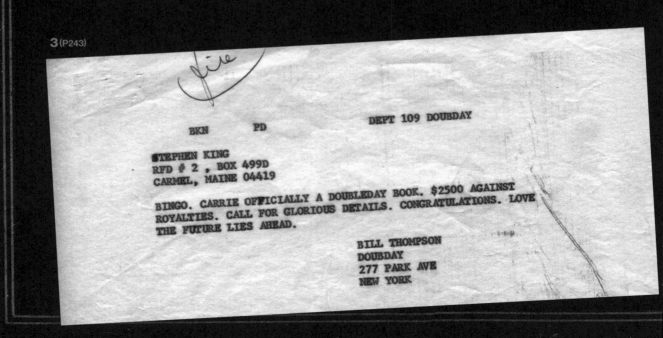

April 20, 1973

Mr. William G. Thompson
Doubleday and Company, Inc.
277 Park Avenue
New York, N.Y. 10017

Dear Bill,

I've gotten the contracts with the filled-in payment clause, and
have initialed them both--good show. Now if Carrie will only bring
in a million dollars and set me up for life...I can see myself in
a big yella Cadillac with pink fuzz on the steering wheel and a pair
of baby shoes dangling from the rear-view mirror; built-in four-
channel stereo tape deck, antelope antlers on the hood, and all that
jazz. Gawd, ain't capitalism wonderful? Who says I'm a disassociated
young writer?

Seriously, I can't wait to get the re-typed copy of Carrie and nail
down the script changes we talked about. I've played with a couple
of possible additions, and have decided against them. There is a
temptation to go on fooling with things right into infinity.

We've got a whole houseful of candles lit--I hope you can sell the
rights forty different ways, including bubble-gum cards (on second
thought, forget the cards).

Say hello to everyone at your end.

Best,

Stephen King

PS-My God, how can anyone support the Mets with the Yankees in town?

왼쪽 페이지: 킹에게 『캐리』의 계약이 성사됐다는 소식을 알리는 빌 톰슨의 전보.
상단: 『캐리』 양장본 출판 계약과 관련해 킹이 빌 톰슨에게 보낸 편지.

『캐리』(1974)

킹은 새로운 글감이 떠오르지 않아, 지난해에 끼적거리던 단편소설을 다시 들춰봤다. 염력을 지닌 십 대 왕따 소녀에 관한 이야기를 썼던 것은 여성의 관점에서 글을 써보라는 한 친구의 도발에 대한 화답이었다. 잡지사로부터 빨리 고료를 받을 수 있을 법한 글을 쓸 요량으로 시작했던 킹은 이 소설이 "제대로 폭발하려면 더 긴 도화선이 필요하겠다는"[28] 생각이 들어 작업을 중단했다. 하지만 또 다른 장편소설을 써낼 만한 호사를 누릴 시간은 없었다. 킹은 또한 책을 완성할 만큼 십 대 소녀들에 대해 잘 알지도 못한다고 생각했다. "전 그전까지 생각해 본 적도 없는 수많은 것들을 다뤄야 하는 여성이라는 세계의 문을 두드리고 있었습니다."[29]

킹이 좁은 줄 간격으로 빼곡히 써 내려간 네 장 분량의 『캐리』 원고를 쓰레기통에 버렸는데, 태비사가 이를 발견해 살려냈다는 이야기는 사실이다. 하지만 태비사의 도움은 거기서 그치지 않았다. 킹은 어느 인터뷰에서 이렇게 회상했다. "그 책을 쓰는 동안 위기의 순간을 여러 번 맞닥뜨렸지만, 그때마다 태비사는 탈출구를 마련해 주었습니다."[30]

『캐리』의 초고는 100쪽이 채 되지 않았다. 일반적인 단편소설 시장에 출간하기에는 너무 길고, 장편소설로 출간하기에는 너무 짧은 애매한 양이었다. 새 소설의 아이디어가 떠오르지 않았던 킹은 『캐리』에 가짜 신문 기사와 새로운 장면을 추가해 길이를 늘리기로 마음먹었다. 킹은 원고를 수정해 짧은 장편소설을 완성해 냈지만, 작품에 자신이 없었고, 더블데이 출판사와 여러 번 계약 직전까지 갔다가 번번이 고배를 마셔 크게 낙담해 있던 터라, 완성본을 톰슨에게 보내지 않았다. 당시에는 공포 소설 시장이 그리 크지 않아 보였다는 이유도 있었다. 하지만 이후 톰슨이 킹에게 컨트리 음악 달력을 보내며 다시 연락을 취했고, 이 일을 계기로 킹은 용기 내어 톰슨에게 『캐리』를 건넸다.

킹은 편집자의 답변을 기다리는 동안 1972년 하반기부터 1973년 상반기 사이에 『블레이즈』를 집필했지만, 톰슨에게 보여주지 않았다. 훗날 리처드 바크만이라는 필명으로 2007년에 마침내 출간하게 된 『블레이즈』의 서문에서 킹은 "쓰는 동안에는 좋은 글이라고 생각했는데, 다시 읽어보니 형편없는 글이었다."[31]라고 소회를 밝혔다.

주로 『캐리』의 마지막 50쪽에 집중해 몇 차례 수정을 거친 뒤, 톰슨은 킹에게 더블데이에서 책을 출판할 수 있을 것 같다는 낙관적 의견을 조심스레 비쳤다. 한껏 들뜬 킹은 태비사의 할머니에게 75달러를 꾸어 메인주에서 야간 버스를 타고 뉴욕시로 가서 처음으로 편집자를 만났다.

한 달 뒤, 더블데이는 계약을 진행하기로 했다. 킹은 전보를 통해 계약 성사 소식을 들었다. 돈을 아끼기 위해 집안의 전화를 없애버린 상태였기 때문이다. 전보에 적힌 마지막 네 어절은 킹의 뇌리에 똑똑히 박혔다. "해냈어요. 『캐리』는 더블데이에서 공식 출간됩니다. 선인세는 2500달러입니다. 전화하면 이 멋진 소식에 관해 자세히 알려드리죠. 축하해요. 앞날에 펼쳐질 꽃길을 즐기세요."[32]

1973년 당시 첫 소설을 계약하고 받은 것치고는 선인세 금액이 상당했지만, 때마침 변속기가 고장 난 1965년형 뷰익을 포드 핀토로 갈아치우기에는 턱없이 부족했다. (핀토는 킹이 나중에 쓴 소설 『쿠조』에서도 주요 소재로 등장한다.) 게다가 킹이 교편을 내려놓기에도 확실히 모자란 금액이었다. 하지만 킹은 태비사에게 문고본 판권을 최대 6만 달러에 팔 수 있을 것 같다고 했다. 그중 절반은 더블데이에 간다고 하더라도, 알뜰하게 살림을 꾸린다면 킹이 1~2년 정도 다른 소설 작업에 매진하는 동안 가족을 먹여 살릴 수 있는 금액이었다. 그렇게 부부는 한번 도전해 보기로 마음먹었다.

1973년 어머니의 날, 킹에게 운명적인 전화 한 통이 걸려왔다(이즈음 킹은 다시금 전화기를 설치할 수 있었다.). 더블데이

오른쪽 페이지: 『캐리』에 실린 작가 사진. 상단 삽도: 속표지. 하단 삽도: 헌정사. 킹이 원래 썼던 헌정사는 "이 소설을 쓰게 만든 태비사에게 이 책을 바친다."였다.

CARRIE
STEPHEN KING

Doubleday & Company, Inc.
GARDEN CITY, NEW YORK
1974

This is for Tabby, who got me into it--and then bailed me out of it.

이 소설 속에 나를 밀어 넣었다가 꺼내어 준 태비사에게 이 책을 바친다.

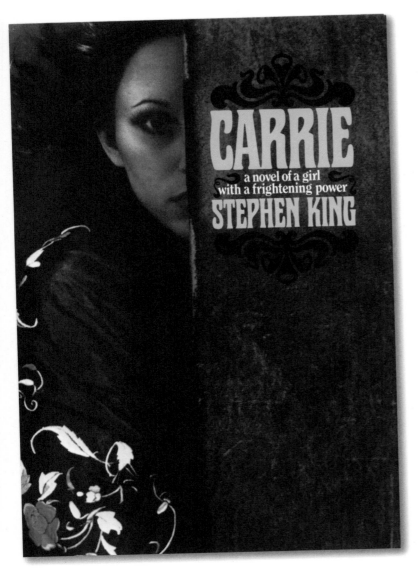

썼지만, 한가지 삶의 진리를 깨달을 뿐이었다. 라버디어에는 멋들어지고 사치스러운 물건 따위 팔지 않는다는 사실을. 그래도 할 수 있는 최선의 결정을 내렸다. 나는 그녀에게 헤어드라이어를 사다 줬다."[33] 킹은 또한 집으로 돌아가는 길에 차에 치여 죽고 말리라는 피해망상이 세차게 밀려왔다고 회상했다.

킹은 『캐리』의 출간 시기가 6개월 정도 빠르거나 늦었다면 「엑소시스트」의 인기로 마련된 완벽한 타이밍을 놓쳤을 테고, 그랬다면 지금도 영어를 가르치고 있을 거라고 형 데이비드에게 말한 적 있다.[34] 킹은 『캐리』 문고본 판권을 팔아 번 수익금으로 마침내 교사일을 그만두고 전업 작가가 될 수 있었다. 비록 그 돈은 킹이 그간 접했던 돈보다 훨씬 큰 액수였지만, 킹이 흥행작이라곤 『캐리』 하나밖에 없는 반짝스타에 그쳤다면 그 돈은 언제고 동이 났을 터다.

횡재를 만난 킹은 평생 자신을 뒷바라지했고 이제는 암 투병 중인 어머니를 위해 무언가 할 수 있게 됐다. "형과 저는 (…) 어머니가 일하시던 파인랜드 병원으로 향했습니다. 갔더니 어머니가 초록색 레이온 유니폼을 입고 계셨죠. (…) 하지만 어머니는 완전히 약에 취해 계셨어요. 처방전 없이 살 수 있는 약을 너무 많이 드셨거든요. 그즈음 어머니가 느끼는 고통은 끔찍한 수준이었으니까요. 저랑 형은 어머니에게 '엄마, 고생은 그만하세요. 이제 엄마를 모실 수 있어요. 책 판권을 비싸게 팔았거든요. 집에 가셔도 돼요.'라고 말했습니다."[35]

루스 킹은 『캐리』가 세상이 나오기 전, 60세를 일기로 생을 마감했다. 하지만 아들이 1500쪽이 넘는 원고를 써낸 끝에 마침내 책을 출간한 소설가가 됐다는 사실을 안 것만으로도 분명히 흡족해했을 것이다.

가 시그넷 출판사에 40만 달러를 받고 문고본 판권을 팔았다는 전화였다. 오늘날로 치자면 거의 250만 달러에 버금가는 금액이었고, 그중 절반이 킹에게 떨어진다고 했다. 그 소식을 들었을 때, 킹은 아파트에 혼자 있었다. "뱅고어의 메인 스트리트에 있는 가게 중 유일하게 영업 중이었던 곳은 라버디어 드러그스토어밖에 없었다. 태비사에게 어머니의 날 선물을 사줘야겠다는 생각이 불현듯 뇌리를 스쳤다. 아주 멋들어지고 사치스러운 걸로 말이다. 나는 선물을 사려고 애를

더블데이판 『캐리』 양장본

『살렘스 롯』(1975)

킹은 열한 살에 처음으로 『드라큘라』를 읽었고, 거의 15년이 지난 뒤 고등학교에서 '판타지와 공상 과학 소설'이라는 선택 과목을 가르치면서 그 책을 다시 읽게 됐다. 어느 날 킹과 태비사, 그리고 소꿉친구 크리스 체슬리가 함께 저녁을 먹다가, 드라큘라가 세기말 런던이 아니라 1970년대의 미국에 나타났더라면 어땠을까 하는 얘기가 나왔다.

그날 저녁 나눴던 대화 내용에 관한 기억은 시간이 지나면서 계속 달라졌다. 그중 한 가지 버전에 따르면, 킹은 드라큘라가 "뉴욕에 등장했다면 마거릿 미첼이 애틀랜타에서 그랬던 것처럼, 택시에 치여 죽었을 것"[36]이라고 농을 쳤다. 또 다른 버전에서 킹은 "그런 뱀파이어라면 도청과 신만이 알법한 현대 감시 기술의 희생자가 되어 에프렘 짐발리스트 주니어*와 FBI에게 끌려 나오기까지 한 3주 정도 걸렸을 것"[37]

* 에프렘 짐발리스트 주니어(Efrem Zimbalist Jr.)는 미국에서 방영되었던 TV 드라마 「F.B.I.」(1965~1974)에서 수사관 역할을 맡아 주연으로 등장했다.

이라고 상상했다.

킹이 실제로 무슨 말을 했건 간에, 그날 저녁을 함께 먹었던 사람들의 반응은 킹의 상상력을 자극했다. 드라큘라가 대도시 대신, 무슨 일이라도 일어날 수 있는 외딴 시골 메인주에 등장한다면 어떻게 될까? 킹은 "사람들이 시야에서 사라지고, 실종되고, 심지어 살아 있는 시체가 되어 돌아왔을지도 모른다."[38]고 생각했다.

킹이 두 번째로 출간한 소설에 영향을 미친 또 다른 요소는 그레이스 메탈리어스의 『페이튼 플레이스』와 손턴 와일더의 『우리 읍내』였다. 그중 『우리 읍내』는 마침 킹이 학교에서 가르치고 있던 소설이었다. 그는 소설의 배경이 되는 현대라는 시대상이 뱀파이어에게 유리하게 작용하리라 생각했다. "전등이나 현대 발명품 같은 것들은 뱀파이어가 존재할지도 모른다는 믿음을 거의 불가능하게 만들었기 때문에 오히려 이 악령의 활동에 도움이 됐을 것이다."[39]

킹은 가족의 생활이 여전히 여의찮던 1972년에 '세컨드

SECOND COMING
By Stephen King

킹이 쓴 『살렘스 롯』 초고의 속표지.

커밍' 작업에 착수했다. 그는 트레일러 하우스의 보일러실에서 무릎 위에 4학년용 책상을 괴어두고 그 위에 아내의 올리베티 타자기를 올린 채로 글을 썼다. 태비사는 지금 당장 납부해야 하는 청구서가 무엇인지, 납부를 미룰 수 있는 청구서는 무엇인지 가려내고 있었다. 뱀파이어와의 씨름은 킹에게 일종의 탈출구였다. 킹이 보기에, 가족을 괴롭히는 채권자들보다 뱀파이어가 훨씬 순했다. 그는 거금에 『캐리』 문고본 판권을 팔았다는 톰슨의 전화를 받기 하루 전날에 '세컨드 커밍'의 초고를 마무리했다.

킹은 톰슨에게 두 개의 원고를 건네며 『캐리』의 후속작으로 무엇이 좋을지 의견을 물었다. 둘 중 하나는 이후 리처드 바크만의 이름으로 출간되는 『로드워크』였고, 나머지 하나는 '세컨드 커밍'이었다(마치 섹스 매뉴얼의 제목 같다는 태비사의 의견 때문에 이후 『살렘스 롯』으로 제목을 바꿨다.). 톰슨

은 이번 차례에 뱀파이어 소설을 출간한다면 공포 소설 작가로 낙인찍힐 수도 있다고 경고했다. 그 말을 들은 킹은 몇 년씩 즐겨 읽었던 공포 소설 작가들을 떠올려 보았다. "사람들이 원하는 게 그거라면 공포 소설가가 되죠 뭐. 그것도 괜찮은 일이잖아요."[40]

비록 지금은 뱀파이어가 현대 공포물의 상징으로 여겨지지만, 전통적인 고딕 배경에 붙박여 있던 뱀파이어를 현대로 끄집어낸 장본인이 킹이다. 킹은 단 하나의 작품으로 공포 소설을 현대화한 동시에 미국화한 것이다. 『살렘스 롯』 양장본은 대략 2만 6000부 정도 팔렸고, 문학 길드 북클럽의 대체 도서로 선정되기도 했다. 킹은 『살렘스 롯』의 문고본 판권을 팔고 50만 달러의 선인세를 받았다(이번에도 더블데이와 반을 나눴다.). 『살렘스 롯』이 킹의 첫 번째 베스트셀러가 되자, 킹은 마침내 전업 작가로 전향해도 되겠다고 생각했다.

『살렘스 롯』에 등장하는 귀신 들린 집에 영감을 준 것으로 추정되는 집의 사진으로, 킹의 앨범에 '마스텐 집'이라는 라벨이 붙어 있다.

무슨 신부요?

수집가들 사이에서 초판본의 가치는 대개 책 커버의 상태와 책날개에 기재된 가격을 보면 판가름 난다. 기재된 가격은 책 커버의 인쇄 시기가 언제인지 알려주는 신뢰할 만한 지표지만, 일부 부도덕한 판매자들은 재판매 가격을 높이기 위해 재판본 책에 초판본 책 커버를 끼워 속여 팔기도 한다.

킹의 두 번째 소설인 『살렘스 롯』에 얽힌 상황은 조금 더 복잡하다. 책 출간 직전, 더블데이는 책의 가격을 8.95달러에서 7.95달러로 내리기로 했다. 더블데이는 돈을 들여 책 커버를 재인쇄하는 대신, 가격이 적힌 커버 모퉁이를 잘라냈다.

하지만 출판사가 놓친 부분이 있었다. 책 커버 안쪽 날개에 '캘러핸 신부' 대신 '코디 신부'라고 등장인물 이름이 잘못 적힌 부분이 존재했던 것이다(소설 속에서 지미 코디는 의사로 등장한다.). 어느 시점부터 이 오류는 수정되어 인쇄됐다.

『살렘스 롯』 초판본의 가치는 해당 책에 씌워진 커버가 세 종류 중 무엇이냐에 달려 있다. 그중 최초 가격인 8.95달러가 적힌 커버는 단 5부만 존재하는 것으로 알려져 있다.

『샤이닝』(1977)

1974년, 킹은 돌연 콜로라도주의 볼더로 이사했다. 어떤 설에 따르면, 킹의 가족은 미국 지도를 꺼내어 놓고 아무 곳이나 손가락으로 가리켜서 목적지를 정했다고 한다. 가족은 킹이 차기작 집필 장소로 점찍어 둔 임대 주택이 있는 서쪽을 향해 차를 몰았다. 차기작이란 공생해방군에게 납치당한 패티 허스트의 이야기*를 살짝 참고한 실화 기반 소설인 '밸류가의 집(The House on Value Street)'이었다.

그해 가을, 킹과 태비사는 베이비시터에게 두 아이를 맡긴 채, 볼더 북쪽으로 65km 정도 떨어진 에스테스 파크에 있는 스탠리 호텔로 짧은 휴가를 떠났다. 부부는 호텔이 겨울을 맞아 잠시 휴업하기 전날 밤에 도착했고, 그날 있었던 유일한 손님이었다. 식당은 아직 영업 중이었지만, 메뉴는 단 하나밖에 없었다. 부부의 테이블만 빼고, 다른 모든 테이블에는 의자가 거꾸로 엎혀 있었고, 턱시도를 입은 오케스트라가 오직 두 사람을 위해 음악을 연주했다.

킹은 이처럼 텅 빈 호텔이야말로 유령 이야기를 위한 전형적인 무대라는 생각이 번뜩 들었다. 그는 아내가 잠든 뒤, 혼자 복도를 돌아다녔다. 『샤이닝』에 담길 수많은 상징적 이미지는 그때 발견한 것들이다. 그중에는 '그레이디'라는 이름의 바텐더와 누군가 그 안에서 이미 죽었거나 죽을 수도 있을 것 같은 클로풋 욕조도 있었다. 이후 킹은 세 살배기 아들 조가 소방호스에 쫓기는 채로 비명을 지르며 호텔의 끝없는 복도를 달리는 꿈을 꿨다. 그날 밤이 저물 무렵, 킹의 머릿속에는 소설의 윤곽이 그려졌다.

* 공생해방군(Symbionese Liberation Army, SLA)은 1970년대에 미국에서 활동한 좌익 성향의 반정부 게릴라 단체다. 반자본주의, 반인종차별, 반파시즘, 페미니즘을 이념으로 삼고 재산의 무상 분배를 주장하며 강도 행각을 벌였다. 공생해방군은 언론 재벌 윌리엄 허스트의 손녀인 패티 허스트를 납치해 인질 교환을 요구하고 빈민에게 식량 분배를 요구한 사건과 인질이었던 패티 허스트가 해당 단체에 감화되어 함께 강도질을 벌인 사건으로 세간에 유명해졌다.

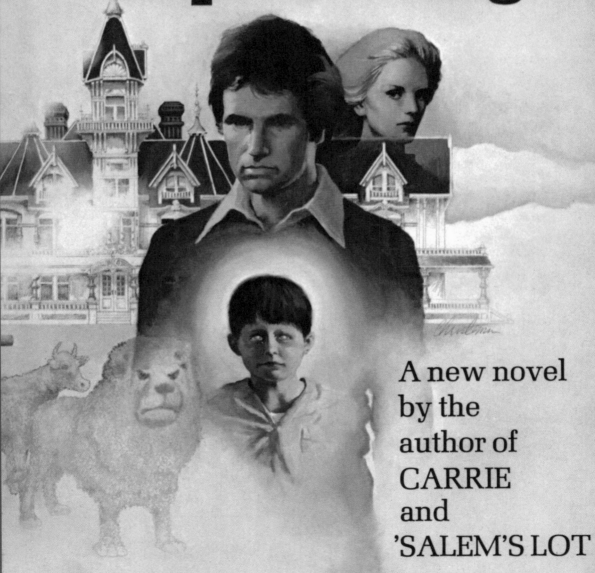

The Shining
by Stephen King

A new novel
by the
author of
CARRIE
and
'SALEM'S LOT

SEPTEMBER, 1977

Tony Zavarelli
Director
Wholesale Sales

DEAR NAL WHOLESALER:

"THE SHINING"
- OVER 200,000 HARDCOVER SALES
- LITERARY GUILD FULL SELECTION
- NEW YORK TIMES BESTSELLER
- BESTSELLER ON NATIONAL AND LOCAL LISTS
- EXCELLENT REVIEWS IN COSMOPOLITAN, CHICAGO TRIBUNE BOOK WORLD, LOS ANGELES MAGAZINE, CHICAGO TRIBUNE, NEW YORK TIMES
- MAJOR STANLEY KUBRICK MOVIE STARRING JACK NICHOLSON IN LATE 1978

STEPHEN KING
- MASTER OF THE MODERN HORROR STORY
- AUTHOR OF "CARRIE"
  - Pre-movie tie-in, 1,476,000 copies sold
  - Movie tie-in, 1,524,000 copies
  - Total of 2,900,000 copies sold
- AUTHOR OF "'SALEM'S LOT"
  - 2,200,000 copies sold
- OVER 5,100,000 SIGNET STEPHEN KING I

N A L
- BIGGEST RADIO AD CAMPAIGN IN NAL'S
- A HUGE $100,000 WILL BE SPENT FOR
- EXCITING RADIO AD WILL BE MADE AV TRADE-OFF ARRANGEMENTS WITH LOCAL
- SUBWAY ADS IN MAJOR MARKETS
- EXTENSIVE TRADE ANNOUNCEMENTS IN
- LOTS OF POINT-OF-SALE STUFF
  - Exciting floor displays wit
  - Easy-to-place counter displ
  - Striking silver lip cards
  - "THE SHINING" T-shirts for
  - National WATS line for ret
  - Super contest for your pro

"THE SHINING" . . . SIGNET'S HUG

TZ/lm

A M

New America

1st draft MS.

1975년 5월 13일

빌,

여기 책을 보냅니다. 당연한 소리지만, 당신이 즐겁게 읽어주면 좋겠군요. 바라건대 우리가 만나서 이 글에 관한 이야기를 나누기 전까지는 아무에게도 보여주지 않았으면 해요. 또, 초고는 이것 한 부 밖에 없으니 잃어버리지 마시길.

그럼 이만,

스티브

THE SHINE

By Stephen King

May 13, 1975.

Billy
   Here is the book—
needless to say, I hope you
enjoy the reading of it — again.
I would really rather you didn't
show it to anyone until we've had
a chance to talk about it — also,
this is the only copy, so don't lose
All the best
Steve

이야기는 여러 아이디어를 합친 것이었다. 스탠리 호텔에서 묵은 경험은 단지 그 아이디어들이 결합하는 것을 도와주었을 뿐이었다. 레이 브래드버리의 단편 「대초원에 놀러오세요」 속 놀이방에 영감을 받은 킹은 꿈을 실현시키는 능력을 지닌 소년에 관한 아이디어를 수년간 머릿속에 담아두고 있었다. 처음에 '다크샤인'이라고 제목 붙인 이 소설의 배경은 놀이동산이었다. 하지만 소설 속에서 나쁜 일이 일어나기 시작했을 때, 등장인물들이 비명을 지르며 그곳을 벗어나지 않을 정당한 이유가 없어 보였다. 반면 폭설에 고립된 호텔이 배경이라면 이야기가 달랐다.

『샤이닝』에 영향을 준 또 다른 작품은 에드거 앨런 포의 「어셔가의 몰락」과 「붉은 사신의 가장무도회」였다. 그중 「붉은 사신의 가장무도회」에 등장하는 문구는 『샤이닝』의 제사 중 하나로 쓰이기도 했다. 셜리 잭슨의 소설 『힐 하우스의 유령』과 『해시계』도 『샤이닝』에 녹아들었다. 호텔 요리사의 이름 딕 할로런은 『해시계』의 할로런 하우스에서 따온 것이다.

볼더에서 세 들어 살던 집은 꽤 작았기에 킹은 어느 하숙집의 작업실을 빌렸다. 창문을 내다보면 플랫아이언산의 풍경이 펼쳐지는 곳이었다. 킹은 책 작업을 시작하자마자 글이 술술 써졌다고 한다. "이야기는 한치의 거리낌도, 머뭇거림도 없이 저절로 풀려나갔다. 길을 잃었다는 우울한 기분은 한순간도 느끼지 못했다."41 킹은 하루에 평균 삼천 단어씩 써냈고, 초기작 중에서는 퇴고에 품이 가장 적게 든 초고였다. "나는 이야기에 홀려버렸고, 내 의식은 그저 무의식으로부터 흘러나오는 감정들을 고스란히 전달하는 통로에 불과했다."42

글은 빠르게 완성됐지만, 가족으로부터 유리된 한 남자의 이야기를 글로 풀어내는 과정에서 킹은 가난했던 시절을 떠올렸다. "거의 서너 달을 통째로 초고 쓰는 데 쏟아부었다. (…) 마치 메인주의 허몬에 있던 트레일러 하우스로 돌아간 것만 같았다. 설상차와 두려움이 내는 웅웅거리는 소리 말고는 아무것도 곁에 없었다. 작가가 될 기회가 이미 왔다가 지나가 버렸을지도 모른다는 두려움, 내게 전혀 맞지 않는 교사라는 자리에 묶여버렸다는 두려움, 그중 으뜸은 내 결혼생활이 늪지대의 끄트머리에 위태로이 걸터앉아 있으며, 발을 내디디면 모래 늪으로 빨려 들어갈지도 모른다는 두려움 말이다."43

이 무렵, 킹은 이미 술독에 빠져 있었다. 작가로서의 돌파구를 찾기 위해 갖은 애를 쓰는 동안, 가족을 부양하는 일과 어머니의 죽음은 그에게 커다란 마음의 짐으로 다가왔다. 여러 인터뷰에서 그는 가족을 향해 분노가 일었고, 그 분노에 또 죄책감이 들었음을 고백했다. 하지만 정작 킹이 자신과 잭 토런스를 직접 연관시킨 건 알코올 중독에서 벗어난 후였다. "때로는 그때껏 단 한 번도 느껴본 적 없었던 추악하고 사랑 없는 감정들이 내 안에 들끓었다. 그중 일부는 아내를, 일부는 아이들을 향했다. 초조함, 역정, 직접적인 증오에 이르기까지 다양한 감정이었다." 훗날 킹은 인정했다. "잭 토런스를 알코올 중독자로 설정함으로써 (…) 내 안의 어두운 면모를 돌아봤다. 또, 상황이 맞아떨어졌다면 내게도 일어날 수 있었던 일이라고 생각했다."44 스탠리 호텔에서 숙박한 지 15년이 지난 어느 날 밤, 킹은 단 며칠 만에 재활용 쓰레기통에 한가득 쌓인 빈 병을 세어보다가 불현듯 깨달았다. "내가 알코올 중독자구나, 그런 생각이 들었다. 하지만 내 머릿속에는 어떠한 반론도 떠오르지 않았다. 그러니까 나는, 적어도 그날 밤 전까지는 『샤이닝』이 내 이야기인 줄도 몰랐던 채로 『샤이닝』을 썼던 거다."45

킹의 가족처럼 토런스 가족도 콜로라도주에서 뉴잉글랜드로 도망친다. 하지만 이들이 달아난 이유는 보기보다 고상하지 않다. 글쓰기에 영감을 줄 새로운 환경을 찾겠다는 사치를 부린 것이라기보다, 잭 토런스가 절박한 상태였기 때문이다. 폭력적인 아버지 밑에서 자란 잭은 술과 분노와 싸우고 있고, 분노로 눈이 돌아가 아들의 팔을 부러뜨린 적 있으며, 고급 사립 학교에서 아이들을 가르치다가 학생 한 명을 때려서 직장을 잃은 데다, 음주 운전으로 사람을 죽였을 수도 있는 상황이다. 잭은 실직 상태고, 글은 잘 쓰이지 않으며, 다섯 살 난 아들 대니는 정서적 문제를 보이고 있고, 아내 웬디는 잭보다 더 사악한 어머니 밑에서 자란 게 아니었다면 진작에 잭을 떠났을 터였다. 겨울 동안 오버룩 호텔을 돌보는 관리인 일자리는 잭이 붙잡을 수 있는 몇 남지 않은 지푸라기였다.

《에스콰이어》에 글을 실은 적 있는 잭은 "서서히 봉오리를 틔우고 있는 미국 신인 작가"로서의 가능성이 사라져가고 있음을 느낀다. 여태 학교에서 근무하느라 작품에 쏟아부을 시간이 부족했지만, 그 일이 없어지고 나니 집필 대신 음주에 집중하게 됐다. 잭은 폭설에 파묻힌 텅 빈 호텔에서 지내는 동안 「작은 학교」라는 제목의 연극을 마무리하려고 한다. 웬디는 남편이 "괴물로 가득한 방의 커다란 문을 천천히 닫고 있는" 것처럼 보인다며, 남편이 다시 글을 쓰기 시작하자 좋아했다. 오버룩에서 앞으로 펼쳐질 일은 꿈에도 모른 채로.

고딕 문학의 전통 내에서 오버룩 호텔은 악한 장소, 그러니까 "거의 모든 일반 객실과 특실에서는 각기 다른 '진짜' 공포 영화가 상영되는"[46] 귀신 들린 호텔이다. 킹은 오버

『샤이닝』을 각색한 스탠리 큐브릭의 영화에서 콜로라도주로 도망치듯 떠나는 토런스 가족의 모습. 웬디 역의 셜리 듀발, 대니 역의 대니 로이드, 잭 토런스 역의 잭 니컬슨. 삽도: 미니시리즈 「샤이닝」 홍보용 문패.

룩 호텔을 두고 "손을 갖다 대는 그 누구라도 타락시켜 버리고 마는 악한 힘으로 가득 충전된 거대한 배터리"[47]라고 묘사했다. 그 악은 한 세기 동안 이어져 온 끔찍한 사고들로부터 기인하며, 호텔 자체에 깃들어 있다. 킹은 "엄격한 감리교 집안에서 자란 관계로 나는, 흉가가 속죄받지 못한 죄악을 나타내는 일종의 상징이 될 수 없을까 하고 궁금해하기 시작했다."[48]고 썼다. 『샤이닝』 서문에서 그는 독자에게 이렇게 묻는다. "우리 삶에 깃든 진정한 유령은 기억이 아니던가? 기억이야말로 후회로 남을 말과 행동을 하도록 우리를 이끌지 않는가?"[49]

잭 토런스는 성격적 결점으로 인해 호텔의 먹잇감이 되고 만다. 오버룩 호텔의 사악한 영향이 없었더라도, 그가 가족과 함께 호텔에 꼼짝없이 발이 묶인 채로 겨울을 견뎌낼 수 있었을지는 알 수 없다. 가족이 호텔에 발을 들이기 오래전부터 잭은 정서적으로 붕괴해 난폭성을 보이는 전형적인 인물이었다. 금전적, 정서적 압박에 무너져 가족을 죽인 뒤, 자신도 자살해서 뉴스 일면에 오르는 그런 인물 말이다. 그는 단 한 번의 나쁜 일만으로도 곧바로 절벽 아래로 추락할 수 있었다. 『샤이닝』 서문에서 킹은 이렇게 쓰고 있다. "우리가 현실에서 두려워하는 모든 것들을 대체할 괴물이나 유령이 필요하기에 이런 (공포) 소설들이 존재한다고 생각한다."[50]

하지만 킹의 바람은 "사람들이 괴물을 두려워하는 게 아니라, 사람을 두려워하는 것"[51]이다. 이는 킹의 성공 비결 중 하나를 일목요연하게 드러낸다. 그의 책은 근본적으로 사람들이 압박을 느끼는 상황에 어떻게 반응하는지를 다룬다. 그는 독자들이 등장인물을 좋아하게 만든 다음, 그 인물들 앞에 재앙과 같은 일을 던져놓는다.

잭은 호텔 지하 창고에서 발견한 문서에 집착하면서 극작품 쓰기를 그만두고 오버룩 호텔의 역사에 관해 쓰기로 마음먹는데, 이러한 설정은 자신의 과거에서 벗어날 수 없는 잭의 모습을 비유적으로 보여준다. 킹은 잭이 본질적으로 선하지만, 폭력의 엄청난 매력에 무릎을 꿇어버리고 마는 사람이라고 생각한다.[52] 이러한 점이 잭을 "더 현실적인 (그래서 더 무서운) 인물"[53]로 만든다. 왜냐하면 잭은 단순히 초현실적 힘에 사로잡혀 범죄를 저지르는 게 아니기 때문이다. 잭은 잔인한 학대의 순환을 구성하며 그 순환을 완성하는 존재로, 어머니를 때리는 아버지를 사랑함으로써 나약해진 인물이자 그러한 저주를 아들에게 넘겨주려는 비뚤어진 인물이다. 킹은 "잭 토런스 그 자체가 귀신 들린 집"이라면서, "잭은 아버지라는 망령에 시달리는 인물"이라고 말한다.[54]

킹이 두 살 때 킹의 아버지가 가족을 버리고 도망쳤다는 걸 생각해 보면, 킹이 아버지라는 인물상에 대해 양가적인 감정을 지니는 건 어찌 보면 당연하다. 훗날 그는 어느 인터뷰에서 "저는 아버지가 되어서야 부자 관계를 경험했습니다. 아이일 때는 그런 관계를 단 한 번도 경험해 보지 못했죠. 그러니까, 아버지와 아이가 함께 낚시 여행을 간다든가 하는 그런 일들 말입니다."[55] 호텔의 주요 타깃은 잭인 것처럼 보이지만, 진짜로 노리는 대상은 놀라운 초능력을 지닌 잭의 아들 대니다. 대니의 어머니인 웬디는 강인하고 독립적인 여성이다(스탠리 큐브릭이 각색한 영화 속 어머니의 모습과는 다르다.). 웬디는 신경이 쇠약해져 가는 남자와 함께 문명으로부터 몇 킬로미터 떨어진 곳에 갇혔다는 현실에 부딪히더라도 잭의 방식에 굴복하지 않는다. 자연적, 초자연적 악에 저항해 살아남겠다는 웬디의 결의 덕에 그녀와 대니는 극히 희박한 확률을 뚫고 살아남는다.

킹은 『샤이닝』을 5막으로 이루어진 셰익스피어의 극작품처럼 구성해 "딸 대신 아들을 둔 젊은 리어왕이 등장하는, 안팎이 뒤집힌 『리어왕』"[56]을 탄생시켰다. 초고에는 챕터 대신 장이 있었고, 결말에 이르러 앤디와 대니가 딕 할로런의 설상차를 타고 호텔에서 빠져나가는 장면으로 막을 내렸다.

아직 못다 한 이야기가 너무 많다는 느낌이 든 킹은 에필로그(「놀이가 끝난 후」)를 추가했고, 이후 균형을 맞추기 위해 길이가 꽤 되는 프롤로그(「놀이가 시작되기 전」)를 써서 호텔의 파란만장했던 과거를 자세히 들추었다.

더블데이는 비용을 아끼고자 프롤로그를 빼버리고 에필로그의 대부분을 날렸다. 프롤로그는 1982년 《위스퍼스》에 실렸고, 이후 요약본은 ABC에서 미니시리즈 각색작이 방영될 시기에 《TV 가이드》에 실렸다. 프롤로그와 최근에 재조명된 에필로그는 2017년, 세미트리 댄스에서 출간한 디럭스 에디션에 들어가 있다.

존 레논의 노래 「인스턴트 카르마」*를 듣고 나서 책의 가제는 '다크샤인'에서 '샤인'으로 바뀌었지만, 더블데이는 '샤인(shine)'이 경멸적 용어로 쓰인다며** 제목을 바꿨다. 킹은 새로운 제목이 그럭저럭 참아줄 만하다고 했지만, "다소 거추장스럽고 투박"[57]하다고 평했다. 하지만 『샤이닝』의 성공 이후, 그에 비견할 만한 성공을 거뒀으면 하는 바람에서 '샤이닝(The Shining)'을 따라 제목을 'The ~ing'의 형태로 짓는 공포 소설 작가와 출판사가 속속들이 등장했다.

『샤이닝』에 대한 킹의 최근 평가는 복합적이다. "시간이 지나고 『샤이닝』을 다시 읽어보니 젠체하는 느낌의 문장들이 있어 거슬리긴 하지만, 여전

히 무척 좋아하는 소설이다."[58] 킹의 편집자인 빌 톰슨도 처음에 책에 관한 설명만 들었을 때는 심드렁했다. 하지만 원고를 읽자마자 톰슨은 확신에 가득 찬 열광에 휩싸였다.

『샤이닝』은 《뉴욕 타임스》 베스트셀러 목록에서 8위에 등극했고, 약 5만 부를 팔아치우며 킹의 첫 번째 양장본 베스트셀러가 됐다.[59] 1년 뒤, 책 재고분은 권당 1.98달러에 팔렸지만, 5년 뒤에는 희귀 도서 시장에서 권당 가격이 200달러까지 치솟았다. 오늘날까지도 『샤이닝』은 통상 현대 문학을 대표하는 작품으로 손꼽힌다. 후세는 킹의 이름을 『샤이닝』으로 기억할 것이다.

---

* '우린 빛나(We All Shine On)'라는 가사가 노래의 부제이자 후렴구로 등장하는 「인스턴트 카르마(Instant Karma)」는 우리의 행동이 어떤 식으로든지 자신 혹은 타인에게 영향을 미치며, 모든 이의 내면에는 밝은 빛이 존재하니 이를 잊지 말자는 내용의 가사를 담고 있다.

** 흑인을 비하하는 경멸어로, 20세기 초에 많은 흑인이 부유한 백인의 구두를 닦는 구두닦이(shoeshine) 일을 한 데서 유래했다.

『샤이닝』 독자가 킹에게 보낸 편지.

5 (P244)

JAN KAMINSKI
374 N. OLD RAND RD.
LAKE ZURICH, ILL
60047

DEAR MR. KING,
FOR THE FIRST TIME SINCE I'VE PICKED UP "THE SHINING", I'VE FINALLY BEEN AT PEACE. MY LAST THREE NIGHTS SLEEP HAVE BEEN DISTURBED BY MONSTERS IN THE NIGHT & THINGS CRAWLING INTO MY BED WHEN THE LIGHTS GO OUT.
FINALLY, JACK TAKES A DRINK. (I AM AT EASE). IS IT, OR ISN'T IT?
YOUR BOOK STARES AT ME FROM MY 60 WATT LAMP. PLEASE TELL ME WHETHER I SHOULD GO ON OR NOT. MY SANITY IS AT STAKE.

Jan

스탠리 호텔

스탠리 스티머 자동차를 발명한 F. O. 스탠리는 1907년 ~1909년에 호텔을 지었다. 『샤이닝』의 오버룩 호텔과 달리, 스탠리 호텔은 그리 외딴곳에 있지 않으며, 콜로라도주 에스테스 파크 마을 위쪽의 산비탈에 자리를 잡고 있다.

1997년, 소설을 TV 미니시리즈로 재각색할 때, 킹과 믹 개리스 감독은 스탠리 호텔에서 촬영을 진행키로 했다. 호텔에서 촬영을 허가하는 대신, 프로덕션 팀이 호텔 일부를 복원하는 것이 조건이었고, 그렇게 호텔은 예전의 영광을 되찾게 됐다. 그리고 카메라 레인지에 들어오는 호텔 근처의 다른 건물들은 전부 디지털 효과로 제거했다.

킹의 소설과 각색작들로 인해 호텔은 흉가로 인지도가 높아졌다. 고스트 헌터 팀들은 스탠리 호텔의 초자연적 현상들을 영상으로 담아냈고, 그렇게 그곳은 미국에서 두 번째로 유명한 흉가로 이름을 올렸다. 대부분의 현상은 그 악명 높은 217호 객실보다 두 층 위인 4층에서 주로 발생한다고 한다.

그러자 호텔 소유주는 모든 초자연적 존재들이 "선한 영혼들"이라고 허겁지겁 해명하고 나섰다. 유령 중 하나는 호텔 부지를 스탠리에게 팔아넘긴 던레이븐 경이라는 얘기도 도는데, 던레이븐 경은 1880년대에 콜로라도주를 떠났기에, 그의 유령이 어떻게 다시 이곳으로 돌아왔는지는 영문 모를 노릇이다.

스탠리 큐브릭의 1980년 각색 영화에 등장한 호텔은 오리건주의 후드산에 있는 팀버라인 롯지 건물의 외관에 영국 사운드 스테이지에 건설한 내부 세트장 및 파사드를 결합한 결과다. 큐브릭의 영화는 스탠리 호텔에서 촬영된 것이 아니지만, 호텔 소유주는 그 영화를 폐쇄회로 TV 채널에서 무한 반복 재생하고 있다. 2006년, 넷플릭스는 심지어 콜로라도주 호텔의 부지에 야외 영사 시스템을 설치해 큐브릭 영화 '현장' 감상회를 주최했고, 미국 전역에서 천 명이 넘는 사람들이 몰려들었다.

오버룩 호텔의 모델이 된 콜로라도주
에스테스 파크의 스탠리 호텔.

리처드 바크만이 된 스티브 킹

『분노』(1977), 『롱 워크』(1979), 『로드워크』(1981), 『런닝맨』(1982)

책 몇 권을 출간하고 나름의 인지도를 얻은 뒤, 킹은 초기 소설 몇 개를 출판해 줄 수 있을지 더블데이 측에 물어봤다. 하지만 더블데이는 킹의 작품이 시장에 넘쳐나는 걸 보고 싶지 않았다. 그때만 해도 출판업계에는 독자들이 같은 작가의 책을 1년에 몇 권 이상 구매하지 않는다는 그런 믿음이 있었다. 신간이 그 이전 작품의 판매량을 잠식한다는 거다.

그래서 킹은 빌 톰슨과 처음 관계를 쌓던 때, 빌이 출판을 성사시키기 위해 무진히 노력했던 '덤버'를 뉴 아메리칸 라이브러리(NAL)의 편집자 일레인 코스터에게 넘겼다. NAL은 이미 더블데이 소설의 문고본 판권을 거액에 구매한 터였다. 킹은 책 표지에 킹의 이름이 없어도 독자들이 찾아 읽을지 알아보고 싶어서 '덤버'를 가명으로 출판할 계획이었다. 킹은 할아버지의 이름인 '가이 필즈버리'를 필명으로 사용하고 싶었지만, NAL 내부에서 소문이 퍼져버린 바람에 급하게 새 필명을 찾아야만 했다.

"그때 제 책상에는 리처드 스타크의 소설이 올려져 있었어요. 거기서 리처드라는 이름을 따왔죠. 재밌는 건, 리처드 스타크라는 이름은 그 자체로 도널드 웨스트레이크의 필명이라는 점이에요. 또, 마침 전축에서는 바크만-터너 오버드라이브의 「넌 아직 아무것도 몰라」가 흘러나오고 있었답니다. 그래서 그 두 이름을 합쳐 '리처드 바크만'이라는 필명을 만들어 냈습니다."[60]

책 제목도 『분노』라고 새로 지었다. 『샤이닝』이 출간된 지 3개월 지난 1977년, 일반 대중을 대상으로 그 어떤 홍보도 없이 1.5달러에 판매 시작한 이 문고본 소설은 미국 드럭스토어나 버스 정류장 잡지꽂이에 꽂히는 신세로 전락했다.[61] 이런 소설들의 수명은 짧았다. 몇 달 정도 얼굴을 내비치다가 잊히고 마는 신세였다.

하지만 영 아무런 관심을 못 받은 건 아니다. 《퍼블리셔스 위클리》가 『분노』를 신출내기 작가의 작품이라고 평한 것이다. 호의라곤 없는 이 서평은 라틴어 문법 수업이 『분노』에서 일어나는 일보다 더 흥미로울 거라고 혹평했다. 더블데이가 『캐리』보다 '덤버'를 먼저 출판했더라면 킹의 커리어가 달라졌을까? 킹은 조금은 달랐을 수 있겠다고 말하면서도 "길게 보면 결국에 그 괴물은 세상에 나왔을 겁니다."[62]라고 덧붙였다.

『분노』는 그로부터 근 10년이 지난 1985년 10월, 『바크만의 책들』 모음집에 수록되어 재출간됐다. 하지만 1998년, 『분노』가 교내 총기 난사 사건에 연루되자 킹은 소설을 다시금 절판시켰다. "나는 출판사 측에 그 소설을 빼달라고 말했다. 출판사는 내 말을 들어주었지만, 쉬운 결정은 아니었다. 『분노』까지 있어야 바크만의 책 네 권이 모두 모인 옴니버스가 완성될 수 있었기 때문이다. (…) 바크만 모음집은 지금도 구해 볼 수 있지만, 『분노』는 들어 있지 않을 거다."[63]

몇 년 뒤, 코스터는 다시 한번 바크만의 이름으로 소설을 내보는 게 어떻겠냐고 제안했다. 그래서 킹은 트렁크를 뒤져 『롱 워크』를 꺼냈다. 『롱 워크』는 『데드 존』이 출간되기 한 달 전인 1979년 7월에 출간됐다. 킹이 학생일 적에 그 원고를 읽어봤던 메인대학교의 몇몇 교수들은 리처드 바크만이라는 필명 뒤의 실체를 간파하고 있었지만, 이들은 비밀을 지켰다. 『롱 워크』는 출판계에 커다란 반향을 불러일으키지는 못했지만, 장장 6년 동안 출판되며 매니아층을 형성했다. 몇 년 후 바크만이 가명이라는 사실이 밝혀지자, 어떤 서점 체인은 『롱 워크』의 남은 부수를 모두 사들여 사실상 절판 상태로 만들어 버렸다.

오른쪽 페이지: 뉴 아메리칸 라이브러리판 『시너』 초판본. 리처드 바크만이라는 필명으로 출간한 킹의 다섯 번째 출간 소설이자 첫 번째 양장본 소설.

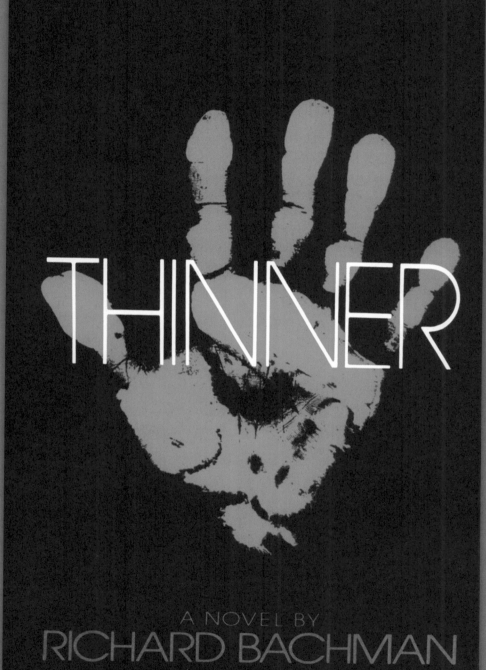

1981년 4월, 킹은 바크만의 이름으로 다시 한번 도전했다. 이번 작품은 킹의 두 번째 출간 소설이 될 뻔했던『로드워크』였다. 킹은『캐리』직후에 곧바로『로드워크』를 집필했는데, 어머니의 죽음에서 일부 영감을 얻은 작품이었다. 이는 어머니에게 너무나도 무의미하고 크나큰 고통을 안겨준 암에 관한 자신의 생각과 감정을 소화해 내고자 했던 노력의 일환이었다. 소설 속 주인공 바튼 조지 도스는 암으로 가족을 잃은 지 얼마 되지 않은 인물이다. 그뿐만 아니라, 킹은 테럴 교수의 조언을 잊지 않은 듯했다.『로드워크』에는 소설을 쓸 당시 미국의 사회정치적 현실이 고스란히 담겨 있기 때문이다. 킹은 도스가 처한 사회적 분위기를 묘사하는 데 에너지 위기, 인플레이션, 닉슨 행정부, 베트남전 종전과 같은 사건들을 모두 끌어다 썼다.

킹은 또한『로드워크』로 본격 소설을 쓰고자 했다.「나는 왜 바크만이 되었나」에서 밝히길, 킹은『로드워크』집필 당시 너무 어려서 언제쯤 "진지한 글"을 쓸 생각이냐는 "칵테일 파티에서 가볍게 물어볼 법한" 질문을 심각하게 받아들였다고 했다.『바크만의 책들(The Bachman Books)』의 1판 서문에서 그는『로드워크』가 "너무 잘 쓰려고, 인간의 고통이라는 난제에 해답을 찾으려고 애쓴 티가 역력한 작품"이기에 초기 소설 중 최악의 작품이라고 말했지만, 이후 새롭게 쓴 2판 서문에서는『바크만의 책들』에 실린 네 개의 작품 중『로드워크』를 가장 좋아한다고 말했다. 킹은 자신보다 더 유머러스한 동시에 냉혈한인 바크만을 질투하는 듯 보인다.

1982년 5월에 출간된『런닝맨』은 리처드 바크만의 네 번째 소설이자 마지막 오리지널 문고본 소설이 됐으며, 옵션*을 판매한 첫 번째 소설이 됐다.『런닝맨』이 출간되고 그리 오래지 않아, 킹은 바크만과 동일인이라는 항간의 소문이 사실이냐는 질문을 단도직입적으로 받고 말았다.

킹은 대답했다. "아뇨, 전 바크만이 아닙니다. 하지만 딕 바크만** 그 친구가 누군지는 알아요. 소문도 들어봤죠. 뱅고어 공립

도서관에서는 바크만의 책들이 내 책으로 분류되어 있고, 제가 딕 바크만이라고 생각하는 사람도 많더군요. 전 디키 바크만고 같은 학교를 다녔는데, 그건 그 친구의 진짜 이름이 아닙니다 딕 바크만은 뉴햄프셔주에 살고 있는데, 그 친구는 미쳤어요. 온전히 미친 녀석이죠! 이 이야기가 그 친구 귀에 들어가는 날이면 녀석이 뱅고어로 와서 절 죽일 거예요. 그 친구에게 가야 할 메일이 저한테 온 적도, 저한테 와야 할 메일이 그 친구에게 긴 적도 더러 있죠. 디키 바크만이 시그넷에서 책을 출판한 것도 저 때문입니다. 시그넷의 편집진이 개편될 때 뭔가 착오가 있었던 것 같거든요. 아마 그래서 모든 상황이 엉망이 되고 소문이 시작된 것 같아요. 하지만 저는 절대, 절대 리처드 바크만이 아닙니다."[64]

1984년,『시너』가 양장본으로 나왔을 때, 어떤 서평가는 스티븐 킹이 제대로 소설을 쓰면 탄생했을 법한 작품이『시너』라고 말하기도 했다. 다른 사람들도 두 사람의 문체가 비슷하다는 걸 눈치채기 시작했고, 책 커버의 가짜 작가 사진과 약력으로는 사람들의 의심을 잠재우지 못했다. 그러다 스티븐 P. 브라운이라는 이름의 어느 부지런한 서점 직원이 의회 도서관에서 바크만 소설 네 권의 저작권 관련 정보를 검색해 봤고, 그곳에서 킹이 바크만의 책을 썼다는 결정적 증거를 찾아내 밝히고야 말았다. 이 소식 이후, 바크만의 전작들보다 이미 더 확실하게 대중들에게 눈도장을 찍고 있던『시너』는 판매량이 치솟았다.

리처드 바크만은 유해 물질도, 전염병도 아닌 사람들에게 '노출되어' 사망했다(나중에는 '필명 암'으로 사인이 바뀌었다.). 바크만의 사망으로 클라우디아 이네즈 바크만은 과부가 되었고 부부의 외동아들은 "여섯 살의 나이에 불의의 사고로 사망했다(아들은 우물에 빠져 익사했다.)."[65]

킹은 바크만의 이름으로『시너』뒤에『미저리』를 출간할 계획이었고, 이 작품으로 '디키'가 베스트셀러 목록에 이름을 올리리라 생각했다. 킹은 바크만이 죽음을 맞이한 이후에도 두어 차려 그 필명을 부활시켜『통제자들』과『블레이즈』를 출간했다.

필명이 실체가 되어 나타나 살인을 저지르는 내용의『다크하프』앞머리에 킹은 이런 글을 썼다. "많은 도움과 영감을 준 조고한 리처드 바크만에게 큰 빚을 졌다. 그가 없었더라면 이 소설을 쓸 수 없었을 것이다."[66]

* 옵션이란 실제 영화화 가능성을 타진해 볼 기간을 독점적으로 확보해 주는 권리. 거액의 원작 사용권료를 전액 지불하고 영화화 권리를 덜컥 구매했다가 투자 유치, 시나리오 개발 등 여러 변수로 영화 제작 자체가 무산되는 불상사를 막기 위해 생겨난 개념이다.

** 딕, 디키는 리처드의 애칭이다.

STEPHEN KING

IT

VIKING

킹의 필명이 폭로된 이후, 바이킹 출판사는 『그것』을 출간할 때 속표지 반대편에 있는 '작가의 다른 책' 페이지에 바크만의 책들을 추가했다.

ALSO BY STEPHEN KING

NOVELS

Carrie

'Salem's Lot

The Shining

The Stand

The Dead Zone

Firestarter

Cujo

The Dark Tower

Christine

Pet Sematary

The Talisman (with Peter Straub)

COLLECTIONS

Night Shift

Different Seasons

Skeleton Crew

NONFICTION

Danse Macabre

SCREENPLAYS

Creepshow

Cat's Eye

Silver Bullet

Maximum Overdrive

AS RICHARD BACHMAN

Rage

The Long Walk

Roadwork

The Running Man

Thinner

Author's set

『스티븐 킹 단편집』(1978)

킹은 몇 권의 소설을 출간하고 나서도 1970년대에 《펜트하우스》나 《코스모폴리탄》을 비롯한 여러 잡지에 단편소설을 게재했다. 그는 또한 찰스 L. 그랜트가 편집한 『그림자들』을 통해 처음으로 선집에 작품을 실었고, 이후 「다크 타워 시리즈」 1부가 될 소설의 앞부분을 잡지에 연재하기도 했다.

더블데이는 킹이 1년에 한 권 이상 책을 내지 않기를 바랐지만, 동시에 한 권은 꼭 냈으면 했다. 킹은 자신의 가장 긴 소설이 될 『스탠드』를 집필하던 중, 더블데이의 일정 내에 소설을 완성해 내지 못하리라는 걸 깨달았다. 그래서 그 간극을 메우기 위해 그는 더블데이 측에 단편집 출간을 제안했다.

『스티븐 킹 단편집』은 1968년부터 1977년 사이에 발표한 열여섯 편의 단편과 네 편의 미발표 단편을 엮어냈다. 이 단편집에 실을 수 있는 소설 중, 가장 좋은 작품을 추려내는 데 빌 톰슨이 커다란 도움을 주었다. 존 D. 맥도널드가 추천사를 써주었고, 킹은 장문의 서문을 통해 공포의 본질과 인간이 공포에 매료되는 이유에 관해, 사람들이 공포 소설을 읽는 이유와 킹이 공포 소설을 쓰는 이유에 관해 풀어냈다.

달러 베이비

1980년대에 프랭크 다라본트는 『스티븐 킹 단편집』에 실린 단편 「방 안의 여인」의 비영리 영화 각색권을 단돈 1달러에 구매했다. 이는 '달러 베이비'로 알려진 프로젝트의 초기 계약건 중 하나였다. (이후에도 다라본트는 영화 「쇼생크 탈출」, 「그린 마일」, 「미스트」 등의 각본과 감독을 맡았다.)

킹의 회계사는 달러 베이비 프로젝트가 마뜩잖았다. 법적 문제가 될 소지가 다분했기 때문이다. 하지만 킹은 영화를 만드는 학생들을 위해 아직 영화화 판권이 팔리지 않은 단편소설에 대한 일회성 권리를 주었다. 단, 몇 가지 조건이 있었다. "영화 제작자들은 완성된 영화를 허락 없이 상업적 용도로 공개해서는 안 되며, 완성본의 비디오테이프를 나에게 보내야 한다는 내용의 각서에 서명해야 했다."[67] 즉, 영화 제작자들은 완성된 영화를 입장료가 없는 영화제 같은 곳에만 출품할 수 있다는 뜻이다.

코로나19 팬데믹으로 인해 봉쇄 정책이 한창이던 2021년 4월, 스티븐 킹은 온라인에서 3일간 '스티븐 킹 룰스(Stephen King Rules)' 영화제를 개최해 29편의 달러 베이비 작품들과 함께 영화 제작자 인터뷰 영상을 상영했다. 28개국에서 3만 5000명이 넘는 사람들이 이 영화제에 참가했는데,[68] 킹이 영화제 관련 정보를 트위터에 게시한 덕이 컸다.

킹의 단편소설 중에는 여러 영화감독에 의해 여러 차례 각색된 작품도 몇 있다. 하지만 킹이 상업 영화 각색권을 팔고 나면 해당 작품은 달러 베이비 프로그램에서 제외된다. 달러 베이비 프로그램으로 탄생한 영화의 완성도, 스타일, 접근법은 무척 다양하다. 대부분 실사로 촬영됐지만, 애니메이션으로 제작된 것들도 있다. 외국어로 각색된 영화도 꽤 있다. 킹은 이 프로그램의 영화 제작에 거의 참여하지 않지만, 「고담 카페에서의 점심 식사」 각색 작업에서는 목소리 카메오로 참여하기도 했다.

더블데이는 이 단편집에 큰 기대를 걸지 않았다. 그래서 『살렘스 롯』보다 적은 부수로 초판본을 제작했다. 하지만 『스티븐 킹 단편집』은 커다란 인기를 끌었고, 더블데이는 불과 몇 주 만에 2쇄를 찍어야 했다. 첫해에 2만 4000부가 팔렸는데, 이는 단편집치고는 엄청난 판매량이다.

『스탠드』(1978)

1969년에 메인대학교의 문학잡지 《유브리스》에 게재됐다가 이후 대대적인 수정을 거쳐 1974년에 《카발리에》에 재판매된 단편 「밤의 파도」는 A6라는 바이러스로 인류 대부분이 몰살된 세계에서 살아남은 십 대들의 이야기를 그린다. 이들은 스스로 면역자라고 믿지만, 소설이 전개될수록 '캡틴 트립스'라고 부르는 병의 증상이 발현되는 사람이 속속 등장한다. 킹은 바이러스가 휩쓸고 지나간 이후의 세계에 관해 긴 소설을 쓰고 싶었으나, 당시에는 준비가 되지 않았다고 느꼈다.

『스티븐 킹 단편집』에 실린 「옥수수 밭의 아이들」 오리지널 각색작 속 아이작 크로너(존 프랭클린 분)와 맬러키(코트니 게인즈 분)가 등장하는 장면.

『샤이닝』을 탈고한 후, 킹은 중편소설 「우등생」을 써냈고, 이후 패티 허스트 사건에 기반한 '밸류가의 집' 작업을 재개했다. 하지만 6주라는 시간을 쏟아부어도 도무지 어떻게 나아가야 할지 가닥이 잡히지 않았다. 그러던 어느 날, 킹은 유타에서 발생한 사건에 관한 기사를 접한다. 고엽제보다 치명적인 화학 물질을 실은 통이 트럭에서 굴러떨어져 내용물이 쏟아졌고, 그래서 양 몇 마리가 죽었다는 내용이었다. 뉴스 기사에 따르면, 만약 바람이 다른 방향으로 불었더라면 유독 가스로 인해 솔트레이크시티가 위험했을 수도 있었다. 이 사고를 접한 킹은 바이러스로 지구의 인류 대부분이 사망한 상황을 그리는 조지 R. 스튜어트의 『지구는 죽지 않는다』를 떠올렸다. 허스트를 소재로 한 소설을 기어코 쓰고 싶었던 킹은 공생해방군 단원들이 어떤 이유로 질병에 면역이 생긴다면 어떨지 궁금해졌다. 얼마 지나지 않아, 필라델피아에서 처음으로 레지오넬라증이 발병했다는 뉴스 속보가 나왔다. 라디오에서 어느 설교자가 "세대마다 한 번 꼴로 전염병이 들이닥친다."라고 말한 것이 퍽 마음에 들었던 킹은 그 문구를 포스트잇에 적어 책상에 붙여두기까지 했다.

어느 공생해방군 단원의 사진은 킹의 상상력에 더욱 불을 지폈다. 사진 속 도널드 디프리즈는 큼지막한 모자를 써서 얼굴에 그림자가 짙게 드리워 있었다. 킹에게 그는 얼굴 없는 '어둠의 남자'였다. 이는 킹이 1970년대에 발표한 시 「어둠의 남자(The Dark Man)」를 연상케 하는 단어다.

킹은 마침내 허스트 이야기를 손에서 놓아버리고, 슈퍼 독감에서 살아남은 이들과 함께 2년간의 미국 횡단 길에 올랐다. 『반지의 제왕』에 버금가는 스케일이지만 가상의 땅 대신 미국을 배경으로 선한 사람부터 악한 사람까지 수많은 인물이 등장하는 장대한 판타지 소설을 쓰는 작업에 킹은 마음을 빼앗겼다.

캡틴 트립스

'캡틴 트립스'는 『스탠드』 속 미 서부에 퍼진 슈퍼 독감의 명칭인데, 이 치명적인 바이러스는 킹의 단편 「밤의 파도」에도 등장한다.

캡틴 트립스는 록 밴드 그레이트풀 데드의 멤버인 제리 가르시아의 별명이었다. 그가 환각제 LSD를 좋아한다는 이유에서였다.* 그레이트풀 데드는 방방곡곡 투어를 다니는 것으로 유명했고, 킹은 이에 착안해 바이러스가 미국 전역의 사람들 사이에서 퍼지는 방식을 그려냈다.

지난 몇 년간, 수많은 독자가 킹의 『스탠드』를 읽다가 감기 기운을 느끼거나 독감 비스름한 증상을 겪는다고 토로했다. 최근 코로나19 팬데믹 기간에는 킹의 소설 속에 갇힌 것 같다며 불평하는 팬들도 있었다. "그러면 전 유감이라고 할 밖에요." 킹은 스티븐 콜베어에게 말했다. "하지만 그 소설은 집필 당시 70년대에 유타에서 발생한 화학 물질 유출 사고에서 아이디어를 얻은 거였어요. 그 사건을 접하고 난 뒤, 전 의사에게 가서 '지구상의 인류 98%가 사망할 만한 전염병 시나리오가 뭐가 있을까요?'라고 물었죠. 그랬더니 그 의사가 눈을 반짝이더군요. 의사들은 그런 종말론적 가상의 시나리오를 무척 좋아하거든요."[69]

코로나19 발발 초기에 킹은 『스탠드』에서 전염병이 퍼지는 방식이 묘사된 한 챕터의 오디오북 링크를 트위터에 올리기도 했다.[70]

* '트립'은 마약으로 인한 환각 상태를 일컫는 은어로, 정신적 탐험이라는 뜻을 내포한다.

오른쪽 페이지: 양피지에 배치한 『스탠드』 타자본의 초기 속표지.

STEPHEN KING

THE
STAND

DOUBLEDAY & COMPANY, INC., GARDEN CITY, NEW YORK
1979

THE
STAND

a novel by the author of
THE SHINING

STEPHEN KING

독자들은 새로운 언어를 익힐 필요도, 상상 속 장소의 지도를 그릴 필요도 없었다. 이미 소름 끼칠 정도로 익숙한 곳에서 펼쳐지는 이야기니까. 킹은 90%가 넘는 인류의 종말을 기껍게 받아들였다. "내가 『스탠드』를 집필하는 동안 느꼈던 강렬한 충동의 상당수는 확고했던 사회 발전 과정 전체가 단 한 방에 파괴되는 광경을 상상하는 데서 비롯된 것이 분명하다."[71] 킹은 슈퍼 독감을 에너지 위기에 관한 색다른 해결책으로 봤다. 그러면 사람들은 주유소에 길게 줄 설 필요도 없을 테고, 냉전도 종식되고, 환경 오염도 사그라들 것이며, 지구의 숨통도 트일 테다. 그가 메모에 남긴 대로, 지구를 위한 "휴식의 계절"이 도래하는 것이다.[72] 그렇게 "한 줌 남은 인류는 신 중심적 세계, 그러니까 기적, 마술, 예언 같은 것들이 귀환한 세계를 다시 한번 시작할"[73] 기회를 부여받는다.

처음에 킹은 『오즈의 마법사』에서 도로시가 그랬던 것처럼, 황폐해진 미국 땅을 횡단하며 일행을 모으는 프래니 골드스미스의 관점에서 극을 이끌어 나갔다. 하지만 글을 쓰다 보니 그러한 접근법이 무척 짐스럽게 느껴졌고, 그래서 킹은 대신 다양한 인물의 관점에서 소설을 쓰기로 했다. 모든 인물이 서부에 모이기 전까지, 각 생존자가 겪는 시련들은 서로 다른 챕터에서 다뤄진다.

『스탠드』 1권에서는 캡틴 트립스가 어떻게 미국 전역에 창궐해 거의 모든 사람이 사망에 이르게 되는지를 살펴보고 있지만, 사실 킹의 가장 큰 관심사는 그 이후에 일어나는 일이었다. 킹이 생각하기로 아폴론적 집단은 사회 구조를 확립하고 기본적 권리를 회복하는 데 주력할 것이고, 산 너머의 디오니소스적 집단은 피할 수 없는 갈등에 대비해 무기를 쌓아두고자 할 터였다.

킹은 어느 인터뷰에서 이렇게 말했다. "거의 모든 사람이 죽고 나면 주위에 뭐가 남을지 생각해 보세요. (…) 핵무기 같은 것들이겠죠. 스케넥터디나 보스턴 같은 곳에 각각 하나의 사회가 형성되어 서로 신학적 논쟁을 주고받을 수도 있고, 그러다 끝내 말 그대로 서로를 향해 핵무기를 날릴 수도 있습니다. 핵무기는 사용이 그리 어렵지 않으니까요. (…) 시간이 좀 걸릴 순 있겠지만, 그렇게 오래 걸리지 않을 겁니다."[74]

하지만 『스탠드』는 생존에 관한 이야기에 그치지 않는다. 킹은 생존자에게 도덕적 딜레마를 부여한다. 이들은 근본적으로 선한 인간인가, 악한 인간인가? 이들은 선한 마더 애버게일의 부름에 응하는가, 다크맨이자 '걸어 다니는 멋쟁이'로 알려진 랜들 플래그의 부름에 응하는가? 이들은 볼더 자유 지대로 향하는가, 아니면 킹이 본질적으로는 무미건조한 곳이라고 여기는 곳인 동시에, 오늘날에는 '신 시티(Sin City)'로 통하기도 하는 라스베이거스로 향하는가? 킹이 말했다. "저는 영적인 것과 기술적인 것을 가르는 이분법에 관해 생각하게 되었고, 그것이 이 책의 대주제가 되었습니다."[75] 훗날 그는 『스탠드』를 "암울한 기독교적 세계관에 관한 이 기나긴 이야기"[76]라고 칭하기도 했다. 킹은 고야의 그림을 재해석한 오리지널 표지를 두고 "이 책의 정신을 잘 담아냈다."[77]라고 말했다.

『스탠드』가 그리는 종말 이후의 인간 군상은 후기 작품의 그것보다 훨씬 낙관적이다. 생존자들은 한데 뭉쳐 자원과 지식을 공유한다. 심지어 각 무리가 모여 더 큰 무리를 형성하고, 결국 하나의 사회가 다시금 발달하기 시작한다. 해럴드 로더처럼 타인을 의심하는 인물들은 오로지 악에 이끌린 자들뿐이다. 이와 반대로, 그로부터 30년이 흐른 뒤 쓴 『셀』에서는 전 지구적 재앙에서 살아남은 사람들이 서로 적극적으로 적대하고 재앙이 닥친 후에 만난 사람들과는 거의 연대하지 않는다.

왼쪽 페이지(상단): 『스탠드』의 표지 아트워크에 영감을 준 고야의 그림 「곤봉 결투」. **(하단):** 더블데이판 초판 양장본.

킹에게 『스탠드』는 선과 악의 본질에 관한 사유를 마음껏 펼쳐나갈 수 있는 캔버스였다. 킹은 '선'을 완전히 기독교적인 힘으로 보지 않는다고 말한다. "제가 생각하는 선함이란, 흰색 같은 겁니다. 흰색이요. 무시무시하게 강력해서 앞에 끼어든 그 모든 것을 치고 나아가는 그런 것 말이에요."[78] 『스탠드』에서 선은 네브래스카주의 헤밍포드홈 출신이자 고령의 흑인 여성인 마더 애버게일로 인격화된다. 마더 애버게일의 정 반대편에는 전염병이 기승을 부릴 때 난데없이 나타난 변신 능력을 지닌 악마, 랜들 플랙이 놓여 있다. 킹에게 플랙은 "지난 20년간 접했던 그 모든 나쁜 것의 총집합"[79]으로, 찰스 맨슨, 찰스 휘트먼, 찰리 스타크웨더와 같은 소시오패스를 하나로 뭉친 인물이다. 킹은 악을 강력하지만 멍청한 것으로 본다. 플랙은 파괴적인 성향을 지녔지만, 그의 계획은 거의 항상 실패하고 만다.

킹이 가장 좋아하는 「미래의 묵시록」 속 장면

킹이 「미래의 묵시록」*에서 가장 좋아하는 장면은 래리 언더우드와 리타 블레이크무어가 뉴욕시에서 도망치는 장면이다. "국가의 거의 모든 사람이 죽어버렸어요. 래리는 링컨 터널에서 리타와 한바탕 언쟁을 벌이고, 터널은 차들로 앞뒤가 꽉 막혀 있는 상황이죠. 차 안에는 미처 빠져나오지 못한 채 사망한 운전자들이 있고요. 그곳에서 벗어날 유일한 방법은 그 모든 차와 그 속의 모든 시체를 지나 장장 3km에 이르는 빛 한 줌 없는 긴 터널을 걸어 나오는 것밖엔 없습니다. 래리는 터널을 홀로 걸어 나갑니다. 절반쯤 왔으려나요. 래리가 차 안에서 생을 마감한 사람들에 관해 생각하고 있을 때, 어디선가 발소리가 들리고 차 문이 여닫히는 소리가 들려오죠. 정말 멋진 장면이라고 생각해요. 그 불쌍한 사람의 심정이 어떨지 상상이나 할 수 있겠어요?"[80]

『스탠드』를 각색한 1994년 작 미니시리즈에서 래리 언더우드 역을 맡은 애덤 스토크.

* 소설 『스탠드』를 원작으로 한 1994년 작 미니시리즈는 국내에 「미래의 묵시록」이라는 제목으로 소개됐다.

오른쪽 페이지(좌): 캡틴 트립스 바이러스가 최초로 등장하는 킹의 단편 「밤의 파도」가 실린 1969년 봄호 《유브리스》의 표지.
오른쪽 페이지(우): 1994년 6월 9일, 뉴욕의 플래닛 할리우드에서 『스탠드』 속 랜들 플랙의 모습을 한 영화 소품을 들고 포즈를 취하는 킹의 모습.

UBRIS

51

다크맨

킹은 일생을 랜들 플랙이라는 캐릭터와 함께했다. 1969년, 킹은 지독한 숙취와 씨름하는 와중에 대학교 학생회관에서 테이블 매트 뒷면에 「어둠의 남자」라는 시를 썼다. 이후 《유브리스》와 《모스》에 실린 이 시에는 화물칸에 몰래 숨어들어 방랑자처럼 전국을 떠돌며 그 모든 것을 관찰하는 어느 남자의 이야기가 담겨 있다. 시의 분위기는 화자가 강간과 살인을 저질렀음을 고백하면서 급격하게 어두워진다. 2016년에 쓴 에세이 「5대1, 다섯 중 하나」[81]에서 킹은 이 시를 다시 언급하면서 월트 휘트먼, 제라드 맨리 홉킨스, 레이 브래드버리, LSD, 그리고 1960년대의 전형적인 문학 경향을 그대로 담아낸 도어스의 영향을 받았다고 말한다. 이 시는 또한 패티 허스트의 납치범 중 한 명으로부터 영감을 얻어 탄생했으며, 킹의 작품 세계에서 여러 이름으로 등장하는 랜들 플랙의 기원을 보여준다. "랜들 플랙은 제가 생각하는 악의 모습을 깡그리 압축한 인물입니다. 카리스마 넘치고, 잘 웃으며, 남녀 모두에게 굉장한 매력을 뽐내고, 우리 모두가 품고 있는 최악의 면모에 호소하는 사람이죠."[82] 킹이 말했다. "그 남자에 관한 아이디어는 언제고 제 마음에 머물러 있었습니다. 제가 그에게 그토록 매료된 이유는 악당이란 항상 바깥에서 겉돌며 안쪽을 들여다보면서 좋은 유대감, 좋은 대화, 좋은 친구를 지닌 사람들을 증오하는 인물이라는 점에서였어요."[83]

킹이 그토록 플랙에게 집착한 데에는 찰리 스타크웨더의 영향이 엿보인다. 소년 시절 킹은 1958년에 미성년자 여자 친구와 함께 연쇄 살인을 저지른 찰리 스타크웨더에 관한 기사를 모아 스크랩북을 만들어 간직하기도 했었다. 그는 스타크웨더의 얼굴에서 감지되는 공허한 표정을 눈에 익혀서 혹여나 다른 사람의 얼굴에서 그런 표정을 발견한다면 그 사람을 멀리하려고 했다.

『스탠드』에 모습을 드러낸 플랙은 『용의 눈』에서 다시 한번 등장했다. 다크 타워 1 - 랜들 플랙(Randall Flagg)과 이니셜이 같은 인물들도 여러 책에 등장했다. 「내 영혼의 아틀란티스」 속 레이먼드 피글러(Raymond Fiegler)도 그중 하나다. 비록 오랜 시간이 걸리긴 했지만, 『최후의 총잡이』에서 롤랜드 디셰인이 사막을 가로질러 쫓던 검은 옷의 남자가 플랙의 또 다른 화신인 월터 오 딤이라는 사실도 밝혀졌다.

플랙은 모습을 드러내는 곳마다 혼돈을 자아내지만, 그의 악마적인 음모는 거의 항상 실패로 귀결된다. 메인대학교 시절에 처음으로 킹의 머릿속에 구체화되었던 플랙은 그로부터 대략 35년 뒤, 『다크 타워 7 - 다크타워』에서 최후를 맞이한다. 그것도 플랙이 직접 탄생시킨 모드레드 디셰인의 손에 말이다. 그렇게 플랙은 자신의 오만함에 당한다.

THE DARK MAN

"Let us go, then, you and I..."
T. S. Eliot

i have stridden the fuming way
of sun-hammered tracks and
smashed cinders;
i have ridden rails
and burned sterno in the
gantry silence of hobo jungles;
i am a dark man.

i have ridden rails
and passed the smuggery
of desperate houses with counterfeit chimneys
and heard from the outside,
the inside clink of cocktail ice
while closed doors broke the world—
and over it all a savage sickle moon
that bummed my eyes with bones of light.

i have slept in glaring swamps
where mush-reek rose
to mix with the sex smell of
rotting cypress stumps
where witch fire clung in sunken
psycho spheres of baptism—
and heard the suck of shadows
where a gutted columned house
leeched with vines
speaks to an overhung mushroom sky.

i have fed dimes to cold machines
in all night filling stations
while traffic in a mad and flowing flame
streaked red in six lanes of darkness,
and breathed the cleaver hitchhike wind
within the breakdown lane with thumb levelled
and saw shadowed faces made complacent
with heaters behind safety glass
faces that rose like complacent moons
in the undulent shadow of all this monster void

and in the sudden flash of hate and lonely
cold as the center of a sun
i forced a girl in a field of wheat
and left her sprawled with the virgin bread
a savage sacrifice
and a sign to those who creep in
fixed ways:
i am a dark man.

— **Steve King**

랜들 플랙이라는 인물의 기원이 된 킹의 시 「어둠의 남자」(왼쪽).
메인대학교 문학잡지인 《유브리스》의 1969년 가을호(오른쪽)에
실렸다.

"많은 사람이 『스탠드』에 실망하는 지점은 바로 랜들 플랙이 후반부로 갈수록 존재감을 잃는다는 겁니다. 하지만 제게 악이란 궁극적으로 아무것도 이루지 못하는 그런 거예요. (…) 악은 비웃음으로 퇴치할 수 있습니다."[84] 악은 악을 행할 수 있는 인간의 능력 속에 언제나 존재하는 것이라고 킹은 말한다. "제가 생각하는 기독교 신학 속 악에 견주어 보면 (랜들 플랙은) 아류에 불과합니다. (…) 악은 그 자체로는 힘이 없어요. 사람들이 악에게 힘을 쥐여주는 거죠. 제가 갖고 있던 플랙의 이미지는 차츰 공기가 빠져가는 거대한 악이었습니다. (…) 그럴 수만 있었다면, 막판에 전 플랙을 일종의 굽실거리는 영업 사원으로 만들었을 겁니다. 빨간 바지를 입고 하얀 신발을 신은, 머리가 벗어지기 시작한 어느 남자의 모습으로요."[85]

대하소설을 쓰는 일은 무척이나 힘에 부치는 일이었다. "나는 친구들에게 그 작품을 나 혼자만의 작은 베트남전이라고 설명하는 지경에까지 이르렀다. 왜냐하면 100쪽 정도만 더 쓰면 캄캄한 터널 끝의 빛이 보이기 시작할 거란 소리를 내가 내 자신에게 지겹도록 연발했기 때문이었다."[86] 익숙한 야구 비유를 들면서 킹은 "세 번째 순서에 홈을 향해 가는 중에 거의 죽다시피 한"[87] 책이라고 말했다. 킹은 달리 무어라 더 쓸 말이 없었다. 500쪽 분량의 소설을 쓰고 난 뒤에 글길이 막혀버리고만 심각한 경우였다. 그보다 시간을 더 적게 투자했었더라면 그냥 손에서 털어버리고 말 일이었다. "『스탠드』가 적극적으로 미웠던 적은 여러 번 있었지만, 집필을 포기해야겠다고 느낀 적은 단 한 번도 없었다. 소설 속에서 볼더에 모인 좋은 사람들의 사정이 악화되고 있을 때조차 나는 그 소설로 인해 미친 듯이 흥에 겨워 즐거운 기분을 느꼈다."[88]

킹은 미로처럼 복잡하게 얽힌 줄거리와 등장인물을 풀어내기 위해 기나긴 산책("20년 뒤에 내게 커다란 고통을 안겨준 습관"[89])에 나서기 시작했다. 이 문제를 끌어안고 몇 주 동안 씨름한 끝에, 마침내 해결책이 떠올랐다. 세상의 거의 모든 사람을 날려버린 채로 시작한 이야기였으나, 등장인물들이 꽉꽉 들어차 있는 것이 문제였다. 그래서 그중 몇 명은 보내주어야 했다. 닉 앤드로스의 목숨을 앗아간 볼더에서의 폭발 사건과 뒤이은 해럴드 로더의 사망으로 소설은 추진력을 얻었다. 원정이라는 테마는 선악 간 갈등의 담판을 짓기 위해 자유 지대 위원회 중 네 명을 서쪽으로 보낸다는 결정과 함께 다시금 활기를 되찾았다.

이후 킹은 두 달 남짓한 시간 만에 소설의 나머지 분량을 써내며 1400쪽이 넘는 원고를 완성했다. 퇴고 과정에서 글의 부피는 얼마간 줄어들었지만, 더블데이 측에서는 원고를 상당 부분 더 쳐내야 출판할 수 있다고 고집했다. 책값이 너무 비싸서 판매에 악영향을 미치리라는 것이 논지였다. 400쪽가량을 덜어낼 것을 요구받은 킹의 앞에 두 가지 선택지가 놓였다. 첫째, 킹이 직접 덜어내는 것, 둘째, 더블데이가 대신 덜어내는 것. 순전히 경제적인 이유로 내용을 삭제해달라고 요구받은 것은 이번이 두 번째였다. 킹은 『샤이닝』 때보다도 심기가 불편했지만, 그래도 참고 넘겼다. 하지만 더블데이의 이러한 요청으로 출판사에 대한 킹의 불만은 하나 더 쌓였고, 차기작을 다른 출판사에서 내게 된 계기가 되었을 터다.

팬들에게 가장 좋아하는 킹의 소설이 뭐냐고 물으면 『스탠드』는 거의 항상 1, 2위를 차지한다. "제가 1978년에 죽었더라면 더할 나위 없이 기뻐했을 사람들이 있어요. 제게 와서 '아, 당신 소설 중 『스탠드』만큼 좋은 작품이 없었죠.'라고 말하는 사람들 말이에요. 그러면 저는 28년 전에 쓴 책이 제 최고작이라는 말을 듣는 기분이 얼마나 우울한지 말해줍니다."[90]

오른쪽 페이지: 『스탠드』 교열 편집자의 교열지를 받아 본 뒤, 요구 사항을 써서 보낸 킹의 메모.

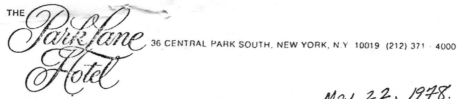

THE **Park Lane Hotel** 36 CENTRAL PARK SOUTH, NEW YORK, N.Y 10019 (212) 371 - 4000

May 22, 1978.

Concerning the copy-edited MS. of <u>The Stand</u>:

1.) When characters drop g's in their dialogue (and in a few cases, when g's are dropped in narration), I have ~~omitted~~ omitted the customary apostrophe which usually denotes the missing letter. I would like to see this convention followed _{when} in setting the book in type. Same applies to the short form of "them" — em. Also: rock n roll, and o for the short form of "of" (as in: "Hand me that pad o paper, Nick.")

2.) Instead of U.S. 95 or U.S. 6, _{etc.} please set US _(no periods) in all cases, as indicated.

Thank you very much,

Stephen King

「미래의 묵시록」 속 스티븐 킹

『스탠드』의 1994년 미니시리즈 각색작 「미래의 묵시록」에서 스티븐 킹은 네이딘 크로스를 마더 애버게일의 집까지 태워다 주고, 톰 컬런과 스튜 레드먼이 볼더에서 돌아왔을 때 이들을 맞이하는 테디 웨이작 역을 맡았지만, 킹이 눈독 들였던 배역은 따로 있었다.

킹은 자신이 톰 컬런 역에 제격이라고 줄곧 말하곤 했다. 톰 컬런은 모든 단어를 '디근, 아, 리을', 즉 '달'로 쓰는 몸집 큰 지체장애인으로, 킹이 이미 「크립쇼」에서 연기해 본 적 있는 조디 베릴과 거의 다를 바 없는 인물이었다.

하지만 킹이 자신과 가장 동일시한 등장인물은 바로 해럴드 로더였다. "해럴드는 끔찍하게 외로운 사람이에요. 주위의 모든 사람에게 거부당했다고 느끼는 인물이고, 스스로 뚱뚱하고 못생겼다고 생각하며, 대부분 언짢은 상태입니다. (…) 저도 때때로 스스로 거부당했다고 느끼고, 언짢은 기분을 느낀 적이 있어요. 고등학교 시절에 그랬죠. 게다가 해럴드도 일종의 좌절을 맛본 작가잖아요."[91]

조시 분이 『스탠드』의 리메이크작을 촬영하던 2020년에 킹은 세트장을 방문할 수 없었다. 하지만 그렇다고 해서 카메로로 출연하지도 못한 것은 아니다. 예리한 눈을 지닌 시청자라면 네 번째 에피소드인 '망자의 집'에서 버스 정류장에 붙어 있던 '헤밍포드홈'이라는 이름의 노인 복합 시설 광고 포스터에서 킹의 모습을 발견했을 것이다.

감독 믹 개리스(오른쪽)와 함께 콜로라도주 에스테스 파크의 스탠리 호텔에서 「미래의 묵시록」을 촬영 중인 스티븐 킹(가운데).

『데드 존』(1979)

『샤이닝』과 『스탠드』 모두 등장인물들이 메인주로 이사하면서 막을 내린다. 『샤이닝』에서 웬디 토런스와 대니 토런스는 서부 메인주의 레드 애로 오두막에서 딕 할로런과 만나고, 『스탠드』에서 프래니 골드스미스와 스튜 레드먼은 메인주를 둘러본 뒤 오건킷에서 아들 피터를 키우기로 결심한다(『스탠드』 개정판에는 캐슬록도 등장한다.).

아직 『스탠드』 초고 작업이 한창이던 1975년 여름, 킹의 가족은 다시금 메인주로 거처를 옮겼다. 킹은 소설 속 등장인물 모두에게 메인주 노동자 계급의 감수성이 스며 있다는 것을 깨닫곤, 자신이 볼더에 어울리지 않는 사람이라는 것을 느꼈기 때문이다.

『스탠드』와 중편소설 「리타 헤이워드와 쇼생크 탈출」을 마무리한 뒤, 킹은 다음 소설을 쓰는 데 애를 먹었다. 새 소설을 끼적대다가 폐기하기를 두 번 반복한 뒤, 그제야 작은 마을에 사는 어느 살인자에 관한 소설을 쓰기 시작했다. "애초에 『데드 존』의 발단이 된 아이디어는 소설에 반영되지 않았습니다. (…) 원래 전 고등학교 교사에 관한 글을 쓰고 싶었어요. 제가 잘 아는 직업이면서 이제껏 소설에 한 번도 써먹어 보지 못한 직업이었으니까요. 전 교사가 교실에서 시험을 감독하는 모습을 떠올렸습니다. 교실은 조용하고, 학생들은 시험지에 고개를 처박고 있죠. 그때 한 여학생이 교사

1984년, 킹의 영화를 연속 상연하는 인디애나폴리스의 어느 자동차 극장.

에게 다가와 시험지를 건넵니다. 두 사람의 손이 닿는 순간, 교사는 나지막이 속삭여요. '지금 당장 집으로 가 봐. 집에 불이 났다.' 그러자 교실의 모든 시선이 교사에게 쏟아지는 장면이 그려졌습니다."[92]

그 아이디어마저도 잘 풀리지 않자, 킹은 『데드 존』 원고를 제쳐둔 채 『파이어스타터』 작업을 시작했다. "약간은 절박할 정도로 뭐라도 마무리 짓고 싶다는 생각이 들어서 무의식적으로 이전에 쓰던 글로 돌아가게 됐습니다."[93] 하지만 이 소설도 그저 『캐리』의 변주에 지나지 않을까 걱정이 된 킹은 다시 『데드 존』으로 돌아가 1977년에 소설을 완성했다.

킹의 머릿속에서 『데드 존』 주인공의 고통은 점차 발전했다. "(조니 스미스의 능력은) 조금씩 구체화되어 '프롤렙시스'로 불리는 초능력이라는 사실이 밝혀졌습니다. (…) 일종의 인간 블러드하운드*가 되어 어떤 대상을 만지면 그와 관련된 미래가 보이는 거죠. (…) 그 결과, 모두가 그를 피하고 두려워합니다. (…) 저는 조금 더 근원적인 질문으로 거슬러 올라가 실제로 미래를 볼 수 있다면 어떤 일이 일어날지 생각해 봤어요. 글을 써 내려갈수록 정말 끔찍한 능력이라는 생각이 들었죠. 사람들의 미움을 사게 될 테니까요."[94]

다시 메인주에 둥지를 트게 된 것은 인생의 수많은 전환점 중 하나에 불과했다. 킹은 생전 처음 문학 대리인 서비스를 이용해 봤고, 더블데이와의 관계를 정리했다. 대리인 커비 맥컬리는 킹의 문고본 책들을 출판했던 뉴 아메리칸 라이브러리 측과 협상해 『데드 존』과 『파이어스타터』를 포함한 총 세 개 작품의 계약을 선인세 250만 달러에 성사시켰다. 이는 킹이 이전에 받았던 하잘것없는 선인세에 비하면 엄청나게 뛴 액수였다. 또, 이번 거래로 킹은 문고본 판권 판매금을 더는 출판사와 나눌 필요도 없었다. 뒤이어 NAL은 『데드

존』을 내세워 양장본 계약처를 물색했는데, 이는 당시의 일반적인 절차를 역행하는 것이었다. 하지만 수많은 출판사가 계약을 거절했다. 『데드 존』이 이제껏 출간된 킹의 소설과 너무 다르다는 이유에서였다. 마침내 『데드 존』에 모험을 걸어보겠다고 나선 이는 바이킹 출판사의 편집자 앨런 윌리엄스였다.

『데드 존』에서는 메인주의 클리브스 밀스를 주요 무대로 이야기가 펼쳐지는데, 그 근처에 캐슬록이 자리하고 있다. 캐슬록은 킹이 탄생시킨 가상의 지역 중 가장 유명한 곳으로, 『데드 존』에서 최초로 등장한다. '캐슬록'이라는 지명은 킹의 작품에 지대한 영향을 미친 윌리엄 골딩의 소설 『파리대왕』에서 따 왔다.

주인공 조니 스미스는 두 번의 사고를 겪고 나서 초능력을 얻었다. 첫 번째 사고는 조니가 여섯 살일 때, 얼어붙은 연못에서 발생했다. 조니보다 나이가 많은 어느 남자아이가 실수로 조니를 넘어뜨리는 바람에 조니는 빙판에 머리를 세게 부딪히고 만 것이다. 정신이 드는 순간 조니는 미래의 한 장면을 보게 되지만, 그 누구도, 심지어 조니 자신도 그것이 미래의 한 장면이라는 사실을 눈치채지 못한다. 이 사고에는 킹의 경험담이 녹아 있다. "하키 선수에게 부딪혀 의식을 잃고 약 5분 뒤에 정신을 차린 사건은 제 가장 오래된 기억이에요. 아마 다섯 살이 채 되지 않은 때였을 겁니다. 소설에 꼭 들어맞는 일화여서 책에다 갖다 쓴 경험담 중 하나죠."[95]

두 번째 사고는 조니가 스물세 살일 때 발생했다. 조니는 클리브스 밀스 고등학교에서 교사로 재직 중이고, 결혼을 약속한 여자 친구도 있다. 모든 일이 순리대로 풀리는 것처럼 보이지만, 조니는 여자 친구와의 데이트를 마치고 집으로 돌아가는 길에 자동차 사고를 당하게 되고, 5년간 혼수상태에 빠지고 만다.

킹의 전작에서는 뱀파이어, 귀신 들린 호텔의 귀신들, 악

* '피 냄새를 쫓는 개'라는 뜻의 블러드하운드는 후각이 무척 예민한 견종으로, 사냥감, 실종자 등을 냄새로 추적하는 데 특화되어 있다.

존 라디오

1980년 5월, 킹이 보스턴 로건 공항에서 뱅고어로 돌아가기 위해 빌린 차에는 AM 라디오밖에 없었다. 운전하는 네 시간 동안 킹은 다이얼을 끊임없이 이리저리 돌려댔지만, 잡히는 방송이라곤 토크쇼, 스포츠, 뉴스, 종교 방송 아니면 방송국에 전화해 서로 물건을 사고파는 프로그램밖에 없었다. 록 음악을 트는 곳은 아무리 귀 기울여도 들리지 않았다.

스테레오 방송이 발전함에 따라, FM 라디오는 로큰롤의 본고장으로 거듭났다. "그렇지만 그건 나와 결이 맞지 않는 로큰롤이었다. 어린 시절, 아니 긴즈버그나 브루시 형아 같이 소리를 꽥꽥 지르는 유행에 민감한 디제이들 덕에 울고 웃으며 들었던 그런 로큰롤이 아니었다."[96]

이대로는 안 되겠다 싶었던 킹은 결단을 내렸다. 1983년 핼러윈 데이에 그는 1920년대부터 운영을 시작해 WLBZ로 불리다가 WACZ로 이름이 바뀐 지 얼마 되지 않은 방송국을 사들이곤, 『데드 존』을 연상케 하는 'WZON'이라는 이름을 새로 붙였다. 방송국은 썩 큰돈을 가져다주지 못했지만, 록 음악을 들으며 글을 쓰는 이에게만큼은 확실히 도움이 되었다. 이제 킹은 작업할 때 듣고 싶은 노래를 찾느라 다이얼을 이리저리 돌려보는 수고를 덜 수 있었다.

1988년에 광고 없는 방송 포맷으로 전환한 뒤, 킹은 1990년에 라디오 라이선스를 팔았다. 그렇게 방송국은 토크 라디오 포맷으로 변경되었는데, 파산에 이르게 되자 1993년 킹이 다시금 방송국을 사들였다. 스티븐 킹과 태비사 킹의 존 코퍼레이션(Zone Corporation)은 현재 메인주에서 WZON(레트로 라디오), WKIT(스티븐 킹의 로큰롤 라디오), WZLO(메인주의 어덜트 얼터너티브)까지 총 세 개의 라디오 방송국을 보유하고 있다.

존 코퍼레이션은 지역 스포츠뿐만 아니라, 보스턴 레드삭스의 모든 경기를 중계하곤 했는데, WZON은 2018년에 중계권을 상실했다. "갑자기 의자를 빼버려 엉덩방아를 찧은 꼴입니다." 킹이 《뱅고어 데일리 뉴스》에 말했다. "레드삭스는 중계권 협상을 하면서 우리 방송국을 물망에 올리지도 않았습니다."[97]

킹의 라디오 방송국 WZON의 1980년대 로고 및 범퍼 스티커.

의 화신 랜들 플랙처럼 악이 의인화된 형태로 등장했다면, 『데드 존』에서의 악은 조금 더 추상적이다. 세라 블랙넬과 놀이공원에서 데이트를 즐기던 중, 행운의 돌림판 게임에서 연속으로 당첨된 사건이 암시하듯, 조니에게 일어나는 일은 운명의 무작위적인 작용으로 보인다. 맛없는 핫도그를 먹은 뒤, 세라 브랙넬과 함께 밤을 보내지 않기로 한 결정으로 조니는 운명과 정면으로 맞닥뜨리게 된다. "『데드 존』 속 모든 상징은 한 방향을 가리키고 있습니다. 우리 삶은 마치 소소한 '우연'이 지배하고 있는 것처럼 보이지만, 조금만 멀리 떨어져 장기적인 관점에서 바라본다면 그 모든 우연이 어떤 패턴을 그리고 있을지도 모릅니다. 전 그렇다고 믿고 싶어요. 우리네 삶이 그저 마구잡이일 뿐이라고 생각하고 싶지 않거든요."[98]

혼수상태에 빠진 지 6년이 다 되어갈 무렵, 립 밴 윙클*

처럼 갑자기 깨어난 조니는 20대를 통째로 도둑맞았음을 깨닫는다. 여자 친구는 이미 다른 남자와 결혼해 슬하에 아들까지 둔 상태다. 그의 머릿속에는 기억이 떠오르지 않는 사각지대인 '데드 존'이 가득하다. 엎친 데 덮친 격으로, 조니는 미래를 볼 수 있게 되었는데, 대부분 불쾌한 광경뿐이었다.

언론은 조니의 이야기를 조명했다. 조니는 동네 유명 인사가 되었고, 사람들은 조니에게 도움을 요청하기 시작한다. 가십지 기자들은 조니의 뒤를 밟는다. 모든 사람의 요구를 충족할 수 없음을 깨달은 조니는 사회에서 모습을 감추고 은둔한다. 이는 갑작스레 유명해져 사생활을 빼앗겨버리자 감당하기 벅찼던 킹이 자신의 상황을 반추하며 써낸 설정이었을 터다. 이즈음에는 생판 모르는 사람들이 킹에게 끊임없이 사인이나 돈을 요구하는 일이 많았고, 출판계의 계약 문의도 빗발치던 때였다.

그러다 조니는 도와달라는 한 사람의 부탁을 마지못해 들어준다. 조니는 조지 배너맨이라는 보안관을 도와 인근 캐

---

* 「립 밴 윙클(Rip Van Winkle)」은 미국 작가 워싱턴 어빙이 1819년에 쓴 단편 소설로, 립 밴 윙클이라는 남자가 산속에서 유령이 마시는 술을 마시고 잠들었다가 깨어나 보니 20년이 흘렀음을 깨닫고 벌어지는 이야기를 그린다.

1952년 7월 4일에 촬영한 킹의 모습. 킹은 네 살 때 하키 선수에게 부딪혀 넘어지는 바람에 의식을 잃었고, 이 일화는 『데드 존』에서 활용된다.

슬록에서 발생한 연쇄 살인 사건 해결에 나서고, 곧바로 배너맨의 부보안관 중 한 명인 프랭크 도드를 살인자로 지목한다. 『데드 존』속 프랭크 도드의 살인에서 초자연적 현상 같은 건 찾아볼 수 없지만, 프랭크 도드 유령은 이후 『쿠조』에서 캐슬록을 떠도는 괴물로 다시 한번 언급된다.

『데드 존』은 여기서부터 본론으로 들어가 그렉 스틸슨이라는 정치인을 다루기 시작한다. 그렉 스틸슨은 성경 판매원 시절, 개를 발로 차 죽인 인물이자 조니의 예지력에 따르면 훗날 대통령이 되어 대규모 핵전쟁을 촉발할 파렴치한이다. 이즈음 이르면 조니는 여러 경험을 통해 예지력에 대한 신뢰도가 쌓인 상태다. 따라서 이제 조니는 새로운 도덕적 난제

에 봉착한다. 미래에 발생할 재앙을 막기 위해 자신이 직접 행동에 나설 의무가 있는가? 만약 스틸슨 살해 계획을 실행한다면 그러한 행동은 정당화될 수 있는가?

킹은 말한다. "『데드 존』은 다음 두 가지 질문을 바탕으로 탄생했다. 첫째, 정치적 암살은 옳은 일일 수 있는가? 둘째, 만약 그렇다면 그 암살자가 소설의 주인공이 될 수 있는가?"[99] 다르게 말하면 "타임머신을 타고 과거로 돌아갈 수 있다면 히틀러를 살해할 것인가?"[100]와 같은 질문이 될 것이다. 소설 속 수많은 인물은 스틸슨의 본성과 부패 행위들을 알 수 없지만, 독자는 조니와 함께 이를 낱낱이 알게 된다. 킹은 이러한 점을 이용해 조니의 행동에 대한 지지를 끌어낸다.

타락으로 인도하는 종교의 힘

킹은 취약한 사람, 특히 기혼 여성에게 종교가 미치는 영향을 소설에서 자주 다룬다. 『데드 존』에서 조니 스미스의 어머니 베라는 심령 현상을 믿는 광신도들의 먹잇감이 된다. 킹은 종교에 딱히 악감정이 있는 건 아니라고 말한다. "대부분의 사람은 종교를 다른 세계로 가기 위한 수단으로 보고, 그 도구를 잘 활용합니다. 하지만 베라 스미스는 (…) 그 선을 한 발 넘어섰죠. 그녀는 캐리 화이트의 엄마 같은 종교광이 될 정도로 선을 넘은 건 아니지만, 성경과 신의 힘에 대한 이해가 사이비 종교의 그것으로 보입니다."[101]

베라 스미스와 궤를 같이하는 캐릭터로는 「안개」의 커모디 부인과 『다크 타워 1 - 최후의 총잡이』의 실비아 핏스턴이 있다. "종교적 관념과 심령적 관점은 둘 다 힘없는 사람들의 권력 투쟁이라는 점에서 유사성이 있어요. 많은 경우, 심령 현상을 광적으로 믿는 사람들은 베라 스미스와 비슷합니다. 근본주의와 심령 현상에 대한 믿음은 이따금 접점을 만들어내기도 합니다."[102]

1967년, 웨스트 더럼 감리교회에서 예배를 인도하는 '스티브 형제님'.

실로 조니는 암살에 실패해 독자들의 동정심을 산다. "조니가 여타 끔찍한 편집증적 신비주의자와 다른 점은 단 한 가지다. 바로 실제로 미래를 볼 수 있다는 점이다. 신비주의자들도 말로는 미래를 볼 수 있다고 하지 않던가?"[103]

킹은 조니를 무척 괜찮은 사람으로 묘사한다. '조니'라는 이름조차 평범함의 전형이고, 종내에는 조니가 스틸슨을 죽이게 두지 않는다. "이런 생각도 일부 있었어요. 만약 이 책에서 조니가 그렉 스틸슨을 살해해 버렸다고 쳐요. 그런데 10년쯤 뒤 누군가 앤더슨 대통령이나 카터 대통령을 살해하고 '왜 그랬냐?'라는 사람들의 질문에 '스티븐 킹의 소설 『데드 존』을 따라했다.'라고 답한다면요? 전 조용히 짐을 싸서 코스타 리카로 도망쳤을 겁니다. 그래서 『데드 존』을 쓸 때 양가적인 감정이 들었어요. '스틸슨을' 살해하고 싶은 마음이 굴뚝같았고, 결말이 일종의 책임 회피처럼 느껴지기도 했죠."[104]

최근 몇 년간 킹은 이 초기 소설을 언급할 일이 많았다. 트럼프의 재임 기간이 스티븐 킹의 소설보다 더 무시무시하면 어떡하냐는 질문에 킹은 이렇게 답했다. "『데드 존』을 쓸 당시 걱정됐던 점은 그렉 스틸슨 같은 사람이 실제로 미국에서 선출되어 권력을 얻는 것, 그 사람이 대통령이 되어 제3차 세계대전을 시작하는 것이었습니다. (…) 그런데 지금은 정말로 그렉 스틸슨이 미국 대통령이 된 것 같네요."[105]

킹은 『데드 존』을 플롯 중심 소설이라고 말한다. 즉, 주인공과 대립 캐릭터의 행동은 킹이 하고자 하는 이야기에 따라 결정된다는 뜻이다. 지금까지도 『데드 존』은 킹이 개인적으로 좋아하는 소설 중 하나다. 매력적인 책 표지 디자인과 공격적인 마케팅 덕에 『데드 존』은 킹의 첫 번째 양장본 베스트셀러가 되었고, 근 6개월간 정상에 머물렀다.

각색작들

『캐리』는 출판되기 전부터 각색하려고 눈독 들이는 곳이 많

았지만, 큰돈을 들여 옵션을 구매하겠다고 나서는 곳은 없었다. 그래서 더블데이는 소설이 발간될 때까지 잠자코 기다리기로 했다. 소설이 베스트셀러가 되리라는 데 당차게 도박을 건 것이다. 그러면 영화화 권리에 관한 관심도 뜨거워질 터였다. 『캐리』의 양장본 판매량은 썩 좋지 못했지만, 출판 4개월 후 2500달러에 옵션 계약을 체결할 수 있었다.

킹은 『캐리』 영화의 제작자로는 폴 모내시가 적임자라고 생각했다. "전 모내시가 제작한 작품을 존경했어요. 「내일을 향해 쏴라」도 좋았고, 「죽음의 순례자」도 좋았지만, 마음에 쏙 든 작품은 「에디 코일의 친구들」이었죠."[106] 『캐리』의 옵션을 판매한 뒤, 킹은 1순위로 점찍어 둔 감독이 누구냐는 질문을 받았다. 킹은 브라이언 드 팔마를 지목하면서 그의 전작 「시스터스」를 힘주어 언급했다. 이 프로젝트는 여러 제작사를 둘러보며 협상한 끝에, 200만 달러보다 적은 예산으로 유나이티드 아티스츠와 계약하게 됐다.

모내시는 드 팔마가 이 영화의 감독에 걸맞다는 데 선뜻 동의하지 못했지만, 스튜디오 측에서 드 팔마를 감독으로 내세우기를 원했기에 그 뜻을 따랐다. 1976년에 개봉한 「캐리」는 박스오피스에서 3400만 달러에 가까운 수익을 기록했고, 이후 백만 명이 넘는 사람이 『캐리』 문고본을 구매했다. 이 영화로 아카데미 시상식에서 시시 스페이섹과 파이퍼 로리가 수상 후보로 거론됐으며, 킹의 커리어뿐만 아니라 드 팔마의 커리어도 탄탄대로에 올랐다.

1976년 10월, 킹은 태비사와 함께 보스턴 시사회를 통해 처음으로 영화를 관람했다. "저는 아내와 함께 극장으로 들어가서 주위를 둘러보곤 실망감을 이루 말할 수 없었어요. 왜냐하면 극장은 레드 폭스가 출연하는 「노먼…… 당신 이야?」로 도배되어 있었거든요. 극장에는 흑인들이 북새통을 이루고 있었습니다. 저희는 후추통 속에 떨어진 두 개의 작디작은 소금 알갱이처럼 보였죠. 그러다 문득 이런 생각이

왼쪽 페이지: 『데드 존』의 1983년 각색작에서 세라 브랙널 역을 맡은 브룩 애덤스와 그렉 스틸슨 역을 맡은 마틴 신.

63

들었어요. '관객들은 「캐리」의 평점을 테러할 거야, 월경 문제를 겪는 깡마른 백인 소녀를 보고 무슨 생각을 하겠어?' 실제로 처음에는 그런 분위기로 가는 듯 보였어요. 하지만 조금씩 관객이 캐리의 편을 들기 시작했고, 캐리가 능력을 발휘할 즈음에는 '다 뒤집어엎어!', '질러버려!' 같은 말들이 들려왔죠. 저희 뒷자리에서 두 명의 남자가 얘기하는 소리가 들렸는데, 영화가 끝날 때쯤 두 남자가 코트를 걸치고 나갈 준비를 하더군요. 그런데 갑자기 손을 번쩍 들더니, 다른 관객과 함께 이 덩치 큰 두 남자가 소리를 지르기 시작했어요. 그중 한 명이 '그거지! 바로 그거야! 아주 혼쭐을 내줘!'라더군요. 그 말을 들은 순간, 이건 대박 나겠다 싶었어요."[107]

워너 브라더스는 소설이 출간되기도 전에 『살렘스 롯』의 옵션권을 "거금을 주고"[108] 구매했다. 드 팔마의 「캐리」가 아직 공개되기 전이었으니, 얼마간 도박에 가까웠던 셈이다. 워너 브라더스는 애초에 장편 영화를 찍을 계획이었으나, 수없이 많은 각본 작업(일각에서는 각본 분량이 240쪽에 이른다고 했는데, 이는 극영화로 치자면 네 편에 맞먹는 길이다.)과 4년간의 개발을 거친 끝에, CBS에서 네 시간짜리 TV 드라마로 각색하기로 했다. 그렇게 모내시가 각본을 쓰고, 토브 후퍼* 감독이 메가폰을 잡았다. 400만 달러가 투입된 이 각색작은 1979년 11월에 2주에 걸쳐 방영됐다. 모내시는 에드거상 시상식의 TV 드라마 각본 부문에 후보로 올랐고, 「공포의 별장」 미니시리즈는 기술 관련 에미상의 여러 부문에서 후보로 호명됐다.

* 토브 후퍼(Tobe Hooper)는 B급 공포 영화의 대부라고 불리는 미국의 영화 감독이다. 후퍼는 「텍사스 전기톱 학살」(1974)이라는 걸출한 데뷔작으로 일약 스타덤에 올랐다. 킹의 『살렘스 롯』을 각색한 「공포의 별장」을 찍었고, 1995년에는 「맹글러」를 각색한 「써스펙트」를 찍었다.

상단: 1976년 영화 「캐리」에서 딸(시시 스페이섹 분)을 부둥켜안고 있는 마거릿 화이트 역의 파이퍼 로리. 로리는 이 역할로 오스카 시상식에서 수상 후보로 이름을 올렸다. 오른쪽 페이지: 1979년 미니시리즈 「공포의 별장」에서 뱀파이어 발로우(레기 날더 분)가 마크 페트리(랜스 커원 분)를 위협하는 장면.

캐슬록에 오신 것을 환영합니다

메인주에 위치한 가상의 마을 캐슬록은 킹의 책에 자주 등장한다. 『데드 존』, 『쿠조』, 『다크 하프』, 『욕망을 파는 집』, 「스탠바이 미」 등 수많은 소설에서 캐슬록은 이야기가 펼쳐지는 주무대로 쓰이거나, 하다못해 잠깐 언급되는 식으로라도 등장한다. "전 그 마을이 좋아요. 그 마을의 무엇이 어디에 있는지 꿰뚫고 있죠. 비록 지도는 없고, 관련된 모든 것을 일목요연하게 정리해 둔 건 아니지만요. 전 그 마을이 마음에 듭니다."[109]

캐슬록은 뉴햄프셔주 경계에서 그리 멀지 않은 곳에 자리한 메인주 서부 레이크스 리전의 자그마한 공장 마을이다("캐슬록에 관한 글들은 사실 제가 사는 곳 가까이에 있는 노르웨이나 남부 파리스*에 관한 얘기나 매한가지입니다."[110]). 캐슬록은 포틀랜드에서 약 140km, 예루살렘스 롯에서 약 100km 떨어져 있다(킹은 "캐슬록은 뱀파이어 없는 예루살렘스 롯"[111]이라고 말한 적 있다.). 캐슬록을 방문하려면 리스본 폴스와 루이스턴에서 119번 국도를 이

* 메인주에는 노르웨이, 파리스, 덴마크, 차이나, 페루, 모스코 등 외국의 지명을 딴 마을 이름이 많다. 그렇게 된 이유를 설명하는 단 한 가지 정설은 없으나, 미국 독립 전쟁을 이끈 독립 13주에 속한 지역으로서 자유와 독립의 이념을 기리기 위함이라는 가설이 있다. 그 예로, '모스코'라는 메인주의 지명은 프랑스의 나폴레옹이 군대를 이끌고 러시아 모스크바를 침공한 1812년에 붙었고, '페루'라는 지명 또한 남아메리카 페루가 스페인으로부터 독립한 1821년 이후에 붙었기 때문이다.

메인주의 화가 글렌 채드번이 상상한 캐슬록의 풍경.

용하거나, 마을 서쪽의 숲을 굽이굽이 통과하는 여러 도로를 이용해야 한다. 마을 외곽의 표지판에는 캐슬록이 살기 좋은 곳, 성장하기 좋은 곳이라고 단언하는 글이 적혀 있다.

캐슬록의 인구는 이천 명이 채 되지 않으며, 주민은 마을 토박이와 외지인으로 나뉜다. 캐슬록이라는 마을을 탄생시킨 이들은 '캐슬'이라는 이름을 십분 활용했다. '캐슬뷰'라는 마을이 바로 옆에 있고, 인근의 물길은 '캐슬 개울', '캐슬강', '캐슬 호수'라고 불리며, 부유한 이들이 모여 사는 부촌의 이름은 '캐슬힐'이다.

원뿔 모양의 녹색 지붕을 인 야외 음악당이 있고, 제1차 세계 대전 참전 용사를 기리는 추모 동상이 있는 캐슬록의 그림 같은 마을 광장은 117번 국도와 메인 스트리트가 교차하는 지점에 자리 잡고 있다. 광장의 정 반대편 카빈 거리에는 유리와 콘크리트 블록으로 지어진 초등학교와 고등학교(쿠거스 파이팅!)가 있다. 이곳의 마지막 원룸 스쿨*은 1965년에 문을 닫았다. 또, 가톨릭교회 이름은 '서린 워터스'이고, 연합 침례교회도 있을 뿐만 아니라, 유대인 신자들이 소유한 유대교 회당도 있다.

캐슬록에 술집이라고는 멜로 타이거 하나뿐인데, 나중에는 금요일과 토요일 밤마다 상의를 걸치지 않은 토플리스 댄서들이 이곳에 등장하기도 한다. 라디오 방송국 WCAS와 신문사 《캐슬록 콜》 또한 담쟁이덩굴에 뒤덮인 우체국 근처의 카빈 거리에서 주민들에게 최신 지역 소식을 전해준다. 광장에 인접한 로어 메인 스트리트의 세 블록 정도 되는 구간은 마을의 쇼핑 지구로, 거리 양쪽에 사선 주차장이 마련되어 있다.

캐슬록 위쪽에 있는 캐슬뷰에 가려면 117번 국도(뷰 드라이브) 혹은 플레전트 로드를 이용해야 한다. 옛날 옛적에는 절벽에 '자살 계단'이라는 것도 설치되어 있었는데, 305개의 층계로 이루어진 이 지그재그 형태의 계단은 1979년에 알 수 없는 진동이 발생해 사라져 버렸다. 계단을 오르면 나타나는 전망대에서는 마을 전체를 발아래에 두고 볼 수 있고, 서쪽으로는 버몬트주와 뉴햄프셔주까지 쭉 펼쳐진 숲과 호수와 산이 보인다.

캐슬뷰 유원지에는 수많은 놀이기구를 갖춘 놀이터와 리틀

* 학년별로 학급을 구성하기 어려울 정도로 학생 수가 적어서 나이와 상관 없이 통합 학급을 운영하는 소규모 학교를 일컫는다.

캐슬록

캐슬록의 유명인

→ 새드 보몬트, 소설가
→ 스콧 랜던, 소설가

캐슬록 깊이 파헤치기

➡ 『캐슬 카운티와 캐슬록의 역사』(1977)

캐슬록이 언급된 작품

장편소설

➡ 『데드 존』
➡ 『쿠조』
➡ 『다크 하프』
➡ 『욕망을 파는 집』
➡ 『자루 속의 뼈』
➡ 『리시 이야기』
➡ 『그웬디의 마법 깃털』
➡ 『그웬디의 마지막 임무』

단편 및 중편소설

➡ 「스탠 바이 미」
➡ 「오토 삼촌의 트럭」
➡ 「토드 부인의 지름길」
➡ 「할머니」
➡ 「노나」
➡ 「폴라로이드 개」
➡ 「익숙해질 거야」
➡ 「프리미엄 하모니」
➡ 「취중 폭죽놀이」
➡ 「그웬디의 버튼 박스」
➡ 「고도에서」

리그* 야구장이 있다. 또 다른 야구장은 할로로 가는 길에 있는 철도교 부근에 있다. 캐슬록에는 세 개의 공동묘지가 있는데, 각각 홈랜드, 그레이스, 스택폴 묘지다. 그중 홈랜드가 가장 규모가 크다. 스택폴은 한때 마을 쓰레기 처리장이 있었던(1976년, 폐기물 관리 시설이 문을 연 이후 쓰레기 처리장은 문을 닫았다.) 서쪽의 마을 3번 도로에 자리하고 있다. 한때 동네에 신호등이라곤 유일하게 메인 스트리트와 워터밀 레인이 만나는 지점에 하나밖에 없었다. 나중에 캐슬 개울 위를 지나는 지붕이 있는 틴 다리 근처에 신호등이 하나 더 생겼다.

캐슬록은 메인주의 여느 작은 마을과 비교해 보아도 딱히 이렇다 할 특징이 없는 평범한 마을이다. 안 좋은 일이 많이 일어난다는 점만 뺀다면 말이다. 마을 창립 200주년을 기념하기 위해 1977년에 출간된 『캐슬 카운티와 캐슬록의 역사』는 마을이 거쳐 온 수많은 불길한 우여곡절을 채 다 담아내지 못했다. 1911년, 한 농부가 아내와 아이들을 토막 살해한 뒤, 법정에서 유령이 시킨 짓이라고 말했다. 1970년부터 1975년 사이에는 9세에서 71세 사이의 여성 여섯 명이 캐슬록 교살자, 일명 11월의 살인자에게 살해당했다. 해당 사건의 범인은 카운티의 부보안관인 프랭크 도드로 밝혀지는데, 그는 초능력자에게 정체가 탄로 난 이후 자살했다. 5년 뒤, 이 사건을 담당했던 보안관은 마을 주민 몇 명과 함께 마을 3번 도로에서 광견병 걸린 개에게 목숨을 잃었다. 1999년 후반, 언론은 이 마을의 또 다른 연쇄살인범을 '이빨 요정'이라고 불렀는데, 그는 세 번째 피해자를 납치한 뒤 경찰에 붙잡혔다.

이상한 사건들은 또 있다. 오필리아 토드는 기이한 장소로 이어지는 캐슬록을 관통하는 지름길을 발견했다. 또, 조지라는 소년의 할머니인 어느 노파는 지독한 마법에 걸렸다. 마을 외곽에 은둔해 살던 미치광이 백만장자 오토 셴크의 시체 속에는 엔진 오일이 가득했다. 유명 작가 새드 보몬트와 아내는 5번 국도에서 레이크 레인을 따라 약 1.5km 정도 떨어진 곳에 있는 캐슬 호수에 여름 별장을 갖고 있었다. 또 다른 작가 스콧 랜던과 아내는 캐슬뷰의 슈거탑힐에 살았다. 지금은 둘 다 죽었다.

카운티청 소재지인 캐슬록에는 캐슬 카운티 보안관 사무소가 있다. 이 사무소는 원래 캐슬록 지자체 청사의 한 동을 사용했는데, 1991년에 큰 화재가 발생해 건물이 소실되었다. 기이한 사건이 끊임없이 쏟아진 덕에, 칼 M. 켈소, 조지 배너맨(1901년에 보안관이었던 느헤미야 배너맨의 자손), 앨런 팽본, 노리스 리지윅(부보안관 앤디 클러터벅의 상사)과 같은 보안관이 이름을 떨쳤다. 마을 외곽의 어느 도로는 근무 중 그곳에서 사망한 배너맨을 기리며 그의 이름을 도로명으로 삼았다.

캐슬록은 독특한 가게들을 끌어당기는 자석 같다. 팝 메릴이 운영하는 고물 가게이자 보기 흉한 노란색 페인트가 칠해진 '엠포리엄 갤러리엄'은 한때 낸의 음식점과 바느질 공방 '유 소 앤드 소' 옆에 있었다. 엠포리엄 갤러리엄은 불가사의한 화재로 파괴되면서 팝 메릴의 목숨도 앗아갔다. 그곳에서 세 건물 떨어진 곳에 한때 메인주 서부 부동산 및 보험 회사가 있던 자리에 '니드풀 싱스라는 이름의 불길한 골동품 가게가 문을 열었다. 자신을 릴런드 곤트라고 칭하는 한 '사람'**이 운영하는 이 가게는 메인 가에 있는 상점 중 유일하게 어닝을 단 곳이었는데, 이 가게의 수상한 점은 이뿐만이 아니었다. 1991년에 또 한 번의 화재가 발생해 시내 대부분이 파괴됐다. 최근에는 '홀리 프리홀'이라는 고급 멕시칸 채식 식당이 메인 가 142번지에 문을 열었고, 초반에는 부침을 겪었으나 이내 성공적으로 안착했다.

1990년대 초, 킹은 자신이 만든 마을 중 가장 유명한 마을에 관한 이야기에 작별을 고하기로 마음먹었다. "세월이 흐를수록 캐슬록의 숨겨진 관계들이 점차 선명하게 떠오를수록, 캐슬록의 비밀스러운 삶에 더욱더 흥미가 생겼다. 거의 홀린 지경에 이르렀다고 보는 편이 맞겠다. 하지만 작고한 조지 배너맨 보안관이 죽은 아빠의 차 뒷좌석에서 첫 경험을 한 얘기, 오필리아 토드의 남편이 걸어 다니는 풍차에 살해당한 이야기, 부보안관 앤디 클러터벅이 왼손 검지를 잃게 된 이야기(선풍기에 잘려 나간 손가락을 집에서 키우던 개가 먹어버렸다.) 등등, 캐슬록에 얽힌 이야기 중 상당수는 글로 쓰지 못했거나 출판하지 못한 채 남아 있다. (…) 가상의 설정에 무아지경으로 매혹된 상태는 작가에게

---

* 전 세계 어린이와 청소년이 출전하는 야구 리그.

** 스티븐 킹의 여러 작품에 등장하는 릴런드 곤트는 『욕망을 파는 가게』에서 정체가 악마라는 사실이 밝혀진다.

가장 바람직한 것이 아닐는지도 모른다."[112]

그러나 캐슬록은 다시 귀환했다. 1990년대 후반에 마을은 여전히 여름 축제가 열리고 있었고, 캐슬 카운티 공예 협동조합도 왕성하게 활동 중이었으며, 호수에서는 불꽃 축제가 열렸고, 세인트스티븐스 병원도 운영 중이었다. 마을에는 고어텍스 공장과 월마트가 들어섰고, 심지어 고속도로도 뚫렸다. 당연하게도 이름은 캐슬록 고속도로다. 캐슬뷰 유원지를 후원하는 터키트롯* 12k 마라톤 연례행사에는 뉴잉글랜드 전역에서 천 명에 가까운 러너들이 모여들고, 승자는 마을 광장에 있는 크리스마스트리에 불을 밝힐 수 있는 특권을 거머쥐었다.

어떤가, 둘러보고 나니 꽤 괜찮은 마을 같지 않은가?

* 미국에서 추수감사절을 기념해 열리는 달리기 대회다.

오른쪽: 캐슬록에서 유일하게 차양이 달린 가게에서 나서는 브라이언 러스크(셰인 메이어 분). 1993년 각색 영화 「욕망을 파는 집」의 한 장면.
하단: 경쟁 교회의 앞을 서성이는 로즈 목사(돈 S. 데이비스 분)의 모습.

마이다스의 손
(1980년대)

스티븐 킹은 정식 출판 작가로 활동을 시작한 직후 몇 해 동안에도 여러 베스트셀러 목록에 이름을 올리긴 했지만, 1980년대에 접어들면 그야말로 베스트셀러 보증수표가 된다. 이 시점부터 킹은 소설을 출간하는 족족 주요 베스트셀러 목록에 오르며 출간 첫 주를 시작했다. 소설은 꽤 자주 1위에 등극했으며, 보통 며칠 동안은 10위권 내에 머물렀다.

1980년대는 스티븐 킹의 각색작에 찾아온 첫 번째 황금기였다. 킹의 장편 혹은 단편소설을 기반으로 한 새 영화가 1년에 최소 한 편 이상 공개되지 않은 적이 없었다. 킹의 손길이 닿으면 뭐든 황금으로 변했다. 하지만…… 그 대가로 스티븐 킹이라는 한 개인이 잃은 것은 무엇이었을까?

『파이어스타터』(1980)

킹이 『데드 존』을 손에서 털고 난 뒤, 가족은 영국 햄프셔주의 플리트로 이사했다. 킹은 그곳에 1년간 머물며 풍광을 충분히 즐기면서 책 쓸 힘을 충전하고자 했다. 하지만 영국 여행에서 글감을 얻은 소설이라곤 피터 스트라우브*가 살던 크라우치 엔드 지역으로 가던 중, 길을 잃은 경험을 바탕으로 쓴 「크라우치 엔드」밖에 없었다. 당시 두 작가는 소설을 공동 집필하기로 한 때였다. 하지만 킹의 가족은 영국의 실제 분위기에 적응하지 못했다. 특히 내내 가시지 않는 집 안의 한기를 이기지 못한 킹 가족은 1년을 다 채우지 못하고 9개월 만에 메인주로 돌아왔다.

『파이어스타터』는 킹이 초능력에 관해 파헤치고 있을 때 탄생했다. 그는 인체 자연 발화와 온갖 이상 현상에 관한 글을 접한 뒤, 생각만으로 불을 낼 수 있는 능력을 지닌 사람에게 무슨 일이 일어날지 탐구해 보고 싶어졌다. 또, 바람직한 일이든 그렇지 않은 일이든, 무엇이건 할 수 있는 고삐 풀린 힘을 지닌 정부 기관에 관해서도 써 봤으면 했다.

킹은 딸 나오미를 모델로 삼아 찰리 맥기를 그려냈다. "전 나오미가 어떻게 생겼는지, 어떻게 걷는지, 무엇이 나오미를 화나게 하는지 잘 알아요. 그 점을 활용할 수 있었지만, 어느 정도로만 써먹어야 했죠. 그 선을 넘어서 자식과 자신을 한배에 태워버린다면, 분노에 제한을 걸게 되거든요. 그래서 전 나오미를 큰 틀로 삼아 인물을 만들어 낸 뒤, 제가 원하는 방향으로 끌고 나아갔습니다."[113]

---

* 피터 스트라우브(Peter Straub)(1943~2022)는 미국을 대표하는 공포 소설가이자 시인이다. 브램 스토커상을 비롯해 다수 문학상을 받았으며, 대표작으로는 『줄리아』와 국내에도 번역 출간된 『고스트 스토리』, 그리고 스티븐 킹과 함께 공동 집필한 『부적』이 있다. 2022년 9월에 작고한 그의 부고 기사에서 《뉴욕 타임스》는 그를 "유령이나 악마와 같이, 오밤중에 튀어나오는 것들에 관한 소설에 시인의 감수성을 불어넣은 작가"라고 평가했고, 킹은 해당 지면과의 인터뷰를 통해 "그는 시적 감수성뿐만 아니라 가독성도 겸비한 (…) 필립 로스에 버금가는 작가다."라고 말했다.

『파이어스타터』의 1984년 각색 영화에서 찰리 맥기 역을 맡은 드류 베리모어.

1978년 가을, 생애 첫 대학생 대상 강의인 창작 글쓰기 수업을 메인대학교에서 진행하고 있던 킹은 퇴근 후 저녁 시간에 작업을 이어 나간 끝에 『파이어스타터』 초고를 마무리했다. 소설은 1980년 9월에 초판본 10만 부로 출간됐다. 킹은 평가가 좋지 않을까 봐 걱정이 이만저만이 아니었지만, 대부분의 반응은 긍정적이었다. 하지만 《워싱턴 포스트》에 실린 어느 서평의 제목 「넘어진 제왕, 킹콩」[114]은 킹의 뇌리에 남았다.

하지만 출간 전, 소설 발췌문과 함께 《옴니》에 실린 두 편의 글과 호의적인 서평들은 판매량을 견인했다. 첫해에만 30만 부에 가까운 양장본이 팔렸는데, 『데드 존』보다 훨씬 많은 양이었다. 『파이어스타터』는 또한 한정판이 출시된 킹의 첫 소설이 됐다.

『쿠조』(1981)

1977년 봄, 킹은 영감을 주는 어떤 사건을 겪었고, 이를 바탕으로 가족과 함께 영국에 머물던 시기에 『쿠조』를 완성했다. 어느 봄날, 킹은 고장 난 오토바이를 고치기 위해 인적 없는 외진 곳에 사는 정비공을 만나러 갔다. 그는 오토바이가 완전히 작동을 멈춰버리기 직전에 간신히 그곳에 도착했다. "머리털 나고 본 개 중 가장 거대한 세인트버나드가 차고에서 튀어나왔습니다. (…) 그 개는 저를 보더니 목구멍 깊은 곳에서 올라오는 소리로 으르렁대기 시작했죠. (…) 그때 제 몸무게가 100kg 정도였으니, 그 개보다 한 5kg 남짓 더 나갔겠어요." 킹은 사람을 물지 않는다는 정비공의 말에 안심한 채 개에게 다가갔는데, 그 순간 개가 킹에게 달려들었다. 정비공이 개에게 저벅저벅 다가가 들고 있던 소켓 렌치

* 원문 제목은 「Stricken a la King」으로, '치킨 알 라 킹(Chicken à la King)'이라는 음식명과 '곤경에 처한, 무능해진' 등의 뜻을 지닌 단어 'Stricken'을 조합해 절묘한 말장난을 쳐 킹의 기억에 각인된 모양이다.

로 한 대 갈기자, 개는 깨갱 비명을 지르며 자리에 주저앉았다. 남자가 킹에게 말했다. "바우저는 원래 이러지 않는데. 당신 면상이 엔간히도 마음에 안 들었나 보구려."[115]

킹은 『캐리』의 선인세로 구매해 여태껏 잘 타고 다녔던 포드 핀토를 주요 무대로 설정해 소설을 써보고 싶었다. 원래는 광견병에 걸려버린 도나 트렌턴이 『쿠조』의 중심 갈등을 자아내고, 점차 광기에 잠식당하는 도나가 자기 손으로 아들을 해치지 않기 위해 애쓰는 이야기를 쓸 생각이었다. "광견병에 관한 자료를 찾다 보니까, 병이 발현되는 데 걸리는 시간이 생각보다 훨씬 길더군요. 그래서 이제는 인물들이 문제를 해치우거나 문제가 이들을 해치워버리거나 둘 중 하나가 되도록 시간을 벌어다 줄 고립된 장소에 이들을 데려다 놓는 방법을 궁리하게 됐습니다. 문제가 발생하면 결말은 항상 둘 중 하나거든요. 우리가 문제를 처리하거나, 문제가 우리를 처리하거나."[116] 패티 허스트에 관한 책을 쓸 때 조사했던 내용도 『쿠조』에 반영됐다. '쿠조'는 공생해방군

오른쪽: 1982년, 뉴멕시코주 트루스 오어 컨세퀀스에서 열린 저자 사인회에서 '쿠조'라는 이름의 강아지와 함께 있는 킹의 모습.
오른쪽 페이지: 『쿠조』 자필 초고 중 한 페이지.

She took an involuntary step toward him and then stopped. She
didn't believe those wives' tales about what might happen if you woke
a sleepwalker — that the soul would be forever shut out of the body, or
that madness would result, or death — and she hadn't needed Dr. Gresham
to reassure her on that score. She had gotten a book on special loan
from the Portland City Library. A but she hadn't really needed that, either.
Her own good common sense had told her that what happened when you
woke a sleepwalker was that they woke up — no more nor less than
that. There might be tears, even mild hysteria, but that sort of
reaction would be provoked by simple disorientation.

But she had never wakened Brett during one of his nightwalks
and she didn't dare to do so now. Good common sense was one thing.
Her unreasoning fear was another — and this morning she was suddenly
very afraid, and unable to say why. What could be so dreadful in Brett's
acted-out dream of feeding his dog? It was perfectly natural, as worried
as he had been about Cujo —

He was bent over now, holding the gravy boat out, the drawstring
of his pajama trousers making a right-angled white line to the hor-
izontal plane of the red-and-black linoleum floor. His face went through
a slow-motion pantomiming of sorrow. He spoke then, muttering the words
the way sleepers do, gutterally, rapidly, almost unintelligibly ... and with
no emotion; that was all inside, held in the cocoon of whatever
dream had been vivid enough to make him nightwalk again, after
all these years. There was nothing inherently melodramatic about the
words, spoken all of a rush in a quick, sleeping sigh, but her
hand went to her throat anyway, and the flesh there was cold,
cold.

"Cujo's not hungry no more," Brett sighed. He stood up again, now
holding the gravy boat cradled to his chest. "Cujo's not hungry
no more, not no more."

He stood immobile for a short time by the counter, and
Charity did likewise by the kitchen door. A single tear had
slipped down his face. He put the gravy boat on the counter
then and headed for the door. His eyes were open but they

단원 윌리엄 울프의 별명이었다.

처음에 『쿠조』를 작업할 때는 여느 소설처럼 챕터가 나뉘어 있었다. 하지만 퇴고를 거치며 그 모든 구분을 모조리 없앴다. "당시에 전 『쿠조』가 창문을 뚫고 독자를 향해 날아가는 벽돌처럼 느껴지길 바랐습니다. 제가 쓰는 종류의 책은 (…) 일종의 직접적인 공격이어야 한다고 항상 생각해 왔거든요. 식탁 위를 성큼성큼 돌진해서 독자의 멱살을 부여잡고 마구 뒤흔드는 그런 책 말이에요. 면전에 소리치고, 기분을 상하게 하고, 불안감을 자아내는 무언가요."[117]

태드 트렌턴이 사망하는 결말은 격렬한 논쟁을 불러일으켰다. 킹은 이에 대해 의도적으로 그런 게 아니라, 어쩌다 보니 그렇게 된 거라고 설명했다. 그는 독자들이 그런 결말을 좋아하지 않으리라는 걸 알았다. 그래서 사람들에게 기쁨을 선사하는 작가로서 태드가 살아남는 결말을 새로이 써 보려 했지만, 너무 조잡하고 인위적인 느낌이 들었다. 훗날 킹은 당시 술독에 빠져 있었기 때문에 『쿠조』를 다시 쓴 기억은 나지 않는다며, 『쿠조』는 "맥아와 홉에 만취한 상태에서"[118] 탄생했다고 말했다.

『죽음의 무도』(1981)

1978년 11월, 빌 톰슨이 킹에게 연락해 영화, TV, 라디오 속 공포물에 관해 써보는 게 어떻겠냐고 물었다. 콘셉트 자체는 나름 흥미로웠으나, 처음에 킹은 그 프로젝트에 그리 열의를 보이지 않았다. 하지만 그런 킹을 톰슨이 끈덕지게 설득해 냈다.

포드 핀토에 탑승한 도나와 태드 트렌턴을 주시하고 있는 광견 쿠조, 『쿠조』 각색 영화 속 한 장면.

마침 타이밍도 딱 맞아떨어져 킹의 마음을 돌릴 수 있었다. 톰슨이 킹에게 전화한 날 밤, 킹은 다음 학기에 가르칠 '초자연적 문학 속 주제들'이라는 수업의 강의 계획서를 쓰고 있었다. 그 수업이 학생들과의 이상적인 토론의 장을 마련해준 덕에 킹은 책 내용에 관한 아이디어들을 발전시킬 수 있었다. 킹과 톰슨은 1950년부터 1980년에 이르기까지 지난 30년간을 연구 범위로 제한하기로 했다. 1940년대에는 이렇다 할 공포 서적이나 영화가 없었기에 1950년대를 기점으로 삼은 것이다. 킹이 개인적으로 공포 장르를 접한 것 또한 1950년대였다.

훗날 킹은 『죽음의 무도』를 쓰는 것이 무척 어려웠다고 고백했다. 킹은 책을 쓰기 위해 엄청나게 많은 자료를 조사했지만, 최종 결과물에는 그런 티가 나지 않기를 바랐다. 그는 「공포 소설」 챕터에서 집중적으로 다룬 소설가들을 서면 인터뷰했다. 또, 이전에 쓴 글을 가져와 이 책에 싣기도 했다. 『스티븐 킹 단편집』의 서문이 그중 하나다.

『죽음의 무도』 끝자락에 수록된 책과 영화 목록은 뉴욕주 U. N. 플라자 호텔과 메인주 노스 로벨의 어느 술집에서 대리인 커비 맥컬리와 늦은 밤 술을 마시며 떠올린 결과물이다.

자택 사무실에서 촬영한 스티븐 킹의 모습.

다크 타워

『최후의 총잡이』(1982), **『세 개의 문』**(1987), **『황무지』**(1991) ,
『마법사와 수정구슬』(1997), **『칼라의 늑대들』**(2003), **『수재나의 노래』**(2004),
『다크 타워』(2004), **『열쇠 구멍에 흐르는 바람』**(2012)

「다크 타워 시리즈」의 막을 여는 그 유명한 첫 줄, "검은 옷의 남자는 사막을 가로질러 달아났고, 총잡이는 그의 뒤를 쫓았다."라는 문장을 썼을 때, 스티븐 킹은 고작 스물한 살에 불과했다. 킹은 로버트 브라우닝의 시, 세르지오 레오네의 스파게티 웨스턴(많은 킹 독자가 레오네 감독의 영화에 등장하는 클린트 이스트우드와 총잡이 롤랜드 디세인을 동일시한다.), 『반지의 제왕』 등, 무척 다양한 방면에서 영감을 얻었다.

암흑의 탑은 모든 우주의 중심에 뿌리를 내리고 있다. 그 탑이 무너져 내리지 않도록 막는 것이 소설 초반부터 주요 임무로 소개된다. 하지만 정작 「다크 타워 시리즈」 그 자체는 킹의 나머지 작품들과 조금 동떨어져 있다. 킹이 대중과 만나는 자리에서 으레 하는 질문을 던져보면, 킹의 팬 절반이 「다크 타워 시리즈」를 읽지 않았다고 답했다.

『다크 타워 1 - 최후의 총잡이』를 이루고 있는 다섯 편의 단편은 1978년부터 1981년 사이에 먼저 《판타지와 공상 과학 잡지》에 실렸다. 이후 이 소설들을 한 권으로 엮어 로드아일랜드의 소규모 출판사인 도널드 M. 그랜트 출판사에서 1만 부 한정판으로 출간됐다. (1만 부는 당시 소규모 출판사에서 출간한 책 중 역대 가장 많은 부수였다.) 1983년, 『애완동물 공동묘지』 속 '작가의 다른 작품' 소개란에 기재되기 전까지는 킹 팬들조차 『다크 타워 1 - 최후의 총잡이』의 존재를 잘 몰랐다.

이후 팬들은 킹과 출판사에 편지 폭격을 가하며 이 희귀한 책을 구할 방법을 따져 물었다. 킹은 일반 독자가 그 책의 이야기에 그리 끌리지 않을 거로 생각했지만, 팬들의 열정, 혹은 책이 동났다는 사실을 알게 되었을 때 그들의 마음속에 끓어오를

분노를 과소평가하고 말았다. 킹은 2쇄를 찍는 것을 허락했으나, 팬들의 원성을 크게 누그러뜨리지는 못했다. "그 일로 편지가 물밀듯 밀려왔다. 그때 깨달았다. 나는 내가 완성한 작품에 대해 책임져야 할 것이 생각보다 더 많음을, 혹은 사람들이 나가 그러기를 기대했다는 불편한 진실을."[119] 1988년, 킹은 결국 문고본 출간을 승인했다. 이후 그는 『다크 타워 1 - 최후의 총잡이』를 수정하면서 시리즈 후속편에서 일어날 일들에 관한 정보를 추가했다. 킹은 이 초기작이 "매우 중요한 작품"[120]이 되고 싶어 안간힘을 쓴 티가 뚝뚝 묻어나는 작품이라고 평가했다.

이후 10년 동안 「다크 타워 시리즈」는 『다크 타워 2 - 세 가의 문』(1987), 『다크 타워 3 - 황무지』(1991), 『다크 타워 4 - 마법사와 수정구슬』(1997)까지 총 세 권이 출간됐다. 독자의 요청이 꾸준히 있었던 덕에 킹은 계속해서 속편을 쓰기로 마음먹을 수 있었다. 어느 팬레터에는 사슬이 칭칭 감긴 곰 인형의 모습이 담긴 폴라로이드 사진과 함께, 신문에서 오려낸 글자를 조합해 만든 메시지가 들어 있었다. "메시지에는 '다음 「다크 타워 시리즈」를 당장 내놓지 않으면 이 곰은 죽는다.'라고 쓰여 있었다. 나는 내 어깨에 짊어진 책임을 떠올리고, 누군가가 상상력으로 탄생시킨 산물에 이토록 신경 쓰는 사람들이 있다는 사실이 얼마나 멋진 일인지 떠올리기 위해 그 팬레터를 내 사무실에 걸어놓았다."[121]

「다크 타워 시리즈」를 쓰지 않을 때조차 그 시리즈는 킹의 마음 한편에 스며 있었다. 1990년대에 접어들자, 『로즈 매더』, 『불면증』, 『데스퍼레이션』, 『내 영혼의 아틀란티스』를 비롯한 여러 소설에 다크 타워 세계관이 삽입됐다. 킹과 『블랙 하우스』를 한

Book I

The Gunslinger

Chapter I: The Desert

The man in black fled across the desert, and the gunslinger
followed. The desert was the apotheosis of all deserts, huge,
standing to the sky for what might have been parsecs in all
directions; white; blinding; waterless; without feature save
for the faint, cloudy haze of the mountains which sketched
themselves on the horizon, the devil-grass which brought sweet
dreams, nightmares, death; and the occasional leaning tombstone
sign pointing the way. For once the drifted track that cut its
way through the thick crust of alkali had been a road and coaches
had followed it. The world had moved on since then. The world
had emptied.

The gunslinger walked stolidly, not hurrying, not loafing.
A hide waterbag was slung around his middle like a bloated sausage.
It was almost full. He had progressed through the karma over many
years, and had reached the fifth level. At seventh, or eighth, he
would not have been thirsty; he could have watched his own body
dehydrate with clinical, detached attention, watering its crevaces
and dark inner hollows only when his mind told him it must be done.
He was not seventh or eighth. He was fifth. So he was thirsty,
although he had no particular urge to drink. In a vague way all
this pleased him: it was romantic, therefore right.

Below the waterbag were his guns, finely weighted to his hand.
The two belts crisscrossed above his crotch. The holsters were

께 쓰고 있던 피터 스트라우브가 소설에 다크 타워의 요소를 살짝 곁들이는 게 어떻겠냐고 제안하자, 킹이 이렇게 답했다. "다크 타워를 배제할 수 있을지 모르겠어. 이제 내가 쓰는 모든 글이 그 소설에 맞닿아 있거든."[122]

「다크 타워 시리즈」는 수많은 킹의 소설을 하나로 묶는다. "이제는 롤랜드의 세계가(또는 세계들이) 실제로 내가 만든 다른 세계들을 포함하는 것은 아닌가 하는 생각마저 슬슬 들기 시작한다."[123] 현실의 두께는 무척이나 얇고, 셀 수 없이 많은, 어쩌면 무한한 평행 우주가 서로 얼굴을 맞댄 채 존재하며, 그 평행 현실들은 얇디얇은 장막 한 장에 의해 나뉠 뿐이라는 주제는 킹의 소설에 줄곧 등장한다. 특정한 조건이 갖추어지면 사람들은 이 '얇디얇은 장막'을 통과해 다른 우주로 넘어갈 수 있다. 이러한 다중 우주에 관한 철학이 확장되면 이 평행 현실을 하나로 묶어주는 무언가, 즉 시공간 연속체 속에서 그 모든 평행 현실이 주축 삼아 회전하는 무언가가 존재한다는 관념이 등장한다. 「다크 타워 시리즈」에서는 그 주축이 바로 암흑의 탑이다. 이는 수많은 세계에서 다양한 모습으로 표상되는데, 에디, 제이크, 수재나의 세계에서는 공터에 핀 한 떨기 분홍색 장미의 모습으로 나타난다.

고전 서부극의 분위기와 공포, 공상 과학 장르의 요소가 적절히 배합된 대서사 판타지 「다크 타워 시리즈」는 결국 선과 악에 관한 이야기다. 롤랜드와 '카텟'이라고 불리는 그의 추종자들을 상징하는 색은 흰색으로, '카'로 알려진 수수께끼의 힘이 이들을 돕는다. 그 대척점에 있는 세력은 크림슨 킹을 필두로 랜들 플랙과 수하를 거느리고 있고, 상징색은 빨간색이다. 롤랜드의 목표는 현실을 보존하는 것인 반면, 크림슨 킹은 암흑의 탑이 무너지고 나면 야기될 혼돈의 세계를 다스리고 싶어 한다.

「다크 타워 시리즈」는 『오즈의 마법사』와 비슷한 구석이 있다. 롤랜드의 카텟은 마약 중독자, 다중인격장애가 있는 외다리 여성, 방치된 어린 소년, 무리에서 쫓겨난 영리한 동물 등, 어느 한구석이 고장 난 존재들로 구성되어 있다. 이들은 롤랜드에 의해 떠나오게 된 고향 현실로 돌아가기 위해 애쓰는 한편, 더 나은 존재가 되기 위해 노력한다.

또 다른 차원에서 「다크 타워 시리즈」는 글쓰기에 관해 말하고 있다. 커리어 초기 소설들은 출판 전에 교열을 거치지 않았기 때문에 군데군데 실수가 비집고 들어가 있다. 지리상의 단순 실수도 있고, 시리즈 간의 일관성 문제도 있어서 인물의 이름과 나이가 바뀌기도 한다. 킹은 실수마저 소설의 한 부분으로 통합해 이러한 불일치를 작가의 실수가 아니라, 거의 흡사하지만 약간씩 다른 다중 우주 속 여러 현실의 모습을 보여주는 디테일이라고 설명한다. 에디의 누나 이름은 어느 세계에서는 셀리나지만, 또 다른 세계에서는 글로리아다. 그러니까 예를 들어 그 다른 세계란 『샤이닝』의 이야기가 무척이나 중요해서 스티븐 킹이 쓰지 않았더라도 『샤이닝』이 존재하는 그런 곳일 테다.

「다크 타워 시리즈」에서, 킹 또한 '카'의 편에 선 인물로 등장한다. 다크 타워의 주 무대가 되는 차원의 현실 속에서 등장인물 스티븐 킹은 롤랜드의 원정에 관한 책을 쓰며, 크림슨 킹이 스티븐을 막기 위해 음모를 꾸민다. 자기 대표작에 자신을 끼워 넣음으로써 킹은 글쓰기의 특성과 창작하는 행위를 소설에서 직접 논하는 메타픽션(킹이 무척 싫어하는 "젠체하는 학술 용어"[124])의 영역으로 진입한다. 그는 자신의 커리어와 삶을 고찰하는 데 「다크 타워 시리즈」를 이용한다. 결국 소설은 소설이기에 세세한 내용들은 자유롭게 창작해 냈겠지만 말이다.

「다크 타워 시리즈」는 존재에 관한 심오한 질문을 던진다. 롤랜드는 우주의 도구이지만, 불완전한 존재다. 자신이 짊어진 운명을 완수할 만큼 강인하고 결단력 있는 인물인 동시에, 단순히 탑을 구하는 것에서 한발 더 나아가 탑을 정복하고 그 속으로 직접 들어가 현실의 본질을 파헤치겠다는 개인적 목표를 이루는 데 실패한다는 점에서 충분히 결점이 있는 인물이다. 킹은 인간에게 허락되지 않은 것을 알고자 욕망하는 오만함이 롤랜드를 옭아맨 저주이고, 롤랜드는 그 욕망으로부터 자유로워져야 비로소 진정으로 자유로워질 수 있다고 말하는 것 같다.

킹은 보통 더는 나아갈 데가 없어 보일 때, 그 소설에서 손을 놓는다. 『더 플랜트(The Plant)』의 경우를 예로 들자면, 킹은 이야기가 이끄는 대로 그 길을 따라나서는 게 아니라 자신이 억지로 이야기를 밀어내고 있다는 느낌이 들어서 집필을 관뒀다. 하지만 「다크 타워 시리즈」에 있어서는 진전이 어려워 보일 때조차도 5년 즈음을 주기로 해서 계속해서 다시 돌아왔다. 시리즈

세 번째 책의 닫는 글에서 킹은 이렇게 고백했다. "나는 롤랜드의 세계로 통하는 문을 쉽게 찾은 적이 한 번도 없다. 게다가 연이어 등장하는 문에 들어맞는 열쇠를 연이어 깎기란, 점점 더 힘들어지는 것 같다. 그러거나 말거나 (…) 그래도 아직까지는 머리를 쥐어짜면 롤랜드의 세계가 보이기도 하거니와…… 아직까지는, 내가 그 세계에 붙들려 있기 때문이다. 여러 가지 의미에서 롤랜드의 세계는 내가 이제껏 방랑했던 그 어떤 세계보다도 강력하게 나를 붙들고 있다."[125]

때는 킹이 목숨을 잃을 뻔한 사고를 당한 뒤 몇 년 후, 『프롬 어 뷰익 8』 출판기념 투어를 다니던 시기였다. 한 팬이 다가와 "작가님, 사고당하셨단 얘기 들었어요. 처음에 소식을 접했을 땐 「다크 타워 시리즈」는 이제 영영 미완성으로 남아 있겠네.' 싶었다니까요."라고 말했고, 킹은 "걱정해 줘서 고맙네요."[126]라고 답했다. 죽음의 문턱까지 가 본 뒤, 킹은 「다크 타워 시리즈」의 끝을 보기로 마음먹었다. 2001년부터 16개월 동안 킹은 거의 한눈팔지 않은 채 시리즈의 나머지 세 작품에 몰두했고, 2500장이 넘는 원고를 써냈다. 쉴 새 없는 작업 속도와 평생의 숙원을 마무리 지어야 한다는 생각이 어깨를 무겁게 짓눌렀다. 2002년 6월, 그는 자신의 웹사이트에 너무 지친 탓에 한 달간 휴식을 취하며 배터리를 충전해야겠다고 알렸다. 다시금 일선에 복귀해 집필을 시작했을 때는 한창 출판기념 투어를 돌 때였지만, 이는 모두 계획의 일부였다. 투어를 마칠 무렵에는 30년 전에 첫 번째 책을 시작했던 바로 그곳, 뱅고어로 돌아와 일곱 번째 책을 마무리하기 위함이었다.

「다크 타워 시리즈」가 거의 끝을 향해 달려가고 있을 때, 킹은 어느 기자에게 은퇴할 각오가 됐다고 말했다. "어떻게 보면, (「다크 타워 시리즈」) 마무리되고 나면 더는 할 말이 없을 겁니다."[127] 독자들이 혹여나 킹이 자기 복제를 시작했다고 볼까 봐, 『프롬 어 뷰익 8』을 『크리스틴』의 재탕으로 볼까 봐 염려스러웠기 때문이다. "이대로 계속하거나, 아니면 아직 제구력이 좋을 때 떠나거나 둘 중 하나죠. 제가 공을 쥐고 있을 때 뜨는 거예요. 공에 휘둘릴 때가 아니라."[128] 이후 그는 "매일 9시에서 1시 사이에 딱히 따로 할 일이 없으니" 글쓰기를 그만두지는 않을 테지만, "돈은 필요 없기에"[129] 원고는 그냥 쌓아만 둘 거라고

말했다. 또 얼마 뒤, 그는 은퇴 운운했던 발언을 두고, 기나긴 집필 작업을 막 끝내 기진맥진한 사람이 나오는 대로 막 뱉은 말일 뿐이라고 일축했다. 실로 킹은 「다크 타워 시리즈」를 마무리 지은 뒤, 어느 모로 보나 이전과 다를 바 없는 생산성을 자랑하며 왕성하게 다작하는 중이다.

'마지막'이라고 호언장담했던 일곱 번째 책이 출간된 이후, 다크 타워의 세계는 거듭 넓어졌다. 영화 각색작이 제작됐고, 비록 취소되긴 했으나 아마존에서 제작 예정이었던 파일럿 시리즈도 있었으며, 마블은 그래픽 노블을 통해 롤랜드의 유년기 이야기를 확장했다.

2009년, 킹은 웹사이트를 통해 팬들에게 『샤이닝』과 「다크 타워 시리즈」 중 어떤 소설의 속편이 더 보고 싶냐고 물었다. 1만 2000명이 참여한 투표에서 두 소설은 호각을 다퉜으며, 50표가 채 안 되는 표수로 운명이 갈렸다. 결국 킹은 「다크 타워 시리즈」인 『다크 타워 8 - 열쇠 구멍에 흐르는 바람』을 먼저 작업하기로 했다. 5~7년을 주기로 킹을 중간 세계로 데려가 주었던 거북이의 노래가 때맞춰 다시금 귓전에 울리기 시작한 것이다.*

킹은 이따금 훗날 중간 세계에 관해 더 많은 이야기를 들려줄 의향이 있음을 내비쳤다. 이를테면 롤랜드의 첫 번째 카텟이 막을 내렸던 예리코 언덕에서의 전투에 얽힌 이야기 같은 것들 말이다. 다크 타워 세계관은 중편소설 「우르」나 『그웬디의 마지막 임무』를 포함해 킹의 여러 작품에서 꾸준히 등장하고 있다.

* 「다크 타워 시리즈」 속 등장인물인 스티븐 킹이 롤랜드의 최면에 걸려 거북이의 노래가 들려오면 무조건 글을 쓰게 되는 설정에 대한 언급이다. '중간 세계'란 다크 타워 세계관에서 롤랜드가 사는 세계를 일컫는다.

『사계』(1982)

「리타 헤이워드와 쇼생크 탈출」, 「우등생」, 「스탠 바이 미」, 「호흡법」

「호흡법」을 제외한다면, 『사계』에 실린 소설에는 초자연적 요소가 한 톨도 들어 있지 않다. 또, 모두가 이전에 출간된 적 없는 소설이다. 지금이야 딱히 특별하달 것 없는 구성이지만, 당시 킹에게는 일탈이나 다름없었다.

킹은 이 소설들을 잠자리 소설이라고 부른다. 이 소설들의 아이디어는 킹이 다른 소설을 쓸 때 떠오른 것들인데, 새 아이디어를 발전시킨답시고 당시 쓰던 소설을 멈출 수는 없

었기에 밤이면 잠들기 전에 양을 세는 대신 직접 이야기를 지어보는 습관이 생겨났고, 거기서 발전한 것들이 잠자리 소설이다. 그런 아이디어는 보통 예닐곱 개가 한꺼번에 머릿속에 떠다니며, 그중 다수가 더 발전되지 못한 채 사그라든다고 한다.

"그중 소설 세 개를 (···) 당시 제 편집자였던 앨런 윌리엄스에게 보내면서 이렇게 말했어요. '이것들을 책 한 권으로 엮는 건 어때요? 약간 색다르지만, 좋은 이야기들이에요.' 그러자 그가 '음, 소설 한 편만 더 있다면 '계절들'이라고 부를

그래픽 노블

➜ 킹의 소설을 그래픽 노블이나 만화책으로 각색한 작품들은 경력 초반기부터 쭉 있었다. 1981년, 월트 사이먼슨은 마블의 《기묘한 모험 #29》에서 킹의 소설 「정원사」를 각색했다. 이듬해, 버니 라이트슨*은 영화 「크립쇼」 속 다섯 가지 이야기를 각색한 만화책을 그렸다. 킹과 라이트슨은 1985년에 다시 한번 합을 맞춰 단편 만화 《희망을 구하는 영웅들: 엑스맨과 함께》에서 캐릭터 '기근'을 만들어 냈다.

2007년에서 2017년 사이, 마블은 킹의 「다크 타워 시리즈」를 각색했다. 시리즈의 1~4권 내용을 다루고 확장해 대략 85개 호 정도를 펴냈다. 킹의 연구 조수인 로빈 퍼스가 이 그래픽 노블의 각본을 집필했으며, 다양한 아티스트가 일러스트를 맡았다.

2008년에서 2012년 사이에는 『스탠드』 또한 마블에서 그래픽 노블로 제작됐다. 원작을 충실하게 살린 이 그래픽 노블은 31개 호에 걸쳐 출간됐다. 델 레이에서 내놓은 『부적』 각색작은 비교적 흥행에 실패해 고작 6개 호만 발간한

* 버니 라이트슨(Bernie Wrightson)은 DC와 마블 모두에서 일한 적 있는 전설적인 공포 일러스트레이터다. 복잡하고도 섬세한 필치가 특징이며, 7년에 걸쳐 메리 셸리의 『프랑켄슈타인』에 실릴 펜화를 완성한 것으로 유명하다. 킹과의 달력 작업 협업으로 뒤에서 다시 한번 언급된다.

채 2009년에 연재 종료됐다. 『잠자는 미녀들』은 IDW에서 각색했다.

그 외 각색작은 다음과 같다.

➜ 2010년, 킹은 스콧 스나이더의 《아메리칸 뱀파이어》 작업에 참여해 각본을 공동 집필했다.

➜ 「초록색 악귀」는 데니스 칼레로가 각색했다. 2012년 10월부터 킹의 웹사이트에 해당 '공포 만화'가 8주 넘게 무료로 연재됐다.[131]

➜ 킹은 아들 조 힐과 함께 쓴 단편 「스로틀」을 각색한 2권짜리 만화 《로드 레이지》를 2012년에 아들과 함께 작업했다.

➜ 「스티븐 킹의 N.」은 2008년에 처음으로 25회로 구성된 90초짜리 모션 웹 코믹으로 각색됐다. 이 시리즈는 공개된 지 몇 주 만에 100만 회가 넘는 조회수를 기록했다. 이 영상 시리즈의 아트워크를 사용하고 더 많은 이야기를 덧붙인 4개 호짜리 만화책은 2010년에 발간되었다.

➜ 비교적 덜 알려진 그래픽 노블 각색작은 1992년에 발간된 J. N. 윌리엄슨의 《가면극: 우아한 악의 선집》(2호)에 실린 「팝시」다.

수 있을 텐데요. 그중 하나는 당신이 원래 쓰던 글과 비슷하면 좋을 것 같고요.'라고 말했죠. 아, 그 말을 듣고 나니 책 제목을 『사계』로 지어야겠다고 생각했습니다. 그러면 사람들은 이 책이 제 전작과 약간 다르리라는 것을 눈치챌 수 있을 터였죠. 마침 그때 「호흡법」이라는 완성본 소설이 있었기에 윌리엄스에게 "하나 더 있어요! 소설 네 편으로 가시죠."라고 답했습니다."[130]

킹은 네 편의 소설에 대해 이렇게 말한다. "돈이 아니라 사랑을 위해 쓰였다. (…) 여기에는 유쾌하고 개방적인 분위기가 스며 있다고 생각한다. 가장 음울한 순간에조차 말이다. (…) 작가가 유유자적하며 좋은 시간을 보내고 있고, 스토리텔러가 아닌 이야기 그 자체만 신경 쓰고 있음이 드러나는 그 어떤 분위기. 나는 이 소설들을 즐거이 썼다. 이는 보통 독자도 그 글을 즐겁게 읽으리라는 좋은 징조다."[132] 킹은 세 작품을 메인주에서, 나머지 한 작품을 콜로라도주에서 집필했다.

킹의 가장 자전적인 소설로 여겨지는 「스탠 바이 미」는 사실 대학교 룸메이트인 조지 매클라우드가 들려준 일화에서 영감을 받았고, 그래서 킹은 이 소설을 그에게 헌정했다. 매클라우드와 남자아이 무리는 기찻길 옆에 죽은 개의 사체가 있다는 얘기를 듣고 그 개를 보러 갔다고 했다. 킹은 죽은 개로는 독자의 관심을 끌지 못할 것 같다고 생각해, 소설에서는 죽은 소년으로 설정을 바꿨다. 거머리에 물린 이야기는 실제로 킹이 겪은 사건이다. 킹과 친구들은 유년기를 보낸 집 근처의 연못에 무심코 들어갔다가 온몸이 거머리에 덮이고 만 적이 있다.

킹은 나치의 강제 수용소가 어떻게 생겨날 수 있었는지 이해해 보고자 「우등생」을 집필하게 됐다. "전 그곳에서 일어난 일을 이해할 수 없어요. 그 사람들이 뭐에 씌어서 그런 짓을 했는지 눈곱만치도 모르겠습니다. (…) 그래서 포자처럼 공기 중에 떠다니다가 들이마실 수 있는 외부의 악이 존재한다는 개념이 무척이나 (…) 매력적으로 다가오더군요."[133]

장르 작가

킹은 공포 작가라는 인식이 강해 어떨 때는 킹의 작품을 각색한 영화를 보고도 사람들이 그 사실을 믿지 않는 경우가 더러 있다. 『사계』 속 중편소설 「스탠 바이 미」를 각색한 동명의 영화 프로듀서는 영화를 홍보할 때 킹의 이름을 언급하지 않았다. 관객이 영화를 공포 영화로 착각하지 않았으면 하는 바람에서다.

사람들은 유명 영화 「그린 마일」과 「쇼생크 탈출」 또한 킹의 소설을 각색한 작품이라는 사실을 잘 모른다. 하지만 킹 소설 원작 영화냐 아니냐를 두고 사람들끼리 왈가왈부하는 것과 작가에게 직접 따지고 드는 것은 천지 차이다. 플로리다주의 어느 식품점에서 킹이 물건을 고르고 있을 때 실제로 그런 일이 일어났다.

킹은 어느 인터뷰에서 그 일에 관해 말했다. "어떤 여성분이 제게 다가오더니 '당신이 누군지 알아요.'라고 말하더군요. 여든 살 정도 되어 보이시는, 머리칼이 주황색인 분이셨죠. '당신 누군지 알아요! 공포 소설 작가잖아요. 스티븐 킹.'이라고 말하셨죠. 전 '네, 죄목을 전부 인정합니다.'라고 대답했어요. 그분이 '전 당신 글은 안 읽어요. 물론 존중은 하지만, 안 읽습니다. 가끔은 「쇼생크 탈출」처럼 희망찬 글도 써보지 그래요?'라고 하셔서 '그거 제가 쓴 거예요.'라고 말하자, '아뇨, 당신 글 아니잖아요.'라고 하시더군요. 정말 비현실적인 경험이었습니다. 그러니까 '한 번도 받아본 적 없는 질문이 무엇인가요? 절대 입지 않는 옷은 무엇이고, 절대 만나지 않는 사람은 누구인가요?' 같은 질문을 받는 느낌이었죠. 진짜 이상했어요."[134]

처음에 출판사는 「우등생」의 줄거리가 너무 현실적이라고 책에서 제외해 달라고 킹에게 요청했다.

『사계』가 출판되자, "구울, 귀신, 뱀파이어, 그리고 꼬마들의 옷장 속에 숨어 있는 무시무시한 것들"[135]에 관한 킹의 관심이 식은 것인지 궁금해하는 목소리도 있었다. 그의 편집자 또한 킹이 초자연적 소설을 영영 내팽개칠까 봐 걱정되어 킹에게 다음 소설은 귀신 들린 자동차에 관해 써보는 게 어떻겠냐며 글감을 넌지시 제시했다.

『크리스틴』(1983)

『크리스틴』의 아이디어는 킹이 1978년에 소유하고 있던 낡아빠진 빨간색 캐딜락에서 영감을 받았다. "어느 날 밤, 차도로 향하던 중 내 차의 주행계가 9999.9에서 10000으로 변하는 걸 목격했다. 그걸 보고 나서, 거꾸로 작동하는 주행계에 얽힌 소설을 쓸 수 있지 않을까 생각하게 됐다."

킹은 1958년식 플리머스 퓨리를 모델로 삼기로 했다. "떠올릴 수 있는 50년대 차 중 가장 평범하기 그지없는 모델"[136]이었기 때문이다. 또, 이미 일종의 전설을 지닌 차종은 쓰기 싫었다. 킹은 차가 (어쩌면 차를 소유한 아이도) 갈수록 어려진다는 설정을 떠올렸다. "주행계가 0으로 돌아가 절정의 미를 뽐낼 때, 차가 저절로 분해되어 부품으로 돌아간다는 결말을 반전으로 심으려고 했습니다."[137]

첫 챕터를 읽으면 이 이야기가 어떻게 흘러갈지 대강 짐작이 된다. "글을 써 나갈수록 아니 커닝햄과 데니스의 관계, 그리고 서로 다른 두 사람의 라이프 스타일에 더욱 흥미가 생겼어요. 전 「해피 데이즈」를 방불케 하는 데니스의 라이프 스타일에 매료됐죠. 사실 아니의 원래 이름은 랜디였는데, 「해피 데이즈」를 따라 '아니 커닝햄'으로 바꾼 겁니다!"*[138]

『크리스틴』은 킹이 십 대 시절에 읽었던 헨리 그레거 펠슨의 개조 자동차 관련 소설과 「청춘 낙서」에서도 영감을

받았다. 킹은 이 영화에서 부모의 존재를 찾아볼 수 없다는 것을 파악하곤, 십 대와 부모 간의 관계를 탐구하는 내용을 소설에 일부 넣고 싶었다.

『크리스틴』은 귀신 들린 차에 관한 소설일 뿐만 아니라, 킹이 일평생 들은 로큰롤 음악에 힘입어 탄생했다. 킹은 초고를 완성한 뒤, 챕터 앞머리마다 노래 가사를 삽입하기 위해 대략 1만 5000달러를 저작권료로 지급했다. 그는 가사를 인용할 때 책 1000부당 50달러를 지급해야 한다는 얘기를 듣곤, 그리 큰 액수는 아니라고 생각했다. 양장본만 30만 부를 찍어내고, 문고본은 그보다 더 많이 찍어내게 되리라는 사실을 깨닫기 전까지는 말이다.

킹은 『샤이닝』의 뒤를 잇는 본격 공포 소설로 『크리스틴』을 꼽는다. 『크리스틴』은 초자연적 현상에 그 어떤 합리적 설명을 덧붙이지 않기 때문이다. 킹은 이야기가 그토록 어둡게 끝맺은 데 대해 자신도 놀랐다고 했다. "전 그 결말이 썩 마음에 들지 않았습니다. 처음에 그 모든 이야기는 농담처럼 시작됐기 때문이죠. 원래는 그저 소년이 차를 사고, 잃어버리고, 다시 찾는 이야기를 담은, 「해피 데이즈」의 나사 풀린 버전 정도로 생각하고 썼어요. 초반만 해도 꽤 재밌다고 생각했습니다. 꼬마가 사람들을 차로 치기 시작하기 전까지는 말이죠. 어떤 소설은 점차 내가 통제할 수 있는 수준을 벗어나 자동차 크리스틴처럼 혼자서 움직이기 시작하고, 제가 생각했던 대로 흘러가지 않기도 합니다."[139]*

---

* 「해피 데이즈(Happy Days)」는 1970년대에 방영된 미국의 TV 시트콤이다. 커닝햄 가족을 중심으로 이상화된 1950년대 미국의 삶을 보여준 프로그램으로 유명하다. 70년대 미국인들은 베트남 전쟁도, 워터게이트 사건도 없었던 50년대를 태평성대로 여기며 그리워했는데, 스티븐 킹은 그러한 신화를 해체한 뒤, 억압적이고 차별이 만연했으며 매카시즘의 광풍이 일었던 50년대의 시대상을 폭로하고자 했다. 이상화된 50년대 십 대 소년의 전형으로 여겨졌던 「해피 데이즈」의 주인공 '리치 커닝햄'의 거울상으로 '아니 커닝햄'을 내세워 50년대의 빛 뒤에 드리운 짙은 그림자를 드러내고자 했던 킹의 의도를 엿볼 수 있다.

록 바텀 리메인더스

음악을 향한 킹의 사랑은 공공연한 사실이다. 『크리스틴』에는 과거 명곡의 가사들이 넘치도록 실려 있는데, 그 가사 사용료는 출판사가 아니라 킹이 직접 부담해야 했다. 그는 존 멜렌캠프, 제이콥 딜런과 함께 직접 무대에 오르기도 했고, 마이클 맥더모트의 세 번째 앨범에 실린 트랙 「죽을 듯한 아픔」에 익명으로 참여하기도 했다. 맥더모트는 킹의 기타 연주 실력에 대해 "코드 좀 잡을 줄 안다."[140]고 평했다.

홍보 담당자 캐시 카멘 골드마크가 킹에게 작가와 음악 평론가, 그리고 '진짜' 음악가 몇몇으로 구성된 밴드에 합류하라고 초대했을 때, 킹은 망설이지 않았다. 록 바텀 리메인더스(여기서 '리메인더(remainder)'는 서점의 할인 매대에 올라오는 재고 서적을 일컫는 말로, 그리 유쾌한 용어는 아니다.)는 1992년 애너하임에서 열린 미국 서점 협회 컨퍼런스의 자선 콘서트를 통해 데뷔했다. 당시 또 다른 밴드 멤버로는 데이브 배리, 리들리 피어슨, 에이미 탄, 로이 블런트 주니어, 바버라 킹솔버가 있었다.

이듬해, 밴드는 십 대 문해력 향상 프로젝트의 모금을 위해 여섯 개 도시를 돌며 공연했다. 『중년의 비밀: 코드 세 개와 자신감만 갖고 떠난 록 바텀 리메인더스의 미국 투어』라는 책에는 밴드의 경험을 세세하게 녹여

낸 에세이와 사진이 담겨 있다. 데이브 배리는 록 바텀 리메인더스의 연주 실력을 두고, 메탈리카가 소설을 쓰는 거나 마찬가지라고 말하면서 그룹의 장르를 '하드 리스닝' 음악이라고 설명했다.

이후 수년간 칼 하이어센, 미치 앨봄, 스콧 터로 등의 작가가 그룹에 합류해 드문드문 콘서트를 열었고, 워런 제본, 로저 맥긴과 같은 이들이 함께 무대를 펼쳤으며, 그중 브루스 스프링스틴과의 무대는 킹에게 잊을 수 없는 기억으로 남았다.

2018년, 리메인더스는 멀티미디어 전자책 「하드 리스닝: 역대 최고의 (작가) 밴드에 관한 모든 것」을 만들었다. 최근에 킹은 리메인더스의 공연에 자주 참여하지 않았지만, 2019년 5월 미니애폴리스에서 열린 도서전에서 밴드와 함께 공연했다. 2020년 팬데믹 기간에 밴드는 독립 서점들에 지지를 보내기 위해 「스탠 바이 미」를 편집한 영상을 제작하기도 했다.[141]

록 바텀 리메인더스의 1994년 콘서트에서 음악 감독 알 쿠퍼, 칼럼니스트 데이브 배리(원경), 스티븐 킹이 함께 연주하는 모습을 태비사 킹이 촬영한 사진.

킹은 소설 계약 시 자신이 출판사로부터 엄청난 금액의 선인세를 받는다는 내용의 기사를 보고서 1982년 봄, 『크리스틴』의 북미 출판권을 바이킹 프레스와 뉴 아메리칸 라이브러리에 팔면서 각 출판사로부터 단돈 1달러만 선인세로 받았다. "책으로 인세가 창출되면 인세는 받겠지만, 스티븐 킹이 얼마나 엄청난 금액을 선인세로 받는지에 관한 얘기는 더는 나오지 않았으면 했습니다."[142]

『크리스틴』은 도중에 기술적 문제를 겪었다. 일인칭 화자인 데니스 길더가 소설의 3분의 1 지점에서 다치는 바람에 몇 주 동안 병원 신세를 지게 된 것이다. 처음에 킹은 해당 중간 부분을 "전문 증거*" 형태로 풀어쓸까 했으나, 뜻대로 되지 않았다. 몇 차례 더 실패를 겪은 뒤, 그는 마침내 삼인칭으로 쓰기로 결심했다. "전 최대한 단서를 많이 남기려고 했습니다. 독자들이 책을 다 읽고 나면 마치 데니스가 트루먼 커포티**를 흉내 내고 있다고 느끼게끔 말이죠. 거의 논픽션 소설과 비슷했어요. 전 여전히 일인칭 소설이라고 생각해요. 두 번째 파트를 다 읽고 나면 무슨 말인지 아실 겁니다. 르포르타주로 보이게 둔갑한 것뿐이죠."[143]

킹은 바이킹의 편집자 앨런 D. 윌리엄스에게 보내는 감사글에서 자신이 이 책에 얼마나 확신이 없었는지 설명했다. 두 사람은 킹의 여름 별장 근처에 있는 호수에서 카누를 타고 있었다. "나는 앨런에게 이야기가 그렇게 흘러간 게 마음에 들지 않으며, 아무도 좋아하지 않을까 봐 겁난다고 말했다. (…) (일인칭과 삼인칭의) 조합이 추잡하고 어색하게 느껴졌다. 그래서 나는 아예 책을 출판하지 않는 게 어떻겠냐고 물

었다." 윌리엄은 『크리스틴』을 사랑 이야기로 봤다. 그러면서 "아이들은 이해할 것"[144]이라는 말을 덧붙여 킹을 안심시켰다.

수년간 킹은 평이 가장 안 좋은 소설로 『크리스틴』을 꼽았다. "무척이나 운 좋게도, 저는 그간 꽤 좋은 평가를 받았습니다. 최근에 혹평 테러당한 『크리스틴』만 뺀다면 말이죠! 제가 그 책을 완전히 잘못 봤나 봅니다. 이건 마치 공공장소에 있다가 불현듯 빨가벗고 있다는 사실을 깨달은 꿈을 꾸는 느낌입니다. 정확히 그와 비슷한 경험이에요. 하지만 전 여전히 그 책의 문제가 뭔지 모르겠어요. 문제랄 게 있다면 말이죠……."[145]

『늑대인간』(1983)

킹은 1979년 세계 판타지 컨벤션에서 크리스토퍼 자비사라는 젊은 출판인을 만났을 때, 거나하게 취해 있었던 것이 『늑대인간』 프로젝트에 동의하게 된 몇 가지 이유 중 하나라고 인정한다. 달력을 만들고 싶었던 자비사는 격자 달력에 버니 라이트슨의 그림과 함께 실을 짧은 글 열두 편을 써 달라고 킹에게 요청했다. 킹은 월별 콘셉트를 구상하던 중, 달의 위상을 떠올리게 됐고, 자연스레 늑대인간까지도 생각이 미쳤다. 그는 각 달의 공휴일마다 보름달을 등장시켰다. 킹은 후기에서 "달의 주기를 너무 자유롭게 활용한 것"에 대해 사과하며, 문학적 허용으로 봐 달라고 했다.

킹은 무엇보다 편당 500자라는 글자 수 제한이 자신의 창작열을 억누르는 것 같아 걱정했다. 이 프로젝트를 2주 이내에 끝내겠다고 마음먹고선 첫 세 편을 후다닥 써냈지만, 이후 근 4개월 동안 진도를 나가지 못했다.

킹 부부는 그해 2월, 푸에르토리코에서 2주 동안 휴가를 즐길 참이었고, 킹은 이번 휴가 기간에야말로 프로젝트를 마무리하겠다고 다짐했다. 그는 비행기 승객 중 한 명이 심장마비를 겪는 바람에 뉴욕으로 회항해야만 했던 비행기

* 전문(傳聞) 증거란, 진술자가 직접 보고 들은 경험이 아니라 전해 들은 내용을 진술하는 증거를 말한다.

** 트루먼 커포티(Truman Capote)는 『티파니에서 아침을』(1958), 『인 콜드 블러드』(1965)로 잘 알려진 미국의 작가다. 특히 『인 콜드 블러드』는 픽션과 논픽션이 뒤섞인 듯한 혁명적 문제로 논픽션 소설의 효시라고 평가된다.

안에서 4월 소설을 썼고, 다시금 산후안으로 향하는 비행기에서 5월 소설을 썼다. 6월 편은 자동차 렌탈 업체에서 일 처리가 늦어지는 틈을 타 완성했다. 이때까지만 해도 킹은 이 프로젝트가 그다지 마음에 들지 않았다. 하지만 주인공 마티 코슬로와 살인 사건으로 7월 4일 불꽃 축제가 취소된 이야기에 접어들자 마음이 달라졌다. 분량은 500자를 훌쩍 넘겼으나, 개의치 않았다. 2주간의 휴가가 끝날 무렵, 킹은 9월 편까지 작업을 마칠 수 있었다.

이제는 자비사에게 실토해야 할 때였다. 이제껏 쓴 글이 달력보다는 얇은 책 한 권에 어울린다는 사실을. 하지만 자비사는 전혀 난감해하는 눈치가 아니었다. 킹은 애초에 그 출판사에서 원했던 것은 책이었지만 자신에게 책을 써 달라고 요청할 엄두가 나지 않았던 건 아닐까 하고 짐작한다.

『애완동물 공동묘지』(1983)

1978년, 킹은 뱅고어에서 몇 킬로미터 떨어진 오로노에 있는 모교, 메인대학교의 영문학과에 입주 작가로 초청받았다. 킹은 젊은 작가인 자신을 지원해 준 데 대한 감사의 표시로 대학교의 제안을 받아들였다. 킹이 가르친 강의 중에는 창작 글쓰기 입문 수업과 환상 문학 수업이 있었는데, 이 수업에서 필기한 내용이 『죽음의 무도』의 기틀이 되었다.

대학교에서 교수로 지내는 동안, 킹과 가족은 오링턴의 대형 고속도로에 자리한 집을 빌렸다. 주로 도로는 근처 화학 공장을 오가는 수많은 차량으로 정체되기 일쑤였다. 새 이웃은 킹 가족에게 반려동물을 길에서 멀찍이 떨어뜨려 놓으라고 경고하며, 그 길이 "수많은 동물을 잡아먹었다."[146]라고 덧붙였다. 그 말을 증명이라도 하듯, 킹은 집에서 그리 멀지 않은 곳에서 매장지를 발견했다. 그곳에는 '애완동물 옹동묘지'라고 적힌, 어린이가 쓴 것 같은 표지판이 있었다.* 그 묘지에는 개, 고양이, 새, 염소가 묻혀 있었다.

그리로 이사한 지 얼마 되지 않아, 킹의 딸 나오미가 돌보던 고양이 스머키가 마을로 산책하러 나갔다가 돌아오는 길에 죽은 채로 발견됐다. 처음에 킹은 나오미에게 고양이가 도망가 버렸다고 거짓말하려고 했다. 하지만 태비사는 이 사건으로 딸이 교훈을 얻을 수 있다고 생각했다. 부부는 딸에게 소식을 알렸고, 이들은 고양이의 장례를 치른 뒤 스머키의 유해를 반려동물 묘지에 안치했다. 며칠 뒤, 킹은 고양이를 잃은 것에 분개한 나오미가 차고에서 버블 랩 위를 쿵쿵 뛰어다니고 있는 모습을 발견했다. 나오미는 "스머키는 내 고양이야. 하느님은 자기 고양이나 키울 것이지."[147]라는 말을 되풀이하고 있었다.

그 길은 킹의 막내아들도 '잡아먹을' 뻔했다. 오언이 고속도로 부근을 돌아다니다가 하마터면 위험할 뻔했던 사건이 발생했을 때, 오언은 18개월 무렵이었다. 그 순간 도로에는 유조차가 다가오고 있었는데, 지금까지도 킹은 아들이 도로로 들어가기 직전에 자신이 아들을 넘어뜨려 멈춘 건지, 아니면 아들이 자기 발에 걸려 넘어진 것인지 기억이 나지 않는다고 한다. 오언은 태어날 때부터 수두증**을 앓았던지라, 킹 부부는 그러잖아도 아들을 잃을지 모른다는 생각에 고통받던 때였다. 그런 시점에 이 고속도로 사건은 아이가 얼마나 연약한지 다시금 깨닫게 해준 불쾌한 기회였다.

작가가 아닌 그 누구라도 그런 사고 앞에서는 '만약 그랬다면'이라고 생각하며 상상의 나래를 펼치게 될 것이다. 킹 또한 그러한 죽음의 여파에 관해 탐구하고 싶다는 충동이 일었다. 그래서 집 건너편에 있는 어느 가게의 방을 작업실 삼아 집필을 시작했다. 그렇게 고양이의 죽음에 대한 나

---

* 이러한 이유로 소설의 원어 제목도 'Pet Cemetery'가 아니라, 철자가 틀린 'Pet Sematary'다.

** 수두증은 뇌척수액이 제대로 순환되지 않아 뇌 안에 축적되는 질환으로, 머리둘레가 비정상적으로 증가하는 증상을 보인다.

오미의 반응과 오언의 사고 모두 『애완동물 공동묘지』에 녹아들었다.

『애완동물 공동묘지』를 완성하고 난 뒤 6주 정도가 흐른 1979년 중반 무렵, 글을 재차 읽어본 킹은 소설이 너무 끔찍하고 불편해서 출판할 수 없을 것 같다고 생각했다. 킹의 아내는 두 살배기 게이지 크리드가 죽는 장면을 못 견뎌했다. 아내뿐만 아니라, 친구이자 동료 소설가인 피터 스트라우브의 조언에 따라 킹은 그 원고를 영원히 봉인할 요량으로 서랍에 고이 묻어둔 뒤 『데드 존』 작업으로 넘어갔다. 하지만 킹은 어느 인터뷰에서 출판하기 어려울 정도로 끔찍한 글을 써본 적 있냐는 질문에 지나가는 말로 그런 글이 있다고 답했다. 그렇게 『애완동물 공동묘지』에 관한 소문이 전설처럼 일었다.

더블데이와의 잡음이 계속되지 않았더라면 『애완동물 공동묘지』는 그대로 서랍 속에 잠들어 있었을 테다. 킹이 서명한 더블데이와의 계약서에는 인세가 발생하면 작가에게 분배하되, 매년 5만 달러씩만 지급하고 나머지 돈은 출판사가 투자금으로 쓸 수 있다는 조항이 포함되어 있었다. 통상적으로는 이러한 관행으로 작가들이 인세에 붙는 세금을 뒤로 미룰 수 있었다. 하지만 그 누구도, 심지어 킹조차도 예치금이 그렇게나 급속하게 불어날지 예측할 수 없었다. 1980년대 초, 더블데이는 수중에 수백만 달러를 비축하고 있었다. 매년 5만 달러씩만 작가에게 분배했다간 일평생을 나눠주어도 모자랄 판이었다.

결국 킹과 출판사는 계약서의 해당 조항을 없던 일로 하기로 합의했다. 단, 조건이 있었다. 킹이 더블데이에서 새 소설을 출간해야만 이제껏 쌓인 인세를 전부 킹에게 지급한다는 것이었다. 하지만 당시 킹이 들고 있던 원고는 『애완동물 공동묘지』밖에 없었다. 킹은 태비사에게 확실히 허락받은 뒤, 더블데이에 원고를 넘겼다. 하지만 킹은 책에 관한 감정

웬디고

여러 북미 원주민 문화에서는 빛나는 눈을 지닌 거대한 괴물 웬디고의 존재를 믿었다. 웬디고는 미국 북동부와 캐나다의 몇몇 초기 공동체가 혹독한 겨울을 나기 위해 행했던 식인 풍습과 관련 있다.

대다수의 부족은 굶주릴 경우, 식인의 유혹에 굴복하기보다 자살하는 것이 옳다고 생각했다. 『애완동물 공동묘지』에서 저드 크랜덜은 원주민들이 식인 풍습에 대한 죄책감을 덜기 위해 웬디고와 접촉하면 인육을 갈망하게 된다는 신화를 만들어 냈다고 주장한다.

전설에 따르면 웬디고는 탐욕스럽고 만족을 모르는 괴물이다. 허기를 채우기 위해 사람을 먹을 때마다 웬디고는 몸집이 커져서 오히려 더욱 심한 허기를 느끼게 된다. 어떤 설화에 따르면, 탐욕에 지배당한 사람은 웬디고로 변하기도 한다.

앨저넌 블랙우드는 1910년 단편 「웬디고」에서 웬디고를 두고 "야생의 부름이 의인화"한 괴물이라며, "그 부름을 들은 몇몇 인간은 파멸에 이르게 된다."[149]고 묘사했다.

이 썩 유쾌하지 않았기에 출판사를 도와 책 홍보에 적극적으로 나서지 않았고, 이후로도 몇 년간은 인터뷰에서 그 책에 관해 거의 언급하지 않았다. "『애완동물 공동묘지』가 그토록 끔찍한 책인 이유는, 소설 속 가족이 독자를 따뜻하게 맞이하기 때문이에요. 이건 엄마, 아빠, 어린 딸과 아들이 등장하는 가족 이야기죠. 독자가 그 가족에게 마음이 가는 이

왼쪽 페이지: 공동묘지의 고양이: 「스티븐 킹의 슬립워커스」 속 고양이 영웅인 클로비스와 킹의 모습.

유는 작가인 제가 그들을 사랑했기 때문입니다. 그렇게 마음을 줘버렸는데, 가족이 풍비박산이 나니까 끔찍한 겁니다. 그러니 사람들은 제게 말하죠. 어떻게 그럴 수 있냐고."[148]

『애완동물 공동묘지』에서 루이스 크리드는 아내 레이첼, 자녀 엘리, 게이지와 함께 메인대학교 근처로 이사 온 지 얼마 되지 않은 의사다. 비록 루이스가 유대인이 아니라는 이유로 레이첼의 아버지가 결혼을 반대하긴 했지만, 킹의 소설에서 보기 드문 안정감을 지닌 이 핵가족은 러들로의 어느 집으로 이사했다. 그 집은 실제로 킹이 오링턴에서 살았던 집과 무척 흡사해서 앞쪽으로는 차가 많이 다니는 고속도로가 놓여 있고, 근처에 동물 묘지도 있는 곳이다.

의사인 루이스는 "아기의 탄생을 제외하고 죽음이 세상에서 가장 자연적인 일"이라고 생각한다. 이는 그저 멀찍이 떨어져 관망하는 태도가 아니다. 루이스는 아내에게 "누구나 죽을 뻔해. 늘 있는 일이야."라고 말하기도 한다. 하지만 루이스는 자신만큼은 자연의 섭리에서 얼마간 벗어나 있는 존재로 본다. 때로 의사는 자기 손으로 죽음을 막아내기도 하기 때문이다. 그러나 루이스는 내세를 믿지 않는다. "그는 많은 임종을 지켜봤지만 영혼의 총알이 그를 통과해서 지나치는 것을 느껴 본 적은 없었다……. 그것이 어디로 향하든 말이다." 여기에는 빅터 파스코의 영혼도 포함된다. 빅터는 루이스의 근무 첫날에 차에 치여 죽은 학생으로, 숨을 거두기 전에 동물 묘지에 관한 불길한 경고를 남겼다.

집 근처의 동물 매장지를 계기로 엄마와 죽음에 관해 이야기를 나누게 된 엘리는 고양이 처치도 언젠가 죽고 말 거라는 사실을 깨닫고는 무척 심란해한다. 죽음 공포증이 있는 레이첼은 동물 묘지를 "관광 명소"라고 부르며 기분 나빠하는 모습을 보인다. 레이첼은 어린 시절, 척수막염으로 끔찍하게 고통받던 언니가 있었고, 언니가 죽던 날 레이첼은 언니와 단둘이 남겨져 있었다. 그 사건은 레이첼에게 지울

수 없는 상처를 남겼고, 루이스는 결혼한 지 얼마 되지 않아 레이첼에게 죽음과 관련된 이야기를 할 때는 조심스레 접근해야 한다는 사실을 깨쳤다.

고양이 처치가 살해당했을 때, 레이첼과 아이들은 레이첼의 부모님 집에 가 있었다. 킹에게 영감을 준 W. W. 제이콥스의 「원숭이의 손」에 등장하는 허버트 스미스와 달리, 처치의 사체는 심하게 훼손된 상태가 아니었다. 루이스는 킹이 현실에서 가지 않기로 했던 길을 간다. 그는 딸의 반려동물을 땅에 묻은 뒤, 처치가 집을 나간 것처럼 꾸민다. 엘리의 슬픔을 줄여주는 동시에, 죽음을 언급하기 꺼리는 레이첼의 거부 반응도 피하기 위함이다.

이 소설에서 루이스의 이웃인 노인 저드 크랜덜은 「원숭이의 손」 속 선임부사관 모리스 역을 맡았다. 루이스는 심장마비가 온 저드의 아내 노마를 살린 적이 있는데, 저드는 루이스에게 빚을 갚고자 동물 묘지 뒤쪽에 있는 버려진 미크맥 매장지로 그를 안내했다. 그곳의 땅은 돌투성이에 딱딱했고, 전통에 따르면 사람들은 자기 반려동물을 직접 손으로 묻어주어야 했다. 미크맥족은 신화 속 괴물인 웬디고가 그곳을 침범했다는 것을 알고 그 땅을 버렸다. 저드는 열 살 때 자신이 키우던 개 스폿을 그곳에 묻었다고 했다. 루이스는 장지 위에 지어진 돌무덤들이 하나같이 모두 무너져 있었다는 사실을 대수롭지 않게 여겼다.

다음 날 오후, 처치는 겉보기에 이전과 거의 다를 바 없는 모습을 하고 돌아온다. 하지만 이전과 달리 사나웠으며, 몇 번을 씻겨도 썩은 흙내와 죽음의 냄새는 가실 기미가 보이지 않았다. 더는 가르랑거리지도 않았다. 루이스가 처치를 보고 프랑켄슈타인 고양이를 떠올리는 대목에서 킹은 고전 속 시체 괴물을 살짝 짚고 넘어간다.

저드는 묘지에 묻힌 동물들이 이전과 다른 모습으로 돌아온다는 것을 알고 있었음에도 루이스를 그리로 안내한

STEPHEN KING

PET SEMATARY

A NOVEL
BY THE AUTHOR OF
THE SHINING AND CHRISTINE

「원숭이의 손」

생전 유머 넘치는 문체로 유명했던 W. W. 제이콥스는 오늘날 많은 이에게 공포 단편 「원숭이의 손」(1902)의 작가로 기억되고 있다. 이 소설은 끔찍한 방식으로 세 가지 소원을 들어주는 불가사의한 힘이 깃든 물건이라는 고전적인 아이디어를 소재로 삼는다. 선임부사관 모리스는 주인공인 화이트에게 원숭이 손을 건넨다. "지덕이 높은 어느 수도자는 (원숭이 손에) 주술을 걸어 두었다. 그는 운명이 사람들의 삶을 지배하며, 그 운명에 간섭하는 자는 비탄을 맛보게 되리라는 진리를 설파하고자 했다."

모리스는 자신이 어떤 소원 세 개를 빌었는지 말하지 않지만, 모리스보다 앞서 원숭이 손을 지녔던 사람의 마지막 소원이 자신을 죽여달라는 것이었다는 사실만 알린다. 모리스는 화이트에게 원숭이 손을 건네기 전에 그 물건을 불에 던져 태워버리려고 한다. 하지만 화이트는 원숭이 손이 불타게 내버려둘 수 없었다. 유혹이 너무나 컸기 때문이다. 심지어 그는 모리스에게 억지로 작은 답례품까지 쥐어 보냈다.

화이트는 첫 번째 소원으로 돈 200파운드를 달라고 빌었다. 화이트의 손에 들린 원숭이 손이 꿈틀거렸다. 머지않아 낯선 사람이 화이트네 부부를 찾아왔다. 그는 부부의 외동아들인 허버트가 산업 재해로 목숨을 잃었다는 비보를 전했다. 그러고는 화이트에게 보상금 수표를 건넸다. 200파운드짜리였다.

장례식 이후, 화이트의 아내는 남편을 닦달해 아들을 돌려달라는 두 번째 소원을 빌었다. 얼마나 시간이 지났을까. 문 두드리는 소리가 났다. 아마 3km 정도 떨어진 묘지에서 허버트가 비틀거리며 집까지 왔다면 걸렸을 시간 정도이리라. 화이트는 자신이 흉악한 괴물을 소환했다는 사실을 깨닫고는 급박하게 세 번째 소원을 빌었고, 그 직후에 아내가 문을 열었다. 그러자 "층계를 타고 찬바람이 훅 끼쳐 올라왔다. 실망과 고통으로 길게 울부짖는 아내의 통곡을 들은 화이트는 내려갈 용기를 얻고 곧장 아내 곁으로 달려갔다. 그런 뒤, 대문 밖으로 나갔다. 맞은편의 깜빡이는 가로등이 고요하게 텅 빈 길을 비추고 있었다."

킹은 「원숭이의 손」에서 발췌한 문장을 『애완동물 공동묘지』 3부의 제사로 사용했다. 그는 『데드 존』을 쓸 때도 이 소설을 염두에 두고 있었다. 조니 스미스의 의사는 조니가 초능력으로 내다본 장면을 바탕으로 오래전에 죽은 줄로만 알았던 조니의 어머니를 추적하는데, 조니 어머니와의 전화 통화가 연결된 순간 그는 전화를 끊어버린다. 이때 조니가 그러한 의사의 결정에 동의하게 된 것은 제이콥스의 「원숭이의 손」이 떠올랐기 때문이다. "어떤 것은 찾는 것보다 잃은 채로 두는 편이 나을지도 모른다."

「원숭이의 손」을 쓴 작가, W. W. 제이콥스.

행동을 정당화한답시고 "아이들이 때로는 죽은 것이 더 낫다는 것을 깨달아야 하기 때문에"라고 말한다. 그는 엘리뿐만 아니라 레이첼에게도 좋은 교훈이 되리라 생각한다. 하지만 저드가 기묘한 숲을 지나 루이스를 그곳까지 안내한 진짜 이유는 따로 있었다. 저드에게 그 매장지는 누군가에게 알리고 싶어 견딜 수 없었던, 오랫동안 꾹꾹 눌러두었던 비밀이었다.

이후 노마 크랜덜이 사망하는 사건으로 킹은 평소 관심 있었던 장례 절차와 풍습이라는 주제를 파헤쳐볼 수 있었다. 루이스가 정신적 지주가 되어주는 동안, 저드는 노마의 장례식을 준비했다. 자기 일을 "조용한 직업"이라고 부르는 루이스의 삼촌은 장의사였고, 그래서 시체를 방부 처리하는 법이나 고인의 머리를 씻기는지 등, 사람들이 죽음을 마주하기 전까지는 생각지도 못하는 그 모든 질문에 관한 답을 알고 있었다.

루이스가 엘리와 함께 노마의 장례식에 관해 얘기하는 장면을 통해 킹은 몇 가지 의례를 면밀히 살폈다. 가령, 장례 행렬 중 사람들이 자동차 헤드라이트를 켜는 이유와 같은 것들 말이다. 이제 거의 여섯 살이 된 엘리는 1년 전보다 호기심은 훨씬 많아졌고, 죽음에 관한 감정은 훨씬 누그러진 상태다. 엘리는 이제 처치의 죽음조차 받아들일 수 있다고 생각한다. 장례식에서 루이스가 운구한다는 사실을 알게 된 엘리는 아빠에게 "노마를 떨어뜨리지 마세요."라고 조언까지 건넨다.

『애완동물 공동묘지』는 그러잖아도 어두운 소설이지만, 소설의 발단이 된 사건이 다시 소환되는 순간, 분위기는 걷잡을 수 없이 음산해진다. 마치 독자에게 폭탄을 투척하고 싶지 않다는 듯이, 킹은 게이지가 죽고 마는 운명적 사건을 시간순으로 전개하지 않고 뒤로 미룬다. 킹은 1부 끄트머리에서 루이스의 최근 가장 행복했던 날 이야기를 늘어놓으며 오히려 불길한 분위기를 조성한 뒤, 게이지의 장례식 이야기로 2부의 막을 올린다.

게이지의 죽음으로 루이스의 가족은 파탄이 나고 만다. 엘리는 성경 속 나사로의 이야기를 들먹이며, 신이 원한다면 다시 살려낼 수 있지 않냐며 신을 향해 분노를 토한다. 크나큰 충격에 휩싸인 루이스는 저드의 경고에도 불구하고, 미크맥 매장지로 눈을 돌린다. 그는 자신의 선택을 합리화한다. 처치가 불쾌한 모습으로 변한 채 돌아오기는 했지만, 적어도 지금 우리 곁에 있지 않은가? 루이스가 생각만으로도 끔찍한 짓을 하도록 스스로 설득할 때, 독자도 그에게 동요한다. 루이스의 의중을 알아챈 저드는 그 뜻을 꺾기 위해 고대 매장지에 묻혔던 티미 배터만이라는 사람의 이야기를 들려준다. 다시 살아난 배터만은 사람들의 끔찍한 비밀을 꿰뚫고 있는 교활한 좀비였다는 것이다.

루이스와 장인이 다투다가 게이지의 관을 넘어뜨릴 뻔한 일을 비롯해, 게이지의 장례식에서 벌어진 음울한 사건들을 보여준 뒤, 킹은 모두 없던 일인 것처럼 소설을 써 나간다. 하지만 이는 루이스의 꿈일 뿐이다. 모든 것이 제대로 흘러가고, 게이지가 무사히 성년에 진입하는 이 꿈속 이야기는 3부에서 유일하게 희망적인 분위기가 풍기는 부분이다. 작가는 여기서 '만약 그랬다면'의 상상력을 다른 방향으로 펼쳐 보인다.

이후에는 킹의 모든 소설을 통틀어 가장 불편하고 참혹한 이야기가 이어진다. 루이스는 그릇된 계획을 실천하기에 앞서, 남은 가족을 시카고의 레이첼 부모님 댁에 보낸다. 루이스는 저드가 들려준 배터만이란 자의 이야기가 사실이며, 게이지가 변한 채로 돌아온다면 게이지를 죽여야 할 수도 있다는 것을 머리로는 받아들인다. 하지만 한편으로는 게이지가 정상적인 모습으로 돌아올 경우, 가족과 함께 이곳을 벗어나 새로운 곳에서 둥지를 틀 계획도 세운다. 아들이 부활

『애완동물 공동묘지』의 1989년 각색 영화 「공포의 묘지」에서 고양이 처치가 살아 돌아온 장면.

하면 어쨌든 더는 러들로에서 살 수 없을 것이기 때문이다.

가족을 비극의 내리막길로 밀어 넣은 마지막 한 번의 손길은 엘리의 것이었다. 약간의 예지력을 지닌 엘리는 꿈속에서 텅 비어 있는 게이지의 관과 루이스의 근무 첫날에 사망한 학생 빅터 파스코를 본다. 엘리의 말을 들은 레이첼은 발길을 돌려 혼자서 메인주로 돌아간다. 킹은 레이첼이 스스로 선택한 길이라고 말한다. "제가 레이첼이 돌아가게 만든 것도, 레이첼보고 돌아가라고 한 것도 아니에요. 그녀 혼자 돌아갔습니다. 때로 인물들은 내 손아귀에서 달아나 스스로 나아가기 시작하죠. 그럴 때 제가 할 수 있는 건 그저 독자들이 너무 불편해하지 않을 곳으로 인물들이 나아가기를 바라는 것뿐입니다."[150]

경찰은 하마터면 루이스가 아들의 시신을 파내는 장면을 목격할 뻔한다. 루이스가 이끼로 뒤덮인 아들의 시신을

보고 아들의 머리가 사라졌다고 착각하는 장면에서는 섬뜩한 리얼리즘이 돋보인다. 하지만 루이스는 어두운 숲속에서 거대한 웬디고의 모습을 포착했음에도 아랑곳하지 않고 자신의 길을 나아간다. 마치 오버룩 호텔이 대니 토런스를 갈망하듯, 매장지 아래에 도사린 무언의 힘이 게이지의 영혼을 갈망하는 듯하다. 생존자의 슬픔을 먹고 순환을 계속 이어가는 것이다.

게이지는 살인 괴물이 되어 돌아온다. 게이지의 첫 번째 희생자는 저드 크랜덜이다. 여전히 수의를 차려입은 게이지의 자그마한 몸속에는 사악한 존재가 도사리고 있고, 그 존재는 과거에 자신의 일을 방해한 저드에게 앙갚음한다. 다음 희생자는 무척 안 좋은 순간에 등장한 게이지의 엄마다.

레이첼의 죽음으로 루이스는 마지막으로 부여잡고 있던 희미한 이성의 끈을 영영 놓아버린다. 루이스는 다시 한

필트럼 프레스

필트럼 프레스는 킹이 소유하고 운영하는 개인 출판사다. 필트럼 프레스 출판물은 고품질의 수입 용지와 절제된 디자인(메인대학교 재학 시절, 킹의 동창이었던 마이클 앨퍼트의 작업)이 특징이다.

처음으로 발행한 책은 1982년, 1983년, 1985년에 찍어낸 소책자 형식의 『더 플랜트』로, 크리스마스카드 대용으로 배포했다. 1984년에는 대신 『용의 눈』 한정판을 제작했다.

필트럼은 이외에도 「신참 중위의 넋두리(The New Lieutenant's Rap)」, 선집 『여섯 가지 이야기』, 전자책 「총알차 타기」(사이먼 앤드 슈스터 출판사와 공동 출판) 등을 출간했고, 나중에는 연재소설 『더 플랜트』의 후속작을 전자책으로 만들어 킹의 웹사이트에서 배포했다. 또, 전자책 에세이 「총(Guns)」과 돈 로버트슨의 『이상적이고 진정성 있는 사람』을 내놓았는데, 후자는 필트럼에서 펴낸 책 중 유일하게 킹이 쓴 책이 아니다.

'필트럼(philtrum)'이라는 단어는 코와 윗입술 사이에 수직으로 움푹 팬 인중 부위를 일컫는다.

『더 플랜트』의 1982년, 1983년, 1985년도 작품.

번 합리화하기 시작한다. 그는 게이지의 부활이 잘못될 수밖에 없었던 모든 이유를 나열한 뒤, 갓 사망한 아내의 부활만큼은 다른 결과를 가져올 수 있으리라고 믿는다. 「원숭이의 손」 속 화이트와 달리, 루이스는 실수를 통해 아무런 교훈도 배우지 못한다. 그는 자신이 만들어 낸 혐오스러운 괴물을 사라지게 해달라고 비는 대신, 마지막으로 한 번 더 매장지로 향한 뒤, 레이첼이 살아 돌아오기를 기다린다.

『애완동물 공동묘지』의 마지막 문장은 킹의 작품을 통틀어 가장 충격적이다. 레이첼은 차디찬 손을 뻗으며 서걱이는 목소리로 "여보."라고 말한다. 이 대목에서 레이첼은 '그녀'가 아니라 '그것'으로 지칭된다.

이후 일어날 일은 독자의 몫으로 남아 있다.

『용의 눈』(1984)

킹의 딸 나오미는 열세 살 무렵, 열렬한 독서광이었지만 킹의 책은 한 권도 읽은 적 없었다. 태비사는 나오미에게 아버지를 알아갈 좋은 방법이 될 수 있으니 공포 소설도 좀 읽어보라고 권하지만, 나오미는 단호하게도 "(아버지의) 뱀파이어, 구울, 질퍽이며 기어다니는 것들에는 전혀 관심이 없다."고 답했다. 킹은 나오미에게 그러면 무얼 좋아하느냐 물었고, 나오미는 용이라고 답했다. "그래서 나는 산을 향해 걸어가기로 결심했다. 산이 내게 걸어오지 않으니까 말이다."[151]

그렇게 킹은 메인주 서부의 자택에서 가제가 '냅킨스'인 소설 작업에 착수했다. 장작 난로 앞에 앉아 노란색 리걸 패드에 글을 쓸 때, 집 바깥에서는 찢어질 듯 쌩쌩 부는 북동풍이 꽁꽁 언 호수 너머에서 눈을 실어다 나르고 있었다. 당시 킹은 『부적』 작업을 마친 지 얼마 되지 않은 터여서 '테러토리'의 판타지 세계가 머릿속에 생생히 남아 있었다. 킹은 『용의 눈』과 『미저리』를 동시에 집필했다. 하나를 오전에 작업하면 나머지 하나를 오후에 작업하는 식이었다. 그렇게 1983년, 『용의 눈』 초고가 완성됐다.

나오미는 열의라곤 찾아볼 수 없는 마뜩잖은 태도로 원고를 집어 들었지만, 이내 보람을 느꼈다. 소설은 나오미의 마음을 낚아채는 데 성공했다. 나중에 나오미가 털어놓길, 유일한 단점은 소설이 끝나지 않기를 바라게 됐다는 것뿐이었다. 킹이 『용의 눈』을 쓴 이유는 출간이 아니라 딸을 위해서였다. "내가 딸을 위해 『용의 눈』을 쓴 것은 사실 나를 위한 일이기도 했다. 나는 누군가에게 보여줄 목적으로 글을 쓰기 시작하면 반드시 써내기 때문이다."[152] 킹은 『용의 눈』을 나오미와 피터 스트라우브의 아들인 벤에게 바쳤고, 이두 사람의 이름을 소설 속에 등장시키기도 했다.

킹은 그 모든 동화가 그러하듯, 『용의 눈』 또한 어른을 위한 소설이라고 말한다. 어른은 "경험이 부족한 어린이가 포착하지 못하는 소설의 또 다른 울림을 포착"[153]할 수 있기 때문이다. 킹에게 『용의 눈』은 동화로 가장한 성인 소설이다.

킹은 『용의 눈』을 필트럼 프레스에서 출간하기로 했다. 지난 2년간 크리스마스카드 대신 나눠주었던 소책자 『더 플랜트』를 찍어냈던 개인 출판사였다. 3년 후, 킹은 보급판 『용의 눈』의 출간을 허락했다. 교정을 거치지 않아 정리되지 않았던 글의 많은 부분이 이때 수정됐다.

오른쪽 페이지: 바이킹판 『용의 눈』 양장본.

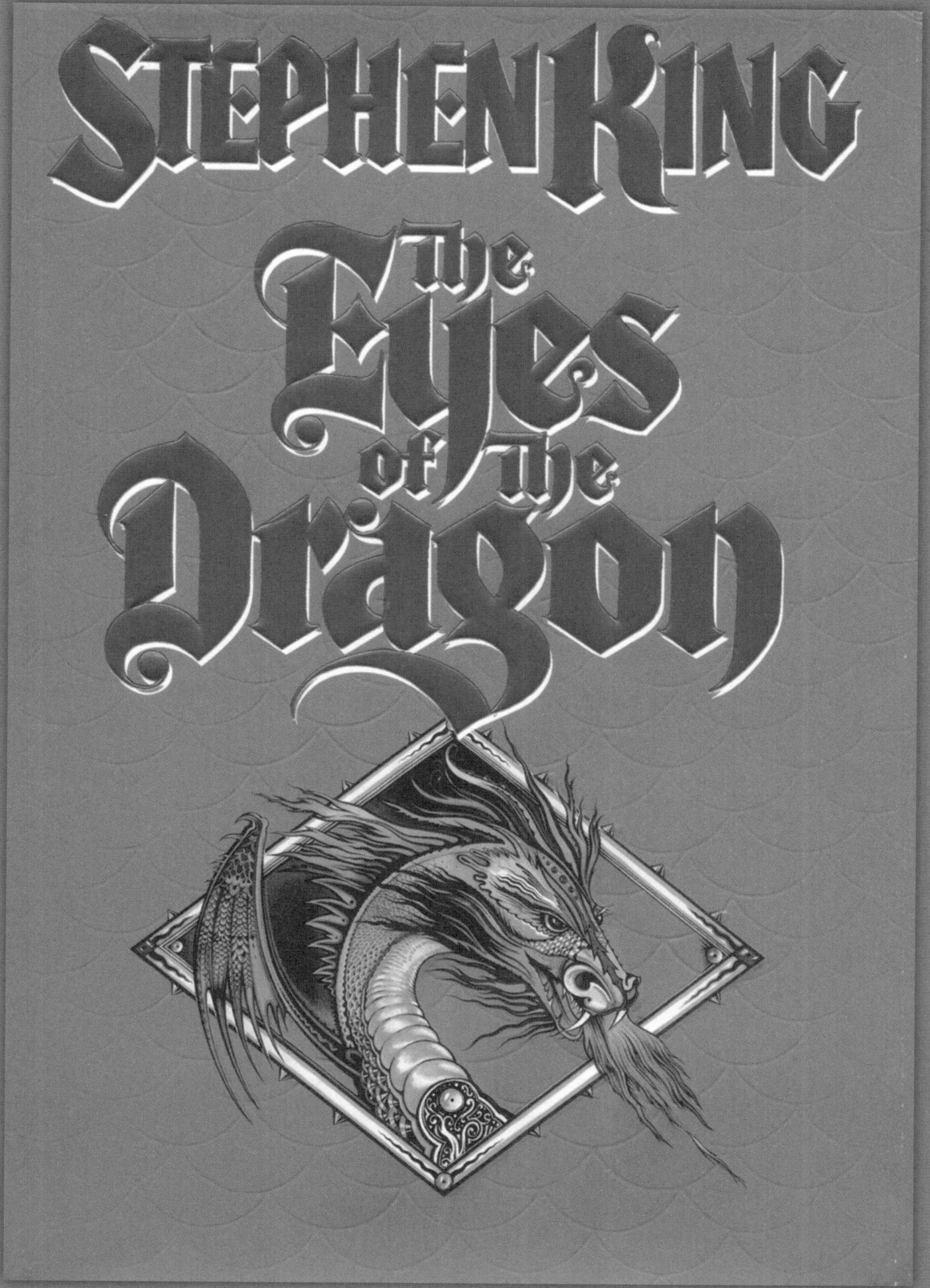
STEPHEN KING
The Eyes of the Dragon

킹의 희귀작

킹의 작품을 열렬히 모으는 이들 중에는 킹이 출간한 작품을 판본별로 모두 소장해야 직성이 풀리는 수집광이 상당수 존재한다. 킹의 한정판 작품은 발품 팔아가며 거래해야 하며, 킹의 친필 사인이 있는 책은 온라인 경매 사이트에서 높은 가격에 팔린다. 이처럼 킹이 직접 사인한 무언가를 소유하고 싶어 하는 팬들의 욕망을 이용해 한몫 챙기려고 드는 사람도 많아서 시장에는 가짜 사인이 판을 친다.

킹의 수많은 소설은 친필 사인 한정판으로도 출간됐으나, 이 한정판은 대부분 보급판과 내용이 똑같다. 한정판은 제작 품질이 조금 더 높고 삽화가 추가될 수는 있으나, 글 자체는 한정판 가격의 극히 일부만으로 구매할 수 있는 문고본과 정확히 같다.

하지만 항상 그런 건 아니다. 무척 희귀한 판본과 소설은 가장 열정 넘치고 결의에 찬 팬만이 손에 넣을 수 있다. 그중 몇 가지 예시를 여기에 소개한다.

『더 플랜트』: 훗날 전자책으로 출간되기는 했지만, 이 미완성 연재소설의 처음 세 편은 1980년대 초에 킹의 필트럼 프레스를 통해 출판됐다. 넘버링 한정판 200권과 레터링 한정판 26권만 제작됐다. 이 책은 판매용이 아니었으므로, 시간이 지날수록 중고 시장에서 그 가치가 계속해서 높아지는 중이다.

『파이어스타터』: 킹의 첫 한정판이 출간된 소설이다. 판타지아 프레스에서 출간한 이 725권의 넘버링 한정본 겉표지는 마이클 웰란이 작업했으며, 특히 석면으로 장정한 26권의 알파벳 한정본은 킹의 한정판 중 가장 수요가 많고 값어치가 높다.

『용의 눈』: 필트럼 프레스에서 대형 한정판을 내놨다. 총 1250권 중 250권은 친구들에게 크리스마스 선물로 나눠줬고 나머지 1000권은 시장에 풀렸다. 제작비는 저렴한 편이어서 선물용으로 나눠준 도서의 비용은 상업용 도서 판매금으로 충당할 수 있었다. 이 거대한 판본의 문장은 보급판 문장과 꽤 상이하기에 눈여겨볼 만하다.

『스켈레톤 크루』: 스크림 프레스판은 사진을 방불케 하는 J. K. 포터의 놀랍도록 현실적인 삽화가 실려 있어 눈이 즐거운 한정판이다. 이 책은 무겁고, 접이식 포스터가 들어 있으며, 검은색 종이 위에 은색 잉크로 휘갈긴 킹의 사인이 새겨져 있다. 특기 사항은 바이킹판에는 없는 단편 「베카 폴슨의 계시」가 추가로 실려 있다는 점이다.

『부적』: 도널드 M. 그랜트 출판사의 한정판은 주목할 만하다. 소설을 양장본 두 권으로 나누어 책갑에 담아냈기 때문이다. 그랜트는 「다크 타워 시리즈」 중 분량이 많은 몇몇 소설도 이와 같은 방식으로 출판했다. 이 한정판에도 놓치지 말아야 할 점이 있는데, 바로 10명의 아티스트가 그린 삽화들이 실려 있다는 점이다.

「내 귀염둥이 조랑말」: 훗날 『악몽과 몽상』에 묶여 출간된 이 단편소설의 한정판은 휘트니 미술관에서 제작됐다. 스테인리스 스틸로 만든 표지에 디지털시계가 삽입된 거대한 판본이었다. 이 한정판은 300부가 채 되지 않으며, 최초 판매가는 2000달러가 넘었다. 나중에 크노프에서 '보급판'이랍시고 제작한 책조

오른쪽 페이지: 1967년경 형 데이비드가 촬영한 타자기 앞에 앉은 킹의 모습. 킹이 처음으로 정식 판매한 「유리 바닥」이 실린 《스타틀링 미스터리 스토리즈》가 펼쳐져 있다.

자 단편소설치고 꽤 비싸다고 할 수 있는 75달러에 육박했다.

「장마」: 포스터 크기의 종이 한 장에 프린팅된 이 한정판은 육천 단어의 소설 전체를 모두 손 글씨로 쓰고 초록색 잉크를 사용해 태비사가 촬영한 사진 속 킹의 모습이 나타나도록 인쇄했다. 100점만 제작됐으며, 스티븐 킹, 태비사 킹뿐만 아니라 이 작품의 아티스트인 랜스 브라운의 사인도 새겨져 있다.

『통제자들』: 리처드 바크만 소설의 이 레터링 한정판은 수표 형식에 바크만의 사인을 담아냈다. 지불이 완료된 것으로 표시된 이 수표는 킹의 여러 작품 속 인물이나 사업체 앞으로 발행되어 있다. 이 호화로운 한정판은 갈색의 모로코가죽으로 장정되어 있고, 윈체스터 30구경 총알 네 개가 박혀 있어 더욱 놀라운 외관을 연출한다.

『여섯 가지 이야기』: 필트럼 프레스에서 내놓은 또 다른 작품으로, 제목에서 알 수 있듯 여섯 개의 소설을 엮은 책이다. 「장님 윌리」는 이후 대대적인 수정을 거쳐 『내 영혼의 아틀란티스』에 실린다. 나머지 다섯 편의 단편도 킹의 다른 모음집들에 수록됐지만, 『여섯 가지 이야기』가 특히 수집 가치가 높은 이유는 킹이 직접 제작했기 때문이다.

「신참 중위의 넋두리」: 친필 사인이 있는 이 소책자의 이야기는 이후 대규모 수정을 거쳐 「우리는 왜 월남에 갔던가」라는 제목으로 『내 영혼의 아틀란티스』에 실린다. 이 책은 1999년 4월, 『캐리』 출간 25주년을 기념하기 위해 뉴욕에서 개최된 파티에서 배포하려는 용도로 필트럼 프레스에서 제작했다. 이 소책자는 파티 참여자에게만 나눠줬고, 판매용으로는 나오지 않았다.

『꿈의 비서(The Secretary of Dreams)』: 세미트리 댄스 출판사는 『꿈의 비서』라는 제목으로 두 권의 그래픽 노블을 출간했고, 각각 킹의 단편 각색작 여섯 편이 들어 있다. 여타 그래픽 노블과 달리, 아티스트 글렌 채드번은 원문을 토씨 하나 빼지 않고 만화책으로 옮겼다. 채드번은 "문단을 아트워크에 그대로 삽입하는 전통적인 기법, 감정을 전달하기 위해 대사를 손 글씨로 쓰는 기법, 각 장면의 분위기에 맞추기 위해 다양한 글자체를 쓰는 기법 등 다양한 기법"[154]을 사용해 1권 아트워크 작업에 꼬박 2년을 들였다.

「어둠의 남자」: 글렌 채드번이 일러스트를 그린 또 다른 책으로, 이 한정판은 킹이 대학 시절에 썼던 시이자, 랜들 플랙 구상에 영감을 줬던 시를 조명한다.

「칙칙폭폭 찰리」: 이 책은 원래 샌디에이고 코믹콘에서 개봉을 앞둔 영화 「다크 타워」를 홍보하기 위해 제작됐다. 어느 배우가 책의 작가인 베릴 에번스인 척 연기하며 컨벤션에서 책에 사인했다. 글 자체는 「다크 타워 시리즈」에 담겨 있다. 이 책의 실물은 Apple TV+의 『리시 이야기』 각색작에서 등장한다. 이 책은 쉽게 구할 수 있지만, 이 책의 존재를 아는 킹의 팬은 그리 많지 않다.

킹의 모든 단편소설이 선집에 수록된 건 아니다. 다음 소설을 본 적 있는가?

➡ 「유리 바닥」은 킹이 처음으로 정식 고료를 받고 판매한 소설이다. 《스타틀링 미스터리 스토리즈》에 최초로 실린 원본은 찾기 쉽지 않겠지만 《세미트리 댄스》의 68호인 《위어드 테일스》(1990년 가을호)이나 『세미트리 댄스 베스트 단편집 2(The Best of Cemetery Dance 2)』에서 읽을 수 있다.

➡ 「파란색 공기 압축기」는 킹이 대학 시절에 《오넌》에 게재한 글이다. 《헤비메탈》(1981년 7월)에 다시 실렸을 때는 상당수 수정된 상태였다. 『어둠 속의 빛(Shining in the Dark)』을 통해 쉽게 접할 수 있다.

→ 「잡초」는 「크립쇼」라는 옴니버스 영화 속 이야기 「조디 베릴의 쓸쓸한 죽음」으로 각색됐다. 원출처인 《카발리에》(1976년 5월)는 찾기 어렵지만, 『전율 7』에서 읽을 수 있다.

→ 「스쿼드 D」는 1970년, 소설가 할런 엘리슨이 출간을 거부한 글이다. 지금은 『전율 8』에서 읽을 수 있다.

→ 「배짱 있는 남자」는 1970년대 남성 잡지에 처음 실렸고, 이후 2017년에 선집 『킬러 크라임(Killer Crimes)』에 실렸다.

→ 「호랑이의 밤」은 1978년 《판타지와 공상 과학 잡지》에 처음 게재된 뒤, 여러 선집에 포함됐다. 제일 최근 선집은 『자정의 서커스 천막(Midnight Under the Big Top)』이다.

→ 「크립쇼」를 통해 각색된 또 다른 초기 단편 「상자」는 『전율 6』에서 만나볼 수 있다.

→ 「리플로이드」는 『나이트 비전 5』에 실린 킹의 다른 두 단편과 달리, 다른 곳에 또 수록되지 않았다. 『스킨 트레이드(The Skin Trade)』라는 제목으로 출간된 해당 선집의 문고본에서 읽을 수 있다.

→ 「늙은이의 심장」은 에드거 앨런 포의 「고자질하는 심장」을 1970년대 초 스타일로 개작한 작품으로, 《카발리에》로부터 퇴짜를 맞았으나 이후 《네콘 20》 프로그램 북과 『네콘의 커다란 책(The Big Book of NECON)』을 통해 출간됐다.

→ 킹의 초기 시 여섯 편 「새벽의 키 코드(In the Key-Chords of Dawn)」, 「침묵」, 「도노반의 뇌」, 「68년의 해리슨 주립공원」, 「무뢰한의 변」, 「어둠의 남자」는 『악마의 와인(The Devil's Wine)』에 수록됐다.

→ 「길 끝의 호텔」은 킹이 소꿉친구 크리스 체슬리와 함께 자비로 출간한 『사람, 장소, 사물(People, Places & Things)』에 실린 소설 중 하나로, 『젊은 작가를 위한 시장 안내(The Market Guide for Young Writers)』 5판에서 재인쇄됐다.

세미트리 댄스판 그림 시집 「어둠의 남자」.

→ 「킬러」는 킹이 열세 살에 《스페이스맨》에 투고한 소설로, 이후 이 1쪽짜리 원고는 《영화계의 유명한 괴물들 #202》에 실렸다.

→ 「조녀선과 마녀들」은 킹의 극초기작으로, 『첫 마디』에서 접할 수 있다.

→ 「점퍼」와 「러시 콜」은 킹의 형이 발간하던 동네 신문 《데이브스 래그》에 처음 실렸고, 현재 『비밀의 창』에서 만나볼 수 있다.

→ 「새들을 위하여」는 말장난으로 소설이 끝나는 1쪽짜리 단편으로, 말장난 가득한 선집 『새들은 잘 크나요?』에 실려 있다.

→ 「놀이가 시작되기 전(Before the Play)」은 더블데이가 최종본에서 걷어낸 『샤이닝』의 프롤로그다. 1982년에 《위스퍼스》를 통해 공개됐고, 1997년 작 미니시리즈를 홍보하기 위해 《TV 가이드(TV Guide)》에 요약본이 실렸다. 세미트리 댄스에서 출간한 『샤이닝』 한정판에도 들어 있다.

→ 「로큰롤 데드 존」은 『하드 리스닝: 역대 최고의 (작가) 밴드에 관한 모든 것』에 실렸다. 하지만 문제가 있었다. 독자들은 킹의 문체로 쓰인 네 개의 단편 중 어떤 것이 실제로 킹이 쓴 것인지 맞혀야 했다.

피터 스트라우브와 함께 쓴
『부적』(1984), 『블랙 하우스』(2001)

킹이 처음으로 피터 스트라우브의 작품을 접하게 된 건, 스트라우브의 출판사가 킹에게 『줄리아』의 출간 전 원고를 보내면서였다. 킹은 『줄리아』의 책 커버에 실을 추천사를 썼고, 스트라우브는 그 문구에 담긴 뛰어난 통찰력에 감탄했다. 킹과 스트라우브가 런던의 브라운스 호텔에서 만나 술을 마셨을 때, 킹이 소설을 같이 써 보지 않겠냐고 제안했다. 킹이 처음으로 스트라우브의 집을 방문해 저녁을 먹었을 때도 협업에 관한 이야기가 오갔다. 하지만 가장 큰 문제는 두 사람 모두 당분간은 다른 일이 있어 함께 작업을 할 수 없다는 것이었다.

두 사람은 컨벤션에서 만날 때마다 아이디어에 관해 이야기를 주고받았고, 스트라우브가 메인주를 방문했을 때 비로소 글감을 구체화할 수 있었다. 두 사람은 킹이 열아홉 혹은 스무 살 대학생이었던 시절에 떠올렸던 한 아이디어를 초석으로 삼기로 했다. 그 시절 킹은 인적 드문 대서양 연안 리조트에서 아들과 함께 지내면서 암으로 죽어가는 실패한 여배우에 관한 '베로나 비치'라는 제목의 소설을 구상 중이었다. 그는 아들이 어머니를 살려줄 무언가를 찾아 나선다는 아이디어를 떠올렸다. 대학 시절 킹은 이 소재를 다룰 능력이 부족하다고 생각해 더는 진도를 나가지 않았지만, 훗날 스트라우브가 이 아이디어를 듣고 긍정적인 반응을 보였다. 킹은 스트라우브가 콘셉트를 수정해 준 덕에 앞으로 나아갈 활력을 얻었다고 말한다.

1981년, 두 사람은 스트라우브의 사무실에서 3일간 집중적으로 논의하는 시간을 가지며 소설의 얼개를 짰고, 1982년 봄에 스트라우브의 컴퓨터에서 첫 챕터가 쓰였다. 스트라우브는 일하는 동안 재즈를 들었다. 킹의 차례가 되었을 때, 그는 에디 그랜트의 「일렉트릭 애비뉴」를 틀었다.

두 사람은 한 번 작업할 때 서로에게 글을 넘겨줘도 되겠다 싶은 마음이 들 때까지 글을 썼고, 그 기간은 대략 3, 4주 정도였다. 당시 킹은 왕(WANG)으로, 스트라우브는 IBM 디스플레이라이터로 작업하고 있었기에 원고는 전화 모뎀을 통해 완전히 다른 두 컴퓨터 시스템을 오갔다. 독자를 속이기 위해 때로 두 사람은 서로의 문체를 모방했고, 퇴고 시에 킹은 누가 어떤 부분을 썼는지 헷갈리던 때도 있었다고 말했다.

1982년 11월 말, 『부적』은 분량이 무척 길어졌다. 하지만 아직 소설 후반부에 관한 계획조차 구체적으로 서지 않은 때였다. 두 가족은 보스턴에서 만났다. 모두가 잠든 시간, 킹과 스트라우브는 이들이 '위대한 추수감사절 역모'라고 부르는 회의를 호텔 바에서 감행했고, 그렇게 결말 분량을 혁명적으로 쳐냈다. 이들은 킹의 집에서 마지막 챕터를 함께 집필했다. 애당초 얘기했던 소설 개요의 4분의 1밖에 담아내지 못한 상태였다. 만약 계획을 착실히 따랐다면 『부적』의 분량은 4000쪽에 육박했을 터였다.

1999년 4월, 킹과 스트라우브는 플로리다주에서 다시 한번 회동해 『부적』 속편의 개요를 37쪽에 걸쳐 써냈다. 거기에 결말은 들어 있지 않았다. 하지만 이후, 킹은 커다란 교통사고를 당해 프로젝트 시작이 2000년 2월까지 미뤄지게 됐다. 두 사람은 소설을 처음 썼을 때 이후로 수십 년이 지난 시점에 잭 소여가 어떻게 됐을지 궁금했다. 킹은 이후 랜덤 하우스판 『블랙 하우스』에서 이렇게 썼다. "잭 소여는 어떻게 보자면 오래간 연락이 끊긴 소꿉친구 같은 존재였다. 우리는 잭이 어떻게 됐는지 알고 싶었다. 그건 우리가 할 수 있는 일이었……. 하지만 우리 같은 사람들에게 그 소식을 알아낸다는 건 글을 쓴다는 의미였다. 상상력은 우리 같은 이들을 어디로든지 데려갈 수 있지만, 그러려면 먼저 상상해야 했고, 그 말인즉슨 글을 써야 했다. 그래서 우리는

그러기로 했다."[155]

스트라우브는 첫 50쪽을 써서 킹에게 이메일로 첨부했다. 두 사람은 서로의 글에는 손대지 않은 채로 갈수록 길어지는 원고를 주고받았다. "테니스를 치는 것 같았어요. 시놉시스라는 코트를 그려놓은 뒤, 이메일을 통해 원고를 공처럼 쳐 내며 서로 주고받았죠." 킹이 《가디언》과의 인터뷰에서 협동 작업에 관해 한 말이다.[156]

"첫 작업 때보다 두 번째 작업이 더 즐거웠어요. 여러모로 두 번째 책이 훨씬 풍부해 보였거든요. (…) 이전에 썼던 캐릭터를 다시금 만나 상상을 실현하는 경험은 독자만큼이나 작가에게도 오래전 친구를 만나는 느낌과 비슷합니다."[157]

테러토리를 향해 떠난 날로부터 20년이 지난 뒤, 잭 소여는 또 다른 위험천만한 모험에 직면한다. 실제 시간이 흐른 만큼 나이를 먹은 잭은 조기 퇴직한 LAPD 강력계 형사로, 스트라우브가 유년 시절을 보낸 곳과 가까운 위스콘신주의 프렌치 랜딩에 현재 거주하고 있다. 그곳에는 어린이를 죽이고 다니는 '피셔맨'(실제 식인 살인자인 앨버트 피시에게서 영감을 얻었다.)이라는 별명을 지닌 연쇄살인범이 있었다. 잭은 어린 시절 테러토리에서 겪었던 일을 기억하지 못했는데, 살인자를 잡으려면 그 기억을 되살려야 했다. 스트라우브의 제안으로 『블랙 하우스』에는 다크 타워 세계관의 요소가 포함됐다.

사고를 당한 뒤 여전히 회복 중이었던 킹은 출간 전 인터뷰 일정에 참여하지 않았고, 다만 책이 출간되는 주차에는 스트라우브와 함께 뉴욕에서 진행되는 어느 모닝 토크쇼에 출연할 예정이었다. 하지만 랜덤 하우스판 『블랙 하우스』 출간일은 2001년 9월 13일, 그러니까 미국이 테러 공격을 당한 날로부터 이틀 뒤였다.

훗날 킹이 말했다. "책은 아예 출간되지 않은 것만 같았습니다. 커다란 비극이 우리 주위에서 일어나고 있었으니까요.

전 피터에게 전화해 '이런 상황에서 초자연적 식인 이야기를 읽고 싶어 할 사람은 없을 것 같군.'이라고 말했습니다."[158]

『블랙 하우스』는 세 번째 소설의 출간 가능성을 암시하며 막을 내렸지만, 그에 관해 진전된 내용은 없다. 스트라우브는 세 번째 책이 나오지 않을지도 모른다고 말하기도 했다.*

『스켈레톤 크루』(1985)

킹은 책을 출간하기 전인 1980년대에도 계속해서 놀라운 속도로 단편들을 써서 발표했다. 『그것』, 『쿠조』, 『애완동물 공동묘지』, 『토미노커』와 같은 몇몇 소설의 발췌문을 잡지나 컨벤션 프로그램에 실었을 뿐만 아니라, 『샤이닝』에서 잘려나간 서문 「놀이가 시작되기 전」을 《위스퍼스》에 게재하거나, 훗날 『다크 타워 1 - 최후의 총잡이』로 묶여 출간된 연재소설의 마지막 세 편을 써내기도 했다.

킹의 처제이자 사무장인 스테파니 레너드가 발간한 《캐슬록》 뉴스레터 창간호에 따르면, 킹의 두 번째 선집 제목은 원래 '밤이 움직인다'였다. 결국 『스켈레톤 크루』라는 제목으로 출간된 이 책에는 총 스물두 편의 단편소설과 시가 담겼고, 그중 일부는 빌 톰슨이 편집을 맡은 『스티븐 킹 단편집』에 실으려다가 퇴짜 맞은 작품들이었다. 톰슨도 이 선집의 출간을 고려했으나, 글이 완성되기 전에 아버 하우스 출판사로 이직해야만 했다. 『스켈레톤 크루』 수록작 중 세 편은 1960년대 후반에 출간된 적 있는 작품이었고, 하나는 1970년대에, 그리고 나머지 작품은 1980년대에 처음으로 출간된 것들이었다.

---

* 킹은 2023년 8월에 진행된 어느 팟캐스트에서 피터 스트라우브가 눈을 감기 전에 자신에게 후속작에 관한 아이디어를 보내준 게 있다며, 거기에 자기 아이디어를 보태 어쩌면 혼자서라도 세 번째 소설을 쓰게 될지도 모르겠다고 말한 바 있다. 베브 빈센트의 이 책은 스트라우브가 사망하기 이전 시점에 쓰였다.

오른쪽 페이지: 『스켈레톤 크루』에 실린 「편집증에 관한 노래」의 초고. 2000년에 제이 홀벤이 이 시를 8분짜리 영화로 각색했다.

PARANOID/A Chant

I can't go out no more.
There's a man by the door
in a raincoat

smoking a cigarette.
But
I've put him in my diary
and the mailers are all lined up
on the bed, bloody in the glow
of the bar sign next door.

He knows that if I die
or even drop out of sight
the diary goes and everyone knows
the CIA's in Virginia.

500 mailers bought from
500 different drugcounters
and stationers shops and fifty pages
in each one.

I can see him from up here.
The city's alive with a million eyes.

His cigarette winks from just
above his trenchcoat collar
and somewhere there's a man on a subw
sitting under the ads and thinking my
Men have discussed me in back rooms.
If the phone rings, there's only dead

In the bar across the street a snubn
revolver has changed hands in the me
and each bullet has my name on it.
My name is written in back files
and looked up in the morgues of news

My mother has been investigated;
thank God she's dead.

They have writing samples
and examine the back loops of pees
and the cross of tees;

my brother's with them.
His wife is Russian and he
keeps asking me to fill out forms
have it in my diary. Listen:

In the rain, at the bus stop,
black crows with black umbrellas
pretend to look at their watches
it's not raining. Their eyes are
Some are scholars in the pay of
which supports the foreigners wh
through our streets. I fooled t
and got off the bus at 25th and
where a cabby watched me over h

PARANOID/2

In the room above me an old woman
has put an electric suntion cup on her
floor. It sends rays through my light fixture
and now I write in the dark
by the bar-sign's glow.
I know.

They sent me a dog with brown spots
and a radio cobweb in its nose.
I drowned it in the sink and wrote it up
and put it in folder GAMMA.

I don't look in the mailbox anymore.
They want to letter-bomb me with greeting cards.

The luncheonette is laid with talking floors
and the waitress says it was salt she put
on my hamburger but I know arsenic when I
see it. And the hot yellow taste of mustard
to mask the bitter odor of almonds.

I have seen strange lights in the sky
and seen their cruising eyes.
Last night a dark man crawled through 9 miles
of sewer to surface in my toilet, listening
for phone calls through the cheap wood with
chrome ears. I said Isaw his muddy handprints
on the porcelain.

I don't answer the phone now.
Have I told you that?

They are planning to flood the earth with sludge.
They are planning breakins.
They are planning weird sex positions.
They are making addictive laxatives
and suppositories that burn the anal channel.
Their scientists know how to put out the sun
with blowguns.

I pack myself in ice, have I told you that?
It lowers body-heat and obviates their infrascopes.
I know many chants. I wear many charms.
You think you have me but I could destroy you
any second now.

Any second now.

Any second at all.

Did I tell you I can't go out no more?
There's a man by the door
in a raincoat.

『시너』(1984)

1980년대 초, 스티븐 킹의 체중은 107kg에 달했고, 담배를 연신 피워대는 골초였다. 주치의는 킹의 중성지방 수치가 너무 높다고 경고했다. "모르셨을까 봐 말씀드리는데, 심장마비 고위험군에 진입하신 겁니다."[159] 담배를 끊고 살을 빼라는 의사의 조언을 무시한 채 주말 내내 집에 틀어박혀 빈둥대는 시간을 보내고 난 뒤, 킹은 조언을 따르기로 했다. "실제로 살이 빠지기 시작하자, 어째서인지 내가 살에 애착을 지니고 있음을, 살을 빼기를 원치 않는다는 사실을 깨달았습니다. 그렇게 살이 멈추지 않고 계속해서 빠진다면 무슨 일이 일어날지 상상해 보기 시작했죠."[160]

이러한 경험을 바탕으로 킹은 『미저리』를 끝마친 즉시 '집시 파이'라는 단편을 쓰기 시작했고, 글은 1982년~1983년 사이에 장편소설로 거듭났다. "『시너』는 책임에 관한 소설이

『시너』의 1996년 각색 영화에서 빌리 할렉 역을 맡은 로버트 존 버크.

에요. 책임을 직면하고 받아들이는 이야기이자, 그러지 않았을 때 무슨 일이 일어나는지에 관한 이야기죠. 의무를 저버리면 무조건 사랑하는 사람이 다치게 되어 있습니다."[161] 킹이 말했다.

하지만 문제가 있었다. 킹의 책 두 권이 이미 출간을 앞둔 상태였고, 끝마친 원고도 세 편이나 더 있었으며, 다른 진행 중인 원고는 더 많았다. 업계의 관행에 따르면, 출판 시장이 감당할 수 있는 대형 작가의 작품은 1년에 한 권뿐이었다. 지난 수년간 킹은 1년에 두 권씩 출간하며 이미 관례를 깨부수고 있었지만, 그런 속도에도 불구하고 『시너』가 세상의 빛을 보려면 향후 몇 년은 족히 있어야 할 판국이었다.

그래서 킹은 리처드 바크만을 부활시키기로 했다. 이미 그 필명으로 볼 장 다 봤다고 생각했지만, 아니었다. "디키 바크만이 무덤에서 돌아왔습니다. 뇌종양으로 죽은 줄로만 알았는데……. 다시 돌아왔어요."[162] 킹은 여전히 자신의 성공이 요행에 불과했는지 궁금했기에 바크만으로 성공할 수 있을지 알고 싶었다. "이 모든 게, 혹은 대부분이 그저 우연이었다고 생각하면 왠지 모르게 우울해진다. 그래서 사람들은 또 해낼 수 있을지 보고 싶어서 다시 한번 도전하는 것일지도 모른다."

뉴 아메리칸 라이브러리는 『시너』로 바크만의 첫 번째 오리지널 양장본을 제작해 워싱턴 D. C에서 열리는 미국 서점 협회 회의에서 배포했다. 그 판본에는 책의 장점을 칭찬하는 출판사의 글이 실려 있었다. 바크만이라는 허상을 지탱하기 위해 킹의 대리인은 오랜 친구인 리처드 마누엘의 사진을 빌려 책 커버에 가짜 작가 사진으로 실었다. 바크만의 이름으로 출간한 첫 네 권은 모두 초기작이었을뿐더러 초자연적 공포 소설도 아니었지만, 『시너』는 근작인 데다 이 정도면 공포 소설이라고 해도 손색이 없었다. 문학 길드에서 내놓은 어느 초기 서평은 『시너』를 두고 "스티븐 킹이 제대로

소설을 쓰면 탄생했을 법한 작품"이라고 평가하기도 했다.

1985년 초, 스티븐 P. 브라운이라는 서점 직원이 『분노』의 저작권 양식에 킹의 이름이 적혀 있는 것을 발견하곤, 그 '결정적 증거'를 킹에게 보냈다. 킹은 브라운에게 전화를 걸었고, 브라운이 《워싱턴 포스트》에 기사를 쓸 수 있도록 정보를 제공해 줬다.[163] 하지만 《뱅고어 데일리 뉴스》는 킹의 확인이 있건 없건 상관없이 기사를 쓰겠다고 통보했다. 그래서 킹은 마지못해 바크만이 자신임을 확인해 주었고, 그렇게 《뱅고어 데일리 뉴스》는 가장 먼저 특종을 발표했다.

실험이 조기 종료됐다는 사실에 부아가 치민 킹은 리처드 바크만에게 사망 선고를 내려버렸다. 바크만의 부고는 《캐슬록》 뉴스레터에 실렸다. "뉴햄프셔주(하나 고를까, 지어낼까?)에 거주하던 40세(?)의 리처드 바크만은 1985년 2월 9일에 노출로 인해 사망했다. 작가인 바크만의 유족으로는 아내 클라우디아 이네즈와 이복형제 존 스위든이 있다. 바크만은 수년간 상선 선원으로 생활하다가 어느 낙농장에 정착해 글을 썼다." 훗날, 다른 인터뷰에서 바크만의 사인은 '필명 암'으로 바뀌었다.

뉴 아메리칸 라이브러리는 책 커버를 재인쇄하는 대신, 책마다 얇은 종이띠를 둘렀다. 종이띠에는 "리처드 바크만으로 쓴 스티븐 킹의 책"이라고 적혀 있었다. 이 일이 터지기 전에도 『시너』는 이미 2만 8000권가량의 쏠쏠한 판매량을 올리고 있었다. 하지만 그 직후, 책은 4쇄를 찍어내며 30만 부 가까이 팔려나갔다.

『그것』(1986)

『스탠드』집필 당시 킹이 겪었던 어느 사건은 이후 수년간의 작업으로 이어질 또 다른 장편소설의 씨앗이 되었다. 킹이 볼더에 살 때, 가족이 타고 다니던 차는 AMC 마타도르였다. 킹은 "변속기가 난데없이 펄 스트리트에 뚝 떨어져 버리기 전까지는 썩 훌륭한 차였다."[164]고 회상한다. 그 바람에 차는 볼더의 동쪽 끄트머리에 있는 어느 대리점에 견인되었고, 그로부터 이틀 뒤 차를 가지러 와도 좋다는 소식이 도착했다.

킹은 택시를 부르는 대신, 4.8km 정도 떨어진 대리점까지 운동 겸 걸어가기로 했다. 결국에는 어스름이 내려앉은 뒤에야 가로등 하나 켜지 않은 어느 좁은 길에 당도할 수 있었다. 킹은 그 순간이 생생하게 떠오른다고 말한다. "나는 내가 얼마나 외로운 처지인지 알아차렸다. 그 길을 쭉 따라 0.4km 정도 더 가니, 개울을 가로질러 불뚝 솟아 있는 기이할 정도로 예스러운 나무다리 하나가 놓여 있었다. 그 다리를 건널 때, 뒷굽이 다 닳아빠진 카우보이 부츠를 신고 있었는데, 그 신발이 나무판자에 부닥치며 내는 소리가 무척 선명하게 귀에 박혔다. 마치 텅 빈 시계 소리 같았다."[165]

"당시 나는 랜들 플랙의 삶에 온통 사로잡혀 있었기에 그를 떠올리는 것이 마땅했겠으나, 대신 용감무쌍 염소 삼 형제* 이야기가 뇌리를 스쳤다. '내 다리 위를 뚱땅거리며 걷는 게 누구냐!'라고 외치는 트롤이 등장하는 이 이야기는 마치 스카이콩콩을 탄 것처럼 내 머릿속에 들어왔다. 등장인물이 아니라 쪼개진 시간이, 결국 완전히 붕괴하고 말 가속 붙은 탄력이, 그래서 '찰나'와 같다는 느낌이, 원래 하나였던 그 모든 괴물이 들어온 것이다. 물론, 그 괴물이란 다리 밑의 트롤이었다."[166]

지하에 도사리는 괴물이라는 소재가 떠오른 건 이때가

처음은 아니었다. 1960년대 초, 『사람, 장소, 사물』에 실렸던 킹이 아직 어렸을 때 쓴 소설 「우물 바닥의 무언가(The Thing at the Bottom of the Well)」에는 동물과 사람을 고문하는 것을 즐기는 지하 괴물이 등장한다.

이후 2년 동안 킹은 다른 프로젝트에 붙들려 있었지만, 트롤의 이미지가 자꾸만 머릿속에 떠올랐다. 킹은 다리를 이행(移行)의 상징으로 보면서도 상징성을 염두에 두고 글을 쓰는 것이 못내 마음에 걸렸다. 소설에 특정 주제가 고정되어 따라다닐까 봐도 마찬가지로 신경 쓰였다.

이런 생각에서 발전해 나온 것이 『그것』이다. 당시 킹은 『그것』을 자기 최고작이자 한 시기의 끝을 알리는 이정표 같은 작품으로 여겼다. 그러니까 초자연적 괴물과 위험에 처한 아이들에 관해 쓰는 마지막 책이라는 것이다. "『그것』은 여태 제가 해온 모든 것, 여태 제가 살면서 배웠던 모든 것의 종합판입니다."[167] 킹이 말했다. "이때껏 살아 숨 쉬었던 모든 괴물이 이 책에 있습니다. 이게 마지막이에요. 마지막 시험이죠."[168]

킹은 그토록 오랫동안 아이들에 관해 쓴 이유는 슬하에 자식이 있었기 때문이라고 말한다.[169] 사람은 자식이 유년기를 끝마치는 것을 보기 전까지는 자신의 유년기도 진정으로 마무리된 게 아니라고 킹은 믿는다. "(그런 경험을 통해) 내 유년기가 어떤 의미였는지, 어떤 시절을 지나왔는지에 대한 관점을 얻게 됩니다."[170] 킹은 어느 인터뷰에서 이렇게 말하기도 했다. "한 사람이 둥근 바퀴를 완성해 내듯 자신의 유년기를 마무리한다는 개념이 흥미로워요. 다시 그때로 돌아가 유년 시절을 마주하고, 어떤 의미에서 다시 살아내는 겁니다. 그게 가능하다면요. 이로써 사람은 완전해질 수 있습니다."[171]

『그것』은 중편소설 「스탠 바이 미」의 논리적 연장선상에 놓여 있다. 두 소설 모두 1950년대에 메인주에서 자란 아

---

* 다리 건너편 풀밭에서 풀을 뜯고 싶은 염소 삼 형제가 다리 밑에 사는 트롤을 속이고 무찔러 무사히 다리를 건넌다는 내용의 노르웨이 동화다.

오른쪽 페이지: 1990년에 제작된 미니시리즈에서 페니 와이스로 분한 팀 커리의 모습이 담긴 스틸컷. 광대는 『그것』에 등장하는 괴물 형태 중 가장 잘 알려진 형태다.

이들이 끔찍한 통과의례를 거치며 순진무구한 유년기를 지나 성년에 접어드는 이야기를 그리고 있다. 『그것』은 킹의 어린 시절이었던 1950년대와 어른이 되어 그때를 돌아보는 1980년대라는 두 시대 사이를 매끄럽게 오간다. 자칭 '왕따 클럽'을 형성한 일곱 명의 외톨이 친구 이야기는 두 시간대를 오가는 동시에 각자만의 절정을 향해 나아가며 빠르게 전환하는데, 서로 다른 시간대의 이야기는 인물의 나이만 제외한다면 복제본이라 할 만큼 거의 비슷한 양상을 보인다.

"『그것』 작업을 시작했을 때 (…) 사람들이 삶의 각기 다른 지점에서 상상력을 사용하는 방식에 관해 쓰고 있다는 걸 깨달았습니다."[172] 킹은 어른보다 아이가 페니 와이스라고 부르는 괴물에 더 잘 대항할 수 있다고 가정한다. 아이들의 정신은 아직 성장 중이기에, 괴물을 바라보는 주체에 따라 늑대인간, 미라, 거대한 익룡 등, 다양한 모습으로 현현하면서 주체 내면의 두려움을 먹고 크는 괴물의 가능성을 배제하지 않은 상태이기 때문이다. "아이들은 끊임없이 이어지는 충격 속에서 삽니다."[173] 페니 와이스는 상상력과 세계에 대한 경이감을 상당수 상실한 어른을 상대하기가 훨씬 쉽다는 것을 알고 있다. 그래서 왕따 클럽의 한 아이가 괴물에게 치명타를 입혔을 때, 괴물은 아이들을 순순히 보내준다. 페니 와이스가 힘을 얻는 주기가 다시 돌아오면 그때 어른이 되어 있을 아이들을 처치하기 위해서다.

『그것』의 배경이 되는 메인주 데리는 뱅고어를 모델로 삼고 있다. 뱅고어에는 켄더스키그 하천이 시내를 가로지르며 흐른다.

『그것』은 시간이 흐르며 유년기의 기억이 어떻게 희미해지는지도 탐구한다. 1985년, 성인이 된 왕따 클럽 멤버들이 가상의 도시 데리에 다시 모여 어릴 적 1958년에 있었던 일을 다시금 회상한다. 하지만 계속 데리에 남아 옛날 사건에 관한 자료를 모으고 있던 마이크 핸론만이 옛일을 기억한다. 『유혹하는 글쓰기』의 초반부에서 킹은 자신의 어린 시절을 두고 "안개 낀 풍경 같다. 그 속에서 기억은 드문드문 서로 뚝 떨어진 나무처럼 떠오른다. 마치 날 붙잡아 먹기라도 할 듯이."[174]라고 말한다. 하지만 『그것』을 쓰는 동안에는 반쯤 꿈꾸는 상태에 진입해 숱한 기억을 열어볼 수 있었다고 한다.[175]

1958년 '유년기' 시절의 데리는 킹이 메인주로 이사 가기 전에 잠깐 살았던 코네티컷주 스트랫퍼드를 모델로 삼았다. 왕따들이 모여 놀곤 했던 버려진 장소인 '황무지'를 발견한 것도 바로 이곳이다. 킹의 형 데이브가 개울에 댐을 만드는 법을 보여주고, 형제가 마을을 물바다로 만든 직후에 소설 속 벨과 무척 흡사한 경찰이 나타난 곳이기도 하다. 마이크 핸론이 자료를 살피러 가는 데리 시립 도서관은 킹이 스트랫퍼드에 살 때 자주 다니던 도서관을 참고했고, 성인 구역과 아동 구역을 구분 짓는 복도는 유년기에서 성년기로의 이행을 상징하는 또 다른 다리를 의미한다.

1960년 6월경, 킹이 어린 시절 친구들과 함께 찍은 사진. 뒷줄 맨 오른쪽이 킹이다.

'그것'이 살아 있다는 증거

페니 와이스로 추정되는 존재에 관한 언급은 킹의 초기 소설 「회색 물질」에서 찾아볼 수 있다. 「회색 물질」에는 조지 켈소라는 공공 사업 부서 직원의 일화가 등장한다. 어느 날 그는 하수관에 내려갔다가 15분 만에 올라왔는데, 머리는 완전히 하얗게 세어 있었고 "지옥이라도 본 것 같은 놀란 눈"을 하고 있었다. 나중에 그는 그곳에서 "개만 한 거미"를 봤다며, "거미줄에는 고양이들이 잔뜩 걸린 광경을 본 적이 있느냐고" 사람들에게 되물었다.

「그것」의 결말에서 페니 와이스를 물리친 것처럼 보이지만, 킹의 이후 작품에서 그 괴물이 살아 있다는 증거를 발견할 수 있다. 예를 들어, 「토미노커」에서 토미 재클린은 데리로 가는 길에 그저 환상일 뿐이라고 치부해버리는 어떤 장면을 보게 된다. "광대는 맨홀 뚜껑이 열린 하수도에서 토미를 올려다보며 활짝 웃었다. 그의 눈은 은빛 동전처럼 빛나고 있었고, 장갑을 낀 손에는 풍선을 한가득 쥐고 있었다." 그웬디 피터슨에게는 데리 출신 친구가 하나 있었는데, 그 친구는 "어두운 골목에서 서커스 복장을 한 어느 광대가 웃으며 쫓아온 적 있었다. 그 남자의 치아는 면도칼처럼 날카로웠고, 눈은 거대한 은빛 동전 같았다."고 말한다.

「드림캐처」에서 외계인 그레이는 존시를 데리의 급수탑 언덕으로 데려가 상수도를 통해 존시가 보유한 치명적인 전염병을 사람들에게 퍼뜨리려 했지만, 급수탑이 사라졌다는 사실을 알고 분개한다. 급수탑은 1985년 대홍수로 파괴된 것이다. 대신 그곳에는 폭풍에 목숨을 잃은 이들을 기리기 위해 왕따 클럽이 설치해 둔 동상이 있을 뿐이다. "동상에는 붉은색 스프레이로 삐뚤빼뚤하게 이런 글자가 쓰여 있었다. 트럭의 헤드라이트 불빛만으로도 충분히 잘 보이는 글씨였다. '페니 와이스는 살아 있다.'"

「다크 타워 시리즈」의 롤랜드, 오이, 수재나가 백색의 땅 엠파티카의 끝자락에서 마주치는 단델로라는 뱀파이어는 겨울철에 길을 말끔하게 치워주는 로봇에게 '말더듬이 빌'이라는 별명을 붙인다. 이 별명은 「그것」의 주인공 중 하나인 빌 덴브로의 어린 시절 별명이다. 단델로는 마지막 순간에 모습이 바뀌는데, "더는 인간의 것이라고 할 수 없는 모습이었다. 그건 미치광이 광대의 얼굴이었다." 킹은 단델로와 페니 와이스가 동일인이 아니지만, 동족일지도 모른다고 귀띔했다.

킹의 아들 조 힐은 소설 「NOS4A2」에서 루이스턴, 오번, 데리 지역에 있는 '페니 와이스 서커스'라는 공간에 관해 썼는데, 이곳은 '미합중국 본령'이라고 부르는 뒤틀린 지도에서만 찾아볼 수 있는 곳이다.

「고도에서」를 통해 볼 수 있듯, 캐슬록 주민들은 옆 도시 데리를 쑥대밭으로 만든 살인자 광대를 가벼운 웃음 소재로 사용하기도 한다. 지역 개러지밴드인 빅탑은 고등학교 체육관에서 열리는 연례 핼러윈 댄스파티에서 '페니 와이스와 광대들'이라는 팀명으로 공연을 펼친다.

2017년에 개봉한 「그것」 리메이크판 영화 속
조지 덴브로(잭슨 로버트 스콧 분)와 페니 와이스(빌 스카스가드 분)가 만나는 장면.

『그것』에서 가장 큰 논란을 불러일으킨 장면은 1958년 이야기가 끝날 때쯤 등장한다. 바로 여섯 명의 남자아이들이 왕따 클럽의 유일한 여성 멤버와 성관계를 맺는 장면이다. "비벌리는 왕따 클럽 남자아이들의 성년기와 유년기 사이에 놓인 상징적 통로가 됩니다. 남자아이의 삶에서 여성이라는 존재의 역할이 계속해서 어떤 것이었는지 보여주죠. 성행위를 통해 남성성이 아이들 앞에 상징적으로 도래하는 겁니다."[176]

과거의 왕따들이 성인이 되어 돌아온 1985년 버전의 데리는 음침하고, 어둡고, 관대함이라곤 찾아볼 수 없는 곳이다. 꽉 닫힌 문 뒤에서는 배우자가 서로와 자식을 학대한다. 인종차별, 동성애 혐오, 편견, 외부인에 대한 전반적 불관용이 걷잡을 수 없이 범람한다. 공포를 먹고 자라고 부추기는 페니 와이스 없이도 충분히 볼썽사나운 곳이다.

심한 폭풍우가 휩쓸고 간 뱅고어 시내를 걷던 킹의 머릿속에 페니 와이스의 가장 널리 알려진 형태인 사악한 광대의 형상이 떠올랐다. 킹은 도시 전체에 귀신이 들리면 어떨지 궁금했다. 용감무쌍 염소 삼 형제 이야기를 다시금 떠올리며, 뱅고어를 다리의 은유로 시각화했다. "물은 배수로를 따라 하수구로 흘러 내려가고 있었습니다. 지나가는 길에 하수구 하나를 봤더니, 안쪽에서 다시 한번 '트롤도 거기 살아. 하수구 안에 있을 때만 광대 옷을 입지.'라는 목소리가 들렸죠."[177]

1896년경 지어진 코네티컷주의 스트랫퍼드 공공도서관. 이 도서관은 『그것』 속 데리 시립 도서관에 영감을 주었다.

상단: 바이킹 펭귄판 『그것』 양장본. 오른쪽 페이지: 하이네 출판사에서 펴낸 독일어판 『그것』을 들고 익살을 부리는 킹.

성인이 된 마이크 핸론의 이목을 사로잡은 에이드리언 멜론 살인 사건은 1984년 뱅고어에서 실제로 일어난 사건을 참고했다. 피해자는 다리에서 떨어진 뒤 익사한 게 아니라, 천식 때문에 질식해 사망했다. 킹은 이를 겁에 질려 사망한 것에 비유한다. 킹은 당시의 경찰 조사 내용을 적어둔 뒤, 『그것』에서 벌어지는 1985년 사건의 일부로 소설화했다.

뱅고어 역사 속 또 다른 사건 사고들도 『그것』에 반영됐다. 급수탑에서의 아동 사망 사고, 대공황 시기에 갱단이 시내에서 총격을 벌인 사건, 벌목꾼 학살 사건 등이 그 예다. 킹은 책이 출간되고 나면 뱅고어의 추악한 과거를 들추는 것 아니냐는 비난이 쏟아지거나 "마을에서 비호감으로 찍힐까 봐" 두렵다고 말했다.[178] 데리와 뱅고어 간에 비슷한 점들이 있긴 하지만, 킹의 세계관에서 두 도시는 지리적으로 서로 다른 곳이다. 『그것』뿐만 아니라 다른 소설 속 인물들에게 뱅고어와 데리는 서로 다른 두 도시다. 그렇기에 뱅고어 상공회의소 측에서 보자면 조용히 잊히는 편이 나았을 법한

『그것』에서는 수년간 수많은 아이가 급수탑에서 익사한다. 현실에서는 1940년에 열한 살짜리 남자아이가 뱅고어의 토머스 힐 급수탑에서 철책 너머로 떨어져 사망한 사건이 발생한 적 있다.

사건들이 소설화되더라도 킹은 시적 허용을 주장할 수 있을 터다.

비록 세대가 바뀔 때마다 페니 와이스가 귀환해 데리의 아이들을 잡아가지만, 도시는 번창한다. 어른들은 도시의 추악한 면모를 보고도 못 본 체하며, 그렇게 단순히 아무것도 하지 않음으로써 악이 활개 칠 수 있도록 내버려둔다. 일곱 명의 왕따들은 악이 판을 치더라도 서로 힘을 합치면 선이 승리할 수 있다는 것을 깨닫는다. 혼자서는 마을의 불량배나 페니 와이스에게 맞설 때 아무런 힘을 쓸 수 없지만, 서로 단합한다면 둘 다 물리칠 수 있다는 사실을.

그렇다. 사실 이들이 완전히 혼자인 것은 아니다. 페니 와이스에 대항하는 거북이가 존재하기 때문이다. 거북이는 세계를 창조했다고 말하지만, 지금은 그저 등껍질 속에 숨은 채로 무슨 일이 일어나도 관여하지 않는다. 킹은 이 거북이를 "세계 속 안정화된 모든 것에 대한 상징이며 (…) 어디서 왔고 어디로 가는지 모를 이 세상 속의 온전한 정신"[179]이라고 칭한다.

『그것』의 영감을 떠올린 때부터 소설을 완성할 때까지 장장 7년 동안 킹의 중독 증세는 마약으로까지 번져나갔다. 킹은 나이절 판데일에게 코카인이 처음에는 실제로 도움이 됐다고 말했다. "처음에는 정말 좋은 활력제 같았어요. 조금 흡입하고 나면 '와, 이 좋은 걸 왜 여태 몰랐지?' 하고 생각하게 될 거예요. 그래서 다음에는 조금 더 흡입한 뒤, 소설을 쓰고, 집을 꾸미고, 잔디를 깎고, 다시 새 소설을 쓸 만반의 준비를 하게 됩니다. (…) 저는 행복만으로는 충분치 않다는 느낌을 받았어요. 자연적인 세상을 더 좋게 만들 방법이 있어야 한다고 생각했죠. 전 중독자였습니다. 뭐라도 흡입할 기세였죠. 그래도 낮에는 꽤 정신이 말짱했어요. 오후 5시가 되기 전까지는 취한 상태가 아니었죠. 하지만 증세가 심해지니 24시간 술 마시고 약하는 중독자가 되어 있었습니다."[180]

킹은 직접 각본 및 감독을 맡은 「맥시멈 오버드라이브」 세트장에서 기나긴 나날을 보냈는데, 촬영 막바지쯤 술과 약에 취해 멍한 채로 『그것』의 수정 작업을 끝마쳤다.

『그것』을 완성하고 나서 거의 2년 가까이 킹은 단편 몇 편을 제외하고는 아무런 작품도 마무리 지을 수 없었다. "그래서 피터 스트라우브와 함께 『부적』을 끝마치고 『토미노커』와 '냅킨스'(즉, 『용의 눈』) 작업에 착수했을 때 놀라 자빠지고 말았어요. 『그것』 이후에도 삶이 있다는 사실을 깨달았기 때문이죠."[181]

바이킹 출판사에서 『그것』 출간과 함께 사용한 킹의 홍보용 사진.

데리에 오신 것을 환영합니다

뱅고어에서 약 50km 정도 떨어진 데리는 여느 도시와는 다르다. 이 도시는 뭔가 잘못되어 있다. 이곳은 예전부터 쭉 불쾌한 도시였는데, 누군가의 말을 빌리자면 데리에서 현실이란 그저 깊고 검은 호수 위를 얇게 덮은 한 겹짜리 살얼음에 지나지 않는다. 데리는 언제나 밤 13시인 것 같은 기분이 드는 그런 곳이다.

데리는 1740년대에 건립됐는데, 지리적으로 정착민들이 찾을 수 없을 것 같은 곳에 자리하고 있다. 원주민인 미크맥족은 느리게 흐르는 켄더스키그 하천으로 형성된 풀이 무성한 이 습지성 골짜기를 기피했고, 대신 그 위쪽의 나무가 우거진 고지대 산마루에 정착했다.

공식 기록에 따르면, 맨 처음 그곳에 정착한 영국인은 데리 주식회사 사람들이었다. 이들은 헌장에 따라 오늘날 데리인 곳과 뉴포트 상당수, 그리고 주변의 몇몇 마을을 받았다. 켄더스키그 하천이 흘러 들어가 합류하는 페노브스콧강은 무역상들이 이용하기에 쏠쏠했다. 하지만 강은 몇 년에 한 번씩은 꼭 범람하곤 했기에 농부들이나 집이 강에 바짝 붙어 있는 사람들에게는 썩 좋지 않았다.

데리는 건립 초창기부터 이상한 일들을 겪었다. 1741년 6월부터 10월 사이에 데리 지구의 모든 주민 340명이 목조 주택은 그대로 남겨둔 채 사라졌다. 그중 단 한 채만이 불에 타 없어졌을 뿐이었다. 역사학자들은 이들이 원주민에 의해 학살당했다고 주장하나, 그러한 이론을 뒷받침할 증거는 어디에도 없다.

데리는 벌목업이 번성한 마을이 되었다. 강을 따라 목재를 실어 바다로 나를 수 있었기 때문이다. 노련한 도시 계획자라면 남서쪽에서 북동쪽을 향해 대각선으로 상업 지구를 가로지르는 켄더스키그 골짜기에 자리한 시내를 형성하자고 한 결정에 눈살을 찌푸렸을 테지만, 이미 벌어진 일이었다. 시내 부근 언덕배기에 우후죽순 건물과 집이 들어찼다.

메인에서 네 번째로 큰 도시가 된 데리에는 폭력 사건이 정기적으로 발생했다. 1876년, 어느 오두막집에서 네 명의 벌목꾼이 토막 시체로 발견됐다. 1877년에는 네 명이 교수형을 당했는데, 그중에는 자식들을 익사시켜 죽이고 아내를 총으로 살해한 뒤, 아내가 자살한 것처럼 꾸민 감리교의 평신도 전도사도 있었다. 1905년에는 은화 한 냥이라는 곳에서 대량 살인 사건이 벌어졌고, 1906년에는 부활절 일요일에 키치너 철공소에 폭발 사고가 발생해 102명이 사망했는데, 그중에는 아이도 여덟 명이 포함되어 있었다. 1929년 10월에는 브래들리 갱단으로 알려진 은행 강도들이 커널 가에서 집단 사살됐다(훗날 상원 의원 그웬디 피터슨이 소설화하는 사건). 이후 1년 뒤, 블랙 스폿(오늘날 메모리얼 공원 자리로, 데리 육군 항공대 기지에 있는 하사관 '특별' 막사)에서 화재가 발생해 60명이 사망했고, 그중 열여덟 명이 E 소대원이었다. 1984년에는 다리 위에서 운하로 떠밀려 살해당한 사람도 있었다. 도시에는 27년~28년 주기로 어린아이를 포함해 사람이 살해당하고 사라지는 사건이 허다하게 발생했으며, 1984년~1985년에는 여섯 명이 살해당하기도 했다. 1988년 7월에는 주립 경찰 두 명이 흔적도 없이 자취를 감췄고, 이 실종 사건을 수사하던 또 다른 주립 경찰 한 명은 자살했다. 1996년, 한 남자가 아내와 쌍둥이 딸아이를 살해한 뒤 부엌 식탁에 시체를 보란 듯이 전시해 두기도 했다. 2019년에는 라이언 브라운이라는 탐사 기자가 업마일 언덕 초입 부근에서 위챔 가를 건너다가 뺑소니 사고로 사망하는데, 사고가 아니었다고 의심하는 이들도 있다.

뱅고어에서 즐기는 스티븐 킹 투어

매년 킹의 집과 소설 속 장소를 보고자 하는 수많은 순례객이 뱅고어를 방문한다. 그래서 뱅고어 컨벤션 및 관광국은 1년 내내 세 시간짜리 테마 버스 투어 서비스 상품을 파는 사설 업체를 홍보한다.

투어에서 방문하는 스물세 곳의 목적지 중에는 급수탑, 폴 버니언* 동상, 마운트 호프 공동묘지(「공포의 공동묘지」 촬영지), 뱅고어 버전의 황무지가 있다. 이에 더해 작가에 얽힌 장소도 들른다. 킹이 대학교 졸업 후 일했던 세탁소와 예전에 살았던 집들이나 킹의 기부로 지어지거나 확장된 커뮤니티 수영장, 맨스필드 파크의 야구장, 뱅고어 공공도서관이 그중 일부다.

투어의 하이라이트는 킹의 집이다. 킹의 집 주위를 둘러싼 연철 울타리에는 박쥐, 거미 등 여러 디자인 요소가 가미되어 있다. 킹 가족의 사생활을 존중하고자 투어 버스는 집 앞에 정차하지 않으며, 킹과 투어 업체는 집 근처를 너무 자주 지나치지 않는 걸로 합의했다.

킹은 이 상징적인 집과 인근의 또 다른 집 한 채를 작가들의 안식처로 탈바꿈시켜 한 번에 최대 다섯 명의 작가를 수용하는 방안을 제안했다. 또, 이 집은 스티븐·태비사 킹 재단 사무실이자, 이전까지 메인대학교에 소장되어 있

던 킹의 자료를 보관하는 곳으로 변신할 예정이다.** 이 자료는 사전에 예약한 연구자와 학자만 열람할 수 있다. 킹은 자기 집이 박물관처럼 되어 이웃에 피해를 주는 일은 원치 않기 때문에 공공에 공개되지 않을 예정이다.

** 2024년 현재 스티븐 킹 집은 실제로 재단 사무실과 자료 보관소로 쓰이고 있다.

* 폴 버니언은 미국 민담에 등장하는 거인 나무꾼이다. 미국 곳곳에 동상이 세워져 있으며, 체크무늬 셔츠를 입고 도끼를 든 모습이 일반적이다. 스티븐 킹의 소설 『그것』에서 페니 와이스가 폴 버니언 동상의 모습으로 변신해 리치를 죽이려는 장면이 등장한다.

뱅고어는 미국의 유명 민담 속 인물인 폴 버니언이 탄생한 도시다. 높이가 9m에 달하는 이 동상은 1959년에 지역 아티스트가 디자인해 도시에 기부했다.

무성한 초목이 뒤엉키며 자라난 켄더스키그 계곡은 가로 □km, 세로 5km 정도 되는 지저분한 땅뙈기로, '황무지'라는 □름으로 알려졌으며, 이 계곡 때문에 데리는 도시의 심장이 □한 초록색 단검에 꿰뚫린 것처럼 보인다. 계곡의 한쪽에는 □은 없어진 키치너 철공소 부지에 들어선 모던한 쇼핑몰과 □6년에 지어진 저소득층 주택가이자 배수가 너무 나빠 변기 □수관 폭발에 얽힌 숱한 이야기를 지닌 올드케이프가 있다. □의 하수도는 대공황기에 건설되었으며, 메인 하수 펌프장 □무지에 설치되어 있다.

□수는 데리에 불운을 가져다줬다. 1931년에 일어난 홍수로 □은 사람이 손해를 입었다. 그로부터 수십 년 뒤인 1957년, □까지 들이친 홍수에 휩쓸려 조지 덴브로라는 남자아이가 □었다. 옛날 사람들이 '저지대'라고 불렀던 데리 시내를 홍수 □ 보호하기 위해 데리시는 막대한 자금을 들여 콘크리트 □ 건설해 3km가 넘는 켄더스키그 하천 주위를 감쌌다. 개 □은 강둑을 넘어 범람하는 것도 문제지만, 데리 시설 대

부분이 자리한 언덕배기에는 실금 같은 작□ □으로 얼기설기 박혀 있다는 점 때문에 상황□ 우가 쏟아지는 기간에는 그 개울까지 모두 범□

1985년 5월 31일, 메인주 역사상 최악의 □ 망대의 급수탑(수년간 익사 사건이 여러 건 발생□ 100만 갤런의 물 4분의 3이 쏟아져 나왔고, □ 고 캔자스 가까지 당도해 수많은 사람이 목숨□ 는 60명에서 200명 이상으로 추정된다.). 데리 □ 괴되어 그 잔해가 켄더스키그, 페노브스콧2 □ 까지 이어진 운하로 쏟아져 내렸다. 국립기상□ 형 태풍의 변종"이 거의 데리 지구만 집중적으□ 럼 보인다고 말했다. 1985년 홍수로 데리의 □ 한 피해를 받고 파괴되었지만, 도시는 다시 한□ 력적인 역사를 지닌 어둡고 음침한 마을"[182]의 □ 있다.

데리

데리 출신 유명인

➡ 벤 한스컴, 건축가
➡ 리치 토저, 라디오 DJ 겸 샤크 퍼피의 작곡가
➡ 비벌리 마시, 패션 디자이너
➡ 마이크 누난, 소설가
➡ 윌리엄 덴브로, 소설가
➡ 모트 레이니, 소설가
➡ 리처드 키넬, 소설가

데리가 언급된 작품
장편소설

➡ 『11/22/63』
➡ 『자루 속의 뼈』
➡ 『돌로레스 클레이본』
➡ 『드림캐처』
➡ 『제럴드의 게임』
➡ 『그웬디의 마지막 임무』
➡ 『불면증』
➡ 『리시 이야기』
➡ 『욕망을 파는 집』
➡ 『애완동물 공동묘지』
➡ 『다크 하프』
➡ 『다크 타워 7 - 다크 타워』
➡ 『런닝맨』
➡ 『토미노커』
➡ 『언더 더 돔』

데리에 관한 모든 것

➡ 『데리: 알려지지 않은 역사』, 마이클 핸론
➡ 『데리의 초기 역사』, 프릭
➡ 『데리 역사』, 마이커드
➡ 『데리의 고대 역사』, 브랜슨 버딘거
➡ 혹은 메인대학교의 민속학자 샌디 아이브스와의 대화

단편 및 중편

➡ 「제4호 부검실」
➡ 「스탠 바이 미」
➡ 「공정한 거래」
➡ 「내 영혼의 아틀란티스」
➡ 「토드 부인의 지름길」
➡ 「벙어리」
➡ 「슬라이드 인 길에서」
➡ 「쥐(Rat)」
➡ 「로드 바이러스, 북쪽으로 가다」
➡ 「비밀의 창, 비밀의 화원」
➡ 「오토 삼촌의 트럭」

『미저리』(1987)

처음에 '애니 윌크스의 책'이라는 가제를 달고 중편소설로 시작한 『미저리』는 1980년대 초, 킹이 콩코드기를 타고 영국으로 비행하던 중 꿨던 꿈에서 영감을 얻었다. 그 꿈은 "작가를 감금해 살해하고, 가죽을 벗기고, 남은 시체는 키우는 돼지에게 먹인 뒤, 그 작가의 소설을 인피(人皮)로 장정하는 여자"[183]에 관한 내용이었다. 잠에서 깨어난 킹은 꿈을 잊지 않기 위해 칵테일 냅킨에 장면을 써 내려갔다. "그녀는 진지하게 말하지만, 눈을 마주치는 일은 없다. 몸집이 크고 옹골찬 여자다. 빈틈이라고는 눈 씻고 찾아봐도 보이지 않는다. '짓궂은 의도가 있어서 돼지 이름을 미저리로 지은 건 아니었어요. 오해는 말아주세요. 그저 팬심에서 우러나 그렇게 지은 거예요. 팬심이야말로 가장 순수한 사랑이라고 할 수 있죠. 뿌듯해하셔도 돼요.'"[184] 킹이 『유혹하는 글쓰기』에서 그 내용을 복기했다.

킹은 영국에 도착한 뒤 잠을 이룰 수 없었고, 그 이야기는 계속해서 머릿속에 들러붙어 킹을 괴롭혔다. 킹은 런던 브라운스 호텔의 안내원에게 글을 쓸 만한 조용한 공간이 있냐고 물었다. 안내원은 한때 러디어드 키플링의 것이었던 책상이 놓인 층계참으로 킹을 안내했다. 그날 밤, 킹은 손 글씨로 속기사 공책 열여섯 장을 꽉 채워 글을 썼다. "펜을 내려놓은 뒤, 로비에 들러 안내원에게 키플링 씨의 아름다운 책상을 내어줘서 고맙다는 인사를 다시 한번 전했다. '만끽하셨다니 저도 기쁘네요.' 마치 키플링과 잘 알던 사이였기라도 한 듯, 안내원의 얼굴에는 아련한 미소가 부옇게 떠올랐다. '사실 키플링은 거기서 사망했죠. 뇌졸중으로요. 글을 쓰다가 돌아가셨어요.' 나는 몇 시간이나마 눈을 붙이려고 위층으로 발걸음을 옮겼다. 우리는 전혀 알 필요 없는 정보를 얼마나 자주 공연히 알게 되는지 곱씹게 되는 밤이었다."[185]

『미저리』는 또한 존 파울즈의 『수집가』와 에벌린 워의 단편 「디킨스를 사랑한 남자」에 영감을 받았다. 후자를 읽은 뒤, 킹은 디킨스가 감금된다면 무슨 일이 일어났을지 궁금해졌다. "이후에는 '그 미친 사람이 원하는 건 뭘까?'라는 점이 궁금해졌어요. 대답은 명확했습니다. 그 미친 자는 더 많은 소설을 원할 거예요. 자신이 원하는 방향으로 쓰인 소설 말이죠. 작가는 본질적으로 광기를 모시는 비서가 되는 겁니다. 그러다가 '내가 그런 상황에 놓인다면 그런 글을 쓸 수 있을까?'라는 질문으로까지 생각이 미쳤죠. 그에 대한 제 대답은 '살아남으려면 아마 할 수 있을 것이다. 그보다 훨씬 더 열심히 할 테지.'였습니다."[186]

킹은 왕에게 매일 밤 흥미진진한 이야기를 들려주고 다음 날 이어질 이야기를 기대하게 만들어 처형일을 하루 이틀씩 미루는 세헤라자데의 이야기가 담긴 『천일야화』도 활용한다. 꿈에서 이미 결말이 나 버렸지만, 폴 셸던이 그러한 운명에 저항하면서부터 중편으로 마무리할 계획이었던 '애니 윌크스의 책'은 장편소설로 전환됐다. "세헤라자데를 흉내 내어 목숨을 부지하려는 그의 노력 덕에, 오랫동안 느껴 왔지만 명료하게 표현하지 못했던 글쓰기가 지닌 구원의 힘에 관해 얘기할 기회를 얻게 되었다."[187]

왜 『미저리』를 썼냐는 질문에 킹은 이렇게 답했다. "다른 모든 글을 쓰는 이유와 똑같은 이유에서였죠. 제가 듣고 싶은 이야기가 머릿속에 떠올랐기 때문입니다. 설교를 하거나, 교훈을 주거나, 일대 진리를 설파하기 위한 게 아니에요. 『스탠드』 속 랜들 플랙처럼 완전히 맛 간 캐릭터를 또 하나 갖게 된다면 무척 기쁠 것 같다고 생각했던 건 기억나네요. '노예 작가'나 일을 방해하는 '더러운 새끼'에게뿐만 아니라, 자신에게도 기꺼이 무슨 짓이든 할 수 있는 그런 캐릭터요. 절반쯤 썼을까, 저는 『애완동물 공동묘지』를 쓸 때와 마찬가지로 제 마음 깊은 곳에 묻어둔 공포심을 표현하고 있다는 걸 깨닫게 됐습니다. 갇힌다는 느낌, 아프리카 같은 곳

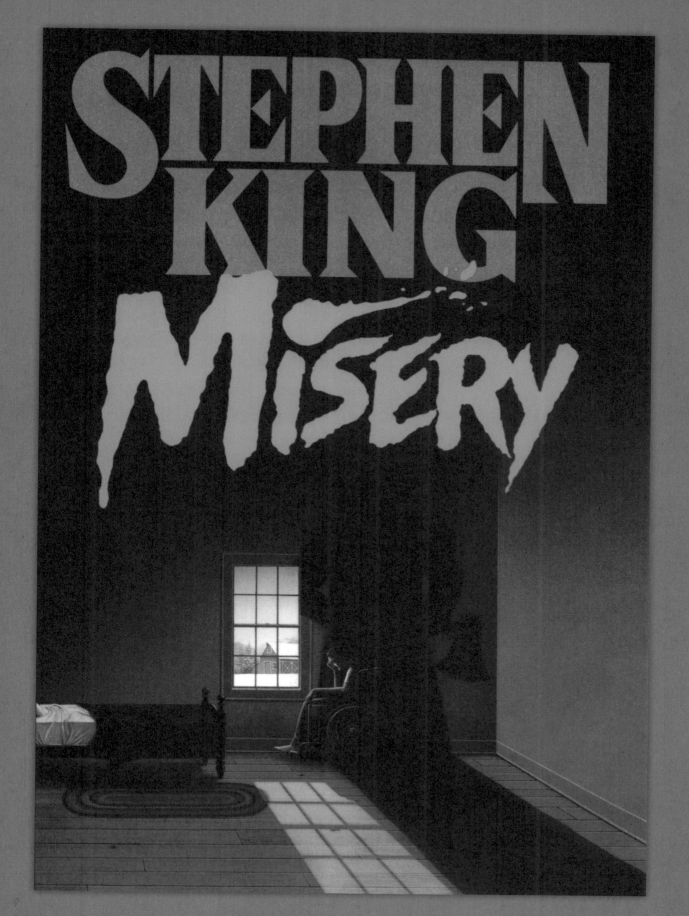

에서 온 내가 다시는 집으로 돌아갈 수 없다는 걸 아는 느낌 말이에요. 또, 내가 무슨 일을, 어떻게, 왜 하고 있는지, 그리고 왜 사람들이 그에 응답하는지 알아내려고 하고 있었어요. 하지만 대부분은 다른 소설을 쓰는 이유와 같았습니다. 제가 한바탕 즐기기 위해서였죠."[188]

어떤 독자는 『미저리』가 일부 극성팬에 대한 킹의 고발장이라고 해석했다. 특히 "스테파니와 짐 레너드 부부에게 감사한다. 이유는 본인들이 잘 알고 있을 것이다."라는 비밀스러운 헌사가 그러한 해석을 더욱 부추겼다. 킹의 처제인 스테파니 레너드는 당시 킹의 비서이자 《캐슬록》의 편집자였다. 《캐슬록》은 킹의 사무실에서 발행하는 월간 뉴스레터로, 구독자가 5000명이 넘었다. 킹은 1980년대 중반, 물밀듯 쏟아지는 팬레터에 대한 응답으로 뉴스레터를 발행하는 데 동의했다. 이 뉴스레터를 통해 팬들이 자주 묻는 질문에 답했고, 때로는 킹이 발행 과정에 직접 참여하지 않는다는 조건하에 픽션 혹은 논픽션 작품을 기고하기도 했다. 킹의 장모인 세라 제인 스프루스도 구독 관리직을 맡았기에, 확실히 뉴스레터는 가족 사업이었다.

킹은 『미저리』를 팬을 향해 보내는 연서라고 여겼지만, 팬들은 미심쩍어했다. 태비사 킹은 《캐슬록》에 다음과 같은 내용을 담은 에세이를 실어 팬레터에 답하고자 했다. "팬들에 대한 스티븐의 진짜 감정이 『미저리』에 담겨 있다고 오해

해 고통받고, 분노하고, 상처받은 팬들이 보낸 편지를 여럿 읽었다. 나는 이들의 고통을 진지하게 받아들이며, 할 수만 있다면 그 고통을 덜어주고 싶다. (애니 윌크스)가 만약 그 어떤 팬이라도 투영된 결과물이라면 그건 아마 마크 채프먼*일 거다. 유명인은 전 국민뿐만 아니라 광기도 끌어당긴다. (…) 무엇보다 애니 윌크스는 창의적 충동 그 자체에 관한 은유로 읽을 수 있다. (…) 『미저리』는 창작이라는 행위에 중독되고 상처 입는 창작자가 어떻게 자신의 힘에 의해 고통받을 수 있는지를 보여주는 소설이다."[189]

『미저리』에서 작가 폴 셸던은 미저리 체스틴이라는 여성이 주인공으로 등장하는 빅토리아 시대풍 로맨스 소설의 작가다. 애니 윌크스는 폴 셸던의 극성팬으로, 폴에게 접근할 특별한 기회를 얻는다. 애니는 신생아 병동에서 환자를 살해한 혐의로 기소된 적 있는 전직 간호사다. 비록 재판에서는 무죄 판결을 받았지만, 간호사로 일하면서 수많은 살인을 저지른 인물이다.

눈보라가 치는 날, 샴페인을 진탕 마신 채 운전하다가 길을 벗어난 폴은 하늘에서 뚝 떨어진 행운처럼 애니의 눈앞에 나타난다. 폴은 자신의 첫 번째 정통 소설 탈고를 기념하던 차였다. 수년간 그는 로맨스 작가라는 틀에 붙박여버린 신세라고 느끼고 있었고, 이번 정통 소설 『과속 차량』으로 비평가의 마음을 사로잡을 뿐만 아니라 저명한 문학상도 거머쥘 수 있으리라 기대하고 있다. 2년간 공들여 완성한 소설은 폴이 교통사고가 났을 때 차 안에 있던 원고 단 한 부뿐이었다.

애니는 우연히 사고 현장을 목격하고 잔해에서 폴을 구조해 냈다. 폴은 두 다리가 부러지고 의식이 없는 상태였지만, 애니는 그를 병원에 데려가는 대신 외진 곳에 있는 자기

---

* 비틀즈의 멤버 존 레논을 총으로 살해한 사람이다. 킹과 채프먼의 관계에 관한 추가 정보는 뒷부분을 참고하라.

킹의 1987년 소설 『미저리』의 타자본 타이틀 그래픽.

집으로 데려가 우상으로 여기는 작가가 건강을 회복할 수 있게 보살폈다. 정신을 차린 폴은 침대에서 꼼짝도 할 수 없는 상태였다. 애니가 먹이는 진통제 때문에 감각이 무뎌졌기 때문이다.

『과속 차량』 원고를 발견한 애니는 소설을 읽었다. 그녀는 소설이 마음에 들지 않았는데, 특히 욕설이 그랬다. 애니와 욕설의 관계는 기묘했다. 그녀는 짜증과 분노를 표출하기 위해 완전히 새로운 욕설을 만들어 사용하고 있었다. 그녀는 폴에게 일종의 정화 의식처럼 원고를 태우라고 강요했다. 폴은 아직 사고의 여파로 끔찍한 고통을 겪고 있었고, 애니는 자기 말을 순순히 따르지 않으면 약을 주지 않겠다고 협박했다.

애니는 주머니 사정이 좋지 않아 폴의 책을 양장본으로 사 읽지 못했고, 그래서 폴이 최신작 『미저리의 아이』에서 주인공 미저리를 죽여버렸다는 사실을 아직 몰랐다. 머지않아 그 사실을 알게 된 그녀는 분개했다. 하지만 애니는 해결책을 손에 쥐고 있었다. 작가를 직접 쥐락펴락할 수 있는 상황이었기 때문이다. 애니는 폴이 글을 쓰는 데 필요한 모든 것을 구해다 주고, 죽은 미저리를 살려내는 소설을 쓰라고 명령했다. 특정 장르에 갇혀버린 작가라는 비유가 실제로 실현된 것이다. 폴이 목숨을 부지하고 탈출 기회를 엿볼 유일한 방법은 애니가 듣고 싶어 하는 이야기를 들려주는 것, 즉 다음 소설에 미저리 체스틴을 등장시키는 것이었다. 글을 써야만 하는 강력한 동기를 얻게 된 폴은 전심전력을 다해 소설을 써냈다. 그는 그렇게 자기 최고작이 탄생했다는 사실에 놀랐다.

탈출을 시도한 폴을 잡아다 도끼로 한쪽 발을 자르고, 절단면을 프로판 가스 불대로 지지는 애니의 모습이 등장하고 나면 더는 애니의 정신 상태에 관해 왈가왈부할 필요도 없어진다. 처음에 킹은 애니에게도 좋은 면이 있어야 한다고

팬인가, 광신도인가?

애니 윌크스는 킹의 마약 중독에 관한 은유로 볼 수 있지만, 극성팬이 실제로 존재하기도 한다.

"『미저리』는 실제 있었던 일을 기반으로 쓰인 소설이 아닙니다. (…) 당시 그 정도로 심각한 극성팬은 그리 많지 않았거든요. 하지만 이후에 한두 가지 사건이 발생하긴 했죠. 한 번은 어떤 남자가 집에 처들어온 적이 있었어요. 자기가 폭탄을 갖고 있으며, 제가 자기 아이디어를 들어주지 않으면 폭탄을 터뜨리겠다고 하더군요. 그때 저는 집에 없었어요. 아침 여섯 시에 아래층으로 내려온 태비사가 그 남자를 맞닥뜨렸고, 그 남자는 백팩을 들고 이렇게 말했습니다. '여기 폭탄이 들어 있다. 나는 스티븐 킹과 얘기해야겠어.' 아내는 가운을 걸친 채 혼비백산 집 밖으로 뛰쳐나와 경찰에 신고했고, 경찰이 들이닥쳐 그 남자를 체포했습니다. 알고 보니 그 폭탄이란 건 연필과 지우개, 그리고 철사 모양으로 쭉 늘린 종이용 클립이었습니다. 그 남자의 머릿속에서는 그게 폭탄이었던 거죠.″[190]

2012년, 록 바텀 리메인더스 공연 전에 몰려드는 팬 사이에서 책에 사인하고 있는 킹의 모습.

9 (P245)

JANUARY 1985   **The Stephen King Newsletter**   ISSUE #1

This is the premiere issue of CASTLE ROCK, the Stephen King Newsletter. Our goal is to keep
you up-to-date on the work of this prolific writer. CASTLE ROCK will be a monthly newsletter
and we will have, along with all the news, trivia, puzzles, reviews, classifieds, contests,
and, we hope, reader contributions.

To answer a question we often hear, to our knowledge there is no official Stephen King fan
club. Many people have approached S.K., as we will refer to him in this newsletter, about
starting one, but it's not an idea he's comfortable with, so we don't want this to turn into
a fan club. In other words, no eight-by-ten glossies with your subscription, and no t-shirts
with his face on them! We would be happy to hear from unofficial fan clubs out there--even
if you're only a group who meets over the office coffee pot...

Some of things we'll be keeping an eye on for you in upcoming months:

Next book from S.K.: SKELETON CREW, formerly known as NIGHT MOVES. This will be a collection
of short fiction, in the tradition of NIGHT SHIFT, most of it having previously been published
in anthologies or magazines, and the list of works are as follows: THE MIST, THE MONKEY,
THE RAFT, UNCLE OTTO'S TRUCK, DO THE DEAD SING (to be published this time under S.K.'s original
title, THE REACH), HERE THERE BE TYGERS, CAIN ROSE UP, MRS.TODD'S SHORTCUT, THE JAUNT, THE
WEDDING GIG, BEACHWORLD, SURVIVOR TYPE, WORD PROCESSOR (previously published in
PLAYBOY as simply THE WORD PROCESSOR), BIG WHEELS, THE MAN WHO WOULD NOT SHAKE HANDS, GRAMMA,
MORNING DELIVERIES (MILKMAN #1), NONA, THE REAPER'S IMAGE, THE BALLAD OF THE FLEXIBLE BULLET,
and two poems, PARANOID: A CHANT, and FOR OWEN, plus an introduction and notes by S.K. From
G.P. Putnam, hardcover $18.95, publication in May 1985.

Currently filming in North Carolina is CAT'S EYE, starring Drew Barrymore, Robert Hayes, Alan
King, Candy Clark, Kenneth McMillan, Patti LuPone, James Woods and James Naughton. Screenplay
is by S.K. and it is being directed by Lewis Teague...CAT'S EYE is based on several S.K. short
stories (remember QUITTER'S, INC and THE LEDGE?), and we recently got a peek at a rough cut
and were very impressed. Tentative release: March.

Also in the works, SILVER BULLET, which is based on S.K.'s 1983 book, CYCLE OF THE WEREWOLF,
this will be produced by Dino DeLaurentiis and will also have a screenplay by S.K. Among the
stars, Gary Busey (who played Buddy Holly and more recently, Bear Bryant) as Uncle Al (known
as Uncle Red in this production). If you missed CYCLE OF THE WEREWOLF, and many did as it
was published on a very limited scale, there are plans for a trade edition to tie in with
the release of the movie. Word has it the book will include not only the original story,
but the screenplay, stills from the movie, and notes from S.K....

PET SEMETARY, the movie...in the writing stages now, again, screenplay
Briggs, the Dallas Times-Herald

생각했다. 모두에게 좋은 면이 있기 마련이기 때문이다. 적어도 킹은 그렇게 믿었다. "하지만 종내에는 '왜 애니에게 좋은 면이 있어야 하지? 애니가 미쳤다면 끝까지 밀어붙여서 괴물로 만들어버려! 인간의 모습을 하고 있을지언정 애니가 괴물이 되고 싶어 한다면 그렇게 되게 내버려둬!' 이런 생각이 속에서 고개를 쳐들었어요. 그러자 속이 시원해졌습니다!"[191] 하지만 킹은 애니에게 애정을 품고 있다. "마지막에는 애니가 두려워해야 할 존재인 만큼 불쌍히 여겨야 할 존재라고 느껴졌다."[192]

폴이 최종적으로 애니를 물리치는 데 사용하는 무기가 로열 타자기라는 점에서 아이러니가 빛을 발한다. 이는 애니가 폴에게 사다 준 타자기이자, 키 하나가 사라져 이빨 빠진 것처럼 보이는 타자기이며, 따라서 폴의 잘려 나간 발을 떠올리게 하는 타자기이기 때문이자. 폴은 타자기로 애니를 내려친 뒤, 『돌아온 미저리』 원고를 애니의 입에 쑤셔 넣는다. 작가는 자기 밥벌이 도구와 상상의 산물로 괴물을 물리치는 것이다.

왼쪽 페이지(좌): 글자 크기, 문단 들여쓰기 스타일, 줄 간격과 관련해 레이아웃 담당자에게 남긴 메모가 적힌 『미저리』의 교열 원고. 왼쪽 페이지(우): 1985년~1989년 사이에 킹의 사무실 직원들이 팬레터를 통해 쏟아지는 팬들의 요구에 부응하기 위해 발간한 뉴스레터인 《캐슬록》 창간호의 첫 페이지. 상단: 캐슬록 엔터테인먼트에서 제작하고 롭 라이너가 감독한 『미저리』 각색 영화에서 폴 셸던 역을 맡은 제임스 칸.

킹은 『미저리』가 "작가 혹은 상상력이 뛰어난 사람들이 비참한 물리적 환경에 처하더라도 살아남을 수 있는 법"에 관한 소설이라며, 이들은 "상상을 동굴 같은 피난처로 삼을 줄 아는 사람들"[193]이라고 말한다. 하지만 『미저리』의 기저에 깔린 암묵적인 서브 텍스트는 실제 현실에서 중독 문제와 씨름하는 킹의 이야기라고 볼 수 있다. 시간이 흐른 뒤, 킹은 애니가 코카인에 대한 은유이며, 따라서 셸던은 마약의 노예 작가가 된 자신을 뜻한다는 것을 공공연하게 밝혔다. "마약에 절어 힘든 시기를 보내고 있을 때 썼던 『미저리』의 싸이코 간호사를 보세요. 전 제가 쓰는 게 뭔지 정확히 알고 있었습니다. 한 치도 의심한 적 없었죠. 애니는 제 약물 중독 문제이자 1등 팬이었어요. 세상에, 절대 제 곁을 떠나려 하지 않았죠."[194]

이 책에 담긴 놀라운 디테일 중 하나는 애니가 폴에게 사주는 알파벳 'N' 키가 사라진 로열 타자기다. 이 타자기는 킹이 생애 첫 소설을 쓸 때 사용했던 타자기다. 킹이 그랬듯, 폴도 사라진 알파벳을 일일이 자필로 써넣어야 했다. 그렇게 킹의 경험은 폴의 원고에서 다시금 되살아났다.

『미저리』 초판 문고본에는 폴이 쓴 『돌아온 미저리』의 책 표지 삽화가 들어 있었는데, 가슴을 훤히 드러낸 스티븐 킹이 풍성한 머리칼의 미녀를 부둥켜안고 있는 모습이 묘사되어 있었다.

킹의 소설에서 튀어나옴 직한 일이 현실에서 벌어지기도 했다. 한 여성이 『미저리』 속 애니 윌크스가 자신을 모델로 삼았다며 킹을 고소하고 나선 것이다. 그 여성은 킹이 자기 전화 통화를 도청하고, 헬리콥터를 사서 자신을 감시했으며, 집에 침입해 자기가 쓴 『미저리』 원고를 훔친 뒤 킹이 쓴 것처럼 출판했다고 주장했다.

마크 채프먼 이야기

킹은 「투데이 쇼」에서 짤막한 촬영을 마친 후인 1970년대 후반에 마크 데이비드 채프먼이 맨해튼에서 자신에게 접근했다고 오랫동안 믿었다. 마크 채프먼은 1980년대에 센트럴 파크 근처에서 존 레논을 살해한 자다.

채프먼은 킹에게 사인을 요청했을 뿐만 아니라, 폴라로이드 카메라를 사용해 자신과 킹을 사진 하나에 담기도 했으며, 킹에게 그 사진에다가 사인해 달라고 하기도 했다. 실로 흥미진진한 이야기지만, 알고 보니 사실이 아니었다. 킹이 마크 채프먼이라는 사람에게 사인을 해줬을 수는 있으나, 바로 그 마크 데이비드 채프먼은 아니었다. 킹이 록펠러 센터 근처에서 그런 사람을 마주쳤던 당시에 채프먼은 하와이에 거주하고 있었다. 이 일화를 취재한 《워싱턴 포스트》 기자는 채프먼의 경제 사정이 좋지 않았기에 뉴욕까지 비행기를 타고 갈 수 있었을 리 만무했다고 썼다.

또 다른 정신이상자는 존 레논을 암살한 건 사실 채프먼이 아니라 킹이라고 주장하기도 했는데, 이는 로널드 레이건과 리처드 닉슨까지 연루된 복잡한 음모의 일부였다.

오른쪽 페이지: 폴 셸던이 쓴 마지막 미저리 체스틴 소설의 표지 그림으로, 킹의 『미저리』 초판 문고본에 가짜 속표지로 실렸다.

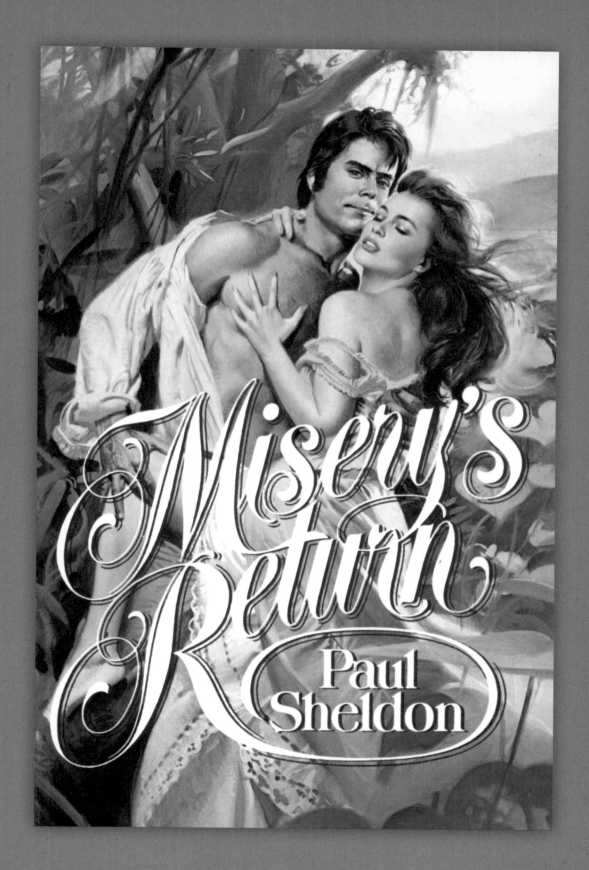

『토미노커』(1987)

『토미노커』는 킹이 대학교 4학년 때 썼던 우주선에 발이 걸려 넘어진 어느 한 남자의 이야기가 담긴 단편을 기반 삼아 탄생했다. 킹은 15쪽에서 20쪽 남짓 쓰다가 멈췄는데, 이유는 "캔버스가 너무 컸고"[195], 당시에는 짐 가드너의 자기혐오를 온전히 이해하지 못했기 때문이다.

그때 쓴 원고는 분실됐다. "몇 년이 흐른 뒤, 그 글감이 다시금 떠올랐고 전 그 컨셉에 완전히 마음을 빼앗겨 버렸죠. 그 책을 쓰기 시작했을 때 이런 생각을 했던 게 기억나네요. 소설 속 두 사람이 우주선을 땅에서 파내어 날릴 수 있다면 세계 평화를 지키는 보안관이 될 테고, 머지않아 그들이 그 일에 젬병이라는 사실을 알게 되는 겁니다. 왜냐하면 권력은 부패하기 십상이고, 절대 권력은 절대적으로 부패하거든요. 하지만 소설은 그렇게 흘러가지 않았죠."[196]

소설의 제목은 어린 시절 읽었던 출처 미상의 어느 시에서 따왔다. '토미노커'라는 단어는 버려진 광산 혹은 동굴에 들러붙은 귀신을 일컫는데, 아마 목조 구조물을 두드리며 구조를 요청하다가 굶어 죽은 광부들의 영혼을 말하는 것일 테다.

킹이 말했다. "『토미노커』는 도구 소설입니다. 도구에 관한 인간의 집착을 보여주죠. 핵무기, 사이드와인더 미사일, 기타 파괴 무기 모두 그저 도구에 불과해요. 인간의 기술은 도덕성을 앞질렀습니다. 이미 풀려난 악마를 다시 상자 속에 집어넣는 건 불가능하다고 생각하고요. 매일 아침 일어나 뉴스를 틀면 지난밤 지구상에서 파리가 사라졌다는 소식이 들려올까 봐 조마조마합니다……. 도구로 인해 파괴돼서 말이죠. 여태껏 그런 일이 일어나지 않은 것은 단지 신의 은총이 있었기 때문일 뿐이에요."[197]

킹은 1982년 8월에 책 집필을 시작했고, 1983년에 초고 작업을 마쳤지만, 1987년 5월까지 원고를 붙들고 있었다. 킹

은 서문에서 이 책을 두고 "글을 썼다기보다 내장을 꺼내어 보인 것 같다."고 말한다. "정말 힘든 작업이었습니다. 각 인물에게 펼쳐진 사건을 따라가고 소설의 일관성을 유지하는 것조차 힘들었죠. 초고를 끝마쳤을 때, 취소 선이 죽죽 그어 난도질당한 모습이 마치 바탄 죽음의 행진*을 보는 듯한 몰골이었습니다. 전 욕실 문을 잠근 채 미친 사람처럼 울다가 웃기를 반복했어요. 책 쓰면서 그런 경험은 난생처음이었죠. 만족할 때까지 소설을 고쳐 쓰는 데에는 무려 5년이라는 시간이 걸렸습니다."[198]

이 시기에 킹은 음주량과 마약 복용량이 엄청나게 많았다. 『유혹하는 글쓰기』에서 그는 이렇게 쓰고 있다. "1986년 봄과 여름에는 대개 자정까지 『토미노커』를 썼는데, 그때 분당 심박수가 130회에 이르렀고 코카인 때문에 흐르는 코피를 막으려고 코에 면봉을 쑤셔 박은 채로 작업하곤 했다. (…) 소설 속 외계인들은 사람들의 머릿속에 들어가 (…) 이리저리 들쑤시며 '토미노커화'한다. 그러면 그 사람은 에너지와 어떤 잡스러운 능력을 얻게 된다(작가인 보비 앤더슨은 텔레파시 타자기나 원자력 온수 난방기 등을 만든다.). 그 대가로 잃는 것은 영혼이다. 엄청난 스트레스에 잔뜩 지쳐 있던 내 정신이 떠올릴 수 있었던, 마약과 술에 대한 최고의 은유였다."[199]

『토미노커』는 빠른 속도로 연달아 출간된 네 권의 소설 중 마지막이었다. 킹은 이 소설을 "떨이 판매용"이라고 부르며, 이 책이 출간되고 나면 한동안 기나긴 안식년을 가지겠다고 선언했다. 처음에는 한 5년 정도 쉬겠다고 했으나, 이후 인터뷰에서는 약간 물러선 모습을 보였다. 킹은 배터리를 재

---

* 태평양 전쟁 당시, 필리핀 바탄반도를 점령한 일본군이 7만여 명의 미군과 필리핀 포로를 붙잡아 장장 120km에 이르는 거리를 강제 이동시킨 전쟁 범죄 사건이다. 죽음의 행진 도중, 물과 식량을 배급하지 않아 굶어 죽거나, 구타 혹은 총검에 찔려 사망한 포로가 대략 2만 명에 이른다.

오른쪽 페이지: 『토미노커』를 원작으로 한 1993년 미니시리즈의 홍보용 포스터.

A terrifying
descent into evil.

From the master
of horror!

STEPHEN KING'S
THE
TOMMYKNOCKERS

STEPHEN KING'S "THE TOMMYKNOCKERS" Starring JIMMY SMITS • MARG HELGENBERGER Music by CHRISTOPHER FRANKE Edited by TOD FEUERMAN
Production Designer BERNARD HIDES Directors of Photography DANNY BURSTALL • DAVID EGGBY Co-Producer LAWRENCE D. COHEN Executive Producers FRANK KONIGSBERG • LARRY SANITSKY
Produced by JAYNE BIEBER • JANE SCOTT Teleplay by LAWRENCE D. COHEN Based on the novel by STEPHEN KING Directed by JOHN POWER
Programme Content (C) 1993 Konigsberg/Sanitsky Productions, Inc. and K & S II Partnership. All Rights Reserved.
THE
KONIGSBERG/SANITSKY
COMPANY

충전해야 한다고 말했다. 불면증과 두통에 시달리고 있었으며, 책 찍어내는 컨베이어 벨트가 된 기분이라고 말했다. 실제로 가족들이 팔 걷고 개입에 나섰고, 킹은 비교적 휴식기라고 할 만한 그 기간에 중독 치료에 나섰다.

시간이 흐른 뒤, 킹은 『토미노커』를 끔찍한 책이라고 했다. "『토미노커』는 제가 정신 차리고 새사람이 되기 전에 쓴 마지막 소설이었습니다. 최근에 그에 관해 많이 생각했어요. 코카인이 내게 준 온갖 겉치레식 에너지를 덧바른 소설 아래에는 정말 좋은 이야기 알맹이가 있고, 전 그 알맹이로 돌아가야 한다고 말이죠. 책은 대략 700쪽에 이르렀는데, 그중 350쪽 정도는 진짜 좋은 소설이 있을 거로 생각했습니다."[200]

『다크 하프』(1989)

스티븐 킹의 발자취를 따라가 본 독자라면 그가 『다크 하프』의 영감을 어디서 얻었는지 어렵지 않게 짐작할 수 있을 터다. 킹은 리처드 바크만이라는 필명이 원래 의도했던 쓸모를 다하고 나서도 꽤 오랫동안 유지됐다고 생각했지만, 한편으로는 가명이 폭로된 방식에 관해 양가적인 감정을 느꼈다. 킹이 원해서 폭로된 게 아니기 때문이다. 그는 다른 이름으로 다섯 권의 책을 써냈다는 사실을 강제로 시인해야만 했다.

킹은 자유롭게 시나리오를 쓰되, 개인적으로 느꼈던 불만을 소설에 녹여냈다. 『다크 하프』에서 프레더릭 클로슨은 주인공 새드 보몬트에게 당신의 필명을 폭로하겠다고 협박한다. 보몬트가 본명으로 낸 소설은 비평적으로는 좋은 평가를 받지만 판매가 저조하고, 조지 스타크라는 가명으로 쓴 장르 소설은 베스트셀러에 등극하는 상황이다.

킹은 바크만에게 사망 선고를 내리긴 했지만, 때때로 바크만의 이름으로 쓰는 게 더 잘 어울리는 글감들이 떠오르기도 했다. 바크만은 킹의 어둡고 폭력적인 면모를 담고 있다. "한동안은 '바크만이 죽지 않았다면?' 하고 가정해 보기 시작했어요. 그러자 즉각 이런 생각이 떠올랐죠. '죽고 싶지 않아 하는 필명 작가를 지닌 남자가 있다면 어떨까? 정말 흥미로운 소재 아닌가? 이 이야기가 어떻게 펼쳐질까?'"[201]

처음에 킹은 『다크 하프』를 바크만·킹 공동 집필로 출간하고 싶어 했으나, 바이킹 출판사는 피터 스트라우브와의 실제 협업을 막 끝낸 시점이라는 점을 감안하면 독자들이 혼란스러워할 것 같다며 난색을 보였다.

초고 결과물은 킹의 마음에 그리 쏙 들지 않았다. "소설은 너무 밋밋했고, 번뜩이는 구석이 없었습니다. 그러다가 하루는 운전을 하던 중이었는데, 참새떼가 차 앞에서 한꺼번에 날아오르더군요. 마

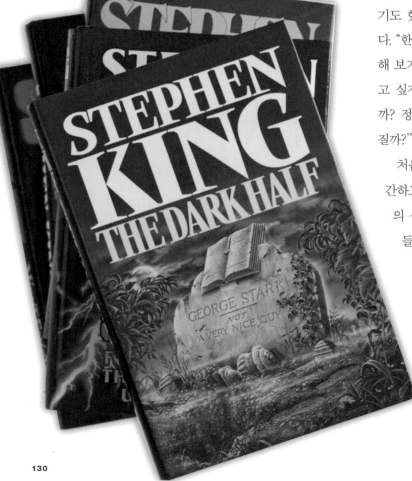

영국의 호더 앤드 스토턴판 『다크 하프』 양장본.

치 밝은 빛이 머릿속에 들어오는 것 같은 기분이었습니다. 저는 그게 소설에 어떻게 들어맞을지 곧장 감이 왔습니다. 그 장치야말로 책에 필요한 것이었죠."[202]

킹이 골머리를 앓았던 부분은 또 있다. 조지 스타크가 어디서 나타났는지에 관한 설명이 부족하다는 점이었다. 에드거 앨런 포가 「윌리엄 윌슨」에서 그랬듯(이 단편은 『다크 하프』에도 언급된다.), 단순히 상상 속 인물이 실존했으면 하고 바라는 것만으로는 부족했다. 오서토크 인터뷰에서는 이렇게 밝혔다. "그 인격이 어디서 탄생했는지 다시 돌아가 고민하기 시작했어요. 제게 소설이란 다양한 인격을 실험해 보는 장처럼 보였죠. 작가는 한 번에 여러 인물이 되어 보는 동시

에 그 인물들 간의 대화를 끌어나가는 사람입니다. (…) 그렇게 다중 인격이라는 발상을 머릿속에서 굴리기 시작했고, 그러다 어떤 글을 보게 됐죠. (…) 쌍둥이가 자궁에서 불완전한 상태로 흡수되는 일이 간혹가다 일어나곤 한다더군요.* 그 글을 읽자, '잠깐, 조지 스타크가 태어난 적 없는 쌍둥이의 유령이라면 어떨까?' 하는 생각이 뇌리를 스쳤습니다. 이후 저는 그 아이디어를 고갱이 삼아 그 주위에 이야기의 살을 덧붙여 냈어요. 그랬더니 전반적으로 훨씬 일관성 높은

* 쌍생아 소실 혹은 배니싱 트윈(vanishing twin)으로 알려진 이 현상은 임신 초기에 쌍둥이 중 한 명이 모체 또는 다른 쌍둥이에게 흡수되어 자연스레 사라지는 현상을 일컫는다.

『다크 하프』를 원작으로 한 1993년 각색 영화 속 새드 보몬트 역의 티머시 허턴.

소설이 탄생하게 되었죠."[203]

킹은 『다크 하프』 말미에 조지 스타크가 쓰던 소설을 제대로 써보자는 편집자 척 베릴의 제안에 영감을 얻고 그에 대해 고려해 본 적도 있다. "진짜로 『강철 기계』를 썼다면 저는 조지 스타크가 아니라 리처드 바크만의 이름으로 출간했을 겁니다. 조지 스타크는 존재하지 않지만, 리처드 바크만은 실제로 존재하니까요."[204]

『바크만의 책들』 2판 서문에는 이런 글이 실려 있다. "아내는 이 책을 정말 싫어한다. 작가가 되겠다는 새드 보몬트의 꿈이 인간으로서의 현실을 압도하고, 망상적 사고가 이성을 완전히 장악해 무시무시한 결과를 낳기 때문이리라."[205]

각색작들

할리우드는 1980년대에 스티븐 킹이라는 작가를 발굴해 이후 10년간 열두 편이 넘는 영화 각색작을 배출해 낸다. 가장 먼저 스탠리 큐브릭 감독의 「샤이닝」(1980)은 높은 기대치에도 불구하고 평가는 미적지근했다. 하지만 이후 수십 년의 시간이 흐르면서 「샤이닝」은 비평적으로 재평가되었고, 이제는 역대 최고의 공포 영화 중 하나로 손꼽히기도 한다. 하지만 킹이 이 영화를 좋아하지 않는다는 것은 잘 알려져 있다. 킹은 종종 이 영화에 비판적인 모습을 보여 왔으며, 결국에는 자신이 재각색하기 위해 판권을 재구매하기로 결심하기에 이른다.

킹은 자기 소설을 각색한 영화에 직접 출연하기도 하는데, 킹의 기출간 단편 두 편과 세 편의 신규 각본을 바탕으로 제작된 앤솔러지 프로젝트 「크립쇼」(1982)가 그 시초다.

「쿠조」(1983) 제작자가 영화에서는 소설과 달리 테드 트렌턴이 살아남는 거로 결말을 바꾸어도 되겠냐고 킹에게 물었을 때, 그는 딱히 반대하지 않았다. "영화는 진짜가 아니니까요."[206] 그게 이유였다.

또 다른 거장 감독 데이비드 크로넨버그가 각색한 「데드 존」(1983)은 오늘날까지도 킹의 소설을 원작으로 한 영화 중 최고작으로 거론된다.

『크리스틴』의 영화 판권은 원고 작업 중에 판매됐으며, 1983년에 소설이 출간되기 나흘 전에 벌써 제작에 돌입했다. 같은 해에 영화 개봉과 책 출간이 이루어져 둘 사이에 기간이 그리 길지 않다는 점 때문에 출판사는 영화가 책 판매량을 잠식할까 봐 걱정이 이만저만이 아니었다.

킹은 『늑대인간』을 각색한 「악마의 분신」이 달력 콘셉트에서 시작해 영상으로 발전한 유일한 영화라고 믿는다.

10년 동안 가장 성공한 각색 영화는 롭 라이너의 「스탠 바이 미」다. 킹이 감독한 유일한 영화인 「맥시멈 오버드라이브」(킹의 단편 「트럭」이 원작이다.)도 같은 해에 개봉했지만, 비평가들의 평가는 「스탠 바이 미」에 훨씬 우호적이었다.

이즈음 TV는 아직 킹을 온전히 받아들이지 못했다. 1980년대에 브라운관에 등장한 킹의 작품은 「어둠 속의 외침」 속 에피소드로 각색된 「신들의 워드프로세서」와 「죄송합니다, 맞는 번호입니다」, 그리고 리부트된 「환상 특급」 시리즈 속 할런 엘리슨이 각색을 맡은 「할머니」 정도가 전부였다.

80년대가 끝날 무렵, 이후 들불처럼 번져나갈 현상의 불씨가 이미 댕겨졌다. 바로 속편 제작 붐인 것이다. 하지만 이 속편들은 원작과 거의 관련이 없는 경우도 많았다.

더 많은 각색작 목록은 부록 3을 참고하라.

오른쪽 페이지: 중편 「스탠 바이 미」를 각색한 롭 라이너의 영화 속 고디(윌 휘턴 분), 크리스(리버 피닉스 분), 테디(코리 펠드먼 분), 번(제리 오코넬 분)의 모습이 담긴 사진.

실험과 변화
(1990년대)

마약을 끊고 얼마간 출판 활동을 쉰 뒤 1990년대에 다시 돌아온 킹은 베스트셀러 목록을 강타했다. 90년대 초반에 출간된 책 중에는 비평적으로 그리 좋은 평가를 받지 못한 책도 있고, 훗날 킹 스스로가 실패작이었다고 평가하는 소설도 몇몇 있다. 하지만 90년대 중반에 접어들면 킹은 다시금 제 실력을 되찾아 비평적으로도, 대중적으로도 좋은 평가를 받는 책을 배출하며 본궤도에 오른다.

항상 독자층을 확장할 방법을 찾기 위해 눈을 번뜩이는 킹은 이 시기에 새로운 출판 방식을 실험했고, 90년대 말이 되면 한 출판사와의 기나긴 인연에 종지부를 찍고 다른 출판사와 손을 잡게 된다. 이 특별하고도 혁신적인 파트너십은 오늘날까지도 유지되고 있다.

『스탠드: 무삭제 완전판』(1990)

킹이 가슴속에 쭉 품고 있던 소망 중 하나는 『스탠드』를 원래 의도했던 형태로 다시 출간하는 것이었다. 재출간 계약이 잇따라 무산되면서 1980년대 내내 재출간을 둘러싼 소문은 솔솔 들려왔다가도 쏙 들어가곤 했다.

"독자들과 얘기 나누는 자리에 가면 (…) 질의응답 시간마다 항상 『스탠드』 얘기가 나옵니다. (…) 때로는 마치 프래니와 톰이 지금쯤 뭘 하고 있는지 알려주는 엽서가 볼더 자유 지대에서 제게 날아오기라도 한다는 듯, 소설이 끝난 뒤에 인물들이 어떻게 됐는지 물어보곤 하죠. (…) 제 독자 중에는 『스탠드』를 가장 좋아하는 사람들이 많은 것 같아요. 그래서 출간 때 쳐냈던 이야기를 다시금 붙여 넣고 재출간하는 것을 더블데이가 동의해 준다면 재밌을 것 같았죠."207

더블데이와의 논의는 사실 일찍이 1984년부터 있었다. 하지만 더블데이는 그 프로젝트에 그닥 열의를 보이지 않고 미적지근한 반응이었다. 그때만 해도 출판된 적 있는 책의 무삭제 양장본이 출간되는 선례는 거의 없었기 때문이다. 만에 하나 출간하더라도 킹의 신작으로 대대적으로 홍보할 생각도, 베스트셀러 목록에 등극하기 위해 크게 노력할 생각도 없었다.

킹은 대략 300쪽 정도의 원고를 복구해 823쪽 분량의 기존 양장본에 250쪽을 추가해 냈다. 어떻게 복구했냐고? 그는 《뉴욕 타임스》와의 인터뷰에서 이렇게 말했다. "책상에 앉아 실제로 책을 다시 써냈습니다. IBM 셀렉트릭 타자기 한쪽에는 원고를 놓고, 다른 쪽에는 제본에서 찢어냈던 종잇장들을 놓은 채로요. 처음부터 다시 시작해 날짜를 업데이트하고 새로운 글을 썼죠."[208] 하지만 그는 이야기를 덧붙이는 데 신중에 신중을 기했다. "솜씨 좋게 제대로 해 놓은 부분과 그저 노골적으로 천박하게 해 놓은 부분 사이에는 차이가 있습니다. 축약판을 내놓았을 때 제가 편집실 바닥에 남겨 두었던 부분 중 일부는 그곳에 남겨 놓을 만하니까 그랬던 것이고, 그래서 아직도 그곳에 남아 있습니다."[209]

킹은 완전판 서문에서 잠재적 구매자들을 향해 계산대로 가 책을 구매하기 전에 이 글을 읽으라고 하면서 이들이 지금 어떤 책을 사려고 하는 건지 알리며 경고했다. "이 책은 예전에 나왔던 『스탠드』와 전혀 다른, 완전히 새로운 판본이 아닙니다. 당신은 예전 등장인물이 새로운 방식으로 행동하는 것을 발견하지 못할 것입니다. 또한 이야기가 진행되면서 어느 순간 예전의 전개 방식을 벗어나 열성 독자인 당신을 전혀 다른 방향으로 이끄는 것도 발견 못 할 것입니다."[210]

더블데이는 1990년, 완전판 출간을 확정했을 때조차 여전히 이 12년 된 소설의 전망을 그리 밝게 보지 않았다. 5월을 출간일로 잡은 데에는 출판 일정상 그달에 강력한 경쟁 신간이 비교적 없어 보였다는 점도 영향을 미쳤다. 하지만 막상 선주문이 미친 듯이 밀려 들어오자 출간일을 조정할 수밖에 없었고, 최소 40만 부의 초판을 찍어냈다. 출간 5일 후, 『스탠드: 무삭제 완전판』은 《뉴욕 타임스》의 양장본 베스트셀러 목록 1위를 당당하게 차지했다. 그해 말까지 70만 부 이상의 책이 팔렸다.

『자정 4분 뒤』(1990)

「랭골리어」, 「비밀의 창, 비밀의 화원」, 「도서관 경찰」, 「폴라로이드 개」

『다크 하프』 집필 이후 2년간의 이른바 안식년을 보내면서 킹은 네 편의 중편소설을 썼다. "전 (글쓰기를) 손에서 놓지 않고 이어갔습니다. 그리 열심히 쓰지 않았을 뿐이었죠. 무척 좋더군요."[211]

초기 중편 모음집 『사계』는 대부분 초자연적 이야기가 아닌 소설로 구성되었지만, 『자정 4분 뒤』 수록작은 그보다 더 어두운 분위기였고, 모두 공포 요소가 가미되어 있었다. 실제로 킹은 이 모음집을 적잖이 걱정했다고 시인했다. 사람들, 특히 서평가들이 『사계』와 비교하고 나설 것이 뻔했기 때문이다. 킹은 서문에서 이렇게 밝혔다. "이 모음집이 다르게 느껴지는 이유는 아마도 내 마음이 어두운 주제 방향으로 일시적으로나마 돌아서던 시기에 쓰였기 때문이리라."[212] 『자정 4분 뒤』 수록작들은 『사계』 수록작들보다 길었다. 다른 작가의 작품이었다면 대부분 장편소설로 분류되었음 직했다. 킹은 《뱅고어 데일리 뉴스》를 통해 "이 모음집엔 「스탠 바이 미」 같은 소설은 없어요. 아마 「스탠 바이 미」와 같은 소설은 앞으로 다신 없을 겁니다."[213]라고 말하기도 했다.

「랭골리어」는 한 여자가 금 간 상용기 벽을 손으로 누르고 있는 이미지에 영감을 받아 탄생했다. 계속해서 그 이미지를 곱씹던 킹은 그 여자가 유령이라는 것을 알아챘다. 킹은 근 한 달 만에 「랭골리어」를 써냈고, 『자정 4분 뒤』 수록작 중 가장 쉬이 쓰인 글이라고 했다.

작가가 등장하는 책과 이야기

킹의 소설 속 주인공들은 다양한 직업을 지니고 있지만, 그 중 수많은 인물이 작가라는 사실은 유명하다. 그중 눈여겨볼 만한 인물과 그들이 쓴 작품을 소개한다.

➡ 벤 미어스(『살렘스 롯』): 『콘웨이의 딸』, 『허공의 춤』, 『빌리 는 계속하라고 말했다』

➡ 잭 토런스(『샤이닝』): 「블랙홀에 관하여」(에스콰이어) 등

➡ 고디 라챈스(『스탠 바이 미』): 세 권의 책 집필, 모두 영화로 제작됨

➡ 빌 덴브로(『그것』): 『검은 급류』, 『조안나』, 『다락방』, 「암흑」

➡ 폴 셸던(『미저리』): 『미저리』, 『미저리의 모험』, 『미저리의 사랑』, 『미저리의 아이』, 『돌아온 미저리』, 「미저리의 취미」 (개인 출판), 『과속 차량』(미출간)

➡ 짐 가드너(『토미노커』): 「방사선 순환」(미출간 시)

➡ 보비 앤더슨(『토미노커』): 「180도 뒤바뀌기」(시) 및 『행타 운』, 『롱 라이드 백』, 『대학살의 협곡』을 포함한 서부극 12개

➡ 새드 보몬트(『다크 하프』): 『서든 댄서』, 『퍼플 헤이즈』, 『골 든 도그』

➡ 조지 스타크(『다크 하프』): 『기계의 길』, 『옥스퍼드 블루 스』, 『라이딩 투 바빌론』, 『강철 기계』(미출간)

➡ 모트 레이니(『비밀의 창, 비밀의 화원』): 『오르간 연주자의 아이』, 『델라코트 가족』, 『모든 사람은 밀고한다』를 포함 한 소설 다섯 편

➡ 리처드 키넬(『로드 바이러스, 북쪽으로 가다』): 『악몽 도시』, 『디파팅』을 포함한 여러 책

➡ 릭 하딘(『휴게소』): 존 다이크스트라의 필명. 이 이름으로 출간한 여러 서스펜스 소설이 성공을 거뒀다(다이크스트 라는 네 편의 단편을 발표했다.).

➡ 조니 마린빌(『데스퍼레이션』): 『기쁨』, 『망치의 노래』, 『티뷰 론』, 에세이 및 시

➡ 마이크 누난(『자루 속의 뼈』): 『둘이 되기』, 『빨간 셔츠를 입 은 남자』, 『정상을 향하여』, 『위협 행동』, 『다르시의 구혼 자』, 『헬렌의 약속』, 『내 소꿉친구』

➡ 스콧 랜던(『리시 이야기』): 『연안 사람의 딸』, 『유물』, 『텅 빈 악마』, 『무법자의 허니문』, 『비밀의 진주』

➡ 테스(『빅 드라이버』): 코지 미스터리 작가

➡ 존 로스스타인(『파인더스 키퍼스』): 『러너』, 『러너, 전쟁에 나서다』, 『러너, 속도를 늦추다』, 『러너, 서부로 떠나다』(미 출간), 『러너, 깃발을 들다』(미출간)

➡ 드루 라슨(『쥐』): 『비터 리버』, 「펑크」, 「스킵 잭」 및 네 편의 작품. 『언덕 위의 마을』(미완성)

➡ 빌리 서머스(『빌리 서머스』): 『벤지 콤슨의 이야기』(미출간)

➡ 그웬디 피터슨(『그웬디』 트릴로지): 『잠자리 여름』, 『야간 경 비』, 『눈을 감은 채 어둠 속에서 나눈 키스: 조나단의 이야 기』(논픽션), 『가시나무 장미』, 『황량한 거리』(데리에서 있었 던 브래들리 갱단 학살에 관한 이야기), 『밤의 도시』(미출간, 데리에 영감을 받은 작품)

➡ *

킹의 소설에 등장하는 소설가 중 절대 잊지 말아야 할 가 장 유명한 인물은 따로 있다. 바로 『다크 타워 시리즈』의 후반 부에 등장하는 인물, 스티븐 킹이다.

* 『나중에』의 작가 리지스 토머스가 누락되어 있다. 『로아노크의 죽 음의 늪』 등을 집필했다.

파리의 시네마테크 프랑세즈에서 열린 스탠리 큐브릭 전시회. 『샤이닝』의 영화 소품이 전시되어 있다.

킹은 작가 활동을 이어가는 동안 수차례 제기된 표절 의혹을 견뎌내야만 했다. 「비밀의 창, 비밀의 화원」은 킹이 겪은 것과 비슷한 의혹을 받고 있는 주인공의 이야기를 다룬다. 소설 서문에서 킹은 이 글을 마지막으로 이제 작가나 글쓰기에 관한 소설을 쓰지 않을 것 같다고 말한다. 이후 몇 년간은 실제로 관련 글을 쓰지 않으면서 그 믿음을 굳건히 지켜내나 싶었지만, 그 점에 있어서는 킹이 틀렸음을 결국 시간이 증명해 주었다.

「도서관 경찰」은 킹의 아들 오언이 들려준 이야기에 영감을 받았다. 오언은 어린 시절 이모 스테파니에게 들었던 도서관 경찰에 관한 이야기가 무의식 깊이 뿌리내려 도서관 가는 것이 싫다고 킹에게 말한 적이 있다. 킹은 「도서관 경찰」이 웃긴 소설이 되리라 생각했지만 50쪽쯤 썼을까, "이야기는 비명이 꽥 나올 정도로 갑작스레 왼쪽으로 방향을 꺾더니, 내가 그토록 자주 들락거렸지만 아는 것이 거의 없다시피 한 어떤 어둠의 장소를 향해 달려 나갔다."[214]

킹은 『다크 하프』로 시작해 마지막 캐슬록 소설인 『욕망을 파는 집』으로 끝나는 이야기 사이에 「폴라로이드 개」를 가교로 두어 삼부작을 완성했다. 「폴라로이드 개」는 약 5년 전부터 시작된 아내의 관심사인 사진에서 영감을 얻어 탄생했다. 아내는 폴라로이드 카메라를 구매했고, 킹은 그 카메라가 찍어내는 이미지에 매료되었다. "생각하면 할수록 사진은 이상해 보였다. 결국 사진은 단순한 이미지가 아니라 시간 속 하나의 순간이 아니던가? (…) 그 점이 무척 독특하게 느껴졌다. 이 소설은 1987년 어느 여름밤에 한꺼번에 머릿속에 떠올랐지만, 거의 1년에 걸쳐 생각에 생각을 거듭한 끝에 실제로 쓰일 수 있었다."[215]

『욕망을 파는 집』(1991)

『스탠드』를 다시 손보는 동안, 킹은 오랫동안 붙들고 있던 작품을 끝마칠 준비도 하고 있었다. 킹은 '마지막 캐슬록 소설'로 불리는 『욕망을 파는 집』은 킹의 상상 속 마을에 안녕을 고하기 위해서뿐만 아니라, 앞으로 나아갈 방향성을 바꾸고 "구업을 마무리하기 위해"[216] 쓴 것이라고 말했다. 공포 장르 작가라는 꼬리표가 아무것도 할 수 없게 발목을 잡고 있다는 생각이 들기 시작한 때였다. 그래서 킹은 『욕망을 파는 집』을 마지막으로 공포 소설에서 손을 떼려고 했다.

"이미 다뤘던 영역을 또다시 되짚고 싶지 않아요. 이제 캐슬록과 작별을 고할 때입니다. 왜냐하면 너무나도 쉽게 계속해서 그곳으로 돌아가게 되거든요. 광견병 걸린 개, 미친 경찰, 철로 곁에 놓인 시체를 찾으며 여름을 보낸 아이들 등, 수년 동안 그곳에서 일어났던 일을 다시 한번 펼쳐 보이는 것은 무척 쉽습니다."[217] 킹은 『욕망을 파는 집』에 관해 이

영국의 호더 앤드 스토턴판 『자정 4분 뒤』 양장본.

The best movie adaptation from a Stephen King story after Misery.

THE TOWN OF CASTLE ROCK JUST MADE A DEAL WITH THE DEVIL...

Based on the Best Selling Book by Stephen King

NEEDFUL THINGS

NOW IT'S TIME TO PAY.

이 들었죠."[220] 《판고리아》에는 킹의 이런 말이 실렸다. "꽤 오 랫동안 한 가지 단순한 이미지만 품은 채 작업했어요. (…) 침대보에 진흙을 던지는 남자아이 이미지였죠. 그리고 집에 돌아와 그 광경을 발견하게 된 사람은 다른 누군가가 그런 짓을 했다고 생각할 거예요. 제가 써내야 할 건 그게 전부였 습니다."[221]

《파리스 리뷰》와의 인터뷰에서는 이렇게 말했다. "그 책 을 끝마쳤을 때, 이건 좋은 책이라는 생각이 들었습니다. 마 침내 정말 재미있는 글을 써냈구나 싶었어요. 80년대 미국 의 레이거노믹스에 관한 풍자 소설이라고 생각했죠. 무엇이 든지 사고파는 사람들의 시대 말이에요. 심지어 자기 영혼 까지도요. 사람들의 영혼을 사들이는 가게 주인 릴런드 곤 트는 로널드 레이건적 인물의 전형입니다. 카리스마 넘치 고, 초로에 접어든 나이에, 파는 거라곤 잡동사니밖에 없 는 사람 말이에요. 하지만 그 고물들은 전부 밝게 빛나는 것처럼 보이죠."[222]

"제게 있어 『욕망을 파는 집』은 그때까지 쓴 소설 중 가장 재밌는 작품이었습니다."《판고리아》 인터뷰에서 킹 은 이렇게 말했다. "등장하는 인물이 무척 많았죠. 『살 렘스 롯』이나 『스탠드』와 비슷했어요. 50~60명쯤 되는 인물들을 던져놓고 '젠장!' 하고 소리친 뒤에 또 서른 명을 더 추가했던 그런 작품들 말이에요. 이 책에서 모든 인물이 다시 돌아옵니다. (…) 스티븐 킹의 히트곡 모음집 같달까요. 심지어 『쿠조』까지 돌아온답니다."[223] 하지만 2006년에 킹은 『욕망을 파는 집』을 재평가한다. "저는 모두가 이 작품을 풍 자 소설로 읽어줄 거로 생각했는데, 정작 평단은 이 소설을 실패한 공포 소설로 여기더군요. 그렇게 몇 년의 시간이 흐 르고 나니, 『욕망을 파는 집』이 그렇게 좋은 작품이 아닐지 도 모르겠다는 생각이 들었습니다."[224]

렇게 말하기도 했다. "열여섯 살 이후로 술도, 마약도 하지 않은 채로 쓴 첫 번째 작품이었어요. 정신이 완벽히 말짱한 상태였죠. 아, 담배만 뺀다면요."[218]

킹은 강박적 행동에 관해 쓰고 싶었다. "미국에서 사람 들은 그런 행동을 용인할 뿐만 아니라, 돈을 내고서라도 그 런 행동을 하는 것처럼"[219] 보였기 때문이다. "그 책에 관한 아이디어는 한 번에 떠올렸습니다. '갑자기 마을에 나타난 어떤 사람이 주민들에게 그들이 정말 원하는 것을 주는 대 신 서로 아주 못된 장난을 치게 시키면 어떨까?'라는 생각

상단: 『욕망을 파는 집』의 1993년 각색 영화 포스터. 에드 해리스가 앨런 팽본 역으로, 보니 베델리아가 폴리 차머스 역으로 출연했다.
오른쪽 페이지: 『돌로레스 클레이본』을 원작으로 한 1995년 영화 속 캐시 베이츠와 데이비드 스트러세언이 담긴 장면.

『제럴드의 게임』(1992), 『돌로레스 클레이본』(1992)

킹은 1990년 여름에는 펜을 내려놓고 휴식을 취한 다음, 가을이 되면 『돌로레스 클레이본』 집필에 돌입하고 싶었다. 『돌로레스 클레이본』은 이미 1992년에 출간이 예정되어 있었다. 하지만 킹의 뮤즈는 생각이 달랐던 모양이다. 뉴욕으로 향하는 비행기에서 잠든 킹은 수갑으로 침대에 묶인 한 여성의 꿈을 꿨다.

"저는 '아, 이렇게 멋진 글감이 떠오르다니. 이건 무조건 써야 해.'라고 생각했습니다. 그 상황 자체가 소설의 전부일 뿐만 아니라, 너무 흥미진진해서 일단 쓰기 시작하면 저절로 글이 풀려나갈 그런 상황이었으니까요. '들어가서 안을 걸어보고 싶어.' 하는 생각이 절로 떠오르는 무척 흥미로운 건물을 보는 것만 같았죠. 어떤 경우는 막상 안에 들어가 봤더니 아무것도 볼 게 없고 그저 정면만 멋들어진 건물일 때도 있어요. 하지만 이번 경우에는 속이 꽉 차 있었습니다. 그래서 글을 썼고, 쓰는 동안 아내에게 불평불만을 있는 대로 쏟아냈어요. 왜냐하면 그 여름에는 글을 안 쓰고 싶었거든요. 그냥 야구나 좀 하고 빈둥대기나 하려 했는데 그런 일은 일어나지 않았네요."[225]

그 결과물은 『제럴드의 게임』이었다. 리처드 바크만이 사망하지 않았다면 그의 이름으로 출판했을 법한 책이었다. 꿈이 킹에게 알려주지 않은 것이 있다면, 그건 바로 주인공이 그 곤경에서 벗어나는 방법이다. "책을 쓰기 시작했을 때, 전 제시가 왕년에 학교 체조 선수였을 수도 있겠다 싶었습니다. 그래서 마지막에는 제시가 그냥 두 발을 머리 뒤로 넘기고 침대 프레임을 밟고 일어서는 거로 끝내려고 했죠. 40쪽 정도 쓰고 나서는 실제로 그게 가능한 일인지 실험해 봐야겠다고 생각했어요. 그래서 전 조를 데려왔어요. 아마 조였을 겁니다. 다른 아들 두 명보다 조가 조금 더 유연하거든요. 그렇게 조를 침실로 데려가 침대 기둥에 스카프로 아들을 묶었습니다. 그러자 아내가 들어와서 무슨 짓을 하느냐고 묻더군요. 그래서 실험할 게 좀 있다며 신경 쓰지 말라고 답했어요. 조가 그 동작을 해내려고 용을 썼지만, 못 하더군요. 자기 관절은 그런 식으로 움직이지 않는다면서요."[226]

킹은 『돌로레스 클레이본』 작업을 뒤로 미뤘지만, 소설 내내 남편을 살해했음을 고백하는 여성 돌로레스의 이야기

CARLA GUGINO · BRUCE GREENWOOD

A NETFLIX FILM

GERALD'S GAME

SOME GAMES YOU PLAY. SOME YOU SURVIVE.

A MIKE FLANAGAN FILM
BASED ON THE NOVEL BY STEPHEN KING

INTREPID PICTURES

SEPTEMBER 29 | NETFLIX

로 결국엔 다시 돌아왔다. "이 여성은 소설의 주인공일 뿐만 아니라, 소설의 중심에 있는 나이 든 여성입니다. 소설에는 다른 인물도 등장하지만, 모두 돌로레스의 그림자에 가리어 있죠. 그녀는 이 풍경을 지배합니다. 전 이 인물을 꽤 잘 묘사했다고 생각해요. 독자들도 이 여성과의 만남이 꽤 즐거우리라 생각합니다."[227]

킹은 어느 인터뷰에서 말했다. "돌로레스는 홀로 자식을 키우신 제 어머니를 모델로 삼았습니다. 어머니는 저와 형을 데리고 여기저기 거처를 옮겨 다니며 허드렛일을 하셨어요. 소작농의 삶이나 다름없었죠. 어머니의 모습은 아직도 제 눈에 선하고, 목소리도 귓가에 들려요. 손을 어떻게 움직이시는지도 잘 알고 있죠."[228] 킹은 주인공의 이름을 '돌로레스'로 지은 이유에 관해 "슬픔과 비탄을 뜻하는 그 이름이야말로 그녀가 살아온 인생에 딱 맞기 때문"[229]이라고 밝혔다.

『제럴드의 게임』과 『돌로레스 클레이본』은 킹이 1990년대에 쓴 남성 억압의 피해자인 동시에 여성 임파워먼트의 상징인 여성 주인공이 등장하는 삼부작의 첫 두 권이다. "맨 처음 『캐리』를 썼을 때와 마찬가지로 다시 한번 남성은 제쳐둔 채 여성에 관심을 가지던 시기로 돌아갔어요. 다만 그때보다 더 잘, 조금 더 성숙하게 쓰기 위해 노력했죠. 그러니까 벌써 20년은 된 일이잖아요. 지금은 그때보다 더 나은 글을 쓰고, 조금 더 명료하게 사고하고 있다고 믿거든요. 심지어 그때의 경험을 통해 몇 가지 배우기도 했다고 생각합니다."[230]

『제럴드의 게임』과 『돌로레스 클레이본』은 개기일식 장면을 통해 서로 연결된다. 원래는 두 소설이 '개기일식 경로 위에서'라는 제목을 달고 한 권으로 출간될 예정이었는데, 출판사의 제안으로 두 권으로 나뉘었다는 소문이 오랫동안 돌기도 했다. 이에 대해 킹은 어떻게 된 상황인지 직접 설명하고 나섰다. "한동안은 두 소설을 합쳐서 한 권으로 출간할

수도 있겠다 싶었습니다. (…) 수록작들이 모여 하나의 무리를 이룬 것으로 보이는 『사계』와 『자정 4분 뒤』에서 그랬던 것처럼요. 하지만 이 두 소설은 조금 더 길었고, 하나로 묶일 것 같지 않았습니다. 그래서 결국엔 따로 출간하기로 결심했어요."[231]

『악몽과 몽상』(1993)

1993년에 출간된 모음집 『악몽과 몽상』의 서문에는 이런 문장이 실려 있다. "단편을 쓰는 데는 굳은 믿음이 필요한데, 근 몇 년간은 그 믿음을 지키기가 특히나 요원했다. 요즘에는 모든 이야기가 장편소설이 되고 싶어 하고, 모든 장편소설이 4000쪽 정도로 뻗어나가고 싶어 한다."[232] 킹은 기존 소설 중 재출간할 정도로 좋은 작품만 이 모음집에 모았다고 말한다. "썩 좋지 않은 소설들은 손 닿는 한 양탄자 아래 가장 깊숙한 곳까지 밀어 넣어두었고, 앞으로도 계속 거기 머물 것이다. 만약 다음번에 모음집이 또 출간된다면, 그때는 이제껏 쓰인 적 없는, 아직 구상조차 하지 않은 소설로 꽉꽉 채워져 있을 것이다."[233]

『악몽과 몽상』에 실린 단편 중 세 편은 이전에 출간된 적 없는 작품이다. 그중 가장 오래된 작품은 대학 시절에 쓴 「익숙해질 거야」다. 비록 대대적인 수정을 거쳐 캐슬록 소설로 거듭나긴 했지만 말이다. 가장 최근작은 1992년에 쓴 「10시의 사람들」이었다. 『악몽과 몽상』에는 시, 우화, TV 드라마, 《뉴요커》에 게재됐던 에세이가 각 한 편씩 실려 있다. 또, 책 끝자락에는 엄청난 분량의 작가 노트가 덧붙여져 있다.

『악몽과 몽상』이 출간되기 바로 직전, 수록작 중 하나인 「클라이드 엄니의 마지막 사건」이 전자책으로 출간됐다. 이는 킹의 첫 번째 전자책이었다.

왼쪽 페이지: 2017년, 넷플릭스에서 『제럴드의 게임』을 각색한 영화의 포스터. 칼라 구기노, 브루스 그린우드가 출연한다.

『불면증』(1994)

다음 두 편의 소설에는 무척 날카로운 자기비판이 담겨 있다. 킹은 플롯을 짜서 이 소설들을 썼으나, "그 결과는 그리 고무적이지 않았다."[234]

《타임》에는 킹의 이런 말이 실려 있다. "소설의 플롯을 짜 놓으면, 특히 미리 결정해 둔 결론에 이야기를 꿰맞추려고 하다 보면 책이 어떻게 흘러갈지 다 보여요. 만약 책이 다른 방향으로 가고 싶어 한다면 저는 위험을 무릅쓰고라도 원래 정해둔 노선으로 다시 끌고 가야 하죠. 책이 이끄는 대로 가는 것이 훨씬 낫습니다. '나 좋자고 이야기를 뒤틀어 버리고 있구나.'라는 느낌이 들었던 게 기억나네요. 이 소설에는 아주 제멋대로 날뛰려고 하는 악당 한 명이 있었는데, 제가 그러도록 두지 않았어요. 제가 원하는 대로 행동하도록 했죠. 그 결과, 저조차 좀체 믿기 힘든 이야기가 나왔습니다. 제가 못 믿는데 독자들이 어떻게 믿으리라고 생각하겠어요? 솔직히 이 소설, 좀 이상한 구석이 있잖아요."[235]

킹은 오랫동안 불면증에 시달렸기에 언젠가 그 고통을 소설의 모티브로 삼으리라는 것은 자연스러운 결정이었다. 킹은 AOL 온라인 채팅[236] 참가자들에게 1990년, 『불면증』을 작업하던 넉 달의 시간 동안 거의 잠을 못 잤다고 말했다. 1992년 어느 인터뷰에서는 이 550쪽짜리 원고는 출판할 가치가 없다고 말했다. "원고를 한 장씩, 한 챕터씩 뜯어 보노라면 좋은 글입니다. 하지만 전 이 글을 제대로 뽑아내지 못했어요. 망가져 버렸죠. (…) 가슴 아픈 건, 마지막 80~90쪽은 정말 멋지다는 사실입니다. 하지만 요소들이 서로 연결되지 않고, 그래서 소설이라면 응당 지녀야 할 둥그스름한 맛이 없어요. 언젠가 여러분이 이 소설을 읽을 날이 올지도 모르겠군요. 하지만 오래도록 읽히지는 않을 겁니다."[237] 산타크루즈의 청중에게는 이렇게 말했다. "(초고가 그렇게 좋지 않았던) 이유는 등장인물 중 하나인 화학 연구원 에드 디프노

가 45쪽에서 이 책과 함께 휴가를 훌쩍 떠나버렸기 때문입니다. 그때 이 이야기는 나아갈 방향을 잃어버렸고, 저는 책에서 일어나는 사건 대부분이 발생하는 해리스 대로에 멀뚱히 선 채로 '에드, 돌아와. 네가 책도 가져가 버렸어.'라고 외칠 뿐이었죠. (…) 책을 마침내 끝마쳤을 때, 한동안 글을 가만히 놓아둔 채로 에드를 돌아오게 할 방법을 강구했어요. 그럴 수만 있다면 모든 게 괜찮아질 것 같았고, 실제로 그랬습니다."[238]

킹은 흥미로운 방식으로 『불면증』 홍보 투어에 나섰다. 그는 버몬트주에서 캘리포니아주까지 약 7550km를 자신의 할리 데이비드슨 오토바이로 직접 이동하며 독립 서점 열 군데에서 홍보를 펼쳤고, 이 여정은 차기작 『데스퍼레이션』에서 일부 쓰였다.

『로즈 매더』(1995)

킹은 접근 금지 명령까지 받은 남편이 아내를 총으로 쏜 뉴스에서 영감을 얻어 『로즈 매더』를 썼다. "접근 금지 명령은 황소의 눈앞에서 붉은 깃발을 흔드는 것과 같습니다. 그렇게 느끼지 않을 남성은 없을 겁니다. 그리고 『로즈 매더』는 그 황소에 관한 이야기입니다."[239]

킹은 『로즈 매더』를 플롯 소설이라고 부르며, 이후에는 "너무 힘이 들어가 딱딱하게 굳어버린 소설"[240]로 평했다. CBS에서는 이렇게 말했다. "이 책의 소재는 아주 멋졌어요. 하지만 아이디어는 저를 만나 계속해서 쪼그라들었고, 전 계속해서 밀어붙였습니다. 그렇게 책은 출간됐지만 그리 좋은 평을 받지는 못했죠. 좋은 평을 받을 만한 책도 못 되었어요. 마치 문틈으로 억지로 뭔가를 밀어 넣은 것 같은 결과물이었으니까요."[241] 킹은 습관과도 같은 야구 비유를 들면서 『로즈 매더』가 "내야 뜬공"[242]처럼 느껴졌다고 했다.

그런데도 『로즈 매더』를 쓸 가치가 있었던 이유는 소설

의 막바지에서 발견할 수 있다고 킹은 말한다. 주인공은 폭력적인 남편 문제를 해결하고 나서도 끝 간 데 없이 치밀어 오르는 화를 주체할 수 없었다. "우리에겐 그런 문제가 발생합니다. 바로 그 문제가 우리를 망치죠. 누군가를 무척 두려워하고 누군가에게 크게 화를 내다 보면 분노의 나무가 자라게 마련입니다. 그땐 어떻게 할 건가요? 어떻게 그 나무의 뿌리를 뽑죠? 그 분노를 자녀에게 물려주지 않을 수 있겠어요?"[243]

오디오의 제왕

킹의 거의 모든 소설 전문은 오디오 버전으로 들을 수 있다. 킹은 자신이 소유한 뱅고어의 라디오 방송국인 WZON의 스튜디오를 활용해 『다크 타워 시리즈』의 첫 세 권을 직접 오디오로 녹음했다. 귀 밝은 청취자라면 이 초기 녹음본에서 자동차 등의 소리를 들을 수 있을 것이다. 이후 시리즈에서는 조지 귀돌, 론 맥라티와 같은 전문 성우들을 고용해 녹음을 진행했지만, 『다크 타워 8 - 열쇠 구멍에 흐르는 바람』에서는 또 킹이 직접 녹음했다.

프랭크 뮬러는 유명 성우이자 수상 경력에 빛나는 연극배우였는데, 자택에 녹음 스튜디오를 구비해 두고서 존 르 카레, 존 그리샴, 엘모어 레너드 같은 유명 작가의 수많은 작품을 녹음했다. 뮬러가 오토바이 사고로 불수가 되자, 킹은 건강 보험이 없는 공연 예술가를 위한 자선 단체인 '웨이브댄서 재단'의 설립을 도왔다.

킹이 직접 녹음한 장편 및 단편도 꽤 많지만, 시시 스페이섹, 캐시 베이스, 팀 커리, 제임스 우즈, 프랜시스 스턴헤이건, 존 허트, 앤 헤이시, 게리 시나이즈, 우피 골드버그, 롭 로, 데이비드 모스, 조 만테냐, 매슈 브로더릭, 마이클 C. 홀, 호프 데이비스, 폴 지어마티, 메어 위닝햄 등(그중 상당수가 킹 소설을 각색한 영화에도 출연했다.), 수많은 배우도 녹음에 참여했다.

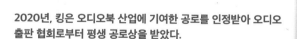

2020년, 킹은 오디오북 산업에 기여한 공로를 인정받아 오디오 출판 협회로부터 평생 공로상을 받았다.

『그린 마일』(1996)

1980년대에 『더 플랜트』를 통해 킹이 처음으로 연재 출판 실험을 감행했을 때는 소책자 형식의 소설을 사적으로만 나눠주었기에 세간의 관심을 크게 얻지 못했다. 시간이 흐른 뒤, 킹의 해외 판권 대리인인 랄프 비시난자가 『더 플랜트』 한 권을 영국의 편집자 맬컴 에드워즈에게 보여주었다. 과거에 책이 어떻게 출판되었는지, 출판업이 어떻게 정식으로 자리를 잡게 되었는지에 관한 이야기를 나누던 중, 에드워즈는 19세기에 찰스 디킨스의 작품이 출간됐던 방식을 따라 지금도 값싼 분책 형식으로 책을 만들 수 있을까 하는 궁금증이 솟았다. 두 사람은 소설이 완결 나지 않은 채로 연재하는 도중에 섹션별로 책을 출판하는 모험을 감행할 현존 작가는 스티븐 킹밖에 없다는 데 입을 모았다.

비시난자는 킹이 관심을 보일지 심드렁해할지 알 수 없었지만, 어쨌든 킹에게 아이디어를 제안했다. 그리고 킹은 관심을 보였다. 그 이유 중 하나는 그렇게 하면 집행을 기다리는 거구의 흑인 사형수 이야기 『그린 마일』을 쓸 시간을 할애할 좋은 핑곗거리가 생기기 때문이었다. 그때만 해도 이 소설의 가제는 '내 눈을 속이는 것'이었다. 소설의 주인공은 "사형일이 가까워지자 신기한 손재주를 터득하게 됐다. 이 소설은 교도소 안에서 책수레를 끄는 나이 든 모범수의 일인칭 시점에서 쓰려고 했다. (…) 막바지에는 주인공이 처형되기 바로 직전에 그 덩치 큰 죄수 루크 커피가 사라지도록 만들고 싶었다."[244]

킹은 불면증으로 잠자리를 뒤척일 때 머릿속으로 『그린 마일』 스토리를 구상했다. 그렇게 매일 밤 내용을 조금씩 덧붙이다가 겨우 잠이 드는 식이었다. 보통 이렇게 '불면증 치료제'로 탄생한 이야기는 이내 질려서 곧바로 다른 이야기로 넘어가곤 했다. 하지만 『그린 마일』 이야기는 무척이나 오랫동안 킹의 머릿속에 똬리를 틀고 있었다. 그리고 새로운 관점이 떠올라 마침내 이야기의 아귀가 맞아떨어질 때까지는 무려 1년 반이 걸렸다. "거구의 남자가 마법사 지망생이 아니라 일종의 치유사이며, 살인자가 아니라 오히려 죽은 사람을 되살리려 한, 순진해 빠진 사형수라면?"[245]

소재는 무척이나 건실해 보였지만, 제대로 글을 쓰기에는 너무 바빴다. "공책에는 휘갈겨 쓴 글이 가득했다. (…) (『데스퍼레이션』) 교정을 보기 위해 책상 위를 싹 비워야 하는 시점에 정작 나는 또 다른 소설을 구상하고 있었던 것이다."[246] 게다가 킹은 「샤이닝」 미니시리즈 각본 작업도 진행 중이었다. 『그린 마일』을 계속 발전시킬 것인지, 손에서 놓아버릴 것인지 고민하고 있던 차에 마침 비시난자의 제안이 들어왔다.

연재라는 출판 형식은 특히나 킹의 구미를 당겼다. 첫 번째 연재소설을 제대로 마무리 짓지 못했기 때문이었다. 킹은 그러한 방식에 내재한 위험을 기꺼이 즐겼다. "줄타기 같은 아슬아슬함도 좋았다. 우물쭈물하면서 이야기가 앞으로 나아가지 못한다면 그땐 백만 독자가 일제히 내 멱을 따라고 아우성칠 게 분명했다."[247] 이야기의 향방이 불분명한 채로 파트 3의 중반부를 내달리고 있을 즈음, 영화감독 프랭크 다라본트와 얘기를 나누던 킹은 이 연재 작업에 대해 "인생 최대 실수를 저지르기 직전"[248]이라고 말하기도 했다.

킹은 연재 일정을 지키기 위해 "미친 사람처럼 글을 썼다." 작업의 요구 사항은 무척 까다로웠다. 매 연재분은 길이가 같아야 했고, 어느 정도 클라이맥스에 치달은 채로 끝맺어야만 했다. 이야기가 새로운 방향으로 나아가게 됐다고 하더라도 이전 글로 다시 돌아가 세부 사항을 수정하는 그런 호사는 꿈도 못 꿨다. "아무렇게나 깽판 놓을 여유가 적었습니다. 글은 처음부터 올발라야만 했죠."[249] 연재분 1편 서문에서 킹은 이렇게 썼다. "비록 지금 이 순간(1995년 10월의 어느 비 오는 밤), 초고조차 마무리하려면 아직 한참 멀었고 어

오른쪽 페이지: 월간 연재 형식으로 최초 출간된 뒤 4년 후, 스크리브너에서 양장본으로 출간한 『그린 마일』.

STEPHEN KING

THE GREEN MILE

THE COMPLETE SERIAL NOVEL

떤 결과물이 나올지 아직 불확실하지만, 글쓰기에 활기를 불어넣어 준 것만은 분명하다. 하지만 그건 이 모든 즐거움의 일부에 불과하다. 지금 나는 짙게 깔린 안개를 뚫고 전속력으로 달리고 있다."[250]

『그린 마일』은 1932년 남부의 어느 주에 있는 콜드마운틴 주립 교도소 E동을 배경으로 이야기가 펼쳐진다. 킹은 액자식 구성을 위해 전직 E동 간수였던 폴 에지콤을 일인칭 화자로 내세운 뒤, 옛날옛적에 조지아 양로원에서 벌어졌던 일을 회상한다. E동은 전기의자형에 처할 날을 기다리는 죄수들이 모인 곳이다. "제임스 캐그니 영화를 처음 본 이후로 전기의자는 줄곧 매혹의 대상이었다. 또, 처음으로 읽은 사형수 이야기(워든 루이스 E. 로스가 쓴 『싱싱 교도소에서의 2만 년』)도 내 상상력의 어두운 부분에 불을 밝혔다. 문득 궁금해졌다. 죽으러 가는 걸 알면서 전기의자까지 35m 남짓의 거리를 걸어가는 느낌은 어떨까? 사형수를 의자에 포박하거나 (…) 스위치를 당겨야 하는 사람의 심정은 어떨까? 그런 직업은 그 사람의 무엇을 갉아먹을까? 혹은 더 섬뜩하게는 그 사람에게 무엇을 더할까?"[251]

온화하고 순진한 거구의 한 남성이 두 소녀를 참혹하게 살해했다는 혐의로 교도소에 입소하자, E동 간수들의 삶은 복잡해진다. 그는 사망한 두 소녀를 무릎에 올려둔 채로 발견됐고, 체포 당시 진술을 보면 혐의를 인정하는 것 같았다. '루크 코피'였다가 나중에 킹이 '존 코피'로 이름을 바꾼 이 인물은 손을 갖다 대면 대상을 치유하는 능력을 지니고 있었다. "인류 역사상 가장 유명한 무죄자*를 따라 주인공 이름의 이니셜이 J. C.가 되도록 만들었다. (…) J. C.가 죽을지 죽지 않을지는 소설이 끝나기 직전까지 나조차도 확신이 서지 않았다. 나는 그를 좋아했고 동정했기에 죽지 않으면

하고 바랐다. 어느 쪽으로 결론이 나든 간에 J. C.라는 이니셜이 해가 될 것 같지는 않았다."[252]

킹은 코피가 유죄인지, 전기의자가 그 누구에게라도 합당한 처벌일 수 있는지에 관해 독자들이 스스로 질문을 던져볼 수 있도록 풍부한 근거를 제공했다. 솔직하게 죄를 인정하고 자기 행동을 후회하는 친근한 등장인물 에두아르 들라크루아('십자가의'라는 뜻을 지닌 상징적 이름)의 끔찍한 처형 장면을 통해 킹은 사형이 얼마나 야만적일 수 있는지 그려 보였다. 얼마간 당연하게도 일부 독자는 사형 제도에 관한 킹의 의견을 추단했지만, 킹은 반박했다. "『그린 마일』을 근거로 들며 제가 사형제에 반대한다고 말하는 사람들이 있습니다. 아닙니다. 제가 반대하는 건 사형 제도가 아니라, 사형이 집행되는 99%의 경우입니다. 저는 사형이 절대적으로 최후의 수단이 되어야 한다고 생각합니다. 범죄 현장을 직접 목격한 이의 증언 없이는 절대로 집행되어서는 안 된다고 생각해요. 제가 이해하기로 사형을 정당화하는 논리는 단 한 가지뿐입니다. 처형당한 사람은 다시는 범죄를 저지르지 않는다는 것 말입니다."[253]

이 책의 악당들은 극악무도한 윌리엄 '빌리 더 키드' 워턴을 제외한다면 사형이 확정된 살인자가 아니다. 이 작품에서 진정한 악당은 모든 이들을 똑같이 취급하고 어떤 동정심도 찾아볼 수 없는 제도 그 자체다. 퍼시 웨트모어는 그러한 제도의 화신으로, E동에서의 지위를 보전해 줄 연줄을 지닌 잔인하고, 야욕 넘치는 간수다. 소설 속 현재 시점 이야기에서 웨트모어는 한 줌의 권력을 최대한으로 이용해 먹는 브래드 돌런이라는 양로원 노인의 모습으로 계속 등장하는 것처럼 보인다.

---

* 예수 그리스도(Jesus Christ)를 일컫는다.

『그린 마일』은 결국 비극으로 끝나지만, 소설 전반에는 낙관주의가 스며 흐른다. 영웅적 면모와 동정심을 지닌 존 커피는 E동에서 마주치는 누구의 마음이라도 울린다. 특히 교도소장 아내의 암을 치료하기 위해 밤에 무단으로 소장의 집으로 향하는 이야기에서 더욱 그러하다. 70년 뒤, 여전히 살아 있는 폴 에지콤은 커피의 능력에 관해 증언하고자 한다. 비록 폴이 그토록 오래 산 것이 축복인지 저주인지 의문으로 남아 있지만 말이다.

『그린 마일』 연재물을 출간하는 일은 악몽이 따로 없었다. 출판사는 6개월 내리 각 발행본을 정해진 날짜에 배송하고 출간하기 위해 많은 것을 조율해야만 했다. 단행본 출판에서는 보기 드문 방식이었다. 출판사는 유출을 방지하기 위해 서점마다 계약서를 돌려 정해진 날짜에 책을 판매해야 한다는 내용에 서명하도록 요청했다. 가장 끔찍한 건 따로 있었는데, 바로 열정 넘치는 서점들이 1편을 너무 많이 사들였다는 점이다. 반품본을 처리하는 방식 때문에 반품량이 재깍재깍 집계되지 않았고, 그래서 출판사는 다음 편 인쇄량을 제때 조정하기가 어려웠다.

하지만 그 모든 것은 기우였다. 소설 자체뿐만 아니라 소설의 독특한 출판 방식은 평단과 대중의 마음을 모두 사로잡았다. 각 편이 미대륙 전체에서, 그리고 일부 다른 나라에서도 번역본이 같은 날에 판매된다는 건 모두가 같은 소설을 같은 속도로 경험하게 된다는 뜻이었다. 그 누구도 끝까지 먼저 읽고 결말을 유출할 수 없었다. 다른 사람에게 유출하지 못하는 건 당연하거니와, 독자 자신조차도 알 방법이 없는 것이다. 온라인 게시판에서는 다음 달에 어떤 이야기가 전개될지 너도나도 추측을 던지며, 이야기와 흥미로운 인물들을 둘러싼 토론이 활발하게 펼쳐졌다.

킹의 출판사는 급성장하는 인터넷을 활용해 사람들의 관심을 부채질했다. 출판사는 상품을 걸고 웹사이트에서 경

연대회를 개최했고, 신간이 출간될 때마다 새로운 이미지가 더해지는 컴퓨터용 화면 보호기를 제작했다. 웹사이트에서 TV 광고도 시청할 수 있었다. 1996년 3월부터 8월까지 『그린 마일』은 킹의 팬과 출판업계 모두의 주목을 한 몸에 받았다.

1편 '두 소녀의 죽음'은 곧장 베스트셀러 목록으로 직행했다. 후속 연재물도 모두 마찬가지였다. 이 소책자는 무려 1800만 부가 인쇄됐고, 1996년 9월에는 여섯 편이 모두 《뉴욕 타임스》 목록에 오르는 기염을 토하며 킹은 베스트셀러 목록에 가장 많은 책을 동시에 올린 작가로 세계 기록을 세웠다. 이 현상은 베스트셀러 목록에서 연재 도서가 분류되는 방식에 변화를 가져왔다.

『데스퍼레이션』(1996), 『통제자들』(1996)

1991년, 킹은 국토를 횡단하던 중, 인구가 한 명도 없는 것처럼 보이는 네바다주의 루스를 통과하게 됐다. 킹은 즉각 루스 사람들이 모두 죽었으리라 생각했고, 그러자 이런 질문이 꼬리를 물고 따라왔다. '누가 그들을 죽였을까?' 그의 대답은 이랬다. "보안관이 모두를 죽인 겁니다. 그렇게 빨리 대답이 돌아올 경우, 거기서 책이 탄생할 수 있다는 뜻이죠."254 킹은 오토바이를 타고 『불면증』 출판기념 투어를 다닐 때 한 번 더 루스를 방문했다.

"어린 시절 제 관심을 끌었던 또 다른 생각은 『데스퍼레이션』을 통해 과감하게 드러났습니다. 신은 잔인하다는 생각 말입니다."255 킹은 《타임》과의 인터뷰에서 생각을 상술했다. "종교적인 집안에서 자란 저는 이 책을 통해 신에게 응당한 권리를 주고 싶었습니다. 초자연적 소설에서 신은 일종의 크립토나이트 같은 물질이나 뱀파이어에게 뿌리는 성수 같은 것으로 왕왕 묘사되곤 하죠. 신을 부르짖고 '신의 이름으로'라고 외치기만 하면 악한 것들이 저절로 사라지는 식이잖

아요. 하지만 인간 삶에서 실제 힘을 지닌 신은 그보다 훨씬 복잡한 존재입니다. 그리고 저는 『데스퍼레이션』을 통해 신이 항상 선한 자들이 이기도록 허락하는 건 아니라는 것을 말하고 싶었어요."[256] "신을 등장인물로 사용하자는 아이디어야말로 『데스퍼레이션』을 추동한 생각이었습니다."[257]

『데스퍼레이션』을 4분의 3쯤 써냈을 때쯤, 또 다른 이야깃거리가 떠올랐다. 킹은 '통제자들'이라는 단어를 종이 쪼가리에 써 놓고 프린터기 옆면에 테이프로 붙여두었다. 장난감, 총, 도시 교외를 다루는 글감을 잊지 않기 위해서였다. 또 어떤 날에는 『데스퍼레이션』의 등장인물을 이 새로운 소설에 가져다 쓴다는 영감이 번쩍였다. "인물들이 같은 모습을 보이는 경우도 있겠지만, 다른 경우에는 다른 모습일 수도 있겠다고 생각했다. 이야기가 달라지면 요구되는 행동도 달라지기 때문에 같은 행동이나 반응을 보이지는 않을 터였다. 두 개의 서로 다른 연극에 출연하는 레퍼토리 극단의 단원처럼 말이다. (…) 훌륭한 곡예가 되겠다 싶었다. 심지어 소설이 지닌 왕성한 활력과 다채로움까지도 선보일 수 있는 통찰력 있는 곡예가 될 것 같았다. 몇 가지 기본 요소만으로 흥미로운 변주를 무한에 가깝게 만들어 내는 소설의 장난기 넘치는 매력을 조명하는 그런 곡예 말이다."[258]

『통제자들』을 리처드 바크만의 이름으로 내기로 결심했을 때, 퍼즐의 마지막 조각이 맞춰졌다. "리처드 바크만을 되살린 건 아니었다. 그저 지하에 원고 상자가 방치되어 있고, 맨 위에 『통제자들』 원고가 올려져 있는 모습을 그려보았을 뿐이다. 그런 뒤, 바크만이 이미 써 놓은 그 책을 내가 필사한 것뿐이다."[259]

킹은 『데스퍼레이션』을 끝마친 그다음 날 곧장 『통제자들』 작업에 착수했다. "두 소설은 킹과 바크만이 서로를 닮은 꼭 그만큼 닮아있다. 『데스퍼레이션』은 신에 관한 소설이고, 『통제자들』은 TV에 관한 소설이다. 그런 점에서 두 소설은 공히 더 큰 힘에 관한 이야기라고 할 수 있지만, 또 그만큼 서로 다른 이야기이기도 하다."[260]

바크만의 『통제자들』에 영향을 미친 작품은 또 있다. 바로 몇 년 전, 킹이 일주일 만에 써낸 서부영화 각본인 「샷거너」였다. 당시 킹은 유명 감독 샘 페킨파와 만나 제작을 논의했다. 페킨파는 각본에 관심을 보였고 몇 가지 제안을 건네기도 했지만, 두 사람의 만남이 있고 얼마 되지 않아 페킨파가 세상을 떠났다.

『데스퍼레이션』과 『통제자들』은 『그린 마일』의 마지막 6편이 서점을 강타한 지 꼭 한 달 만에 각각 바이킹과 더튼 출판사를 통해 출간됐다. 판매 촉진을 위해 야간 독서등 증정품과 함께 두 책을 한 세트로 묶어서 팔기도 했다. 두 소설책을 나란히 놓으면 책 표지 그림이 합쳐져 하나의 큰 그림이 완성됐다. 더튼 측에서는 『통제자들』의 저자를 '리처드 바크만(스티븐 킹)'으로 표기하고 싶어 했으나, 킹이 거부했다.

바이킹 출판사는 곧바로 다음 달에 「다크 타워 시리즈」 신간도 출간하며 무척 바쁜 한 해를 보냈다. 하지만 킹과 함께 일하는 마지막 해이기도 했다. 20년에 가까운 세월을 함께 보낸 뒤, 킹은 새롭게 출발할 때가 왔다고 생각했다.

『자루 속의 뼈』(1998)

「샤이닝」 미니시리즈가 TV에서 방영된 직후, 킹은 드물게도 해외여행을 떠났다. 킹은 오토바이를 타고 호주의 평원을 가로질렀고, 시드니에서 「제4호 부검실」을 낭독했다. 여행 기간의 유일한 공개 석상 일정이었다.

킹이 자리를 비운 사이, 폭풍이 출판계를 휩쓸었다. 여러 차례 기업 합병을 거친 킹의 현재 출판사는 킹과의 계약 협상에서 난관에 봉착했으며, 그래서 킹의 다음 원고가 경매에 부쳐졌다는 소문이 일었다. 킹이 말했다. "전 바이킹에게 약간 질려 있었습니다. 양측 모두 서로에게 너무 편해져 버린 상황이었죠."[261]

이 정도 수준의 슈퍼스타 작가가 계약을 협상할 때는 대개 비밀리에 진행되곤 한다. 하지만 이번 경우에는 킹의 변호사가 여러 출판사에 한꺼번에 질의서를 보내는 바람에 소식이 새어나갔고, 그렇게 협상 과정이 삽시간에 헤드라인을 장식하게 됐다. 질의서를 받아본 한 출판사 관계자는 친구가 장난치는 줄로만 생각했지만, 그건 장난이 아니었다. 킹의 변호사는 이해관계자들을 만나보기 시작했다. 후에 킹은 이토록 커다란 공중의 관심 속에 새로운 출판사를 물색한 것이 후회된다고 말했다. "잘못된 방식이었다는 걸 압니다. (…) 결국엔 계약 내용이 아니라 책에 관한 이야기가 되기를 바라요."[262]

이제 통상적인 계약으로는 킹 정도의 거물급 작가에게 선인세를 지급하고 나면 출판사가 책을 팔아 이익을 볼 수 없는 상황에 이르렀다. 결국 킹은 스크리브너 출판사와 이례적인 형태의 계약을 맺고 차기작 세 권을 출판하게 됐다. 킹은 비교적 소소하다고 할 수 있는 200만 달러를 선인세로 받는 대신, 인세를 훨씬 많이 받기로 했다. 책이 잘되면 출판사와 킹 모두가 이득을 볼 터였고, 책이 기대만큼 잘되지 않더라도 출판사가 위태로울 정도로 손해를 입지는 않을 수

있었다. 어느 인터뷰에서 킹은 "다시 할 수 있다면 스크리브너 출판사에 책 한 권당 1달러만 달라고 할 것"[263]이라고 말했다.

스크리브너와 손잡고 출판한 첫 번째 소설은 『자루 속의 뼈』였다. 스크리브너는 책 홍보 전략을 준비하고자 킹의 작품을 더는 읽지 않게 된 독자와 킹을 각색 영화로만 알고 있는 사람을 대상으로 포커스 그룹 조사를 진행했다. 이들은 소설의 공포 요소를 경시하고 문학적 측면과 로맨스 요소를 중시했다.

킹의 관점은 이랬다. "저는 고딕 소설을 쓰고 싶었어요. 제게 고딕 소설이란 비밀에 관한 소설입니다. 마치 땅 밑에 묻힌 시체의 악취가 풍기기 시작하듯이, 과거의 사건이 꽤 오랫동안 조용히 묻혀 있다가 점차 드러나는 이야기 말이에요. 오밤중에 나타나는 귀신이나 유령 같은 것을 믿는다면 그런 존재들은 조금씩 돌아다니기 시작하고, 아마 조금씩 밤잠을 방해하기 시작할 겁니다. (…) 저는 비밀이라는 개념, 그리고 비밀은 언제나 밝혀진다는 생각을 무척 좋아합니다."[264]

『자루 속의 뼈』는 슬럼프에 빠진 중년의 소설가 마이크 누난에 관한 이야기다. 소설 초반에 마이크의 아내 조는 데리 약국의 주차장에서 뇌졸중으로 사망한다. 아내가 구매한 것 중에는 임신 테스트기가 있었다. 마이크와 조는 아이를 갖기 위해 몇 년 동안 애를 쓰고 있었으나 마음처럼 되지 않던 참이었기에, 임신 테스트기는 마이크에게 충격으로 다가왔다. 이를 계기로 마이크는 생전에 아내가 또 어떤 비밀을 숨기고 있었을지 궁금해진다.

킹은 책을 집필하는 데 있어 자신의 이상적 독자인 아내 태비사가 어떤 도움을 주는지 말한다. "초고에서 (조의) 손가방 안에 있던 건 평범한 리크랙 레이스와 사탕 하나뿐이었습니다. 죽기 전, 조가 지상에서 구매한 마지막 물건이죠. 태

비사가 초고를 읽더니 제게 '조가 임신 중이고, 가방에 임신 테스트기가 들어 있다면 어떨까?'라고 말하더군요. 저는 정말 끝내주는 아이디어라고 생각했어요! 그래서 즉각 임신 테스트기를 가방에 집어넣었습니다."[265]

아내를 잃은 뒤 혼자가 된 마이크는 이상한 현상을 계속해서 겪는데, 그중 하나는 끔찍할 정도로 심각한 집필 슬럼프 증상이다. 컴퓨터에서 워드 프로세싱 프로그램을 실행하기만 해도 메스꺼움이 파도처럼 밀려왔다. 마이크는 의욕 넘치는 대리인과 출판사를 포함해 모든 사람에게 증상에 관해 함구한다. "마이크만큼 저랑 비슷한 인물도 없을 겁니다." 킹이 말했다. "일부러 마이크와 거리를 두려고 심혈을 기울이긴 했지만 말이죠. 마이크는 저만큼 성공한 작가가 아니고, 아이도 없으며, 아내는 죽었고, 집필 슬럼프를 겪고 있습니다. 하지만 글쓰기가 무엇인지, 글쓰기가 어떻게 작동하는지에 관한 의견은 무척 비슷해요."[266] 『자루 속의 뼈』가 막 출간된 직후에 킹은 "아마 어떤 평론가는 제가 집필 슬럼프를 조금 더 심하게 겪기를 바랐을 것"이라고 농담하기도 했다.

다행히도 마이크는 집필 슬럼프 증상을 숨길 수 있었다. 마이크는 10년 간의 결혼생활 동안 매년 한 권씩 책을 출간했는데, 그중 4년은 매년 두 권씩 소설을 썼기 때문에 네 권 분량의 여분 원고를 금고에 몰래 보관해 둘 수 있었다. 대단찮은 출판 기계라 할지라도 어쨌든 잘 기름칠해 계속 굴러가는 것처럼 보이기 위해서는 그저 매년 금고에서 원고를 한 편씩 꺼내기만 하면 되었다. 마이크가 12년도 더 전에 쓴 원고를 새로 쓴 원고인 것처럼 편집자에게 건넸을 때, 이를 읽은 편집자가 작품이 점차 무르익어 "수준이 올라가고 있다."고 칭찬하는 장면을 통해 킹은 출판계를 가볍게 골려준다.

독자들은 킹도 미출간 원고를 쟁여두고 있는 것 아니냐며 궁금해했지만, 킹은 해당 사항이 없었다. "제 인생 어느 시점에는 (책) 두세 권 정도가 쌓여 있던 적이 있었을지도 몰라요. 『자루 속의 뼈』에서 묘사되는 설정은 소설가 대니엘 스틸이 1년에 세 권씩 책을 쓰고 두 권을 출간한다는 소문에서 영감을 받은 겁니다. 만약 그게 사실이라면 지난 10년 동안 스틸이 엄청 많은 글을 비축해 두고 있겠다 싶었죠."[267]

마이크는 이후 4년간 데리에 머물면서 컴퓨터로 십자말풀이나 스크래블 보드게임을 하며 시간을 보냈다. 마이크는

1997년, 호주에서 오토바이로 여행하는 킹의 모습.

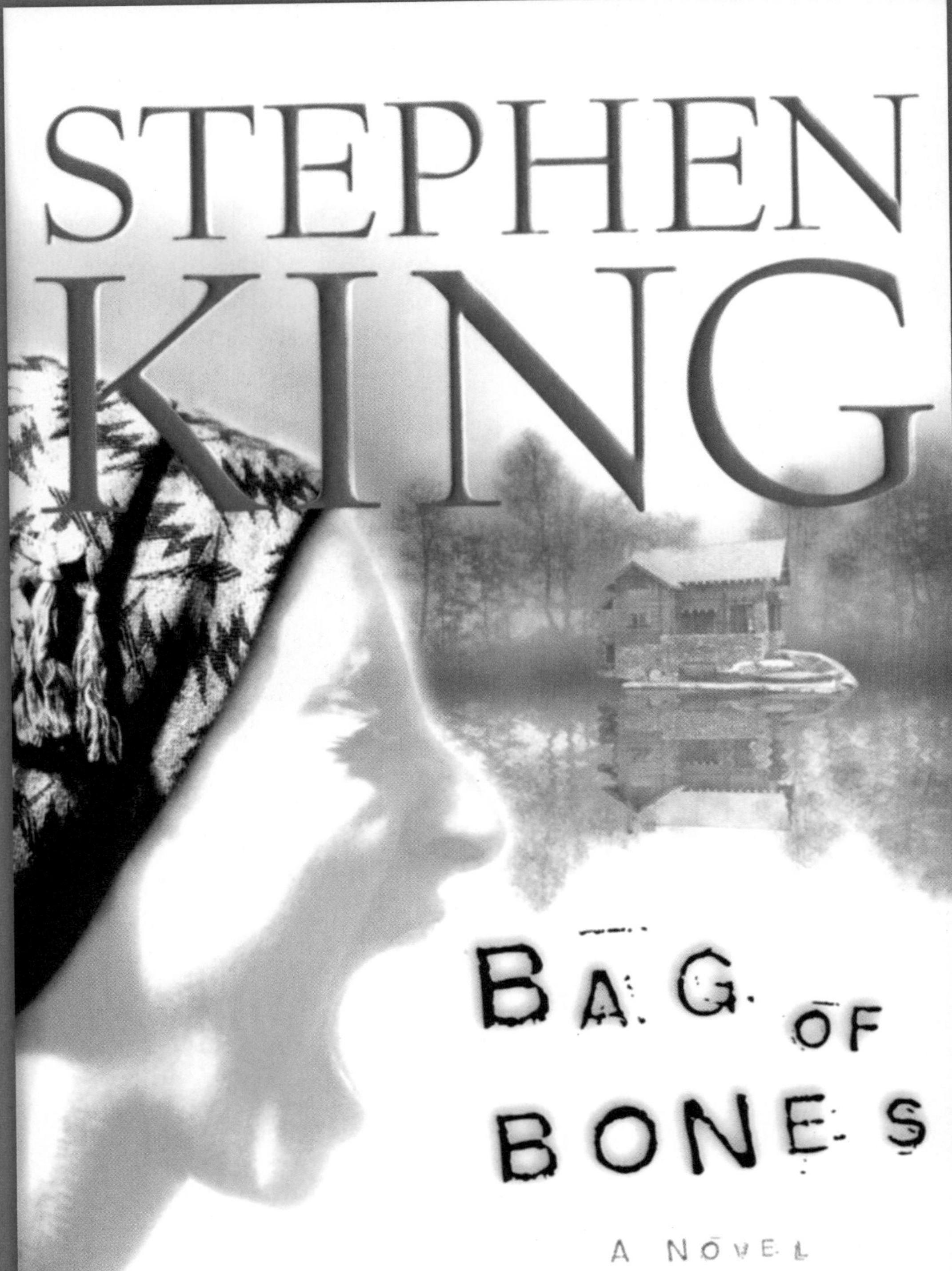
STEPHEN
KING
BAG OF BONES
A NOVEL

비유적 의미로 '자루 속의 뼈'가 됐는데, 마이크는 이 표현을 토머스 하디의 말에서 빌렸다고 한다. "지상 최고로 따분한 인간이라 할지라도 실제로 땅 위를 걸어다니고 그림자를 드리우는 그 사람 앞에서는 가장 재기 넘치는 소설 속 인물조차 그저 자루 속의 뼈에 불과하다." 이 인용구가 실제 하디의 말은 아닐지언정, 함의는 얼추 적절하다. 왜냐하면 하디는 소설로 성공을 거두었으나 사람들의 커다란 비판을 받게 되자 소설 쓰기를 멈췄기 때문이다.

금고에서 꺼낸 마지막 책을 본 출판사는 마음을 빼앗겨 마이크에게 수백만 달러를 호가하는 여러 권짜리 차기작 계약을 제안하고자 했고, 이에 마이크는 달아나 버린다. 그는 자신의 증세를 누구에게도 설명할 수 없다. 『리시 이야기』 속 리시 랜던처럼 문제의 원인은 마이크가 배우자 없이 앞으로 삶을 살아 나가는 것을 두려워한다는 점이다. 다시 글을 쓰기 시작하면 조와 함께 했던 모든 것이 이대로 끝나버릴 것 같아서다.

마이크는 밤이면 메인주 서부에 있는 누난의 여름 별장 '웃는 사라'에 관한 꿈을 꾼다('웃는 사라'라는 별장 이름은 마이크가 전업 작가가 되기 위해 신문기자 일을 그만두고 별장을 구매하기 훨씬 전부터 현지 주민들이 그렇게 불렀다.). 마이크는 꿈을 꾸고서 대프니 듀 모리에의 소설 『레베카』*의 첫 문장 "지난밤 맨덜리로 다시 돌아가는 꿈을 꿨다."를 떠올린다. 마이크는 계속해서 별장 꿈을 꾸지만, 그곳에 가보겠다는 생각은 하지 않는다. 웃는 사라에 관한 마이크의 꿈은 마치 별장이 마이크를 향해 손짓하듯 시간이 지나면서 조금씩 달

라진다. 이와 동시에, 마이크는 『레베카』 속 기분 나쁜 가정부 댄버스 부인의 유령과 연관이 있는 것 같은 위험한 무언가가 그곳에서 그를 기다리고 있다는 느낌을 받는다. 『불면증』의 주인공이기도 한 랄프 로버츠의 조언을 따라 마이크는 휴가를 떠나기로 결심하는데, 다크 스코어 호수의 별장만큼 휴식을 취하기에 좋은 곳이 또 있으랴?

"제가 진짜 하고 싶었던 건, 『레베카』를 21세기 버전으로 만드는 것이었습니다. (…) 이야기가 진행되면서 레베카는 화자가 생각하는 그런 인물이 아니었다는 게 점차 드러나잖아요. 전 그걸 뒤집어보면 어떨까 싶었어요. 그러니까 마이크는 생각지도 못했던 일에 아내가 연루되어 있었다는 걸 발견하곤, 예전에 아내가 여기 왔으리라는 의심을 품고 이 장소에 왔다가 완전히 다른 이야기를 발견하게 되는 거죠."[268]

마이크가 TR-90이라고 불리는 비인가 마을에 도착했을 때, 그의 인생을 바꾸어 놓는 일들이 일어난다. 먼저, 마이크는 웃는 사라가 귀신의 집이고, 그 귀신은 죽은 아내라고 생각하게 된다. 그뿐만 아니라 마이크는 냉장고 자석 등의 방법으로 귀신에게서 메시지를 받기 시작하고, 아내의 행적에 관한 단서를 찾기 위해 별장을 뒤지던 중 기척을 느끼기도 한다.

인터뷰어들은 종종 직접 쓴 글 중에 킹조차 무서워하는 글이 있냐고 묻곤 한다. 대개는 없다고 답하지만, 『자루 속의 뼈』 중 일부 장면이 계속해서 떠오른다고 말하기도 했다. "마이크 누난이 지하실에 있는 뭔가를 찾으러 계단으로 내려갈 때, 등 뒤에서 문이 닫히고 벽 단열재에서 뭔가 쿵쿵거리기 시작하는 장면이에요. 그때 마이크는 '예, 아니요'로 답할 수 있는 귀신이 있다는 걸 깨닫죠. 그 귀신은 '예'일 때 벽을 한 번, '아니요'일 때 벽을 두 번 쳐서 답합니다. 저는 단열재가 붙어 있는 우리 집 계단을 떠올리며 이 장면을 썼어요. (…) 그래서 이제 그 계단을 내려갈 때마다 책 속의 그

---

* 대프니 듀 모리에(Daphne du Maurier)(1907~1989)는 '로맨틱 서스펜스의 황제'라는 별명을 지닌 영국의 소설가이자 극작가이다. 대표작 『레베카』, 『새』는 앨프리드 히치콕이 영화화하기도 했고, 특히 『레베카』는 뮤지컬로 각색된 것으로도 유명하다. 『레베카』에서 가정부 댄버스 부인은 주인공 남편의 죽은 전처인 레베카를 완벽한 여인으로 묘사하며 누구도 레베카의 자리를 대신할 수 없다면서 주인공을 자살하게끔 몰고 가는데, 극 후반부에서 사실 레베카는 문란하고 이중적인 사람이었음이 드러난다.

왼쪽 페이지: 처음으로 스크리브너에서 출간한 킹의 『자루 속의 뼈』. 이전 소설과 판연히 다른 책 표지가 눈에 띈다.

Bag of Bones--14

as long as five years. As she sprinted across the parking lot toward the accident, that weak vessel in her cerebral cortex had blown like a tire, drowning her control-centers in blood and killing her. Death had probably not been instantaneous, the assistant medical examiner told me, but it had still come swiftly enough...and she wouldn't have suffered. Just one big black nova, all sensation and thought gone even before she hit the pavement.

The autopsy revealed something else, as well, something which I believe was then revealed to me by oversight...certainly there was no need for me to know, at least in their view. At the time of her death in the Rite Aid parking lot, Jo had been six weeks pregnant.

The days leading up to the funeral and the funeral itself are dreamlike in my memory--the clearest memory I have is of eating Jo's chocolate "sundry" and crying...crying mostly, I think, because I knew how soon the taste of it would be gone. I had one other crying fit a few days after we buried her, and I will tell you about that one shortly.

매티에게 성적 매력을 느낍니다. 매티는 젊고, 예쁘고, 생기 발랄하며, 에너지 넘치죠. 마이크는 매티에게서 일종의 기쁨을 봅니다."[270] 게다가 매티는 심적으로 취약한 상태다. 매티의 남편은 기묘한 사고로 사망했고, 악독한 빌 게이츠 캐릭터 같은 매티의 시아버지는 그녀의 딸 카이라의 양육권을 빼앗으려 하고 있다. 꽤 많은 사람이 도로변에서의 사고를 목격한 바람에 이는 매티의 양육권 소송에 불리한 증언으로 작용한다. 마이크는 이제껏 모아둔 거금으로 매티의 소송을 돕기로 결심한다.

사랑에 빠진 마이크는 다시 생기를 얻는다. 심지어 글쓰기도 시작한다. 처음에 마이크는 집필 슬럼프가 해결된 비결은 컴퓨터를 멀리하고 구식 전자 IBM 타자기를 쓴 것이리라 생각했는데, 더 심오한 무언의 작용이 있었다. 마이크의 뮤즈로서 소설에 영감을 주는 지하실 소년들은 누군가를 대신해 어떤 메시지를 전하고자 새로운 소설 원고에 암호를 심는다. 그는 유령도 미칠 수 있는지, 한 인간의 영혼이 제정신이 아닌 채로 이승에 남을 수도 있는지 궁금해진다.

『레베카』와 토머스 하디, W. 서머싯 몸의 작품에 더해, 『자루 속의 뼈』에 강력한 영향을 미친 또 다른 문학작품은 허먼 멜빌의 단편 「필경사 바틀비」다. 이는 매티 드보어가 독서 모임에서 읽는 책으로, "하지 않는 편을 택하겠습니다." 라는 말로써 계속해서 사회의 요청을 거절하며 삶에서 멀어지는 한 남자의 이야기가 담겨 있다.

『자루 속의 뼈』도 비슷한 분위기로 마무리된다. 지난 몇 세대 동안 감춰졌던 복잡다단한 과거의 범죄가 밝혀진 뒤, 마이크 누난은 절필을 마음먹는다. "귀신에 대한 흥미를 잃었다. (…) 나는 필경사의 펜을 내려놓았다. 요즘 나는 무엇이건 하지 않는 편을 택한다." 수많은 독자는 이 구절을 두고 킹이 은퇴를 공식적으로 선언한 것이거나 아니면 적어도 노선을 바꾸기로 한 것이라고 해석했다. 이에 대해 킹이 직

장면이 즉각 떠오르면서 등 뒤의 문이 닫히거나 조명이 나가고 벽에서 뭔가 쿵쿵거리기 시작할까 봐 무서워져요."[269]

마이크는 이곳에서 사랑에 빠지게 되고, 좋은 일도 하게된다. 어느 날 점심을 먹으러 가던 중, 마이크는 68번 국도 도로변에서 작은 소녀를 칠 뻔한다. 조금 뒤, 혼비백산한 소녀의 어머니이자 싱글맘인 매티 드보어를 만나게 됐는데, 마이크는 매티를 보자마자 따로 하는 일 없이 트레일러에 사는 가난뱅이겠거니 치부한다. 하지만 그러한 첫인상은 삽시간에 뒤집히고, 자기 나이의 절반 정도밖에 되지 않는 매티에게 끌림을 느낀다. "이 남자는 4년 동안 슬럼프에 빠져 있었습니다. 그의 삶은 지난 4년간 비만 내렸죠. 매티는 4년 만에 처음으로 내리쬐는 햇살 같은 존재인 거예요. 마이크는

상단: 『자루 속의 뼈』 초고 첫 페이지. 조 누난이 사망한 날, 조의 손가방에서 임신 테스트기를 발견하는 장면을 삽입하라는 태비사의 제안이 적혀 있다.
오른쪽 페이지: 『톰 고든을 사랑한 소녀』에 중요 인물로 등장하는 레드삭스의 구원 투수 톰 고든.

접 입을 열었다. "『자루 속의 뼈』 작업을 막 시작했을 때, 달력을 몇 장 넘겨봤어요. 쉰 살이 코앞으로 다가와 있더군요. (…) 쉰 살은 위험한 나이입니다. 작가가 계속해서 좋은 글을 쓰려면 변화구를 던져야 하는 그런 때죠."[271] 실로 『자루 속의 뼈』는 킹에게 새로운 시작이라 할 만한 것이 되어 주었다. 이를 기점으로 킹의 작품이 비평적으로 인정받기 시작한 것이다.

『톰 고든을 사랑한 소녀』(1999)

킹은 야구를 좋아하는 어린 소녀가 숲에서 길을 잃어버린 뒤(킹은 "그레텔만 등장하는 헨젤과 그레텔"이라고 설명했다.), 가장 좋아하는 구원 투수인 톰 고든과 상상 속에서 대화하며 상황을 견뎌낸다는 내용의 원고를 써서 스크리브너를 깜짝 놀라게 했다.

"우리는 신을 별로 생각하지 않고 살아가는 것 같아요. 진짜로 곤란한 상황이 닥치기 전까지는 말이죠." 킹이 말했다. "그때가 되면 누군가 나타나서 곤경으로부터 구해주길 기도하죠. 야구 경기의 마무리 개념을 생각해 보다가 숲속에서 길 잃은 한 소녀에 관한 아이디어가 떠올랐습니다."[272]

킹은 압박감이 극도에 달한 상황을 능란하게 다루는 사람에 관한 글을 쓰고 싶었다. 보스턴 레드삭스의 팬으로 유명한 킹이 실존 인물을 소설 속에서 다뤄보겠다고 결심하게 된 건 어느 한 장면 때문이었다. "경기를 승리로 마무리한 날이면 톰이 하늘을 손가락으로 가리킨다는 사실이 눈에 들어왔습니다. 제가 보기에 '신의 은총 덕에 경기를 세이브할 수 있었습니다.'라고 말하는 것 같았죠. 마침 이번 소설에서 신에 관해 이야기하고 싶었기에, 톰 고든은 이 소녀를 위한 완벽한 우상처럼 보였습니다."[273]

킹은 『톰 고든을 사랑한 소녀』를 두고 계획에 없던 임신과 같다고 표현했다. 원래라면 단편소설로 끝낼 작정이었지만, 어쩌다 보니 훨씬 긴 소설이 탄생했기 때문이다. "소설이 길어지기 전까지는 실명을 가져다 쓰는 문제에 관해 생각해 본 적이 없었습니다. 하지만 소설이 길어지자 톰에게 직접 연락해 이름을 써도 괜찮을지 물어봐야겠다 싶었죠."[274]

소설은 1998년 6월, 톰 고든이 디비전 시리즈* 4차전에 이르기까지 끊기지 않고 연속 세이브를 기록해 메이저리그 신기록을 세웠던 때를 배경으로 한다. 레드삭스의 투수는 자기 이름이 소설에 등장하는 것에 대해 어떻게 생각했을까? "스티븐 킹 같은 분이 그렇게 해 주신 건 저와 제 가족에게 축복이나 다름없습니다. 가족들이 입이 닳도록 그 얘기를 한다니까요. (…) 누군가 장난친 게 아니라 스티븐 킹이

었다는 사실을 정말 감사하게 생각합니다."[275]

『톰 고든을 사랑한 소녀』는 1999년 4월 6일, 메이저리그 베이스볼 개막일에 출간됐다. 전자책도 동시 출간된 킹의 첫 번째 소설이었다. 지금은 쓸 수 없는 로켓 e북과 소프트북 리더로 읽을 수 있었다. 당시 킹은 이렇게 말했다. "로켓 e북은 책과 이야기를 전달하는 새롭고도 흥미로운 방식을 보여 줍니다. 거기에 제가 동참할 수 있어서 무척 신납니다."[276]

킹은 어느 기자에게 『톰 고든을 사랑한 소녀』가 고든에게도, 자신에게도 행운을 가져다주지는 못했다고 말했다.[277] 킹은 펜웨이 파크에서 시구를 한 적이 있는데, 그날 경기에서 고든이 투구 중에 부상을 입었다. 그로부터 2주 뒤, 킹은 미니밴에 치이는 사고를 당해 인생이 영원히 뒤바뀌고 만다.

『내 영혼의 아틀란티스』(1999)

킹이 스크리브너와 책 세 권을 출판하기로 계약했을 때, 가수 월플라워의 노래 제목을 본뜬 '원 헤드라이트'라는 단편집을 하나 낼 계획이었다. 하지만 뮤즈는 다른 길로 그를 이끌었다.

『자루 속의 뼈』 교정 단계에서 그는 「내 영혼의 아틀란티스」라는 중편소설을 썼다. 『사계』 같은 책에 싣기에 딱 알맞았지만, 그와 길이가 비슷한 소설을 써 둔 게 없었다. 그래서 킹은 하는 수 없이 「노란 코트를 입은 험악한 사나이들」이라는 중편소설 한 편과 단편소설 세 편을 합쳤다.

킹은 베트남 전쟁 기간에 대학생이었지만, 그 시기에 관

---

* 디비전 시리즈는 미국 메이저리그 베이스볼의 포스트시즌(혹은 플레이오프) 시리즈 중 하나다. 가장 상위 개념인 메이저리그는 아메리칸리그와 내셔널리그로 나뉘고, 각 리그는 또다시 동부, 서부, 중부 디비전으로 나뉘는데, 정규 시즌 성적을 바탕으로 각 디비전의 1위 팀 세 팀과 추가 한 팀까지 총 네 팀이 맞붙어 우열을 가리는 경기가 디비전 시리즈다. 이중 총 두 팀이 챔피언십 시리즈에 진출하고, 챔피언십 시리즈의 우승팀이 각 리그 우승팀이 된다. 그리고 각 리그 우승팀이 겨루는 결승전이 바로 월드 시리즈다.

한 견해를 소설에서 드러낸 적이 없었다. 스크리브너의 홍보물에서 킹은 "나는 세대에 관한 글을 쓴 게 아니다. 이는 그저 내가 즐기고자 쓴 글이며, 단지 대학교 신입생이던 시절에 목도한 광경을 빌려왔을 뿐이다. 이 글을 출판할 계획은 따로 없었으나, 내 아이들이 좋아할 것 같다는 생각이 들었다. 그렇게 이 주제를 다룰 나만의 방식을 찾을 수 있었다. 우리가 거의 손에 넣었던 것, 잃은 것, 그리고 끝내 도달한 곳에 관해 어떻게 써야 할지, 그리고 이를 어떻게 설교 없이 써낼 수 있을지가 눈앞에 보이기 시작했다."[279] 킹은 대학생 시절에 정치적으로 각성하게 됐다고 말하곤 하는데, 그런 점에서 주인공 피트 라일리는 킹의 복사판이라고 할 수 있다.

그런 다음, 킹은 유년기의 기억으로 돌아가 어린 시절을 보냈던 곳을 소설화해서 「노란 코트를 입은 험악한 사나이들」을 썼다. "바비가 사는 건물은 제가 바비 나이만 할 때 살던 곳이에요. 세부적인 지리도 똑같죠."[280] 이 중편소설 또한 「다크 타워 시리즈」와 연결고리를 지니는데, 「다크 타워 시리즈」의 마지막 편에 등장하는 테드 브로티건이 여기서도 등장한다.

스크리브너에 넘긴 원고에는 네 편의 소설이 들어 있었고, 그중에는 이전에 출간된 적 있는 「장님 윌리」를 수정한 소설도 있었다. "네 편의 소설은 얼마간 연결고리를 지니고 있어요. 베트남전과 관련한 경험을 중심으로 싹텄다는 점이 그렇죠. 전쟁 그 자체를 다루지는 않지만, 그 전쟁이 미국인의 사고방식과 행동 양식에 어떤 영향을 미쳤는지를 주로 살펴보는 이야기들입니다."[281] 막판에는 이 모든 소설을 한데 아우르는 다섯 번째 소설을 추가했다. 그렇게 해서 한 권의 소설책이라기보다 선집에 가까운 흥미로운 혼종적 책이 탄생하게 됐다. 『내 영혼의 아틀란티스』는 2001년, 메인대학교에서 신입생 교재로 선정되기도 했다.

왼쪽 페이지: 1990년대 후반, 사무실에서 일하며 장난치는 킹의 자연스러운 모습을 담은 사진들.

혁신가

수년간 킹은 전통적 출판 방식에서 벗어나는 다양한 실험을 해 왔다. 1993년에는 「클라이드 엄니의 마지막 사건」을 『악몽과 몽상』에 수록해 출판하기 몇 주 전에 인터넷에서 먼저 공개했다. 가정용 컴퓨터에 웹 브라우저가 필수로 보급되기 전이었고, 문서 형식도 표준화되기 전이었다. 요금 5달러를 지불한 사람은 FTP 서비스를 사용해 원격 컴퓨터에 로그인한 뒤 소설을 다운로드했는데, 화면에 문자를 표시해주는 프로그램도 함께 제공됐다.

1996년, 킹은 『그린 마일』을 6개월에 걸쳐 출간하면서 연재소설을 소생시켰다. 이후 몇몇 작가가 연재라는 형식으로 킹의 성공을 따라가 보려고 시도했으나, 그 발치에라도 미친 사람은 없었다.

킹은 사고 이후 집필한 「총알차 타기」를 통해 다시 한번 디지털 출간을 실험했다. 20년이 넘게 지난 오늘날에 이러한 시도가 당시 얼마나 혁신적이었는지를 제대로 가늠하기란 쉽지 않다. 킹이 2.5달러에 디지털 버전 판매를 시작했을 때, 그 실험이 어떻게 끝맺을지 온 출판계가 지켜보고 있었다. 기록에 따르면 첫날에만 40만 부 이상이 팔렸는데, 사람들이 몰려 시스템 속도가 저하되거나 다운되는 현상이 없었더라면 판매 부수는 더 많아졌을지도 모른다. 분석가들에 따르면 킹은 인쇄 잡지를 통해 1만 달러를 벌어들이는 동안, 다운로드로 50만 달러 가까이 벌었을 것으로 추정된다.

킹은 『더 플랜트』를 통해 대부분의 사람이 정직하다는 가설을 시험했다. 킹은 자율 결제 방식과 함께, 연재 형식의 소설 『더 플랜트』 여섯 편을 공식 웹사이트에 게재했다. 킹은 파일을 다운로드한 사람 중 상당수가 1달러를 기부하면 프로젝트를 이어가겠다고 했다. 킹이 이 실험을 "합법적 조폐"라고 불렀을 만큼 수입이 짭짤했지만, 회차를 거듭할수록 결제 비율이 감소하기 시작했다. 하지만 정확한 수치를 집계하기 전에 킹은 소설에 가망이 없음을 깨닫고 프로젝트에서 손을 뗐다. 알은체하는 사람들 사이에서 『더 플랜트』는 실패한 웹 출판 실험의 예로 거론되곤 하지만, 사실은 그저 실패한 소설에 불과했다.

단편소설과 연재소설부터 시작해 킹은 전자책의 세계로 나아갔다. 1999년에 출간된 『톰 고든을 사랑한 소녀』는 킹의 첫 번째 전자책이었다. 같은 해, 일반 키보드에 존재하지 않는 'F13'이라는 이름을 단 스크린세이버 번들이 출시됐다. 이 번들에는 스크린세이버 6개(일명 '스크림세이버'), 인터랙티브 미니 게임 여러 개, 상식 게임 하나, 중편소설 「모든 일은 결국 벌어진다」 전문("디지털 책갈피 증정!"), 등골이 서늘해지는 사운드 파일이 포함된 커스텀 데스크톱 이미지까지, 당시로서는 가히 혁신적이라 할 만한 것들이 들어 있었다.

킨들 북 리더에 영감을 받은 킹은 「우르」를 킨들 전용으로 출간했다. 『셀』 홍보를 위해 출판사는 사람들에게 문자 알림 서비스를 제공하고, 휴대전화 배경 화면과 벨소리를 판매했다. 또, 킹은 『해가 저문 이후』에 수록된 「N.」의 영상 만화 각

상단: 킹의 전자책 「우르」 출간 홍보차 킹을 위해 특별 제작된 분홍색 킨들을 들고 있는 킹의 모습. 오른쪽: 킹의 실패한 소설 『더 플랜트』의 디지털판과 관련된 그래픽.

색을 허용했고, 이 영상은 100만 회 이상의 조회 수를 기록했다. 출판사는 "스티븐 킹은 다시 한번 독자들이 새로운 방법으로 이야기를 즐기도록 꾀어냈다."[278]라고 말했다.

각색작들

1990년대에는 킹의 작품으로 제작할 수 있는 각색작의 다양한 스펙트럼이 활짝 펼쳐졌다. 「미저리」, 「쇼생크 탈출」, 「그린 마일」과 같이, 킹의 작품을 원작으로 한 영화 중 가장 유명하고 호평받은 작품들뿐만 아니라, 저평가된 수작 「돌로레스 클레이본」도 90년대에 제작됐다.

한편, 80년대 후반에 시작된 비디오 영화* 혁명으로 인해 「옥수수 밭의 아이들」, 「가끔 그들이 돌아온다」, 「맹글러」 같은 단편 각색작의 후속작들이 시장에 쏟아져 나왔다. 킹은 자신의 단편 「정원사(*The Lawnmower Man*)」와 제목만 같을 뿐, 내용상 아무런 연관도 없으면서 킹의 이름을 내세워 홍보한 영화 「론머 맨」을 고소해 자기 이름을 지워버릴 것을 요청하기도 했다.

하지만 저예산 영화 중 꽤 잘 만든 작품도 있었다. 킹의 오리지널 원고를 기반으로 한 믹 개리스 감독의 「슬립워커스」와 동명의 단편을 원본으로 한 흡혈귀 영화 「나이트 플라이어」가 그 예다.

* 비디오 영화는 영화관에서 상영되지 않고 곧바로 비디오용으로 제작되는 영화를 일컫는다. 80년대 후반 미국에서는 특히 슬래셔 영화가 비디오 영화로 많이 제작됐다.

1960년대 후반, 킹이 포토 부스에서 촬영한 사진.

무비 스타

1985년, 킹은 광고 한 편을 찍었다. 유령의 집에서 벨벳 재킷을 입고 한 손에 촛불을 든 킹이 등장하는 광고다. "절 아시나요?" 킹이 읊조린다. "저는 서스펜스 소설을 무시무시하게 많이 써냈죠. 그런데도 사람들이 절 못 알아보면 죽을 듯이 괴롭습니다. 그래서 전 제가 『캐리』 작가라고 말하고 다니는 대신, 아메리칸 익스프레스 카드를 들고 다녀요. 이 카드가 없는 삶은 무섭습니다."[282]

킹이 카메라 앞에 선 건 이번이 처음이 아니었다. 그는 조지 로메로 감독의 1981년 영화 「모터싸이클의 기사들」에서 처음으로 스크린 데뷔를 치렀다. 이 영화의 주연인 에드 해리스는 훗날 『욕망을 파는 집』과 『스탠드』 각색 영화에도 출연한다. 킹과 아내는 군중 속 야유꾼으로 등장했는데, 입에 긴 샌드위치를 쑤셔 넣는 모습 때문에 '샌드위치 맨'이라는 별명이 붙었다.

킹은 「크립쇼」의 다섯 가지 이야기 중 「조디 베릴의 쓸쓸한 죽음」에서 주인공을 맡았다. 여기에는 아버지가 자기 만화책을 죄다 갖다 버리는 소년 역으로 아주 어린 시절의 조 킹도 등장한다. (소년은 나중에 저주 인형으로 복수한다.)

그 이외의 영화 및 TV 프로그램 출연작에서 킹은 대부분 자기 소설을 원작으로 한 각색작에 유머러스한 카메오 역할로 주로 등장했다. 「맥시멈 오버드라이브」에서는 ATM에게 욕을 먹는 남자를 연기했다. 「샤이닝」 미니시리즈에서는 오케스트라 지휘자 게이지 크리드(『애완동물 공동묘지』에 등장하는 소년의 이름)로, 「시너」에서는 뱅고어 박사라는 이름의 약사로, 「로즈 레드」에서는 피자 배달부로 분했다. 「미스터 메르세데스」 시즌 3의 오프닝 크레딧에서 살인 피해자로 나온 장면이나, 「그것: 두 번째 이야기」에서 상점 주인으로 나온 장면은 관객에게 큰 인상을 남겼다.

킹이 카메오로 등장한 또 다른 킹 소설 각색작에는 「크립쇼 2」, 「더 스탠드」, 「슬립워커스」, 「센트리 스톰」, 「골든 이어스」, 「랭고리얼」*, 「스티븐 킹의 킹덤」, 「언더 더 돔」이 있다.

킹은 「선스 오브 아나키」의 에피소드에도 바크만이라는 이름의 '해결사' 역할로 출연했고, 스페인의 TV 드라마 「종이의 집」 마지막 시즌에서도 목소리로 카메오 출연했다. 「프레이저」의 한 에피소드에서는 통화 연결 청취자로, 「심슨」 에피소드에서는 애니메이션 캐릭터로, 「날 미치게 하는 남자」에서 스티븐 킹 본인 역으로, 달러 베이비 프로젝트를 통해 영화화된 「고담 카페에서의 점심식사」에서는 목소리 카메오로 등장했다. 또, 아들 조 힐의 그래픽 노블을 원작으로 한 「로크 앤 키」의 오디오 드라마화를 돕기도 했다.

킹은 「셀러브리티 제퍼디」에도 두 번 출연했다. 1995년에는 린 레드그레이브, 데이비드 듀코브니와 함께, 1998년에는 레지스 필빈, 로빈 퀴버스와 함께였다. 첫 출연 때 듀코브니와 나눈 대화에 영감을 얻어 「엑스파일」의 한 에피소드를 집필하기도 했다.

* TV 드라마 제목은 국내에 '랭골리어'가 아니라 '랭고리얼'로 소개됐다.

「크립쇼」의 「조디 베릴의 쓸쓸한 죽음」에 주인공으로 등장한 킹.

LAUREL SHOW, INC.   "CREEPSHOW"   Day/Date Tuesday, 10/27/81
(412) 325-2131   Day of Shooting 74
                                         Crew Call   8:00A

Producer: RICHARD RUBINSTEIN   CALL SHEET   Camera Roll   10:00A
Director: GEORGE ROMERO   Coffee etc. 7:30A for 65
First AD: JOHN HARRISON   First Meal 2:00P for 65

"We've got to keep a close watch on these damned bugs. They've never seen a
white woman before." —Goose

D/N - INT/EXT - SCENE - DESCRIPTION	SCENE NOS.	LOCATION
D/INT. METEOROLOGISTS OFFICE	358 –368,	LAUREL STUDIOS
Jordy discusses the meteor with	396 – 399	
meteorologist.	(page 9 of shot list)	
N/INT. LIVING ROOM - TV - STAGE III	516	
Reindeer Shot.		
D/INT. BANK LOAN OFFICE	379-385	
Jordy discusses his loan with	(Page 10 of shot list)	
loan officer.		

CAST	CHARACTER	REPORT	MAKE-UP	ON-SET
STEPHEN KING	JORDY	9:00A	9:00A	9:30A
BINGO O'MALLEY	METEOROLOGIST	8:45A	8:45A	9:30A
	BANK LOAN OFFICER			

SPECIAL EFFECTS

NONE TODAY

THURSDAY - 10/29/81
    FINAL STAGE
    JORDY'S SUICIDE

CREW CALL

Director	8:00A	Make-up	8:00A
ADs	7:30A	Wardrobe	8:00A
Script	8:00A	Props	8:00A
Camera	8:00A	SFX	Per Tom
Asst Cam	8:00A	Loc Mgr	7:30A
Sound	8:00A	Tran Mgr	Own Call
Grips	81sh	Drivers	Per Levy
Electric	8:00A	PAs	7:30A
Scenic	8:00A	Stills	9:30A

ADVANCE SCHEDULE

WEDNESDAY 10/28/81
N/INT. BATHROOM -   520-548 - Jordy spe
(Shot List Pg. 9)   to his dad & takes
D/INT. DOCTOR'S OFFICE 443-452 - Jordy d
(Shot List Pg. 10)   his fingers with th
                     doctor.

1990년대에도 킹의 작품을 바탕으로 몇몇 미니시리즈가 제작됐다. 그중에는 킹이 TV 방송용으로 각본을 집필한 「골든 이어스」와 「센트리 스톰」도 있었다. 킹은 『스탠드』와 『샤이닝』을 원작으로 한 미니시리즈의 제작에 직접 개입하기도 했다. 하지만 메인주에서 촬영했고 킹이 카메오로 출연하기도 한 「랭고리얼」과 더불어 「토미노커스」의 제작에는 비교적 관여가 적었다.

더 많은 각색작 목록은 부록 3을 참고하라.

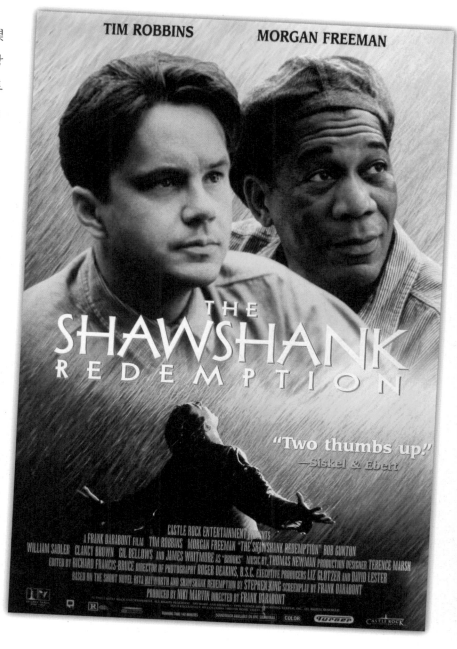

왼쪽 페이지(상단): 킹의 세트장 참석 일정이 적힌 「크립쇼」 촬영장의 콜 시트. 왼쪽 페이지(하단): 「샤이닝」 미니시리즈 속 밴드 지휘자 게이지 크리드로 카메오 출연한 킹. 상단: 프랭크 다라본트의 1994년 영화 「쇼생크 탈출」 포스터.

사고

1999년 6월, 『프롬 어 뷰익 8』의 초고를 완성한 뒤, 스티븐 킹은 1년 반 전에 착수했던 논픽션 『유혹하는 글쓰기』 작업으로 눈길을 돌렸다. 당시 5~6개월 정도 글을, 쓴 뒤에 앞으로 더 어떻게 쓸지, 계속 쓸지 확신이 서지 않았던 킹은 '이력서'라는 소제목의 섹션만 써 놓은 뒤 손을 뗐던 터였다.

1999년 6월 17일, 다시금 원고 일부를 읽어봤더니 꽤 마음에 들었던 킹은 책에서 다루고 싶은 글쓰기에 관한 질문을 죽 나열한 목록을 만들었다. 다음날, 그는 '글쓰기란 무엇인가' 섹션의 글을 네 쪽 정도 써냈다. 6월 19일에는 아들 오언을 공항에 데려다주기 위해 메인주의 시골길을 따라 천천히 먼 길을 운전했다. 그날 저녁 나머지 가족은 뉴햄프셔에 영화를 보러 갈 계획이었고, 아들을 데려다주고 돌아온 킹은 시간이 남아 낮잠을 자고 나서 오후면 으레 가던 6.5km 거리의 산책에 나섰다. "그중 5km는 숲을 구불구불 통과하는 흙길이고, 1.5km는 5번 국도였다. 베설과 프라이버그를 오가는 이 국도는 2차선의 아스팔트 고속도로였다."[283]

여느 때와 다름없이 킹은 산책 중에 책을 읽고 있었다. 그날 손에 든 것은 벤틀리 리틀의 『더 하우스』였다. 하지만 앞쪽 시야가 잘 확보되지 않는 짧고 가파른 언덕 구간에 진입했을 때, 킹은 오는 차가 없는지 살피기 위해 책을 내렸다. 킹은 이어서 일어난 일을 똑똑히 기억한다. "언덕을 4분의 3 정도 올랐을까, 브라이언 스미스가 자기 소유의 닷지 밴을 몰고 언덕의 꼭대기에 이르렀다. 차는 도로가 아니라 갓길을 지나 다리 위를 달렸다. 내 다리 말이다. 상황을 파악할 시간은 대략 4분의 3초 정도 주어졌던 것 같다."[284]

브라이언 스미스의 밴 뒷좌석에는 아이스박스가 있었는데, '불릿'이라는 이름의 로트와일러 개가 아이스박스 속 고기를 먹으려고 코를 들이대던 참이었다. 스미스는 개를 혼내주려고 뒤

를 돌아보는 바람에 길을 제대로 보지 않았다. 밴은 도로에서 벗어나 킹에게 곧바로 돌진했다. 킹은 부딪히기 직전에 본능적으로 살짝 몸을 돌린 덕에 목숨을 건질 수 있었다.[285]

킹의 안경이 스미스의 밴 앞좌석에서 발견되었다는 으싹한 사실은 충돌이 얼마나 매서웠는지 보여준다. 킹이 얼마나 다쳤는지 살피러 스미스가 돌아왔을 때, 킹은 자기 소설 속에서 수없이 묘사해 왔던 무척 친숙한 장면과 비슷한 경험을 하게 된다. "내가 직접 쓴 소설 속에서 튀어나온 등장인물 같은 사람에게 하마터면 죽을 뻔한 것이다. 웃겨도 이렇게 웃긴 일이 없었다."

킹은 심하게 다쳤다. 병원으로 이송 중에 폐허탈 증상이 나타나 흉관을 삽관해야만 했다. 한쪽 다리는 무릎 아랫부분이 심하게 으스러졌고, 이 뼈를 본 의사가 마치 "양말에 든 유리구슬" 같다고 말하기도 했다. 킹의 무릎은 중앙 부분에서 쪼개졌고, 엉덩관절도 두 군데가 부러졌다. 척추는 여덟 군데가 나가고, 갈비뼈는 네 대가 부러졌다. 쇄골 위쪽 피부는 확 벗겨졌고, 찢어진 두피는 20~30바늘이나 꿰맸다.

일주일 동안 다리에 핀과 철심을 박아 넣는 수술을 받은 뒤, 킹은 마침내 처음으로 침대를 벗어날 수 있었다. 하지만 이는 고행의 시작에 불과했다. 킹처럼 마약 중독 문제가 있었던 사람은 강력한 진통제를 다루는 것이 어려웠다. 당시 그는 마약을 끊은 지 10년도 넘은 때였다. "1부터 10까지 숫자 중, 현재 통증의 크기가 얼마나 되냐고 묻는 의사의 질문에 11이라고 답했더니 옥시콘이라는 획기적인 서방정 진통제를 처방해 주더군요. 그래서 전 진통제가 필요 없을 때까지 약을 먹었습니다. 전 약을 계속 먹었어요. 통증이란 건 주관적인 거니까요. 하지만 제 뇌의 중독자적 측면이 진통제를 더 먹기 위해 고통을 발명해 내기 시작했습니다. 전 약쟁이가 헤로인을 끊듯 진통제를 끊어야 했어

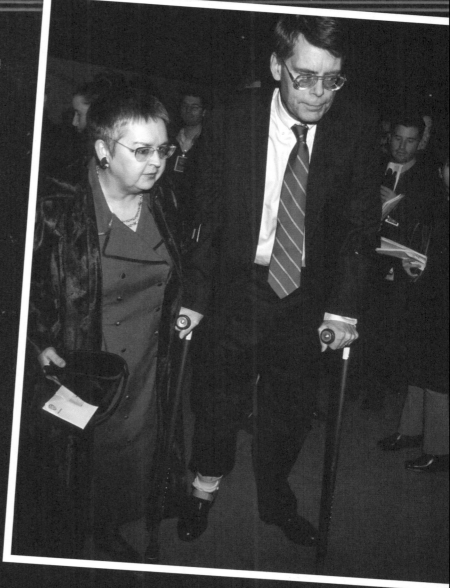

1999년 12월 8일, 뉴욕의 지그펠드 극장에서 열린 「그린 마일」 시사회에서 아내와 함께 사고 이후 처음으로 공식 석상에 등장한 킹.

요. 2주라는 시간이 걸렸죠. 그 2주 동안 발에 경련이 일어서 잠을 잘 수가 없었습니다. 그래서 '약을 끊는다' 고들 말하나 봐요. 발이 끊어질 것 같았거든요. 정말 끔찍했죠."[286]

사고 2주 뒤, 킹은 처음으로 휠체어에 탄 채로 일어섰다. 그로부터 일주일 뒤, 킹은 퇴원해 집으로 돌아왔으며, 으스러진 다리를 다시금 움직이고 힘을 붙이기 위해 매일 재활 훈련을 했다. 그해 8월에는 허벅지 위쪽에 불뚝 비어나온 핀을 제거하는 수술을 받았다.

킹의 사고 소식은 삽시간에 퍼져나갔다. 안타까워하는 반응이 대부분이었지만, 킹은 심야 토크쇼 호스트들의 목표물이 되어 유명세를 치러야 했다. 이들은 킹이 입원해 있는 동안 또 얼마나 많은 책을 썼을지 모를 일이라며 농을 쳤지만, 킹에게는 웃기지도 않은 말이었다. 킹은 앞으로 평생 안고 가야 할 만성 통증이 내면의 창조적 충동을 깡그리 말려버리는 건 아닐까 싶어 걱정이 이만저만이 아니었다. "하지만 아마 마취에서 깨어난 지 3일쯤 되었을 때, 생각하고 자시고 할 것도 없이 사고에 관한 글을 써냈어요. 꽤 완성도 높은 글이었죠. 누가 시켜서 쓴 글이 아니었습니다. 단지 제가 기억하는 내용을 종이에 옮기고 싶은 것 뿐이었죠. 그래서 펜을 쥘 수 있게 되자마자 곧바로 글을 썼습니다."[287] 이때 옮겨둔 글 덕분에 킹은 「스티븐 킹의 킹덤」 에피소드에서 사고를 낸 밴과 약물로 정신이 온전치 않은 운전자, 그리고 로트와일러를 등장시키며 그날 있었던 사고를 끔찍하고도 상세하게 재창조해 낼 수 있었다.

글을 쓰지 않을 이유는 차고 넘쳤다. 킹은 보행기에 묶인 몸이었고, 길게 서 있는 것조차 어려웠다. 하지만 글을 다시 쓰고 싶다고 마음먹었을 때, 아내 태비사는 이내 그 결정을 지지하며 오후를 할애해 "작은 둥지"라고 부르는 임시 사무실을 마련해 주었다. 『유혹하는 글쓰기』에서 킹은 이렇게 썼다. "메인주의 올드타운 출신 태비사 스프루스는 내가 언제 과로하는지도 잘 알지만, 때론 일이 나를 구제해 주기도 한다는 사실도 잘 알고 있다."[288]

글쓰기는 킹의 인생에서 언제나 뺄 수 없는 요소였고, 개인

적으로 큰 어려움을 겪었던 이 시기에는 특히 고통을 잊게 해준 최고의 치유제였다. "하루에 45분 동안 펜을 끄적이기도 무척 어려웠지만, 다시 일하는 것은 무척 중요했습니다. 어떻게든 첫 삽을 뜨긴 떠야 했으니까요. 스스로 '이게 내가 하는 일이다.'라고 되뇌어야 해요. 일을 계속하든가, 아니면 그만두든가 둘 중 하나죠. '이걸 해낼 수 있으면 걷는 것도 해낼지도 몰라. 걸을 수 있으면 사회생활도 다시 할 수 있을지도 모르지.'라고 생각했습니다. 그 모든 것을 시작하기에 일이 가장 합리적인 출발점 같아 보였죠."[289]

킹의 커리어를 '사고 전'과 '사고 후'(킹과 아내는 사고 후의 삶을 "보너스 라운드"[290]라고 표현했다.)로 나누려는 시도는 진부하기 짝이 없겠으나, 그 사고는 실로 이후 킹의 수많은 작품에 흔적을 남겼다. 그는 『유혹하는 글쓰기』 작업으로 다시 돌아와 사고에 관해 자세히 써냈다. 이제 그 사고는 킹을 설명하는 한 부분이자 이력서의 한 줄로 남게 됐다.

2001년에 『다크 타워 시리즈』 작업을 재개하면서 그 사고는 줄거리의 중심 서사로 자리 잡았다. 킹이 살아남았다는 사실 그리고 필생의 역작을 완결짓지도 못한 채 하마터면 정말 죽을 뻔했다는 사실은 그에게 일종의 '암흑의 탑'이 되어 그 모든 것의 중심에 놓였다. 『듀마 키』에서도 끔찍한 사고를 겪은 뒤 회복하는 인물이 등장한다.

진정한 예술은 불행과 고통에서 비롯된다고들 한다. 킹도 그러한 경우인지는 모를 일이지만, 킹의 뮤즈는 확실히 1999년에 그가 견뎌내야 했던 아픔, 그 이후로도 계속 그를 따라다닌 고통에 영향을 받은 듯했다.

왼쪽 페이지: 2000년 1월, 밴에 치이는 사고를 당한 뒤 거의 6개월 후 뉴욕에서 찍은 킹의 모습. 위쪽: 킹의 변호사는 1999년 6월에 킹을 쳤던 1985년식 블루 색상의 닷지 캐러밴을 사들였다.

사고 그 후
(2000년대)

사고가 킹의 인생에 개인적으로든 직업적으로든 지대한 영향을 미쳤다는 사실에는 의문의 여지가 없다. 킹은 끔찍한 부상을 딛고 회복했지만 계속해서 후유증에 시달려야만 했고, 그로 인해 목숨이 위태롭기도 했다.

킹의 책과 소설에 신체적으로 끔찍한 상처를 입는 인물이 자주 보이기 시작했고, 어느 소설에서 '초록색 악귀'라고 부르기도 한 고통에 관한 글이 심심찮게 등장했다는 사실은 2000년대와 그 이후에까지 킹이 어떤 괴로움에 시달렸는지 잘 보여준다.

하지만 킹이 스크리브너에서 출간한 책들은 초기작보다 비평적으로 훨씬 좋은 평가를 받았고, 문단에서도 킹의 작품을 재평가하고 나섰다. 특히 킹의 개인적인 이야기가 진하게 담긴 책 한 권은 평소에 킹의 소설을 읽지 않는 사람들조차 극찬을 보내기도 한다. 바로 글 쓰는 방법에 관한 책이다.

『유혹하는 글쓰기』(2000)

킹은 1997년 말에 『유혹하는 글쓰기』를 쓰기 시작했다. 당시 '소설에 관하여'라는 가제를 달고 있던 이 글은 몇 달 뒤, 갈 길을 잃어 사장되는 듯했다. 하지만 몇 년 후, 1999년 중반에 그는 그해 여름을 쏟아부어 "망할 놈의 글쓰기 책"[291]을 마무리하기로 결심했다. 사고로 인해 그 계획이 틀어졌지만, 7월 말 즈음해서 다시 글을 써야겠다는 생각이 들었고, 그렇게 『유혹하는 글쓰기』가 사고 후 첫 프로젝트로 발탁됐다.

킹은 록 바텀 리메인더스 투어 중에 에이미 탄과 나눈 대화에 영감을 받아 이 책을 쓰게 됐다. 독자와 만나는 자리에서 받아본 적 없는 질문이 무엇이냐는 킹의 물음에 탄은 "아무도 문장에 관해 묻지 않았어요."라고 답했다. '본격' 작가에게나 할까, "변변찮게라도 나름의 방식대로 문장을 다듬고, 종이에 이야기를 풀어내는 기술과 기교에 관해 고심하는"[292] 대중 소설가에게는 그런 질문을 하는 법이 없었다.

킹은 이 책을 통해 어느 때보다도 많이 자기 삶에 관해 이야기했다. 술, 약물 중독이 어떻게 시작되고 발전했는지, 결국 문제를 어떻게 직면하게 됐는지 등, 중독과 씨름한 나날들을 다뤘다. 또, 자신이 쓴 책들의 장단점을 툭 터놓고 밝히기도 했다.

2002년 9월 28일, 뉴요커 페스티벌에 참석한 킹과 에이미 탄. 탄과 나누었던 문장에 관한 대화는 『유혹하는 글쓰기』의 영감이 되었다.

글쓰기 관련 섹션에서 킹은 작가의 연장통과 금기 사항에 관해 얘기한다. 그는 작가가 되고 싶어 하는 이들에게 독서의 중요성을 강조하고, 글을 쓰는 동안 문을 닫아둘 수 있는 공간을 마련할 것을 추천한다. 또, 예시를 들어가며 잘 쓴 문장과 못 쓴 문장을 비교해 보기도 하는데 그 예시는 자기 문장일 때도 있지만, 엘모어 레너드나 존 카첸바흐의 문장일 때도 있다. 그는 자료 조사하는 방법도 소개한다. 그에게 자료 조사란 전부 배경 이야기에 관한 것이다. "내게 필요한 것은 그럴싸한 느낌일 뿐이다. 맛있는 스파게티 소스를 더욱 맛깔나게 만들기 위해 향신료 한 줌을 추가하는 것과도 같다."[293]

책이 막바지에 다다를 무렵, 사고 이야기가 조명된다. 킹은 책 내내 아내 태비사에게 고마운 마음을 내비치는데, 이 챕터에서는 더욱 그러하다. 태비사는 킹의 "이상적인 독자"로, 킹이 자신의 모든 책을 헌정하는 대상이자 글쓰기를 통해 웃고 울게 만들고 싶은 대상이다. 두 사람이 연애하던 초기부터, 그러니까 태비사가 시 창작 수업에서 직접 쓴 시를 읊을 때 킹이 태비사의 발치에 앉아 그녀의 종아리에 손을 올린 채 낭송을 듣던 감동적인 그 순간부터, 킹의 중독 문제를 해결하기 위해 중재 집단을 꾸리고 그가 사고에서 회복할 수 있도록 지지하고 힘을 북돋워 줄 때에 이르기까지, 태비사를 향한 킹의 사랑과 존경은 내내 빛이 난다.

책의 끝부분에서 킹은 지난 몇 년간 읽은 책 중 가장 좋았던 소설 100여 권을 나열해 소개하며 글을 끝마친다. "이 중 상당수는 글을 쓰는 새로운 방식을 보여줄 것이다. 설령 그렇지 못하더라도 최소한 재미는 있을 것이다."[294]

『드림캐처』(2001)

사고 이후 가장 먼저 출간한 소설은 「총알차 타기(Riding the Bullet)」(전자책)이다. 킹을 친 밴 운전자인 브라이언 스미스가 키우던 로트와일러의 이름 '불릿'을 소설에 등장하는 롤러코스터의 이름으로 쓴 것은 우연이 아닐 테다.

사고 후 집필한 첫 소설이자 3년 만의 첫 장편소설은 『드림캐처』로, 1999년 11월부터 2000년 5월 사이에 초고를 전부 자필로 써냈다. 15x9인치 크기의 하드커버 레저 공책 두 권에다가 워터맨 만년필로 글을 썼다. 스크리브너 출판사는 공책의 첫 장을 팩스 복사본으로 제작해 홍보 자료로 썼다.

킹 소설의 대부분이 그러하듯, 『드림캐처』 또한 한 가지 이미지가 발단이었다. "밤에 잠들기 전, 침대에 누워 한 남성을 생각했어요. 간혹 상처를 입었을 때 가곤 하는 사격대처럼 생긴 나무의 사냥용 스탠드에 있는 모습이었죠. 또 다른 남자의 모습도 떠올랐습니다. 눈이 오기 시작하고, 사냥철을 맞아 사슴을 사냥하러 나선 사람이었죠. 무언가 다가오는데 남자는 사슴이라고 생각했지만 사실은 사람이 오고 있는 상황입니다. (…) 그게 전부였어요. 그 이외에는 아무것도 떠오르지 않았고요. 그렇게 별다른 기대 없이 그저 고통을 잊을 수 있다면야 하는 심정으로 펜을 쥐고 손으로 글을 쓰기 시작했습니다. 그랬는데 이렇게 천 쪽에 가까운 크고 두꺼운 책이 탄생해 버렸답니다. 이 모든 것이 단 하나의 상황에서 비롯된 겁니다."[295]

소설 속 네 명의 주인공 중 한 명인 존시는 차에 치이는 사고를 당한 뒤 간신히 회복해 매년 친구들과 함께하는 캠핑 여행차 메인주 서부로 향했다. "전과 후"라는 감각은 존시를 둘러싼 현실의 일부다. 킹은 마치 자신에 관해 말하듯 "이제는 차에 들이받혀 길거리에 나자빠지기 전의 존시와 매사추세츠 종합병원에서 깨어난 나이 들고 약해진 존시라는 두 명의 존시가 존재하게 된 것 같았다."[296]라고 서술한다. 존시는 사고가 나기 전 자신을 "완전한 존시"라고 생각한다. 『드림캐처』 집필 당시 킹의 상태를 반영하듯, 존시는 영원한 통증과 고통에 시달리는 존재다.

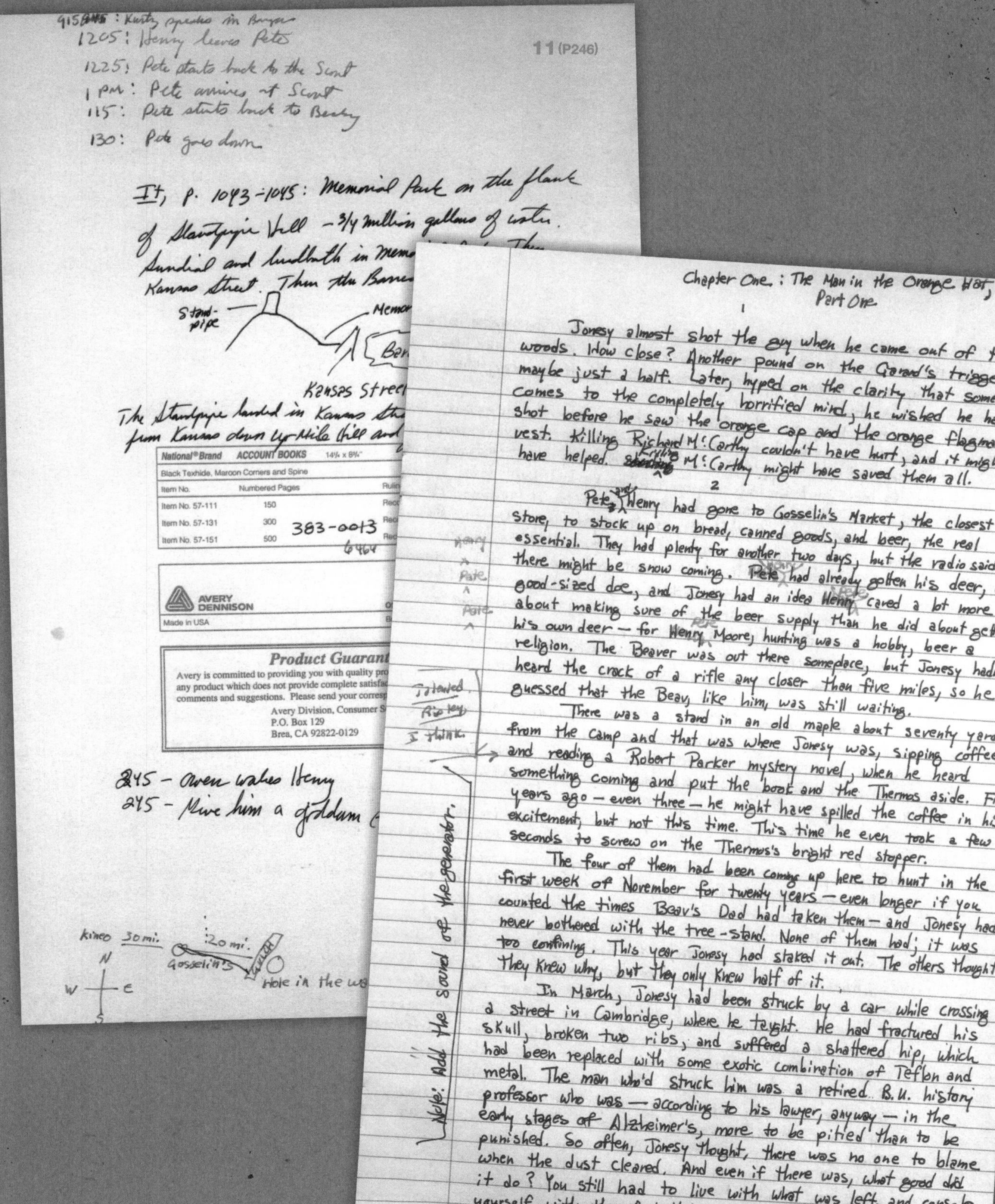

915 ~~AM~~: Kirsty speaks in Bryan
1205: Henry leaves Pete
1225: Pete starts back to the Scout
1 PM: Pete arrives at Scout
115: Pete starts back to Becky
130: Pete goes down

11 (P246)

It, p. 1043-1045: Memorial Park on the flank of Standpipe Hill — 3/4 million gallons of water. Sundial and birdbath in Memo... Then Kansas Street. Then the Barren...

Stand-pipe
Memo...
Bar...
Kansas Street

The Standpipe landed in Kansas Str... from Kansas down Up-Mile Hill and ...

National® Brand ACCOUNT BOOKS 14¼ x 8¾"
Black Texhide, Maroon Corners and Spine

Item No.	Numbered Pages
Item No. 57-111	150
Item No. 57-131	300
Item No. 57-151	500

383-0013
6464

AVERY DENNISON
Made in USA

Product Guarant...
Avery is committed to providing you with quality pro... any product which does not provide complete satisfac... comments and suggestions. Please send your corresp...
Avery Division, Consumer S...
P.O. Box 129
Brea, CA 92822-0129

245 - Owen wakes Henry
245 - Give him a goddam ...

Kineo 30 mi.
20 mi.
N
W — E
S
Gosselin's
Hole in the wa...

Chapter One: The Man in the Orange Hat, Part One

1

1

Jonesy almost shot the guy when he came out of the woods. How close? Another pound on the Garand's trigger, maybe just a half. Later, hyped on the clarity that sometimes comes to the completely horrified mind, he wished he had shot before he saw the orange cap and the orange flagman's vest. Killing Richard McCarthy couldn't have hurt, and it might have helped. ~~Shooting~~ Killing McCarthy might have saved them all.

2

Pete and Henry had gone to Gosselin's Market, the closest store, to stock up on bread, canned goods, and beer, the real essential. They had plenty for another two days, but the radio said there might be snow coming. ~~Pete~~ Henry had already gotten his deer, a good-sized doe, and Jonesy had an idea ~~Henry~~ Pete cared a lot more about making sure of the beer supply than he did about getting his own deer — for ~~Henry~~ Pete Moore, hunting was a hobby, beer a religion. The Beaver was out there someplace, but Jonesy hadn't heard the crack of a rifle any closer than five miles, so he guessed that the Beav, like him, was still waiting.

Henry ^ Pete ^ Pete ^

Toland, Ripley I think.

There was a stand in an old maple about seventy yards from the camp and that was where Jonesy was, sipping coffee and reading a Robert Parker mystery novel, when he heard something coming and put the book and the Thermos aside. Five years ago — even three — he might have spilled the coffee in his excitement, but not this time. This time he even took a few seconds to screw on the Thermos's bright red stopper.

The four of them had been coming up here to hunt in the first week of November for twenty years — even longer if you counted the times Beav's Dad had taken them — and Jonesy had never bothered with the tree-stand. None of them had; it was too confining. This year Jonesy had staked it out. The others thought they knew why, but they only knew half of it.

In March, Jonesy had been struck by a car while crossing a street in Cambridge, where he taught. He had fractured his skull, broken two ribs, and suffered a shattered hip, which had been replaced with some exotic combination of Teflon and metal. The man who'd struck him was a retired B.U. history professor who was — according to his lawyer, anyway — in the early stages of Alzheimer's, more to be pitied than to be punished. So often, Jonesy thought, there was no one to blame when the dust cleared. And even if there was, what good did it do? You still had to live with what was left, and console yourself with the fact that, as people told him every day (until they forgot the whole thing, that was), it could have been worse.

And it was true. His head was hard, and the crack in it healed. He had no memory of the hour leading up to his accident in Harvard Square, but the rest of his mental

Note: Add the sound of the generator.

킹은 『드림캐처』 말미에 '작가의 말'을 실으며 이렇게 말했다. "나는 6개월 반 동안 몸이 크게 아팠지만, 이 책 덕에 고통을 잊을 수 있었다. 독자는 그러한 고통이 나를 따라 소설 속으로 들어갔음을 보게 되겠지만, 내게 가장 기억에 남는 건 생생한 꿈에서 만나는 숭고한 해방감이다. (…) 이렇게 긴 책의 초고를 손으로 직접 쓰는 경험 덕에 오랫동안 잊고 지냈던 언어를 접할 수 있었다. 어느 날 밤은 전기가 나가서 촛불에 기대어 글을 쓰기도 했다. 21세기에 그런 기회는 흔치 않기에 소중히 음미해야 한다."[297]

『드림캐처』의 가제는 '암'이었는데, 태비사는 그 제목을 입에 올리기를 한사코 거부했다. "태비사는 그 제목이 추한 데다가 불운과 골칫거리를 불러온다고 생각했다. 결국에는 나도 그 생각에 동의해 제목을 바꾸게 됐고, 태비사도 더는 '그 책', 혹은 '족제비 똥 소설'이라고 부르지 않아도 됐다."[298]

이 책은 킹에게 문화적 터부를 다뤄볼 기회가 되기도 했다. 그는 《타임》과의 인터뷰에서 이렇게 말했다. "전 배설 능력과 관련해 끔찍한 일이 일어나는 소설을 읽어본 적이 없어요. 그래서 제가 그런 글을 써보고 싶었죠. 우리는 살아가며 듣게 되는 끔찍한 소식 상당수를 화장실에서 접하게 된다는 생각이 들었거든요. 혹을 발견하거나 변기에 피가 비친다거나 하는 일 외에도 화장실에서 거울을 보다가 갑자기 '망할, 머리가 벗겨지고 있잖아!'라는 생각이 들 때도 마찬가지죠. 이런 모든 일은 화장실에서 벌어져요. 사람들을 진짜로 겁먹게 하는 데에는 무방비 상태로 만드는 게 절반입니다. 화장실에서 바지를 내리고 있을 때만큼 사람이 무방비 상태가 되는 곳은 또 없죠."[299]

『드림캐처』에서 삼천 단어를 발췌한 글이 《타임》의 웹사이트에 게재됐는데, 킹이 직접 책에 관해 소개하는 특별 온라인 영상과 함께 우승자에게 친필 사인본을 증정하는 퀴즈 대회도 열렸다. 킹이 자신 또는 출판사 웹사이트 이외의 다른 웹사이트에 작품 게재를 처음으로 허락한 사례였다.

또 다른 최초의 사례도 있다. 킹은 양장본보다 5.5달러나 더 싼 값에 디지털판을 출간했다. 디지털판을 출간한 회사는 이미 이전에 사이먼 앤드 슈스터 출판사와 손잡고 「총알차 타기」 전자책을 낸 적 있는 곳이었다.

몇 년 뒤, 킹은 『드림캐처』가 썩 내키지 않는다고 인정했다. "그 소설을 쓸 때는 옥시콘에 거나하게 취해 있을 때였어요. 약물이 작품에 어떤 영향을 미치는지는 『드림캐처』를 보면 알 수 있죠."[300]

『모든 일은 결국 벌어진다』(2002)

『악몽과 몽상』에서 약속했듯, 『모든 일은 결국 벌어진다』에는 1994년부터 2001년 사이, 『악몽과 몽상』 이후에 집필한 소설들만 실렸다. 그중 일부는 『여섯 가지 이야기』 수록작이고, 세 작품은 「피와 연기」 오디오북에서 가져왔다.

모음집에 소설 열세 편을 어떤 순서로 실어야 할지, 단순히 연대순으로 실어야 할지 고민하는 찰나에 흥미로운 생각이 떠올랐다. 그는 출판사의 출간 도서 목록상 번호를 각 소설에 부여한 뒤 순서대로 나열했다. 이후 카드 한 벌에서 스페이드 카드를 솎아내어 조커와 함께 섞은 뒤, 카드를 배분해 그 순서에 따라 소설을 수록했다. "문학 소설과 작정한 공포 소설이 적절히 섞여 무척 균형 잡힌 순서가 완성됐다."[301]

서문에서 킹은 (『모든 일은 결국 벌어진다』에 수록된) 「총알차 타기」를 전자책으로 출판해 엄청난 성공을 거둔 경험과 사람들의 반응에 관해 상세히 얘기한다. 킹이 가장 진절머리 나 했던 점은 사람들 대부분이 소설 내용을 두고 이야기하기보다 출간 방식과 판매 부수에 관해 떠들었다는 것이다. "단순히 대안적인 경로로 시장에 책을 내놨다는 이유로, 대형 잡지에 책이 소개되는 것조차 이상하게 타락한 것처럼 비춰졌다. 그것보다 더 끔찍한 일은, 독자들 역시 그 속에 어떤 내용이 들어 있는지보다 전자책이라는 신기한 발명품에 훨씬 더 관심이 많았을지 모른다는 사실이다. 「총알차 타기」를 다운로드 한 독자들 중, 실제로 「총알차 타기」를 읽은 사람이 얼마나 되는지 알고 싶으냐고? 아니, 사양하겠다. 어쩌면 그 수치 때문에 더 심한 좌절감에 빠질 수도 있을 테니까."[302]

『프롬 어 뷰익 8』(2002)

1999년 초, 플로리다주에서 메인주로 자동차 여행을 하던 킹은 펜실베이니아주의 한 주유소를 들른다. 주유소 뒤편에서 다리 스트레칭을 하던 킹은 미끄러져 비탈 아래로 굴러 떨어졌고, 조금만 더 떨어졌더라면 아래쪽의 불어난 개울에 빠질 뻔했다. 이 사건으로 그는 누군가 골짜기에 빠졌을 때, 그 사람이 실종됐다는 사실을 누군가 알아채고 그 사람 혹은 그의 시체를 발견하기까지 얼마나 오래 걸릴지 궁금해졌다. 『프롬 어 뷰익 8』의 후기에는 이런 문장이 있다. "이 작은 사건은 아침 10시에 발생했다. 오후 무렵 뉴욕에 도착했을 때, 여러분이 방금 다 읽어낸 이야기의 얼개가 얼추 머릿속에 잡혀 있었다."[303]

그로부터 두 달 뒤인 6월 중순, 킹은 그 사건에 영감을 받은 『프롬 어 뷰익 8』의 초고를 완성했다. 킹은 주로 사전에 자료를 조사하기보다 초고를 완성한 뒤 조사가 필요한 부분을 골라내는 스타일이다. "책을 쓸 때 제 철칙은 괜히 사실관계를 들추어 혼란을 야기하지 않는 것입니다."[304] 이 소설의 경우, 펜실베이니아주로 돌아가 주 경찰관들을 만나보고 그들의 일과를 자세하게 알아볼 필요가 있었다. 하지만 조사를 떠날 기회는 14개월 후에야 찾아왔다. 초고를 끝마친 지 일주일쯤 지났을까, 킹이 밴에 치여 죽을 뻔했기 때문이다.

『프롬 어 뷰익 8』의 초장에서 주 경찰관 커티스 윌콕스는 옆좌석 바닥에 놓아둔 아이스박스에서 맥주를 꺼내려고 몸을 숙인 음주 운전자의 차에 치여 사망한다. 3년 뒤, 책이 출간됐을 때 이 장면은 킹 본인의 경험에서 비롯된 것처럼 보였다. 하지만 이는 삶이 예술을 모방한 경우로, 킹은 사고가 나기 몇 달 전에 이미 그 장면을 써둔 상태였다. "기분 나쁜 자동차 사고 이야기로 가득한 책을 직접 사고당하기 직전에 썼다는 우연은 그냥 넘기기 어려웠지만, 더는 의미를 부여하지 않으려고 애썼다. (…) 내게 일어난 일을 담아낸다는 심정으로 소설 내용을 하나도 바꾸지 않았다. 쓰고자 한 글 대부분은 초고 완성본에 담겨 있었다. 상상력은 강력한 도구다."[305]

그렇다고 해서 아무것도 손대지 않은 건 아니다. "책의 초고는 완성됐지만, 제 눈에 차지 않았습니다. 사고 이후 새로운 시각으로 글을 들여다볼 수 있게 됐거든요. 전 모든 내용을 키보드로 타이핑했고, 그렇게 완전히 다른 책이 탄생했습니다." 킹이 사고를 당한 지 얼마 되지 않은 시점에 『프롬 어 뷰익 8』을 출간하는 것은 어쩐지 옳지 않아 보였기에 출간은 미뤄졌다.[306]

2003년 3월 말, 스크리브너는 홍보용 CD를 배포했다. 킹이 책의 첫 챕터를 읽어주는 오디오 파일이었는데, 사고 전에 녹음한 것이었다. 이 녹음본은 킹이 해당 지역색과 경찰 수사 절차에 관한 배경 조사를 하기 전에 쓴 초안을 바탕으로 했다. 낭독 오디오 도입부에서 킹은 소도시의 경찰 서장 마리오 발지크가 등장하는 K. C. 콘스탄틴의 경찰 소설*을 읽고 『프롬 어 뷰익 8』의 배경 설정에 대한 영감을 얻었다고 밝힌다.

---

* K. C. 콘스탄틴(K. C. Constantine)(1934~2023)은 미국의 추리 작가로, 총 열여덟 권의 책을 썼으며 그중 열여섯 권이 마리오 발지크 시리즈다. 1989년에는 발지크 시리즈 중 하나인 『조이의 사건』이 에드거상 장편소설 부문에 후보로 올랐고, 시리즈의 마지막 소설은 콘스탄틴 사후 2024년 4월에 출간됐다.

『프롬 어 뷰익 8』은 스크리브너와 출간하기로 계약한 마지막 책이었다. 앞으로 출간될 「다크 타워 시리즈」가 세 권 더 대기 중이긴 했지만, 킹은 《로스앤젤레스 타임스》와의 인터뷰에서 "이제 그만할래요."라며 은퇴의 뜻을 내비쳤다. "책 쓰는 건 그만할래요. (…) 방의 끄트머리에 다다랐어요. 이제 할 수 있는 거라곤 전에 가봤던 곳으로 다시 돌아가는 것뿐입니다. 그러니까 썼던 걸 재활용할 수밖에 없다는 거예요. (…) 제가 하고 싶은 얘기는 이미 다 들려줬습니다. 새롭고, 신선하고, 흥미로운 것들 말이에요. 이젠 선택해야 할 때입니다. 이대로 계속하거나, 아니면 아직 제구력이 좋을 때 떠나거나 둘 중 하나죠. 제가 공을 쥐고 있을 때 뜨는 거예요. 공에 휘둘릴 때가 아니라."[307]

하지만 이후 인터뷰에서는 그 단호함이 사뭇 달랐는데, 《타임》이 은퇴에 관해 툭 터놓고 질문하자 킹이 답했다. "이런 말을 하면 무척 흥미로운 반응을 보일 것 같군요. 전 언론과 사람들이 제 뜻을 고의적으로 오도했다고 생각합니다.

저는 글쓰기를 그만둘 수 없어요. 하지만 출판을 그만두는 건 상상해 볼 수 있죠. (…) 만약 출판할 가치가 있는 글을 썼다 싶으면 출판할 겁니다. 하지만 여태 그랬듯 매년 책을 내던 시절은 이제 저물지 않았나 싶어요."[308]

『페이스풀』(2004)

킹과 동료 작가 스튜어트 오넌(Stewart O'Nan)이 합심해 스프링 캠프부터 포스트시즌에 이르기까지 레드삭스의 2004년 야구 시즌에 관한 글을 쓰기로 했을 때, 그 책은 공포 이야기가 될 수도 있었다. 레드삭스는 오랫동안 '저주받은' 팀으로 여겨지곤 했는데, 우승에 닿을 듯 말 듯하면서 막상 1918년 이후로 단 한 번도 월드 시리즈 우승을 거머쥔 적이 없었기 때문이었다. 실망 가득했던 지난 시즌을 뒤로한 채, 레드삭스를 향한 기대감은 한껏 고조되었는데, 좋은 결과가 있으리라는 보장은 어디에도 없었다.

2003년 말, 오넌의 대리인은 그에게 레드삭스에 관한 책

상단: 뷰익 8의 운전대를 잡고 있는 킹의 모습을 촬영한 홍보용 사진. 2002년 에이미 깁 촬영. 오른쪽 페이지: 스크리브너판 『프롬 어 뷰익 8』 표지. 소설은 펜실베이니아 주립 경찰관이 음주 운전자의 차에 치이는 장면으로 시작한다. 소름 끼치게 앞을 내다본 듯한 이 장면을 집필하고 두 달도 채 되지 않아 킹에게 같은 일이 생긴다.

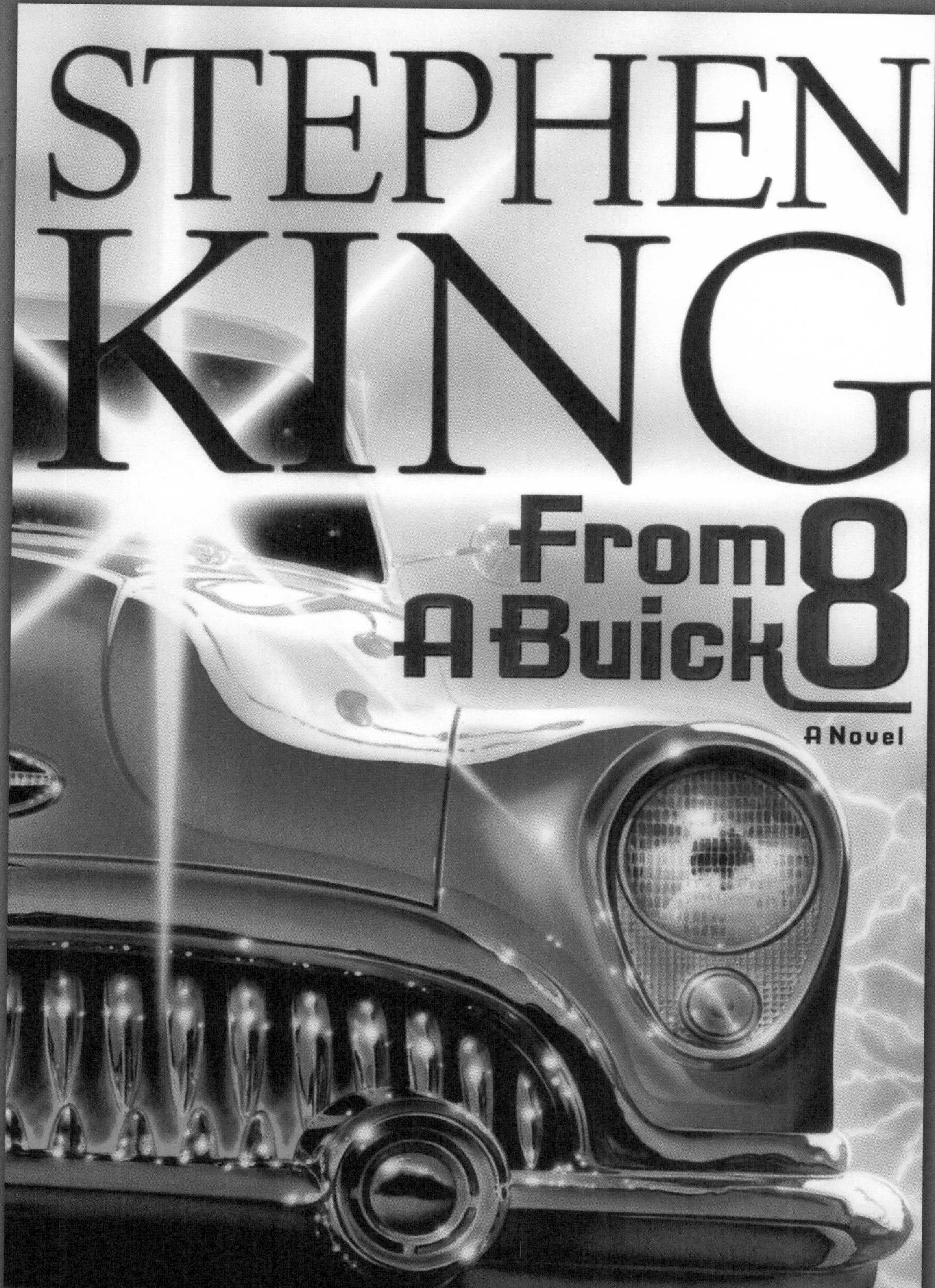

STEPHEN KING

KING

From
A Buick 8

A Novel

을 쓰는 게 어떻겠냐고 제안했다. 킹과 오넌은 2003년 내내 레드삭스에 관한 메일을 주고받고 있던 참이었지만, 2003년 시즌을 다루기에는 너무 늦어버린 시점이었다. 오넌은 킹이 함께 책을 쓰겠다고 하면 쓰겠다고 말했다. 처음에 오넌의 제안을 수락했을 때, 킹은 오넌이 글 대부분을 쓰고 자신은 그저 이따금 끼어들어 맞장구 정도만 치겠거니 생각했다. 오넌과 킹은 함께 경기를 보러 가기도 했고, 경기와 플레이, 그리고 감독의 결정에 관한 관찰 사항과 의견을 각자 기록해 두기도 했다. 『페이스풀』에는 시즌 동안 두 사람이 주고받은 메일도 몇 개 실려 있다. 두 사람은 두 가지 기본 원칙을 세워두고 있었다. 첫째, 이미 쓴 내용은 시간이 지난 후에 수정하지 않을 것. 둘째, 라커룸에 가서 선수들과 직접 대화하려 하지 말 것. 이는 순전히 팬의 관점에서 느낀 감정을 전달하기 위한 원칙이었다.

시즌이 진행될수록 킹의 참여도는 높아졌다. 6월, 레드삭스가 10게임 차로 뒤지면서 한동안 와일드카드* 경쟁에서조차 밀렸을 때, 킹은 오넌에게 이런 메일을 보냈다. "아, 미치고 팔짝 뛰겠네요. 도대체 왜, 왜, 왜 제가 당신 말에 설득돼 이 책을 쓰기로 한 걸까요?"309

레드삭스는 결국 와일드카드 자리를 따내어 플레이오프에 진출하며, 포스트시즌의 첫 번째 대진에서 에인절스와

---

* 와일드카드란 포스트시즌의 첫 관문인 디비전 시리즈에 진출하는 네 팀 중, 디비전 1위 세 팀이 아닌 나머지 한 팀을 뜻한다.

2004년 12월, 사이먼 앤드 슈스터 출판사 사무실에서 스튜어트 코난과의 공저 『페이스풀』에 사인하고 있는 킹의 모습.

맞붙어 3연승을 따내고 챔피언십 시리즈로 직행했다. 이후 레드삭스는 숙적이었던 뉴욕 양키스를 만났는데, 7판 4선승제인 이 시리즈에서 첫 세 판을 내리 지며 탈락 위기에 처했다. 메이저리그 역사상 이토록 수세에 몰린 상황을 딛고 승리한 팀은 여태 없었다. 한때 레드삭스였던 구원 투수 톰 고든이 이제는 양키스에서 공을 던지는, 그것도 아주 잘 던져서 레드삭스를 곤혹에 빠뜨린 아이러니한 상황도 킹은 놓치지 않았다. 하지만 모두의 예상을 뒤엎고 레드삭스가 양키스를 꺾고 월드 시리즈 결승에 진출하게 됐다. 게다가 소설에서도 볼 수 없을 법한 장면이 펼쳐졌는데, 레드삭스는 개기월식으로 붉게 물든 블러드문이 떠 있는 하늘을 배경으로 월드 시리즈에서 우승을 거머쥐었다. 그렇게 『페이스풀: 두 명의 보스턴 레드삭스 골수팬이 기록한 역사적인 2004년 시즌』은 전혀 공포스럽지 않게 마무리될 수 있었다.

『콜로라도 키드』(2005)

찰스 아데이는 잃어버린 펄프 매거진* 명작들을 출판하겠다는 사명을 띠고 2004년, 하드 케이스 크라임 출판사를 설립했다. 이 출판사에서는 과거에 찬사받았던 범죄물 작가와 차세대 하드보일드 작가들의 책 표지를 펄프 스타일로 꾸며 펴냈다. 킹이 펄프 픽션을 좋아한다는 것을 알고 있던 아데이는 킹에게 추천사를 써줄 수 있냐고 물었는데, 돌아온 킹의 대답은 대신 책을 한 권 써서 홍보해 주겠다는 거였다.

『콜로라도 키드』는 수년 전 신원 미상의 한 남성이 사망한 채로 발견된 메인주 해안의 한 섬을 배경으로 이야기가 펼쳐진다. 이 수수께끼의 사건은 현지 기자 몇 명의 흥미를 끌었지만, 1년간의 조사를 통해 밝혀진 거라곤 이 '콜로라도 키드'로 알려진 남성의 신원 정도뿐이었다. 깊게 팔수록 사건은 점점 미궁으로 빠졌다. 이해할 수 없는 상황 속에서 벌어진 불가능한 범죄처럼 보였다. 킹은 말했다. "『콜로라도 키드』는 정통 누아르와는 조금 다르지만, 강력한 한 방이 있는 정통 스토리텔링의 미덕을 지니고 있다고 생각합니다. 그럴 수밖에요. 제 인생이 시작된 장르니까요. 다시 그곳으로 돌아갈 수 있어 기쁩니다."[310]

킹의 범죄 소설로의 귀환은 뒷장에서 더 자세히 다룰 예정이다.

『셀』(2006)

언제였던가, 킹은 따뜻한 커피라도 한잔할 겸 뉴욕 호텔을 나서는 중이었다. "캐노피 아래의 한 여성이 휴대전화로 통화 중이었고, 호텔 안내원이 택시를 잡고 있었어요. 그 장면을 보고 상상했죠. 만약 저 여성이 휴대전화로 어떤 문자를 받고 저항할 수 없는 힘에 이끌려 눈에 보이는 모두를 공격하게 된다면 어떨까? 그렇게 눈앞의 안내원부터 시작해 사람들의 목을 물어뜯는다면?"[311] 소설 『셀』은 바로 이 이미지로부터 촉발됐다.

킹은 리들리 피어슨에게 이렇게 말했다. "『셀』의 골자가 되는 아이디어와 인물들은 항상 머릿속에 넣고 다녔는데, 막힌 부분이 있어서 글을 쓰지는 못했죠. 그 문제(지리 문제였습니다. 뉴욕에 얽매이기를 관두고 보스턴에서 시작하자고 마음먹었더니 문제가 해결됐죠.)가 풀릴 때까지는 5년이 걸렸습니다."[312]

---

* 펄프 매거진(pulp magazine)이란 1896년부터 1950년대 사이에 만들어졌던 싸구려 종이 잡지를 일컫는다. 이 잡지에 실린 소설을 '펄프 픽션(pulp fiction)'이라고 부르며, 다양한 장르문학이 싼값에 실렸다.

스티븐 킹: 스포츠 팬, 스포츠 작가

야구를 향한 킹의 사랑은 모두가 안다. 그는 보스턴 레드삭스의 열혈 팬으로, 경기가 있는 날이면 이닝 사이사이 스탠드에서 책을 읽고 있는 모습이 포착되기도 한다. 수년간 킹은 스프링 캠프가 시작되면 수염을 깎고, 월드 시리즈가 끝나고 나면 면도기를 저 멀리 치워버리곤 했다.

킹은 코네티컷주 스트랫퍼드에서 유년 시절을 보내며 친구들과 같이 야구를 했다. 고등학교 2학년 때는 학교 선생님들을 조롱하는 신문을 만든 데 대한 벌로 지역 신문 《리스본 엔터프라이즈》의 편집자 존 굴드를 도와 스포츠 기사를 취재하게 됐다. 킹은 『유혹하는 글쓰기』에서 회고했다. "나는 리스본 고등학교에서 남은 2년 동안 꽤 많은 영문학 수업을 들었고, 대학에서도 작문, 소설, 시 강의를 꽤 수강했지만, 존 굴드는 단 10분 만에 그 어떤 수업을 합친 것보다 많은 것을 알려주었다."[313]

킹은 1959년, 펜웨이 파크 야구장에서 처음으로 레드삭스의 경기를 보았다. 이후 10년 동안 1년에 적어도 한 번은 경기를 직접 보러 갔지만, 레드삭스가 지는 경기는 한 번도 못 봤다고 했다.[314] 킹은 「킹의 쓰레기 수거차」 칼럼에서 1969년 월드 시리즈에 관해 쓰기도 했다. "나는 야구를 사랑한다. 위성, 캠퍼스 시위, 조 네이머스 같은 세련의 시대에 이런 말을 하면 곰처럼 고지식하다고 생각할지 모르겠지만, 어쩔 도리가 없다. 게다가 올해 월드 시리즈는 정말 대단했다."[315]

킹의 소설 속 등장인물은 대부분 레드삭스의 팬이다. 1975년에 쓴 극초기 단편 「정원사」에서조차 말이다. 「다크 타워 시리즈」에서 캘러핸 신부와 존 컬럼이 에디 딘에게 훗날 레드삭스가 월드 시리즈에서 우승하는 날이 오긴 오는 거냐고 묻는 장면이 나오기도 한다. 우주의 존망을 걱정하는 이들에게조차 야구 얘기를 할 시간은 있는 것이다.

킹이 《뉴요커》에 처음 게재한 글은 1990년에 쓴 에세이 「머리 숙이기」다. 아들 오언이 소속된 리틀 리그 야구팀이 1989년 주 챔피언십을 거머쥐기까지 보낸 시즌을 시간순으로 기록한 글이다. 『악몽과 몽상』의 서문에서 킹은 "지난 15년간 썼던 그 어떤 글보다도 열심히 쓴 글이었다."[316]라고 밝히기도 했다.

킹과 태비사는 NCAA의 규격에 맞게 뱅고어에 지어진 최고의 야구 시설 숀 T. 맨스필드 스타디움 건설에 돈을 기부했다. 1992년에 개장한 이 스타디움을 두고 지역 주민들은 '고함의 장'이라고 부르며, 킹의 뱅고어 자택에서 이 스타디움이 보이기도 한다.

킹은 『톰 고든을 사랑한 소녀』에서 레드삭스 투수를 주요 인물로 등장시키기도 했고, 몇 년 뒤 「철벽 빌리」에서 한 번 더 야구를 소재로 사용했다. "사람들은 몇 년 동안 제게 언제 야구 소설을 쓸 거냐고 보챘습니다. 이제 더는 묻지 마세요. 여기 있으니까요." 킹은 한정판 「철벽 빌리」의 보도 자료를 통해 이렇게 말했다. "저는 고전적인 야구를 좋아합니다. 또, 한평생을 야구에 바친 사람들이 야구에 관해 얘기하는 것도 좋아하죠. 이러한 요소들을 서스펜스 소설에서 한꺼번에 엮어내고자 했습니다."[317]

1999년, 킹은 메이저리그 베이스볼의 잡지에 「펜웨이와 백경」이라는 에세이를 기고해 월드 시리즈를 향한 레드삭스의 꺼질 줄 모르는 투지를 논했다. 그해 밴에 치여 병원에 누워 있을 때조차 킹은 레드삭스의 경기 결과에 관해 꼬치꼬치 캐물었고, 의사들은 이를 보고 킹이 회복하리라는 긍정적 징조라고 생각했다.

2004년, 「스티븐 킹의 킹덤」의 한 에피소드에는 얼 캔들턴이라는 야구선수가 등장했다. 1986년 월드 시리즈에서 실책을 범해 레드삭스의 우승을 날려버린 실존 인물 빌 버크너를 본뜬 캐릭터다. 이 에피소드에서 캔들턴은 속죄하고 실수를 만회할 기회가 주어진다. 또, 킹은 레드삭스가 마침내 그 악명 높은 저주를 깨부순 해에 동료 작가 스튜어트 오넌과 함께 『페이스풀』을 쓰며 그해 시즌을 기록한 엄청난 행운도 누렸다. 2004년에는 펜웨이에서 열린 경기에서 킹이 시구자로 나선 적도 있는데(킹의 시구 장면은 야구 영화 「피버 피치」에도 등장한다.), 그날 레드삭스는 패배해 열 경기 연승 행진이 끊겨버렸다. 이에 《보스턴 글로브》는 킹 때문에 부정 탄 것이라며 킹을 비난하기도 했다.

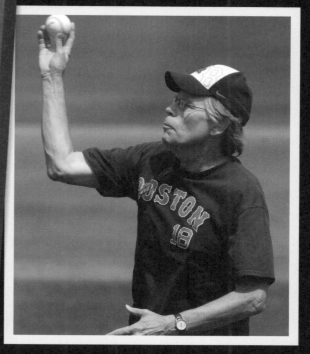

2008년, 킹은 ESPN에서 시리즈로 제작한 「이것이 스포츠센터다」라는 코미디 광고에 앵커 존 앤더슨의 대필 작가 역으로 출연한다. 광고에서 앤더슨은 킹에게 "초능력 쓰는 선수는 없으니 그 얘기는 빼주세요."라고 말한다.

킹은 《보스턴 글로브》를 통해 이렇게 말했다. "레드삭스가 지는 경기를 한 번도 직관한 적 없는 어느 노인을 알게 된 칼럼니스트에 관한 단편 혹은 장편소설을 써보고 싶다는 생각을 항상 품고 있었어요. 그 남자는 수없이 많은 경기를 봤지만, 경기장에서 직관한 날에는 레드삭스가 한 번도 진 적이 없는 거예요. 그래서 사람들이 그 노인을 월드 시리즈까지 데리고 가는 거죠. 그러다가 그 남자에게 뇌졸중과 심장마비가 오는데, 사람들은 그래도 노인을 계속 데리고 오는 겁니다. 물론 여기서 묘미는 그 노인이 월드 시리즈 7차전 전에 죽어버리고 만다는 거예요."[318]

왼쪽 페이지: 1980년대 초의 밀착인화 사진. 킹이 수염을 기르고 있는 모습으로 미루어 보건대, 월드 시리즈 종료 시점과 스프링 캠프 시작 시점 사이에 촬영한 것으로 보인다. 상단: 2009년 3월 27일, 플로리다주 포트마이어스에서 보스턴 레드삭스와 세인트루이스 카디널스가 맞붙은 스프링 캠프 연습경기 시작 전에 시구하는 킹의 모습.

『셀』은 더는 스무 살이 아닌 환갑에 가까운 한 작가가 냉소적인 시선으로 바라본 아포칼립스를 그린다. 리처드 바크만이 단명하지 않고 휴대전화의 시대까지 살아남았더라면 『셀』의 표지에는 그의 이름이 찍혀 있었을지도 모르겠다. 『스탠드』에서는 선한 사람들이 새로운 질서 속에 살아남기 위해 모두 도와가며 힘을 합쳤다면, 『셀』에서는 기본적으로 각자도생의 풍경이 펼쳐진다. 사람들은 "자기들 외에는 어느 누구한테도 관심을 보이지 않"[319]으며 서로를 불신의 눈초리로 쳐다본다.

킹은 『리시 이야기』를 수정하는 도중에 『셀』을 집필했다. 킹은 『리시 이야기』를 먼저 출판하고 싶었지만, 출판사에서 『셀』을 먼저 내기를 원했기 때문에 하는 수 없이 초고 완성 후 잠시 묵혀두는 기간도 가지지 못한 채 곧바로 교정 작업에 돌입해야 했다.[320]

킹은 아마존 10주년을 맞아 『셀』의 첫 섹션인 「펄스」를 게재하는 것을 허락했다. 또, 두 챕터 분량의 발췌문도 《엔터테인먼트 위클리》에 실렸다.

킹은 또한 여러 작가와 함께 '수정 제1조 프로젝트' 단체를 후원하기 위한 자선 경매에 참가했다. 이 행사에서는 낙찰자들의 이름이 작가들의 차기작에 등장할 기회가 경매에 부쳐졌다. 킹은 낙찰자에게 "『셀』이라는 소설에 나오는 단 한 명의 등장인물 이름"이 주어질 것이라고 설명했다. "낙찰자는 『셀』이 폭력적인 작품이라는 점을 알아둬야 합니다. 인간 뇌를 파괴하는 나쁜 휴대전화의 신호로 움직이는 좀비가 등장하는 소설이죠. 싸구려 위스키처럼 이 소설은 무척 거칠면서도 엄청난 만족감을 선사할 겁니다. (…) 경매 낙찰자는 제게 신체 특징과 별명을 알려줘야 해요(지어내도 아무런 상관없습니다.)."[321] 킹의 경매에서 낙찰받은 여성은 남동생인 레이 후이젠가에게 보상을 넘겼고, 그렇게 '레이 후이젠가'라는 이름은 소설에서 여러 차례 언급된다. 가상의 후이젠가는 마이애미 돌핀스 모자를 쓰고 다니는데, 현실 속 후이젠가의 아버지가 마이애미 돌핀스의 구단주라는 사실을 넌지시 반영한 설정이다.

당시 킹은 휴대전화를 향한 혐오를 공공연하게 드러내며 "21세기판 노예 족쇄"[322]라고 부르곤 했는데, 출판사는 휴대전화 사용자 10만 명에게 문자로 "다음에 받는 전화가 마지막이 될 수도 있습니다."라는 내용과 함께 휴대전화 배경화면과 킹의 목소리가 등장하는 벨소리를 구매할 수 있는 VIP 클럽으로 연결되는 링크를 발송하자는 마케팅 계획을 짜냈다. 킹은 "받지 마."라는 말을 반복하는 목소리를 녹음해 벨소리로 만들고 싶어 했으나, 출판사 측에서 그 아이디어를 퇴짜 놓았다.[323]

『리시 이야기』(2006)

2003년 11월, 킹은 국립도서재단에서 수여하는 미국 문학 공로상 메달을 받았다. 레이 브래드버리가 수상한 전례가 있었기에 킹이 대중 작가 최초로 그 상을 받은 건 아니었지만, 그런데도 어째서인지 문단은 킹의 수상 소식에 발끈했다.

킹의 수상 소감은 아내 태비사에게 부치는 연서라고 봐도 무방했다. 하지만 청중들이 모르는 사실이 있었다. 이 상이 킹에게 의미하는 바가 무척 컸기 때문에 킹은 그야말로 목숨을 걸고 시상식에 참여해 연설을 펼친 것이었다. 1999년 사고로 갈비뼈가 부러지면서 폐를 찔러 난 구멍이 제대로 아물지 않아 심각한 폐렴으로 번진 상태였다. 주치의는 시상식에 참석하지 말고 곧장 병원에 입원하기를 권고했다. 하지만 킹은 불편한 기색을 감춘 채, 아무렇지 않은 척 행사에 모습을 드러냈다. 바로 그다음 날, 킹은 병원에 입원해 근 두 달간 꼼짝도 하지 못했다. 그 교통사고가 두 번째로 킹을 죽일 뻔한 사건이었다.

오른쪽 페이지: 호더 앤드 스토턴판 『리시 이야기』 문고본 표지.

POWERFUL SUSPENSE FROM THE No. 1 BESTSELLING WRITER

STEPHEN KING

LISEY'S STORY

'A love story steeped in strength and tenderness…dazzling'
Nicholas Sparks

킹이 병원에 있는 동안 태비사는 킹의 자택 작업실을 새롭게 꾸몄다. "다시 집으로 돌아갔을 때, 태비사가 '나라면 작업실에 안 들어갈 거야. 엉망이거든.'이라고 말했어요. 그러니 당연히 들어갈 수밖에요. 정말 엉망이었습니다. (…) 아내가 가구의 커버와 속을 교체하느라 방에서 가구는 다 빠진 상태였고, 러그는 돌돌 말린 채로 서 있었습니다. 그 광경을 보니, 내가 죽으면 이 공간이 이렇게 변하겠구나, 하는 생각이 들더라니까요. (…) 제 종이들을 치우는 태비사의 모습을 떠올려 보다가 갑자기 머리에 번뜩이는 불이 켜졌습니다. 거기서 『리시 이야기』가 싹을 틔운 거예요."[324]

기나긴 입원 끝에 회복하기까지 오랜 시간이 걸렸지만, 킹은 곧장 소설 집필에 착수했다. "항상 속이 메스꺼웠어요. 음식을 소화할 수가 없었고요. 정말 더러운 느낌이었죠. 그에 반해 책은 정말 천사 같았어요. (…) 『리시 이야기』는 정말 말 그대로 화장실에서 마지막으로 먹은 것들을 쏟아내러

왔다 갔다 하는 사이에 쓰인 책입니다."[325]

원래 킹은 『리시 이야기』에서 유명 작가의 배우자에게 펼쳐지는 이야기를 재미있게 풀어내고 싶었다. "작가의 아내는 철저히 무시당했지만, 실상 작가의 성공은 모두 아내 덕분이었다는 사실을 보여주고 싶었어요. 아내가 남편 대신 궂은일을 도맡아 하는 일화를 대여섯 개 정도 깔고 싶었죠. 그러다 둘리라는 남성이 등장해 작가의 원고를 내놓으라고 요구하고, 이야기는 급선회합니다. 좀 더 심각해지죠."[326]

『자루 속의 뼈』와 『리시 이야기』는 데칼코마니 같은 작품이다. 전자는 아내가 세상을 떠난 뒤 세상을 살아가는 법을 배워야 하는 작가에 관한 이야기라면, 후자는 그 반대다. 어떤 의미에서 리시 랜던은 아직 완전히 남편과 헤어진 상태가 아니다. 왜냐하면 여전히 남편 스콧이 함께 있는 것처럼 살아가고 있기 때문이다. 남편이 죽은 지 2년이 지났건만, 스콧의 작업실은 당장에라도 스콧이 걸어나올 것만 같고, 책상에 앉아서 글쓰기를 시작할 것만 같이 그대로다. 남편의 목소리는 리시의 머릿속에서 여전히 생생하다. 손 하나 까딱하지 않은 채로 똑같은 스콧의 작업실은 리시의 슬픔을 상징한다. 리시는 마침내 유품을 정리하고, 남편의 책과 종이를 처리하고, 앞으로 나아갈 때가 됐다고 생각한다.

킹은 죽음 그 자체를 다루는 데에는 별 관심이 없다. "인간은 죽으면 그냥 전부 멈춘 채로 사라진다고 생각해요. 죽으면 끝인 거죠. 사후 세계가 있다는 생각은 너무나도 가정에 불과해서 작가로서 생각할 가치가 없어 보입니다. 제가 관심 있는 건 죽음이 훑고 간 자리에서 사랑은 어떻게 되는지, 사랑이 어떻게 지속되는지를 살펴보는 거예요."[327]

2007년 4월 26일, 에드거상 시상식에 참여한 킹과 스크리브너의 편집장 낸 그레이엄. 이 시상식에서 킹은 미국 추리 소설 작가 협회의 그랜드 마스터로 호명된다.

노미네이트의 영예

『미저리』에서 폴 셸던은 『과속 차량』을 완성했을 때 내년에 미국 도서상을 수상할지도 모른다며 자축했다. 『데스퍼레이션』의 조니 마린빌은 전미도서상 수상자이고, 한때 "노벨문학상과 관련해 거론되기도" 했다. 『리시 이야기』의 스콧 랜던은 퓰리처상과 전미도서상을 석권했으며, 세계환상문학상도 거머쥐었다.

이러한 등장인물의 창조자인 스티븐 킹을 향한 비평적 견해도 시간이 흐르면서 서서히 변했다. 《타임》은 『사계』 출간 이후, 킹을 "문자 이후 시대의 산문 거장"으로 불렀다. 킹이 겸양의 표현으로 "문학계의 빅맥과 감자튀김"이라고 자칭한 것은 아마 무덤까지 따라다닐 것이다. 하지만 킹의 작품이 《뉴요커》, 《파리스 리뷰》, 《틴 하우스》와 같은 문학잡지에 실리기 시작하자 문단도 킹을 진지하게 받아들이기 시작했다.

스티븐 킹은 개별 작품으로 수상한 것 외에도 세계 호러 컨벤션, 공포 작가 협회, 국제 공포 조합, 세계 판타지 컨벤션, 미국 추리 소설 작가 협회, 캐나다 서점 협회(비캐나다인이 이 상을 받은 것은 킹이 최초다.) 등의 단체에서 평생 공로상이나 혹은 그에 준하는 상을 받았다.

2003년에는 국립도서재단에서 수여하는 미국 문학 공로상 메달을 받았고, 2014년에는 미국 국립예술기금의 국립예술훈장을 버락 오바마 대통령이 킹에게 직접 수여했다. 2016년, 미국 의회 도서관은 킹이 평생 문학 증진에 미친 영향을 기렸고, 2018년에 킹은 PEN 아메리카 문학 공로상을 받았다.

국립도서재단상 수상자로 선정된 것을 둘러싸고 논란이 일었지만, 킹은 무척 놀라면서도 기쁘게 상을 받았다. "이런 상을 저 같은 대중 작가에게 수여하려면 얼마간 용기가 필요했을 겁니다. '수백만 명이 읽는 책의 작가라면 글을 잘 쓸 리가 없을 것'이라는 편견이 자동으로 떠오르기 마련이니까요."[328] 킹은 수상 연설에서 논란을 언급하며 "목소리를 내는 사람들은 책, 글, 종이에 대한 열정이 넘치는 사람들이기에 목소리를 냅니다. 그런 의미에서 우리는 모두 형제자매죠."[329]라며 논란마저 환영했다.

수많은 상 중, 킹이 수상하거나 후보로 호명된 상에는 앤서니상, 오디상, 발로그상, 블랙 퀼상, 브램 스토커상, 영국환상문학상, 에드거상, 아인스너상, 휴고상, 국제 범죄 소설 작가 협회상, 국제 공포 조합상, 국제 스릴러 소설 작가상, 로커스상, 네뷸러상, 셜리 잭슨상, 세계환상문학상 등이 있다. 1996년, 킹은 단편 「검은 정장의 악마」로 권위 있는 오 헨리상을 받았을 때 "누군가의 착오일 거라고 생각"[330]했으며, 그가 상을 받은 유일한 이유는 심사단에 작품 출품 당시 자신의 이름이 어디에도 적혀 있지 않았기 때문일 것이라고 추측했다.

킹은 1986년에 「맥시멈 오버드라이브」로 골든 라즈베리 시상식에서 최악의 감독상 부문에도 올랐으나, 「체리 문」을 감독한 가수 프린스에게 자리를 내어줘야만 했다.

2014년, 킹에게 국립예술훈장을 수여하는 버락 오바마 대통령.

킹은 내밀한 언어, 둘만의 농담, 텔레파시에 가까운 소통과 같은 요소를 부각해 오랜 시간 훌륭하게 지속되어 온 결혼생활을 상세하게 묘사했다. 태비사는 독자들이 『리시 이야기』를 킹 부부의 이야기라고 생각할까 봐 못내 걱정스러웠다. 킹은 책 홍보 투어를 다니면서 이 책은 자신들의 이야기와 다르다는 것을 설명하는 데 공을 들였다. "스콧과 리시는 저와 태비사가 아니에요. 저희도 오랫동안 결혼생활을 유지하고 있지만, 리시와 달리 태비사는 대학을 나왔고, 훌륭한 책을 직접 써냈죠. 스콧과 리시 사이에는 자녀가 없었지만, 저희에게는 멋진 아이들이 세 명 있습니다. 더는 아이가 아니라 성인이긴 하지만요."[331]

킹은 평소에 손을 맞춰 온 편집자 척 베릴이 아니라 스크리브너의 편집장 낸 그레이엄에게 『리시 이야기』의 초고를 넘겼다. 킹은 자신처럼 수많은 책을 파는 작가의 글은 편집자의 손을 거칠 것이 없으리라는 세간의 인식을 무척이나 잘 알고 있었다. 하지만 그는 그러한 인식을 단칼에 거부하며 이렇게 말했다. "『리시 이야기』에 관해 그런 말을 하려 드는 사람들에게 낸의 메모로 가득한 내 초고를 기꺼이 보여주리라. 1학년 때 써낸 프랑스어 에세이가 훨씬 깔끔한 꼴로 돌아왔을 지경이니까 말이다."[332]

이 소설은 현재 시점의 일주일과 25년 간의 과거를 다룬다. 스콧과 리시의 사랑 이야기는 역순으로 펼쳐진다. 결혼생활과 관련된 일 중 리시가 기억하지 못하는 일들도 있고, 또 남편의 과거에 대해 전혀 몰랐던 사실들도 있다. "이 책은 일면 일부일처제를 향한 찬사를 담고 있습니다. 또, 가장 친밀한 사이에서도 우리는 언제나 무언가를 숨기고 있다는 사실을 조명하는 이야기이기도 하죠."[333]

스콧 랜던은 죽기 전에 마지막 "챌 사냥"을 준비했는데,

2003년 11월 19일, 맨해튼에서 개최된 제54회 연례 전미도서상 시상식 및 자선 만찬회에 참석한 스티븐 킹과 태비사 킹.

이는 스콧과 형이 이따금 아버지를 덮치는 위험천만한 광기 "알망나니"로부터 살아남기 위해 만들어 낸 놀이다. 리시가 "한때 직면할 수 없었던 무엇인가를 직면하도록 하려고" 만들어진 이 보물찾기 놀이는 리시의 치유 과정 일부로, 그중에는 스콧의 작업실 청소도 있다. 리시는 그간 잊고 지냈던 것을 모두 다시 떠올리고 남편의 어린 시절에 얽힌 진실을 알게 되면서 리시는 슬픔을 극복할 수 있게 된다. 킹 부부처럼 랜던 부부도 넉넉하지 못한 형편으로 시작했기에 결혼 초기에 사이가 더욱 끈끈해질 수 있었다. 두 사람이 한 팀이 되어 세상에 대적하는 것과 같은 상황이었기 때문이다. 스콧에게는 살아 있는 가족이 없었다. 반면 리시는 자매가 많은 대가족 출신이었다. 스콧은 자신의 끔찍했던 과거 때문에 아이를 낳기를 거부했다. 이는 스콧과 평생 함께하고 싶다면 리시가 반드시 받아들여야 하는 조건이었다. 스콧은 그것만이 자기 가족과 얽힌 폭력의 굴레를 파괴할 수 있는 유일한 방법임을 알고 있었다. 스콧이 작가로서 승승장구하면서 그는 명실상부 유명인이 되었고, 적어도 대중이 보기에 리시는 남편의 그림자에 가려졌다. 하지만 실상 리시는 스콧 내면의 광기를 억제함으로써 두 사람의 결혼생활을 지탱하는 든든한 기반이었다.

스콧은 엄청난 팬층을 거느리고 있는데, 그중에는 스콧이 '우주 카우보이'라고 부르는 광팬 집단도 있다. 스콧을 해하고 싶어 하는 이 집단 중 한 남자는 대학교 도서관 기공식 중에 스콧을 총으로 쏘기도 한다. 당연하게도, 그날 리시가 남편의 목숨을 구한 것은 누구에게도 알려지지 않는다. 때로 리시는 유명인인 남편이 찍힌 기사 사진 속에서 남편의 '여친' 정도로만 인식되는 자신의 무릎이나 손가방 같은 흔적들을 찾아보는 것을 즐긴다. 이 책은 현실이란 납작하기 그지없다는 킹의 믿음을 다시금 들춘다. 스콧이 다쳤을 때 향하는 '부야문'은 『부적』에 등장하는 '테러토리'와 흡사하

스티븐 킹이 말하는 해럴드 블룸

"해럴드 블룸은 대중문화에 큰 관심을 보였던 적이 없습니다. 그는 대중문화, 대중적 글쓰기가 무엇인지, 혹은 우리가 대중문화라고 부르는 것과 그네들이 고급 문화라고 부르는 것이 교차하는 지점에 대해 제대로 이해하지 못하고 있어요. (…) 전 해럴드 블룸이 진실을 자백할 수 있도록 정맥마취제를 주사한 뒤 '자, 해럴드. 실제로 스티븐 킹의 작품을 몇 개나 읽어보셨소?'라고 묻고 싶어요. 그러면 아마 채 한 권도 제대로 읽어보지 않았다는 대답이 나올 거로 생각합니다. 몇 번 들춰보긴 했겠죠. 하지만 애당초 편견을 지닌 채 시작하면 편견이 실현되는 광경만을 보게 되는 건 당연한 거예요."[337]

"전 단지 제 문화가 빚어낸 피조물에 불과합니다. 하지만 바로 그런 이유로 저를 욕하는 사람들이 있죠. 해럴드 블룸도 그중 하나예요. 그는 저를 끔찍하게 미숙한 작가라고 묘사했지만, 이 문화 자체를 끔찍하게 미숙하다고 보는 사람인 겁니다. 스티븐 킹을 좋아하는 사람은 그 문화도 좋아할 테고, 스티븐 킹을 싫어하면 그 문화도 싫어할 거예요."[338]

다. 그곳은 스콧의 문학적 영감의 원천이자, 작가들만 특별히 접근할 수 있는 집단 무의식의 일부이며 킹이 대학 시절 때 만난 교수 버턴 해틀렌에게서 배운 용어로 "신화의 못"이라고 불리는 곳이었다. 킹은 한 인터뷰에서 이렇게 말했다. "상상력은 놀라운 것입니다. 하지만 끔찍한 것이기도 하죠. (…) 낮에는 달콤하지만, 밤에는 두려운 것이에요."[339]

킹은 작가의 문학적 유산이라는 개념도 탐구한다. 학계와 팬은 스콧이 남기고 간 미공개 원고를 어떻게든 손에 넣고 싶어 안달이다. 리시는 이런 사람들을 "인컹크(incunk)"라고 부르는데, 이는 인쇄술 발명 초기에 만들어진 문서를 뜻하는 '인큐내뷸라(incunabula)'라는 단어를 변형한 것이다. 가장 열렬한 인컹크 중 한 명인 스콧의 모교에 재직 중인 교수 조셉 우드바디는 스콧의 잡다한 자료에 관한 관심의 표현으로 광적이고 폭력적인 팬 한 명을 스콧의 집에 보내기도 한다.

이 모든 고난은 리시 본인의 이야기를 구성하는 한 부분에 불과하다. 리시는 남편의 명성으로부터, 그리고 억압적이다시피 한 이제는 곁에 없는 남편과의 관계로부터 벗어나 아픈 자매를 돌볼 뿐만 아니라 자신을 적대시하는 집요한 무리에 당당하게 맞서는 강인한 여성으로 거듭난다.

『리시 이야기』는 킹의 가장 사적인 소설이자, 오랜 시간 행복하게 유지해 온 결혼생활과 그만큼 오래되었고 눈부신 성공을 일구어낸 작가 생활에 대한 성숙한 반추이며, 자신이 죽은 후 일어날 일에 대한 숙고를 담고 있다. 인생을 온전히 살아낸 사람만이 쓸 수 있는 책이자, 길의 끝에 다다라 이제껏 걸어온 길을 청산하는 작업으로 초점을 옮기고 있는 킹의 변화를 보여주는 책이다.

『블레이즈』(2007)

책 서문에서 킹은 『블레이즈』를 트렁크 소설*이라고 불렀다. 손질하고 발전시키기는 했지만, 그래도 트렁크 소설이라는 것이다. "이 책에는 바크만의 이름이 박혀 있다. 그 양반의 생산성이 최고조에 달했던 1966년~1973년 사이에 탄생한 마지막 소설이기 때문이다."[340]

『블레이즈』는 1972년 말부터 1973년 사이, "『캐리』의 초고가 책상 서랍 속에서 숙성되고 있던 반년"[341] 동안 집필됐다. 그중 몇 장은 우유 영수증 용지 뒷면에다가 타이핑하기

---

* 트렁크 소설은 출간하지 않은 채로 트렁크(혹은 하드 디스크)에 처박아 둔 소설을 일컫는다.

도 했다고 떠올렸다. 킹은 몸값을 받으려고 아이를 납치한 어느 덜떨어진 범죄자가 아이와 사랑에 빠지게 되는 이 "멜로드라마" 소설을 스타인벡의 「생쥐와 인간」에 대한 문학적 모방으로 여긴다.[342] 원본 타이핑 원고는 태비사의 올리베티 타자기로 쳐냈는데, 때로 태비사는 킹이 타자기를 빌려 쓰려고 자신과 결혼한 거라고 장난스레 비난하곤 한다.

"글을 쓸 때는 좋은 글이라고 생각했는데, 막상 다시 읽어보니 엉망진창이었다."[343] 80년대 초에 다시 한번 소설을 들춰본 킹은 예전의 그 판단이 옳았다고 생각했다. 원고는 이후 30년 동안 보관소 신세를 면치 못했다. 『콜로라도 키드』가 출간되고 난 후, 킹은 다시 『블레이즈』를 만났다. 킹의 조수가 메인대학교의 포글러 도서관에서 173쪽짜리 원고 원본과 106쪽짜리 일부 수정본을 찾아낸 것이다.

『블레이즈』를 또 한 번 읽은 킹은 소설이 기억 속 모습보다 훨씬 좋다고 느꼈다. 심지어는 『로드워크』보다 좋게 느껴졌다. "마지막에 연필로 교정을 보리라 생각했다. 요즘 식대로 컴퓨터로 편집하지 않고 말이다. 이 소설이 과거를 거스르는 책이라면 데면스레 피하기보다 차라리 제대로 거스르고 싶었다. 또, 글 자체에서 최대한 감정을 벗겨내리라 다짐했다. 마치 마룻바닥에 러그 한 장 깔리지 않은 텅 빈 집처럼 삭막한 완성본이 탄생하기를 바랐다."[344] 인터뷰에서 킹은 계속해서 바크만이 다른 사람인 양 행세했다. "『블레이즈』는 제가 쓴 책이 아니에요. 리처드 바크만이 쓴 거였죠. 그러니까 그건 바크만의 유작이고, 그 불쌍한 친구를 대신해 제가 손을 좀 본 것뿐입니다."[345]

2006년 12월, 『블레이즈』의 첫 두 챕터가 킹의 웹사이트에 게재됐다. 이 소설에서 발생한 모든 인세는 형편이 넉넉하지 않은 프리랜서 예술가들을 지원하는 자선 단체인 헤이븐 재단에 기부한다는 공지도 함께였다.

『해가 저문 이후』(2008)

킹은 네 번째 모음집인 『해가 저문 이후』(원제: '부자연스러운 성행위') 서문에서 시간이 흐르며 자신이 단편소설을 쓰는 방식이 어떻게 달라졌는지 쓰고 있다. 경력 초기에는 이렇게 글을 썼다고 말한다. "나는 빠르고 부지런히 글을 썼으며 재고 이후로는 거의 돌아보지 않았다. 그리고 그 이야기들이 어디에서 오고 (…) 등의 고민도 해 본 적이 없다. 거의 아무 계획도 없이 직관과 치기 어린 확신만으로 일을 했기 때문이다."[346]

몇 년 사이에 단편소설을 쓰는 양 자체가 줄어들면서 킹은 단편을 쓰는 법을 잊어버린 건 아닌지 걱정이 들기 시작했다. 그래서 2006년, 『미국 단편소설 걸작선』의 객원 편집자로 참여해달라고 요청받았을 때 덥석 그러겠노라 대답했다. 다른 작가가 쓴 단편을 많이 읽다 보면 "과거의 순발력을 회복할지도 모른다는 생각"이 들어서였다.

『해가 저문 이후』 수록작은 한 편을 제외하고는 전부 2003년부터 2008년 사이에 쓰인 작품들이다. "(객원 편집자로 일한 경험이) 이 선집에 미친 가장 중요한 영향은, 내가 다시 활력을 찾고 옛날 방식으로 글을 쓰기 시작했다는 사실이다. 늘 바라기는 했지만 실제로 그런 일이 가능하리라고는 생각도 못 했는데……."

수록작 「지옥에서 온 고양이」는 킹이 《카발리에》에 글을 연재하던 시절로 돌아간다. 이 글은 공격적인 자세를 취한 고양이 사진에 대한 응답으로 쓰였다. 처음에 킹은 이 소설을 500단어만 써서 나머지는 독자가 이야기를 마무리할 수 있도록 하고 싶었다. 하지만 글을 써나갈수록 점차 흥미가 돋아 마저 끝마치게 됐다. 그러나 이전 단편 모음집에 실을 생각은 하지 않았다. 『해가 저문 이후』에 실린 신작 「N」은 단편집 판매 촉진을 위해 미리 애니메이션 만화로 제작된 바 있다.

자선가

킹 가족의 자선 활동이 고향인 메인주에 국한된 것은 아니지만, 이들은 메인주에서 자선가로 유명하다. 킹은 수많은 학교와 마을 도서관에 기부했으며, 킹의 기부금이 자금의 많은 부분을 차지하는 뱅고어의 대규모 개발 프로젝트도 여럿 있다. 그중에는 이른바 '고함의 장' 야구장(맨스필드 파크), 수영장, 병원 병동, 뱅고어 공공도서관이 있다.

스티븐·태비사 킹 재단은 지역 이니셔티브를 지원하는 민간 비영리 단체다. 바킹 재단은 성적과 경제 사정에 따라 메인주 주민에게 고등교육 이후 교육 과정에 대한 지원금과 장학금을 제공한다. 킹의 이러한 재단들은 때로 가장 효과적인 유명인의 자선 단체로 거론되기도 한다.

성우 프랭크 뮬러가 오토바이 사고로 크게 다치자, 킹은 웨이브댄서 재단을 설립해 건강 보험이 없는 공연 예술가를 지원하고 나섰다. 그는 존 그리샴, 피터 스트라우브, 팻 콘로이와 함께 낭독회를 개최해 모금을 독려했다.

이후 이 단체는 헤이븐 재단으로 탈바꿈했다. 『블레이즈』의 인세뿐만 아니라, 라디오 시티 뮤직 홀 공연장에서 이틀간 열린 행사이자 수많은 유명 사회자가 참석하고 J. K. 롤링, 존 어빙, 스티븐 킹이 독자로 참여한 '해리, 캐리, 가프'라는 행사의 수익금이 헤이븐 재단으로 들어갔다.

2008년 4월, 의회 도서관에서 읽기와 쓰기에 관해 말하는 태비사 킹, 스티븐 킹, 오언 킹.

『듀마 키』(2008)

킹은 오랫동안 메인주에서 거주했지만, 1998년부터는 플로리다주에서 겨울을 나기 시작했다. "길에서 개를 산책시키고 있었는데, 편지함에서 커다란 고드름 조각이 떨어져서 개가 거기에 맞을 뻔했지 뭐예요. 그때 문득 이렇게 생각했어요. '이 겨울에 우리가 왜 아직 여기서 이러고 있는 거지?' 그래서 이곳으로 내려와 지내기 시작했죠."[347] 킹은 "나이 들기 시작하면 플로리다주로 이사해야 한다는 법을 제정해야 해요."[348]라는 농담을 자주 던지곤 한다.

처음에는 플로리다주에서 거주지를 임대해 살았지만, 결국에는 사라소타 부근에 집을 한 채 구매하게 됐다. 10년 정도 시간이 흐른 뒤, 킹은 플로리다주의 걸프 연안에 관한 글을 쓸 수 있을 만큼 알게 됐다는 느낌이 들었다. "글을 쓰려면 길들이 어디로 향하는지, 그곳에서 자라는 식물의 이름이 무엇인지 알아야 합니다."[349]

2003년, 킹은 플로리다주의 겨울 별장으로 걸어가던 중에 '조심: 어린이'라고 적힌 표지판을 발견했다. 그 표지판을 보고서는 "종이 인형처럼 손을 맞잡고 죽어 있는 두 소녀" 이미지가 떠올랐다. 그 이미지는 킹을 계속해서 따라다녔으며, 실제로 소설 속에서 사용하지는 않지만 "그 이미지로 인해 글을 시작"[350]하게 됐다. 2006년 2월에 시작된 『듀마 키』 작업은 그해 10월에 초고가 완성됐으며, 수정 작업은 『블레이즈』와 동시에 진행됐다.

『듀마 키』에는 비극적인 사고로 장애인이 된 에드거 프리맨틀이 등장한다. 에드거는 팔이 사라진 자리에 환상통을 느끼지만, 그 대신 그림을 그려 현실을 바꾸는 능력을 얻는다. "저는 고양이 한 마리도 제대로 못 그리는 사람으로서 『듀마 키』를 써야 했어요. 물론 저도 고양이를 그릴 순 있죠. 하지만 그게 고양이라고 제가 말하기 전까진 아무도 모를 겁니다. 그래서 이 글을 쓸 때 대리만족을 느꼈어요."[351]

"창의력, 공상이 신체적 부상을 회복하는 데 도움이 된다는 이야기를 들은 적 있어요. 환상지와 관련된 심리 현상에도 관심이 생겼고요. 작가의 철칙은 아는 것을 써야 한다는 겁니다. 그래서 저도 거기서부터 시작했죠. 하지만 저와 에드거를 동일인으로 취급해선 안 돼요."[352] 킹은 USA 투데이와의 인터뷰에서 이렇게 말했다. "에드거는 저보다 부상이 심했죠. 저는 팔을 절단하지도, 아내를 잃지도 않았지만, 에드거처럼 저도 기억력에 영향을 받았습니다. 또, 고통에 대해서도 어느 정도 알고 있고, 진통제에 내성이 생겨 약효가 듣지 않으면 어떻게 되는지도 알고 있죠."[353]

"『데스퍼레이션』이 고통과 불행으로 가득 찬 책이라면 『듀마 키』는 실제로 희망이 있는 책이에요. 왜냐하면 그 책을 쓸 때 제가 조금 더 희망찬 장소에 있었기 때문이죠. 두 소설은 사고 이후 제가 회복하는 과정의 양극단을 보여줍니다. 『듀마 키』를 쓸 당시에는 실제로 제 기분도 훨씬 나은 상태였고, 그게 책에 그대로 드러난 거 같아요."[354]

《포트 워스 스타 텔레그램》에 실린 짐 애서튼의 『듀마 키』 책 서평 삽화.

『언더 더 돔』(2009)

때로 작가는 혼자 풀어나가기에는 너무 덩치가 큰 이야깃거리를 떠올리곤 한다. 그 아이디어를 작품화하는 일이 작가의 능력 밖일 수도 있다. 가족이 있고 전업 교사로 일하는 젊은이가 감당할 수 없을 정도로 많은 양의 자료 조사가 필요한 이야기인 경우도 있다. 혹은 아이디어에 내포된 과학적 논리가 작가의 전문 영역이 아니거나, 이를 도와줄 사람이 곁에 없을 수도 있다. 아니면 그냥 단순히 글감이 영글 시간이 필요한 것일지도 모른다.

킹은 아이디어 공책을 따로 두지 않는다. 아이디어 공책은 나쁜 아이디어가 영원히 살아남을 수 있도록 만드는 최고의 방법이라고 여러 차례 말한 바 있다. 킹은 아이디어가 좋으면 자연스레 계속해서 남아 있는다고 믿는다. 2012년, 매사추세츠 로웰대학교에서 청중과 이야기하던 중, 킹은 체 속의 빵부스러기를 예로 들었다. 체로 치면, 즉 시간이 흐르면, 그다지 크지 않고 중요하지 않은 것들은 전부 빠져나가겠지만, 큰 조각, 좋은 아이디어는 그대로 남아 있는다는 거다. 킹은 그 과정을 다윈주의적이라고 했다.

『언더 더 돔』의 아이디어는 킹이 고등학교에서 교사 생활을 하던 1970년대에 처음 떠올랐다. 그때 수십 쪽 정도 원고를 쓰고 어딘가 치워뒀다가 결국엔 잃어버리고 말았다. 2006년 11월, 킹은 더글러스 E. 윈터의 『어둠의 미학』 인터뷰집에서 그 소설 이야기를 꺼냈던 것을 들춰보다가 한 번 더 도전해 보기로 마음먹었다. 그는 메인주의 어느 마을 위로 돔이 내려앉으면서 그 돔에 마멋이 두 동강 나는 오프닝을 기억하고 있었고, 그 기억에서부터 글을 써나가기 시작했다. 이듬해 의회 도서관에서 열린 한 행사에서 그 부분을 읽으며 킹은 이렇게 말했다. "전 이 글을 쓰려고 25년을 기다렸습니다. 훨씬 젊었던 시절에 이 소설을 한 번 시도한 적 있었지만, 당시 제가 다루기에는 너무 거대한 소재였고

그래서 그대로 그냥 잊히게 내버려두었죠. 하지만 너무 좋은 아이디어였기에 완전히 잊히진 않았어요. 그냥 거기 주야장천 머물며 이따금 '날 써줘.'라고 말할 뿐이었죠. 이제야 마침내 쓰게 됐네요."[355] 킹은 이 소설이 "『스탠드』에서 다뤘던 문제를 훨씬 은유적인 방식으로"[356] 다룬다고 말한다.

10월 중순의 어느 화창한 토요일 아침, 메인주 체스터스밀 위로 정체불명의 투명한 돔이 내려앉아 그 무엇도 마을을 나갈 수도, 마을에 들어올 수도 없게 됐다. 사람들은 돔 너머로 소통할 수는 있지만, 돔은 움직일 수 없고 당연하게도 깨부술 수도 없다. 그리고 돔은 사실상 돔 모양이 아니다. 캐슬록, TR-90 등과 인접한 체스터스밀의 경계를 따라 양말 모양으로 생겼고, 높이는 13km가 넘는다. 돔 안팎으로 공기 교환이 원활하게 이루어지지 않고(마을의 장기적 생존이 달린 중요한 요소), 돔 바깥에서 돔을 향해 물을 직접 쏘면 안쪽에는 고운 안개만 날린다. 전선은 끊겼지만, 메인주 서부에 발전기가 널리 보급된 덕에 휴대전화, 케이블 TV, 인터넷은 제대로 작동한다.

CBS에서 방영된 미니시리즈 「언더 더 돔」 홍보용으로 촬영한 유리 돔을 들고 있는 킹의 모습.

체스터스밀이 처한 곤경은 전 세계가 알게 된다. CNN의 울프 블리처와 앤더슨 쿠퍼가 돔 바깥쪽에서 뉴스 방송을 진행하고, 이런저런 방법으로 돔을 부수려는 시도는 TV를 통해 생중계된다. 사람들은 외계의 지적 생명체나 북한 같은 적성국이 돔을 만든 것이리라 짐작한다.

돔이 어쩌다 생겨난 것인지, 세계가 그 돔을 무어라고 생각하는지는 킹의 주요 관심사가 아니다. 그보다 킹은 돔 안에 갇혀버린 사람들 사이에서 무슨 일이 일어나는지 탐구하는 것에 더 관심을 기울인다. 내부 사람들은 보유한 식량과 프로판 가스로 얼마나 더 버틸 수 있을지, 돔이 날씨에 어떤 영향을 미치는지, 더는 호흡하기에 안전하지 않을 만큼 공기가 오염되는 것은 언제쯤일지 걱정한다. 물건 가격은 치솟고, 분노가 이글거리며, 해묵은 적대심에 다시금 불이 붙는다.

이라크전 참전 군인인 데일 '바비' 바버라는 마을 간이식당에서 요리사로 일했고, 젊은 펑크족들과 마찰을 빚은 후부터 체스터스밀에서 기피 대상으로 여겨지고 있었다. 더는 버틸 수 없다고 판단한 바비는 돔이 생겨났을 때 길 가는 차를 잡아타고 마을 밖으로 나가려던 참이었다. 이 일로 바비의 전 상사가 바비를 군에 복귀시켰고, 이들은 마을 내부 상황이 어떤지, 마을 외부에서 돔을 뚫기 위해 어떤 노력을 하고 있는지 정보를 교환했다. 오바마 대통령은 계엄령을 선포하고 바비를 임시 지도자로 임명한다.

돔이 나타나자 중고차 판매상이자 부의장인 빅 짐 레니에게 위기가 닥친다. 레니는 체스터스밀에서 영향력이 큰 인물이지만, 자신은 막후에 머무른 채로 비인기 정책이 불러올 역풍을 대신 맞아줄 무능하고 조종하기 쉬운 사람을 의장으로 앞세우는 편을 선호한다. 하지만 돔이 없어진 뒤 외부인이 들어와 마을을 샅샅이 뒤지고 다니면 레니의 횡령과 마약 판매 행각이 발각될 터였다. 돔으로 인해 외부의 권력이 무의미해졌다는 것을 깨달은 레니는 바비를 모함해 시정독재 체제를 구축할 기회를 놓치지 않고, 자신의 불법 행위를 은폐할 시간을 벌고자 했다. 저항을 꺾기 위해 레니는 경찰서를 폭력배로 채워 넣었고, 자신의 행위가 정당하게 보이게끔 가짜 폭동 사건을 꾸몄다. 공범 중 일부가 범죄 일변도

2009년 11월 11일, 메릴랜드주 던도크의 어느 월마트에서 『언더 더 돔』을 홍보하고 있는 킹.

「더 카니발」

1980년대에 「크립쇼」를 촬영하던 킹은 사회로부터 단절된 인물들의 행동을 탐구하는 소설 쓰기에 한 번 더 도전한다. 그는 「더 카니발」을 450쪽 정도 썼고, 피츠버그에서 숙소로 묵었던 "우중충한 교외 아파트 단지"에서 영감을 받아 쓴 사회희극이라고 했다. "아파트 건물에 옴짝달싹 못 하게 갇혀버린 사람들에 관한 이야기입니다. 제가 떠올릴 수 있는 최악의 상황이죠. 그런 상황에서 서로 잡아먹고 먹히는 일이 일어나면 재미있을 것 같다는 생각이 들었어요. 이건 정말 이상한 소설입니다. 톤 변화 없이 일관된 분위기로 끌고 가거든요. 하지만 이 소설이 출간될지 안 될지는 아무도 모르는 일이잖아요?"[357]

킹은 오랫동안 원고가 영영 없어진 줄로만 알고 있었다. 하지만 『언더 더 돔』 출간 직후, 「더 카니발」 원고가 사무실에 나타났다. 온전히 성한 모습은 아니었고, 일부 페이지가 없어지기도 했지만, 대부분 양호했다. 킹은 처음 120쪽 분량을 두 편으로 나누어 웹사이트에 게시했다. "원고의 고풍스러운 느낌이 마음에 들었다. 컴퓨터 시스템으로 전환하기 전, 그 옛날의 IBM 셀렉트릭 타자기로 쳐냈던 마지막 원고일 것이다."[358] (그 다음으로 완성한 소설은 컴퓨터로 작업한 『부적』이다.)

「더 카니발」은 필라델피아 서부, 이름 모를 어느 도시의 테니스 클럽 아파트를 배경으로 한다. 주민들은 서로에게 예의를 차리지만 그렇다고 친근한 사이는 아니다. 어느 날 아침, 사람들은 출근할 수 없다는 사실을 깨닫는다. 어쩐 일인지 밖으로 나가는 문이 꿈쩍도 하지 않는 거다. 바깥의 가로등은 평소와 다른 빛깔을 띠고, 누가 봐도 뭔가 잘못된 모양새다. 근처 고속도로에는 차량이 지나다니지 않고, 주차장에 서 있는 차들도 너무 초현실적이어서 마치 신기루 같아 보인다. 통화를 시도하면 전화는 걸리지만, 수신자가 아무런 소리도 듣지 못한다. 건물의 창문도 깨지지 않는다. 공포와 혼란이 점차 가중된다.

오래된 물건에 대한 흥미 외에도 킹이 원고를 공개하는 이유는 또 있었다. "인터넷에 『언더 더 돔』과 「심슨 가족: 더 무비」가 비슷하다고 지적하는 글들이 있다. (…) 개인적으로 그 영화를 본 적이 없어서 거기에 대해 뭐라 말할 순 없지만, 소설과의 유사성이 무척 놀랍기는 하다. 고의적으로 베끼는, 이른바 '표절'이 아니라면 모든 눈송이의 모양이 다르듯 이야기들도 서로 다를 수밖에 없다. 이유는 단순하다. 두 인간의 상상력이 완전히 똑같을 수 없기 때문이다. 의심을 품고 있던 사람들에게 이 원고는 내가 '돔'과 '고립'이라는 설정을 호머와 마지 가족이 등장하기 훨씬 오래전에 떠올렸다는 증거가 될 테다."[359]

인 레니의 행실을 폭로하겠다고 협박하자, 레니는 돔으로 혼란해진 상황을 이용해 협박범들의 입을 막았다.

킹은 사람들이 레니를 지지하는 이유를 중독에 빗대어 설명한다. 다쳐본 사람들은 누구나 마약 중독에 빠질 수 있는데, 왜냐하면 진통제 복용을 합리화하기 위해 우리의 몸과 뇌가 공모해 통증을 가짜로 만들어 내기 때문이다. 레니는 마을의 뇌로서 체스터스밀 시민들에게 가짜 불편을 만들어 선사한다. 킹은 이야말로 레니 같은 사람들이 권력을 쥐는 방법이라고 말한다. 마을 단위보다 규모가 더 컸다면 레니는 제2의 폴 포트* 혹은 히틀러가 되었을지도 모른다.

처음에 이 책은 『스탠드』와 비교되곤 했지만, 두 소설 간에는 근본적인 차이점이 존재한다. 킹이 소설 속에서 미국 전역을 보드로 사용해 몇 달이라는 기간에 걸쳐 인물들

---

* 폴 포트(Pol Pot)(1925~1998)는 캄보디아의 독재자이자 '킬링 필드'라는 학살 사건을 주도한 역사상 최악의 학살자 중 한 명으로 손꼽히는 인물이다.

을 배치하는 『스탠드』는 체스 게임에 가깝다. 한편 『언더 더 돔』은 게임이 시작되기 전부터 뒷줄의 기물 하나가 왕관을 쓴 채 빠른 속도로 진행되는 체스 게임이라고 할 수 있다. 『언더 더 돔』은 지리적으로 제한되어 있으며, 이야기가 진행되는 기간도 훨씬 짧다.

두 책 모두 선과 악의 본질을 탐구하지만, 『스탠드』에서는 이러한 개념을 절대적 차원에서 다룬다. 『언더 더 돔』에서 신은 소설 속 '등장인물'로 나오지는 않는다. 가장 '종교적인' 인물은 이제 더는 신을 믿지 않는 목사다. 마을 지도자들은 위기의 순간에 큰 목소리로 신앙을 고백하고 신 앞에 무릎을 꿇지만, 사실 이들은 타락하고 결코 기독교인답다고 할 수 없는 인물들이다. 절대 악이라고 할 수는 없다. 다만 악한 인간일 뿐이다.

각색작들

1990년대와 비교했을 때, 2000년대의 각색작들에 대한 반응은 비교적 조용한 편이었다. 대형 스크린 개봉작 중 큰 반향을 일으킨 작품은 거의 없었다. 「드림캐쳐」는 혹평을 받았지만, 「하트 인 아틀란티스」와 「1408」은 그럭저럭 성공한 축에 속했다. 프랭크 다라본트의 신작 「미스트」는 원작과 다른 결말 때문에 논란이 일기도 했다.

TV에서 킹은 오리지널 드라마 「로즈 레드」 각본을 썼고, 이 드라마를 홍보하기 위해 리들리 피어슨이 집필한 소설 원작의 「엘렌 림바우어의 일기」가 프리퀄로 제작됐다.

킹은 또한 라스 폰 트리에의 「킹덤」을 「스티븐 킹의 킹덤」으로 각색했는데, 이 드라마에는 킹이 당한 사고와 소름끼치도록 흡사한 사고가 등장한다. 하지만 이 드라마는 한 시즌 만에 제작이 취소되고 만다. 그보다는 『데드 존』을 각색한 드라마가 성공을 거두어 여섯 시즌 동안 방영됐다. 앤솔러지 드라마 「스티븐 킹의 나이트메어 앤 드림스케이

프」는 킹의 단편 여덟 편을 각색했다.

킹의 작품을 가장 많이 각색한 믹 개리스는 2000년대에 「라이딩 더 불릿」과 미니시리즈 「데스퍼레이션」까지 총 두 프로젝트를 진행했다. 현재는 일반적으로 받아들여지는, 이미 한 번 만들어진 적 있는 킹 소설 각색작을 리메이크하는 트렌드는 2000년대에 『살렘스 롯』과 『캐리』 각색작을 리메이크한 두 번째 미니시리즈와 함께 시작됐다. 그리고 「옥수수 밭의 아이들」을 다룬 영화는 이 시기에 두 개나 더 제작됐다.

더 많은 각색작 목록은 부록 3을 참고하라.

킹의 미니시리즈 「로즈 레드」의 프리퀄이자 TV 방송용으로 제작된 「엘렌 림바우어의 일기」 출연진 사진.

스티븐 킹 유니버스

킹의 소설들은 서로 연결되어 있어서 한 작품에서 등장한 인물이 다른 작품에서 등장하기도 하고, 앞선 소설에서 발생한 사건이 후속 작품에서 언급되기도 한다. 그러한 연관성을 모두 정리하는 작업은 방대한 양의 지면이 필요하므로 이 책의 범위를 벗어나는 일이다. 그러한 작업을 한 책 중, 세 명의 작가(스탠리 비아터, 크리스토퍼 골든, 행크 바그너)가 편집한 『스티븐 킹 유니버스 뜯어보기』는 600쪽 분량에 이르는데, 이는 킹의 작가 생활 중 고작 첫 20년만을 정리한 것이다. 한 팬은 킹의 작품 간에 나타나는 굵직한 연관성을 보여주는 포스터 크기의 지도를 제작하기도 했다. 이는 마치 스릴러 영화에 등장하는 음모론 차트처럼 보이기도 한다.

킹의 책에는 두 가지 종류의 연관성이 존재한다. 첫 번째는 스티븐 킹이 소설 속 인물의 창조자가 아니라(이 경우는 뒤에서 다루겠다.), 등장인물이 사는 세계에 스티븐 킹도 살아 숨 쉬는 인물로 등장하는 경우다. 이러한 설정은 『데드 존』에서 "마치 『캐리』라는 책 속 한 장면 같이, 그는 생각만으로 거기에 불을 붙였다."라는 문장을 통해 처음 등장한다. 『데드 존』이 출간된 1979년에는 이미 『캐리』 책과 영화 모두 미국 전역에서 유명했기에 등장인물이 이 상징적 장면을 언급한 것은 무척 자연스러운 일이었다. 「다크 타워 시리즈」에 등장하는 안드로이드인 나이절조차 『데드 존』을 읽었다고 말한다.

또, 「다크 타워 시리즈」의 에디 딘은 스티븐 킹이 누구인지 모르지만 『샤이닝』에 등장하는 스테디캠 장면*만큼은 알고 있다. 하지만 스티븐 킹에 대해서도 곧 알게 됐다. 마법의 문을 통해 1970년대의 메인주에 떨어지게 된 에디는 그곳에서 자기 인생을 이야기로 쓰고 있는 작가를 만난 것이다.

캐슬록이나 데리 주민들이 과거 그곳에서 일어난 사건들을 알고 있는 것도 당연하다. 그중 일부 사건은 미국 전역을 들썩이게 했을 만큼 중요하게 다뤄졌기에, 각기 다른 소설 속 인물들이 광견병 걸린

개가 보안관을 죽인 일이나 교통정리원**이 살인을 저지른 일을 언급하는 것은 전혀 놀랍지 않다.

놀라운 경우는 어떤 책의 등장인물이 전혀 관련 없어 보이는 책에 갑자기 나타날 때다. 이는 「다크 타워 시리즈」에서 가장 빈번하게 발견된다. 캘러핸 신부(『살렘스 롯』), 패트릭 댄빌(『불면증』), 테드 브로티건(『내 영혼의 아틀란티스』), 리처드 엘러리 '딩키' 언쇼(『모든 일은 결국 벌어진다』)는 전부 롤랜드 디셰인의 중간 세계에 등장하며, 『용의 눈』의 두 소년도 마찬가지다.

뜻밖의 크로스오버는 또 있다. 롤랜드의 카텟은 전염병이 휩쓸고 지나간 어느 지구를 잠깐 들른다(『스탠드』). 『나중에』 속 등장인물은 페니 와이스(『그것』)를 물리치도록 도왔던 신화에 관해 설명하기도 한다. 『인스티튜트』의 누군가는 약 40년 전 마을 사람 전체가 사라진 예루살렘스 롯이라는 메인주의 작은 마을에 관해 알고 있다.

『아웃사이더』의 한복판에서 홀리 기브니를 맞닥뜨릴 거라고 생각한 독자는 없을 것이다. 하지만 홀리는 초자연적 범죄의 전문가이니 안 될 것도 없지 않은가? 딕 할로런(『샤이닝』)은 데리의 블랙 스폿이 불에 탈 때 그곳에 있었고(『그것』), 신시아 스미스(『로즈 매더』)는 『데스퍼레이션』의 네바다주에 모습을 드러낸다. 『돌로레스 클레이본』의 주인공은 개기일식 중에 『제럴드의 게임』에 등장하는 제시 벌링게임의 어린 시절 모습을 환영으로 본다. 짐 가드너(『토미노커』)는 더 샵 건물을 깡그리 불태워버린 어린 소녀에 관한 이야기를 듣는다(『파이어스타터』). 모든 것을 아는 도런스 마스텔라(『불면증』)는 『리바이벌』과 「해리건 씨의 전화기」에 모두 등장한다.

때로 작품이 서로 연관되는 일은 불가피하기도 하다. 『빌리 서머스』의 빌리 서머스가 콜로라도주 사이드와인더 위쪽의 산에 도착했을 때, 그로부터 몇 년 전에 불에 타버린 귀신 들린 오버룩 호텔에 관한 이야기가 귀에 들어오는 것은 당연하다. 메인주 이외의 다른 가상의 장소도 이따금 다시 등장하곤 하는데, 네브래스카주의 헤밍포드홈(『스탠드』 속 마더 애버게일의 집, 성인이 된 벤 한스컴의 집

---

* 스테디캠(Steadicam)이란 카메라를 손으로 들고 촬영할 때 흔들림을 보정해주는 장치다. 「샤이닝」에서 세발자전거를 타고 호텔을 돌아다니는 소년 대니의 뒷모습을 따라다니며 촬영한 장면은 영화사에서 스테디캠을 가장 효과적으로 사용한 최초의 장면으로 손꼽힌다.

** 『데드 존』에 연쇄살인범으로 등장하는 프랭크 도드를 가리킨다.

「1922」 속 윌프리드 제임스의 집이 있는 곳과 콜로라도주의 네덜란드는 빌리 서머스가 여정 도중에 들르는 곳 중 하나이고, 제임스 코건의 고향이다(「콜로라도 키드」).

『불면증』의 랄프 로버츠가 게이지 크리드(『애완동물 공동묘지』)의 신발을 발견하는 장면처럼, 미묘하게 드러나는 연관성도 있다. 『듀마 키』에 언급된 노래 가사는 『그것』의 R. 토지어와 W. 덴브로가 쓴 것이다. 『프롬 어 뷰익 8』에서 버려진 차는 『내 영혼의 아틀란티스』 속 악한의 소유인 것으로 보이고, 「다크 타워 시리즈」의 등장인물 두 명은 「우르」의 끝부분에서 잘못된 곳으로 보낸 전자책 단말기를 되찾으러 등장한다. 그리고 목사 찰스 제이컵스(『리바이벌』)는 조이랜드 놀이공원에서 일한 적 있다.

더욱 흥미로운 지점은 딕 할로런이 찰리 맹크스를 알고, 트루 낫의 멤버 중 하나가 RV 차량에 크리스마스랜드가 그려진 범퍼 스티커를 붙이고 있다는 것이다. 이는 모두 조 힐의 소설 『NOS4A2』에 등장하는 요소로, 『NOS4A2』에서도 트루 낫을 포함해 킹의 작품 속 여러 개념을 차용하고 있다.

전염병으로 99%의 인류가 절멸한 『스탠드』의 세상에서 남은 것을 모두 장악하려는 모습으로 처음 등장한 말썽꾼 랜들 플랙을 빼놓을 수는 없다. 이후 플랙은 딜레인 왕국을 탈취하려는 마법사 플랙으로 환생한다(『용의 눈』). 플랙은 다른 소설에서도 환생하는데, 주로 랜들 플랙의 이니셜 'R. F.'를 그대로 사용한 여러 이름으로 등장한다(예: 『내 영혼의 아틀란티스』). 플랙은 『다크 타워 7 - 다크 타워』에서 자신의 힘에 필적할 만한 모드레드 디셰인과의 만남을 마지막으로 무대를 떠난다.

마지막으로, 신비의 숫자 19가 있다. 「다크 타워 시리즈」에서 처음 등장하기 시작한 이 숫자는 킹이 거의 죽을 뻔한 사고를 당한 날짜다. 그때부터 이 숫자는 노골적으로(주소, 고속도로 번호 등) 혹은 간접적으로(등장인물 이름의 알파벳 개수, 각 자리 수의 합 등) 등장한다. 킹의 팬들은 사고 이전에 출간된 작품에서도 이 숫자를 여럿 발견했는데(예: 『데드 존』의 조니가 행운의 돌림판 게임에서 마지막으로 돈을 건 숫자), 이는 모든 것이 숫자 19로 통한다는 킹의 말을 증명하는 듯하다.

이스터 에그

이스터 에그란 특정 장르나 주제에 친숙한 사람들이 알아볼 수 있도록 영화 제작자들이 영화에 심어 놓는, 알 만한 사람들끼리만의 은밀한 농담 같은 것으로, 킹 소설 각색작에는 초기부터 들어가 있었다. 킹 영화 속 최초의 이스터 에그는 「캣츠 아이」에서 세인트버나드에게 쫓기는 고양이가 빨간색과 흰색이 섞인 1958년식 플리머스 퓨리에 거의 치일 뻔하는 장면이다.*

어떤 각색작은 이스터 에그를 적극적으로 심는 반면, 어떤 각색작은 관객이 현재 이야기에 몰입할 수 있도록 철저히 배제하는 것을 선호한다. 『콜로라도 키드』를 가볍게 각색한 TV 드라마 「헤이븐」은 에피소드마다 스티븐 킹과 관련된 요소를 최소 하나 이상 넣어두었다. 2021년작 『스탠드』도 이스터 에그가 넘쳐난다.[360] 버스 정류장에 붙어 있는 '헤밍포드홈'이라는 노인 복합 시설 광고 포스터를 통해 교묘하게 카메오로 등장한 킹이 그 예다.

또 다른 예도 있다. Apple TV+에서 각색한 「리시 이야기」 첫 에피소드에는 「칙칙폭폭 찰리」 책이 카메라에 포착될 뿐만 아니라, 또 다른 에피소드에는 훨씬 눈치채기 어려운 이스터 에그가 존재하는데, 바로 『데드 존』의 내용을 필사한 종이다. 영화와 TV 드라마 각색작 속 모든 이스터 에그를 낱낱이 나열하는 일은 품이 엄청나게 많이 드는 일일 것이며, 필시 놓치는 부분이 생기기 마련일 테다.

킹은 소설 속에 자기만의 이스터 에그 바구니를 만들어 두었다. 어떤 이스터 에그는 킹의 다른 작품과의 크로스오버 형태를 띠기도 하지만, 또 어떤 요소는 그냥 잊을 만하면 등장한다. 예를 들어, 『빌리 서머스』 속 포드 핀토 차량은 『쿠조』를 연상케 한다. 또, 빌리의 어머니는 세탁 일을 할 때 '맹글'이라는 세탁물 짜는 기계를 사용하는데, 이는 킹의 '애독자'라면 알아볼 대목이다. 또, 파란색 샴브레이 셔츠를 입은 인물이 킹의 소설을 통틀어 몇 명이나 등장하는지 아는가?

엄청 많다.

* 세인트버나드는 쿠조의 견종이고, 1958년식 플리머스 퓨리는 크리스틴의 차종이다.

범죄물의 제왕
(2010년~)

2010년 이후 킹의 작품을 지배하는 굵직한 주제가 몇 개 있다. 먼저, 이 시기에 접어들어 자신감이 생긴 킹은 킹은 처음 아이디어를 떠올렸을 시기에는 제대로 해낼 수 없을 것 같아서 미루고 제쳐두었던 콘셉트들을 다뤄낸다. 두 번째로, 킹은 자신의 가장 유명한 작품 중 하나의 주인공을 다시 한번 소환한다. 킹은 소년 시절에 끔찍한 사건을 겪은 지 수십 년이 지난 후의 시점에서 그간 그 주인공에게 무슨 일이 있었는지 살펴본다.

마지막으로, 킹은 오랜 시간 독자로서는 즐겼지만, 몇몇 글들을 제외하고는 작가로서는 거의 탐색해 본 적 없었던 범죄 장르에서 긴 글을 자주 썼다. 2010년대 이후의 여러 출간작을 살펴보면 범죄 장르를 향한 킹의 애정이 뚝뚝 묻어나는 동시에, 기존 장르에 킹만의 특색이 가미된 모습도 어렵지 않게 찾아볼 수 있다.

『별도 없는 한밤에』(2010)

「1922」, 「빅 드라이버」, 「공정한 거래」, 「행복한 결혼 생활」

킹의 세 번째 중편집 수록작은 제목만큼이나 분위기가 어둡다. 이 작품들은 등장인물이 직접 만들거나 만들지 않은 끔찍한 상황에 놓인 사람들을 보여주는 폭력적인 단편이다. 킹은 폭력으로부터 고개를 돌리지 않고 오히려 그 속으로 파고들어 소름 끼치리만치 자세하게 묘사한다. 첫 번째 단편 「1922」는 마이클 레시가 쓴 논픽션 『위스콘신 데스 트립』에 영감을 얻은 작품이다. 킹은 그 책에서 본 사진 속 사람들의 얼굴에 담긴 가혹함과 박탈함을 소설에서 포착해 내고 싶었다고 말했다. 「1922」는 농장을 팔고 도시로 이사하고 싶어 한다는 이유로 아내를 살해한 어느 남자의 고해 성사 형식으로 서술된다. 그 남자는 아들을 범죄에 강제로 가담시키고, 종내에 가족은 파멸로 치닫게 된다.

「빅 드라이버」는 차 타이어가 펑크 난 어느 여성이 휴게소에서 트럭 기사와 이야기를 나누는 장면을 본 뒤 탄생했고, 「공정한 거래」는 뱅고어 공항 근처에서 장사하는 노점상에게서 영감을 얻었다. 또, 결박한 뒤 고문하고 살해한다는 뜻의 BTK(*bind, torture, kill*) 살인마 데니스 라이더에 관한 기사를 읽은 킹은 연쇄살인범의 아내가 남편의 행적에 관해 무엇을 알고 있었을지 궁금해졌고, 그 궁금증이 「행복한 결혼 생활」 집필로 이어졌다.

적어도 수록작 중 두 편은 초현실적 요소가 들어 있지 않다. 「1922」 속 화자는 미쳐가고 있기 때문에 그가 겪는 일들은 망상에 의한 것일 수 있다. 행복한 결말은 없다. 킹은 닫는 글에서 이렇게 썼다. "어쩌면 읽기 힘든 곳이 몇 군데 있었을지도 모르겠다. 혹시 그랬다면, 나 역시 쓰기 힘든 곳이 몇 군데 있었다는 말을 꼭 해 두고 싶다. (…) 내가 믿는 것이 하나 더 있다. 만약 당신이 아주 캄캄한 (…) 곳에 간다면, 반드시 환한 손전등을 챙겨 가서 모든 것을 샅샅이 비춰 봐야 한다는 것이다. 그런 게 보기가 싫다면 애초에 뭐 하러 캄캄한 곳에 들어간단 말인가?"361

스티븐 킹: 라디오 토크쇼 호스트

킹은 슈터 제닝스의 콘셉트 앨범 「블랙 리본」에서 정부 검열로 인해 곧 폐지될 라디오 토크쇼 호스트 '윌 오 더 위스프'라는 역할을 맡아 목소리를 녹음했다. 킹이 맡은 인물은 방송 폐지까지 몇 시간 남지 않은 상황에서 라디오를 통해 미국의 역행을 비판하고, 방송 금지된 밴드이자 제닝스의 실제 밴드인 '하이로펀트'의 음악을 튼다.

킹은 순전히 인터넷만을 통해 이 프로젝트에 참여했다. 컨트리 음악의 전설, 웨일런 제닝스의 아들인 슈터 제닝스와 킹은 한 번도 직접 만나지 않았고, 심지어 전화 통화도 하지 않았다. 이들은 오로지 인터넷 메시지를 통해서만 연락을 주고받으며 윌 오 더 위스프의 불길한 대사를 함께 완성했다. "제가 대본을 써서 킹에게 보내면 킹이 받아서 다시 쓴 뒤, 꽤 많은 내용을 추가해서 돌려줬어요. 그러니까 결국 그 부분은 공동 작업이었다고 할 수 있습니다." 제닝스가 한 인터뷰에서 말했다. "몇 주 뒤, 집 앞으로 소포가 도착했습니다. CD, 타자로 친 원고, 그리고 타자를 치고 있는 킹의 사진이 담겨 있었죠."362

킹은 이렇게 말했다. "그 대사는 전부 네 시간 만에 녹음했고, 녹음테이프를 죄다 슈터에게 보냈어요. 슈터가 그 녹음본을 한데 이어 붙인 것을 들어보니 재밌더군요. 예순두 살쯤 먹으니 이제 재미를 추구하게 된 것 같습니다."363

《로스앤젤레스 타임스》는 킹의 참여에 대해 이렇게 평했다. "점차 심해지는 정부 압박을 향해 풍자를 곁들인 정당한 분노를 토해내고 이에 대항하는 개인의 목소리가 지닌 중요성을 옹호하는, 실제 즉흥 연설처럼 보이는 킹의 익살스러운 역할 덕에 「블랙 리본」의 효과가 상당히 배가되었다."364

킹의 내레이션이 담긴 슈터 제닝스의 「블랙 리본」 앨범 커버.

『11/22/63』(2011)

킹이 고등학교에서 학생들을 가르치고 있던 1971년, 휴게실에 몇몇 동료 교사들이 모여 앉아 존 F. 케네디 암살 사건 얘기를 나누고 있었다. 누군가가 이렇게 물었다. "케네디가 살아 있었다면 지금쯤 세상이 어떤 모습이었을까요?" 이들은 리 하비 오스왈드가 그 시간, 그 장소에서 대통령을 암살할 수 있게 만들어 준 일련의 우연을 주제로 토론했다.

이 대화에서 영감을 얻은 킹은 '스플릿 트랙'이라는 제목의 소설을 써서 암살을 막기 위해 시간을 거슬러 과거로 향하는 한 남자의 이야기를 다뤄보려고 했다. 킹은 종이 열네 장을 빽빽이 채워 글을 썼지만 이내 포기하고 말았다. 자료 조사가 가장 큰 걸림돌이었다. 소설에 너무 많은 실존 인물이 등장한 데다, 과거의 사실들이 실제처럼 보이도록 이야기에 엮어 넣어야 한다는 점 때문에 의욕이 떨어졌다. 역사 기반 소설에 무척 중요한 요소인 현장 답사를 위해 댈러스로 여행을 떠날 돈도 없었거니와, 킹이 그런 자료에 접근할 수 있게 해줄 명성은 그로부터 근 40년 후에나 얻을 수 있었다. 게다가 1971년에는 대통령 암살 사건으로 상처 입은 사람들의 마음이 아직 아물지 않았다는 생각도 들었다.

하지만 그 아이디어는 줄곧 킹의 머릿속에 남아 그 흔적이 다른 작품에 나타나기도 했다. 미래를 내다볼 수 있는 주인공이 문명의 종말을 가져올 정치인을 암살하기로 마음먹는 『데드 존』은 과거의 암살을 막는다는 설정을 역발상한 소설이라고 할 수 있다. 『다크 타워 5 - 칼라의 늑대들』에는 캘러핸 신부가 시간을 넘나드는 행위의 위험성에 관해 논하는 장면이 등장하는데, 이때 신부는 케네디 암살 사건을 예시로 든다. "미국 역사에 분수령이라고 할 만한 순간이 있다면 바로 그때야. 그 사건을 바꾸면 그 후의 모든 게 바뀌어.

스크리브너판 양장본 『11/22/63』의 책 커버.

베트남 전쟁…… 인종 갈등…… 모든 게 다." 이에 에디 딘이 묻는다. "하지만 신부님…… 그렇게 했다가 더 안 좋은 쪽으로 바뀌면 어떡해요?"[365] 몇 년 뒤, 마블에서 「다크 타워」 만화를 출간하기 전에 킹은 비슷한 줄거리로 그래픽 노블을 집필할 가능성을 시사하기도 했다.

「다크 타워 시리즈」에 등장하는 마법의 문은 언제 어디로든지 목표 지점을 설정할 수 있지만, 『11/22/63』은 다른 설정을 지닌다. 문을 통과한 사람들은 메인주 리스본 폴스에 있는 앨 템플턴의 식당 창고로 떨어지며, 날짜와 시간은 항상 1958년 9월 9일 오전 11시 58분이다. 그곳에 얼마나 머물건 상관없이 현실로 돌아오고 나면 시간은 2분만 흘러 있다. "토끼굴"을 다시 한번 통과하면 이전 여정에서 만들어 낸 역사의 변경 사항들은 전부 없던 일이 되어버린다. 매번 처음 떠나는 여행과도 같은 것이다. 적어도 앨이 믿기에는 그렇다.

교사인 제이크 에핑은 배우자와 이혼하고 어려운 시기를 보내고 있다. 그는 돈을 더 벌기 위해 성인을 대상으로 한 고졸 학력 인증 준비반 학생들을 가르치고 있긴 하지만, 이외에는 이렇다 할 것 없이 고양이 한 마리만 키우며 조용히 살고 있다. 친구도 몇 없는 제이크는 그렇기에 요리사 앨이 더는 직접 수행할 수 없는 임무를 자신에게 맡겼을 때 별로 잃을 것도 없었다.

2001년 테러 공격, 히틀러 암살 실패, 제1차 세계대전을 촉발한 프란츠 페르디난트 암살 사건 등, 인류사의 경로를 갑작스레 바꿔놓은 여러 사건 중, 앨의 '토끼 굴'을 통해 접근할 수 있는 사건은 단 하나, 케네디 암살 사건이다. 앨은 이미 한 번 암살 저지를 시도했으나, 1963년이 되기까지

5년을 기다리는 동안 암에 걸리게 되었다. 하지만 그간 앨이 1958년 이전에 사용했던 화폐를 포함한 수많은 자원과 자료를 축적해 둔 덕에 제이크는 한결 수월하게 임무를 수행할 수 있게 됐다.

『그것』에 등장하는 몇몇 익숙한 인물들을 만날 수 있었던 과거 여행을 통해 과거를 변화시키면 현재에도 영향을 미친다는 사실을 확인한 제이크는 맡은 임무에 착수한다. 이론상으로는 단순히 곧장 오스왈드를 찾아낸 뒤 살해하면 끝이었지만, 제이크는 오스왈드가 단독으로 범행을 저지른 것인지 확신할 수 없었다. 꼭두각시 하나 처리하는 것으로 끝날 경우, 케네디의 목숨을 구할 수 없었다. 게다가 오스왈드는 앞으로 몇 년간은 러시아에서 돌아오지 않을 터였다. 제이크는 과거의 시간대 속에서 살인 혐의로 평생 감옥에 복역하지 않기 위한 계획도 세워야 했다.

훌루에서 방영한 미니시리즈 「11.22.63」 속 제이크 에핑(제임스 프랑코 분)과 빌 터코트(조지 맥케이)가 존 F. 케네디의 암살을 막기 위해 리 하비 오스왈드를 도청하는 장면.

제이크가 하는 모든 일은 역사에 파문을 가져오기 때문에 제이크는 현대식 말투를 줄이고, 아직 세상에 존재하지 않는 것들을 입에 올리는 부주의를 범해선 안 되었다. 하지만 과거는 커다란 변화를 쉽게 용납하지 않았고, 제이크가 미래에 엄청난 영향을 미칠 것 같은 일을 할 때마다 제이크의 앞길에 방해물을 던졌다.

제이크는 군이 서두르지 않은 채로 텍사스주 댈러스로 향하지만, 그곳에 도착한 그는 댈러스가 별로 마음에 들지 않는다. 댈러스는 데리와 거의 흡사한 방식으로 어딘가 불길한 느낌이 엄습하는 듯한, 어두운 장막이 드리운 도시다. 제이크는 도시 외곽의 작은 마을 조디로 이사하고, 그곳에서 교사로 새 삶을 시작한다. 사랑을 찾으러 떠난 여행은 아니었지만, 제이크는 그곳에서 새디 던힐을 만나게 된다. 겉으로 보기에 『11/22/63』은 시간 여행 소설이지만, 핵심은 사랑 이야기다. 1960년대의 도덕적 풍토와 협상하는 법을 배워야 하는 동시에, 새디에게 임무에 관한 이야기를 숨겨야 한다는 사실로 인해 그곳에서의 제이크의 삶은 여전히 고되다.

킹은 자료 조사를 딱히 좋아했던 적이 없다. 이야기를 지어낸 뒤 세부 사항은 나중에 채워 넣는 것이 킹의 방식이다. 하지만 이 소설을 집필할 때 킹은 인상 깊으리만치 많은 양의 자료를 조사했다. 킹은 후기 부분에서 몇몇 일화를 회고하는데, 연구자이자 친구인 러스 도르와 함께 연구차 일주일간 댈러스를 방문했던 이야기도 들어 있다. 두 사람은 미공개 투어를 허가받아 공중에게 공개되지 않은 '저격수

텍사스주 댈러스의 딜리 플라자를 바라보고 있는 텍사스주 교과서 창고. 리 하비 오스왈드가 이 건물의 6층 창문을 통해 존 F. 케네디 대통령을 저격했다.

킹의 대중문화

2003년 7월부터 2013년 1월까지 킹은 《엔터테인먼트 위클리》에 「킹의 대중문화」라는 칼럼을 연재했다. 칼럼은 대중문화를 주로 다뤘지만, 간혹가다 논란의 여지가 있는 정치 같은 영역으로 진출하기도 했다.

킹은 거의 10년 동안 125편이 넘는 에세이를 썼다. 사람들이 못 보고 그냥 지나칠 것 같은 작가, 책, 음악가, 영화, TV 프로그램을 소개하는 내용도 많았다. 또, 자기 작품을 각색한 작품, 질 나쁜 TV 광고, 「브레이킹 배드」, 「더 와이어」, 「로스트」를 향한 애정, 「로스트」 제작자와의 회의, 책 홍보 문구 쓰기, 영화 홍보 문구의 진정한 의미, 영화관 음식, 싫어하는 것, 오스카상, 오디오북, 전자책 단말기의 등장, 할리우드가 호러 영화를 못 찍는 이유, TV가 야구를 망친 이유 등, 다양한 주제로 칼럼을 썼다.

킹이 대중문화를 다룬 것은 이번이 처음이 아니었다. 1969년 초부터 메인대학교를 졸업할 때까지 그는 《메인 캠퍼스》에 「킹의 쓰레기 수거차」라는 주간 칼럼을 연재했다. 이 칼럼에서는 TV 게임 쇼, 영화, 비틀즈, 야구, 산아 제한, 학생이 짊어진 압박, 캠퍼스 및 세계 정치를 주제로 삼았다.

콜로라도주에 거주하던 1974년에는 오락 영화평 쓰는 일감을 구해보려고 《볼더 데일리 카메라》에 이런 제안서를 보내기도 했다. "난해하기 짝이 없는 외국 영화를 본 뒤 거들먹거리며 아방가르드한 감상평을 쓰는 일은 하고 싶지 않습니다." 킹은 이런 말도 덧붙였다. "참, 그건 그렇고, 전 싼값에 일합니다."

1969년 2월 20일에 발행된 첫 번째 「킹의 쓰레기 수거차」 칼럼.

은신처'를 비롯해 교과서 창고를 둘러볼 수 있었다. 두 사람은 오스왈드가 살던 아파트도 방문했고, 현재 거주자에게 얼마큼의 돈을 내고 안을 둘러보기도 했다.

책이 출간된 후, 킹은 인터뷰를 통해 역사 기반 소설을 앞으로 또다시 쓰지 않을지도 모르겠다고 말했다. 너무 노동 같았기 때문이었다. 킹은 지루한 역사를 흥미로운 무언가로 바꿔놓는 과정이 핵심이라고 말했다. 그런데도 기어코 글을 써낸 데에는 그런 요소가 없었더라면 평생 킹의 책을 집어 들 일 없는 사람들까지 독자로 포섭하고 싶었다는 점이 한몫했다. 킹은 《월스트리트 저널》 인터뷰에서 이렇게 밝혔다. "이런 글은 한 번도 써본 적 없었습니다. 처음에는 마치 새 신발을 길들이는 것처럼 무척 어색했죠."366

『11/22/63』에는 정치 얘기가 등장하긴 하지만, 그렇다고 정치색이 과도한 책은 아니다. 정치와 관련된 의견을 피력하는 등장인물이 있지만, 이 책은 킹의 정치적 입장을 연설해 보이는 무대로 쓰이고 있지 않기에 독자는 책 읽기를 꺼리지 않아도 된다. 하지만 자료 조사를 마친 킹은 오스왈드의 단독 범행이었다는 점만큼은 확신했다. 킹은 《뉴욕 타임스》 인터뷰에서 이렇게 말했다. "책이 출간되면 논란이 일어나리라 생각하고 있어요. 음모론자들은 꽤 빈틈없이 논리를 방어하죠. 여러 음모론이 있는데 그중 일부는 꽤 복잡하고, 일부는 단순해요. 또 몇몇은 틀린 것으로 반박되기도 했고요. 하지만 제 마음에 들러붙어 있는 생각 중 하나는 실제로 증명된 음모론이 단 하나도 없다는 점입니다." 킹은 이러한 생각에 태비사도 동의하지 않는다고 인정했다. 태비사는 그 암살 사건에 음모가 개입했다고 믿는다.[367]

이 소설의 가장 큰 비극은 제이크가 임무를 성공적으로 완수하고 나면 1963년에 남아 있지 못한다는 점이다. 제이크는 원래 시간대로 돌아가 케네디가 암살당하지 않았더라면 훨씬 좋은 세상이 펼쳐졌을 거라는 앨의 주장이 맞는지 확인해야 한다. 킹은 역사 전공자인 태비사, 린든 존슨의 보좌관 중 한 명인 도리스 컨스 굿윈, 그리고 도리스의 남편이자 케네디의 팀원이었던 딕 굿윈과 함께 어떤 결말이 가능성 있을지 논의했다. 이 대화를 통해 지도자로서의 케네디가 지닌 효율성을 통찰해 보고, 만약 케네디가 살아서 재임했다면 어떤 일이 벌어졌을지 추측해 본 덕에 킹은 원래 시간대로 돌아간 제이크가 어떤 광경을 보게 될지 결정할 수 있었다. 킹은 서사 소설을 마무리 짓는 방식으로 인해 때로 비난도 받지만, 『11/22/63』에 있어서는 완전히 예상을 빗나가면서도 만족스럽고 감동적인 피날레로 성공을 거두었다.

『닥터 슬립』(2013)

킹은 대중과 만나는 자리에서 『샤이닝』의 대니 토런스는 이후 어떻게 됐냐는 질문을 종종 받았다. 그러면 보통은 대니가 『파이어스타터』의 찰리 맥기와 결혼해 멋진 아이들을 낳았다고 농담을 던졌다. 하지만 내심 대니가 그 끔찍한 사건 후로 어떻게 되었을지 궁금하기도 했다. 특히 궁금했던 점은 잭 토런스의 알코올 중독이 아들에게 어떤 영향을 미쳤을지였는데, 왜냐하면 킹은 알코올 중독과 분노가 대를 이어 유전될 수 있다고 봤기 때문이다.

2009년, 『언더 더 돔』 홍보차 방문한 토론토의 어느 행사에서 「데드 존」의 감독 데이비드 크로넨버그와 함께 무대에 오른 킹은 『샤이닝』의 결말이 나름 긍정적이긴 했지만, 오버룩 호텔은 어린 대니에게 평생 갈 감정적 상흔을 남겼다고 말했다. 또, 『샤이닝』 후속작의 제목을 '닥터 슬립'으로 점찍어두긴 했으나, 글감의 유통기한이 한참 지나서 쓸 시기를 놓쳤다고도 했다. 하지만 웹사이트에서 진행한 독자 투표에 용기를 얻은 킹은 그 소설을 써보기로 각오했다.

『닥터 슬립』 집필을 준비하던 중, 킹은 『샤이닝』을 재독했는데, 이 과정을 자의식 훈련이라고 여겼다. 이때 킹은 『샤이닝』을 썼을 때보다 족히 두 배는 더 나이를 먹은 상태였다. 킹은 《엔터테인먼트 위클리》와 이런 인터뷰를 나눴다. "그때 이후로 몇 가지 새로운 기술을 터득했어요. 동시에 당시 그 책에 반영되었던 원래의 절박함이 지금은 일부 사라지기도 했고요. 저는 그때와 같은 사람이 아니지만, 그 또한 그 책이 지닌 일종의 매력 아니었을까 싶어요." 킹은 오래전 작품의 후속작을 내는 것에 대한 사람들의 반응이 걱정된다고도 말했다. "후속작이라는 것 자체가 위험성이 무척 높아요. 사람들은 후속작을 읽는다 치면 한껏 눈썹을 치켜올린 채 '흠, 30년~35년 전에 쓴 작품 이야기로 돌아가는 거라면 틀림없이 새로운 아이디어가 바닥나서 그런 거겠지. 낡은 연료 계기판의 바늘이 0에 가까워진 게 분명해.'라고 생각하는 경향이 있더군요.” 또, 『닥터 슬립』은 오버룩 호텔이 여전히 존재하고 딕 할로런이 사망하는 큐브릭 영화의 후속작이 아니라는 점을 강조했다.[368]

'자물쇠 상자'라는 소제목이 붙은 책의 프롤로그에서는 오버룩 호텔을 탈출하고 나서 몇 년이 흐른 뒤의 대니와 웬디의 모습을 보여준다. 두 사람은 플로리다주에서 살고 있고, 딕 할로런과 종종 연락하며 지낸다. 대니는 무서운 환영을 보는데, 이처럼 대니를 홀로 내버려두지 않는 호텔의 유령들을 처리할 도구를 전달하기 위해 딕이 대니를 만나러 온다.

『닥터 슬립』에서 대니(이제는 자신을 '댄'으로 부른다.)는 마흔 살이다. 알코올 중독과 씨름하며 (잭 토런스는 절대 시도하지 않았던) 알코올 중독 치료 프로그램의 12단계를 따르고 있는 대니는 뉴햄프셔주에 있는 어느 호스피스에 일자리를 얻는다. 대니는 자신과 예지력을 지닌 고양이의 특별한 능력을 이용해 죽어가는 사람들의 마지막 며칠, 몇 시간 동안의 고통을 덜어준다. 또, “샤이닝” 능력으로 아브라 스톤(존 스타인벡의 『에덴의 동쪽』에 등장하는 주인공의 이름에서 따왔다.)이라는 열두 살배기 여자아이와 친분을 쌓게 된다. 아브라는 반(半) 불사 흡혈귀 조직이자 '모자 쓴 로즈'라고 불리는 여자가 이끄는 트루 낫의 목표물이 된다.

마이크 플래너건의 각색 영화 『닥터 슬립』에서 성인이 된 댄 토런스 역을 맡은 이완 맥그리거.

2013년 9월에 『닥터 슬립』이 출간되기 전, 킹은 공개석상에서 『닥터 슬립』의 두 부분을 낭독했다. 조지메이슨대학교에서는 (추후 '트루 낫'으로 이름을 바꾼) 트라이브에 관한 부분을 읽었다. 이들은 피를 빼는 대신, 대니 토런스와 같이 특별한 능력을 지닌 이들을 고문하며 이들의 영적 에너지를 흡수했다. 이를 통해 생명을 연장하는 트루 낫은 아브라가 그 영적 에너지를 거의 무한에 가깝게 제공해 줄 수 있는 존재라고 봤다. 트루 낫은 밤사이에 모습을 바꾸고, 20년 가까이 앞뒤로 시간을 오갈 수 있었기 때문에 사람들의 원치 않는 관심을 끌 수 있어서 계속해서 이동하며 지내야 했다. 킹은 이들이 발각되지 않고 돌아다닐 방법을 궁리했는데, 매년 플로리다주와 메인주를 오가며 운전한 경험을 통해 그 답을 얻었다. "전 깨달았습니다. 고속도로를 비롯해 그 모든 곳에서 가장 불길한 것은 RV 차량이라는 사실을요. 그 집단 사람들은 RV족들입니다."369 킹은 범퍼 스티커 범벅의 거대한 위네바고 차량을 이끌고 휴게소를 독차지하는, 휘황찬란한 여행객 복장을 한 60대들의 모습을 떠올렸다. 고속도로 휴게소 근처의 패스트푸드 가게에 길게 늘어서서 느릿느릿 메뉴를 주문하는 이들 말이다.

킹이 청중들에게 말하길, 최근 들어 비평가들은 자신이 결국 공포 요소와 작별했다고 생각하는 것 같다고 했다. 킹은 『닥터 슬립』이 "미친 듯이 무서운 책"이라며, "비평가들이 『닥터 슬립』을 읽으면 깜짝 놀랄 것"이라고 말했다. 공식 웹사이트에도 이와 비슷한 말을 남겼다. "밤에 불을 켜 놓고 잘 수밖에 없는, 극도로 무서운 공포를 다시 한번 경험하고 싶다면 준비하시라. 미리 경고했으니 나중에 딴말하지 말길."370

『조이랜드』(2013), 『나중에』(2021)
킹과 공포 장르는 떼려야 뗄 수 없지만, 추리 장르와의 관계

도 평생을 이어왔다. 킹은 이렇게 회고한다. "제 가족은 외딴 시골에 살았는데, 어머니께서는 일주일에 한 번은 쇼핑을 가서 레드 앤 화이트나 A&P에서 식료품을 사 오곤 하셨죠. 저는 곧장 로버츠 드럭스토어로 발길을 돌렸고요. 거기 있는 회전식 철제 서가에는 주로 옷을 거의 걸치지 않은 여자가 표지에 실려 있는 하드보일드 소설 문고본이 꽂혀 있었습니다."371

킹은 어머니가 읽어준 페리 메이슨 시리즈*가 너무 화려하고 인위적이라 취향에 맞지 않다고 생각했지만, 애거서 크리스티의 추리 소설은 마음에 들었다. 하지만 킹은 크리스티처럼 퍼즐을 세밀하게 설계할 방도를 몰랐다. "저는 플롯을 설계하는 그런 종류의 작가는 못 되었어요. 대개는 상황 하나를 떠올리고 거기서부터 시작하죠."372

단편으로 말할 것 같으면, 킹은 초기에 「돌런의 캐딜락」, 「벼랑」, 「금연 주식회사」, 「결혼 축하 연주」와 같이 갱과 청부 살인 업자가 등장하는 정통 범죄 소설을 썼다. 1972년 단편 「다섯 번째 4분의 1」을 썼을 때는 (『캐리』 속 단역 이름이기도 한) 존 스위든이라는 필명을 사용했는데, 아마 당시 출판하던 공포 소설들과 차별화하기 위해서였을 터다. 「딸기봄」, 「카인의 부활」, 「어린아이들을 허락하라」, 「진저브레드 걸」, 「철벽 빌리」, 「꽃을 사랑한 남자」와 같은 단편에는 연쇄살인범과 살인광이 등장한다. 「휴게소」에서는 어느 범죄 소설가가 『다크 하프』의 조지 스타크 같은 필명의 인격에 기대어 위험한 상황을 해결한다. 킹은 필명을 정할 때, 범죄 소설가 도널드 웨스트레이크의 필명인 리처드 스타크가 떠올랐고, 그렇게 리처드 바크먼이라는 이름이 탄생했다.

『콜로라도 키드』가 미지(未知)를 다룬 소설이라면, 킹이

---

* 페리 메이슨 시리즈는 동명의 사설탐정이 주인공인 추리 소설로, 미국의 변호사 출신 추리 소설가 얼 스탠리 가드너(Erle Stanley Gardner)(1889~1970)의 작품이다.

하드 케이스 크라임 출판사와 출간한 두 번째 문고본인 『조이랜드』는 초현실적 요소를 살짝 가미한 추리극이다. 킹에게는 20년 동안 머릿속에 떠다니는 이미지가 있었다. 휠체어 탄 소년이 해변에서 연을 날리는 모습이었다. "그 이미지는 이야기가 되고 싶어 했지만, 그 자체론 이야기가 아니었어요."[373] 하지만 점차 그 이미지를 중심으로 이야기의 모양새가 잡히기 시작했고, 해변에서 아주 약간 떨어져 있는 '조이랜드'라는 놀이공원에 초점이 모였다.

『조이랜드』는 1973년, 노스캐롤라이나주의 놀이공원에서 일하는 한 대학생이 그곳에서 잔혹한 살인이 남긴 흔적과 죽어가는 한 아이의 운명과 마주하는 이야기다. 책 출간 발표와 함께 배포된 보도 자료에서 편집자 찰스 아데이는 『조이랜드』가 성장과 늙어감에 관한 이야기, 그리고 때 이른 죽음으로 성장하지도 늙지도 못하는 이들에 관한 이야기라고 설명했다.[374]

하지만 세 번째 하드 케이스 크라임 책인 『나중에』에서 킹은 모든 것을 쏟아붓는다. 『나중에』에는 추리 요소가 있지만, 화자인 어린 제임스 '제이미' 콘클린은 몇 차례 독자에게 이 소설은 공포 소설이라는 사실을 자각시킨다. 제이미는 망자가 죽고 난 뒤 얼마 동안 죽은 사람들을 보고 이들과 대화할 수 있다. 문학 대리인인 제이미의 어머니는 아들의 능력이 무엇인지, 그것이 뜻하는 바가 무엇인지 일찌감치 알아봤다. 부도덕한 이들이 아들의 능력을 알아차린다면 아들을 이용해 이익을 챙기려 들 게 뻔했다. 여기서 아이러니가 발생한다. 그러한 유혹에 흔들리는 첫 희생자가 바로 어머니인 것이다.

"전 여태 문학 대리인을 둬 본 적이 없었기 때문에 그에 관한 이야기를 쓰고 싶었어요." 킹이 말했다. "큰돈을 벌어들이는 거물급 클라이언트가 갑자기 죽어버리는 거예요. 그러면 대리인은 어쩌겠어요? 죽은 사람을 볼 수 있고, 망자에게

질문하면 진실만을 끌어내는 자식이 그 대리인에게 있다면요? 여기까지 생각이 미치자 '이야깃감 생겼네.' 싶더군요."[375] 킹은 제이미의 어머니에게 동반자가 필요하다고 느꼈다. "경찰이 좋겠다 싶었어요. 부패 경찰이라고 설정하고 나니까 모든 이야기가 맞아떨어졌죠."[376]

『미스터 메르세데스』(2014), 『파인더스 키퍼스』(2015), 『엔드 오브 왓치』(2016)

메르세데스 삼부작은 진행 방식이 비슷하다. 첫 번째 『미스터 메르세데스』는 정통 범죄 소설이다. 『파인더스 키퍼스』는 불가해한 무언가를 은근히 암시하고, 『엔드 오브 왓치』(원제는 '자살 왕자'였지만 『드림캐처』에서 그랬던 것처럼 태비사의 권유로 제목을 바꾸었다.[377])는 두말할 것 없이 초자연적이다.

『미스터 메르세데스』는 킹이 플로리다주에서 메인주로 이동하던 중에 묵었던 모텔에서 어느 지역 뉴스를 보고 영감을 받았는데, 한 여성이 다른 여성과 말다툼을 벌이다가 군중을 향해 차를 몰고 돌진하는 바람에 두 명이 사망하고 여럿이 부상한 사건이었다. 킹은 뉴스를 접하자마자 그 사건을 다루는 소설을 쓰고 싶었으나, 당시에는 아직 어떻게 풀어내야 할지 몰랐다.

약 1년 가까이 아이디어를 머릿속에서 이리저리 굴려보다가 은퇴한 강력계 형사 이야기를 떠올렸다. 시티 센터 대학살 사건으로 알려진 자동차 범죄를 고의로 저지른 범인이 이 은퇴 형사에게 편지를 보낸다는 설정이었다. 살인자는 그 살인이 즐거웠지만 그런 일을 다시 할 생각은 없기에 앞으로 검거될 일도 없을 거라고 말한다. 범죄는 한 번으로 충분하며, 머릿속에서 그 사건을 계속해서 재생하는 것으로도 족하다는 거다. 범인은 이 은퇴 경찰이 자신을 체포하지도, 사건을 종결하지도 못할 것이기 때문에 그냥 자신을 죽이라고 도발한다. 킹은 이 아이디어로 12쪽 남짓한 짧은 소설이

탄생하겠거니 했지만 최종 원고는 500쪽에 달했다.

『미스터 메르세데스』가 출간되기도 전에 킹은 이 가상의 세계를 더 깊이 파보겠다는 결심이 섰다. 결국 이 시리즈로 총 세 권의 책이 나왔고, 세 권을 하나로 묶어주는 요소는 다른 비슷한 시리즈와 달리 형사나 악당이 아니라 시티 센터 대학살 사건이었다. 그날 살해당한 사람들은 저마다의 이야기를 지니고 있었고, 살아남은 자들은 그 여파에 시달렸다.

『파인더스 키퍼스』는 책, 작가, 글쓰기에 관한 내용을 일부 담고 있다. 왜 어떤 작가의 작품은 문학 정전의 반열에 오르고 나머지 작가는 잊히는 걸까? 『파인더스 키퍼스』의 악당 모리스 벨러미는 『미저리』의 애니 윌크스와 똑같이, 자신이 가장 좋아하는 책의 이야기가 예상과 다른 방향으로 흘러가자 그 작가가 자신에게 빚을 졌다고 생각한다. 모리스는 그 어떤 실제 사람보다 실제적이라고 인식하는 소설 속 인물 지미 골드에게 작가인 존 로스스타인이 결례를 범했다고 비판한다. 『리시 이야기』 속 짐 둘리처럼 모리스는 로스스타인의 미발표 원고를 손에 넣을 수만 있다면 뭐든 하려고 한다.

『엔드 오브 왓치』는 빌 호지스 사가를 완결짓는 마지막 책으로, 1권의 악당이었던 브래디 하츠필드가 재등장하며 시리즈에 초현실적인 요소를 더한다. 은퇴하거나 사고를 당한 경찰의 마지막 근무일을 뜻하는 책 제목이 암시하듯 호지스의 살날은 얼마 남지 않았으나, 킹은 홀리 기브니에게 폭 빠져 후에 다른 책과 이야기에서 다시 등장시키기도 한다.

킹은 범죄 장르에서 기량을 뽐냈지만, 다른 소설보다 쓰기가 쉽지 않았다고 한다. 그런데도 2007년, 미국 추리 소설 작가 협회는 협회의 최고상이자 추리 장르 내 최고의 성취를 의미하는 그랜드 마스터 상을 킹에게 수여했다.*

『리바이벌』(2014)

킹은 어린 시절 읽었던 책이자 이후 평생 머릿속에 남은 아서 매켄의 『위대한 신 판』을 처음 읽었을 때, 이미 『리바이벌』의 핵심 아이디어 중 하나를 떠올렸다. 킹은 이 소설을 "이 세계 너머에 존재할지도 모르는 세계에 관한 무시무시한 이야기"[378]라고 설명하며, 언젠가는 죽은 사람을 다시 살리는 이야기를 써보고 싶다고 말하기도 했다. 킹은 『프랑켄슈타인』의 영향도 받아 만화 캐릭터가 아닌, 진짜로 미친 인간 과학자 이야기를 쓰고 싶었다. 러브크래프트의 크툴루 신화에도 영향을 받았지만 "할 수만 있다면 러브크래프트의 허

* 스티븐 킹은 『미스터 메르세데스』로 2015년에 에드거 최고 소설상을 수상했다.

2007년 4월 26일, 최고의 추리 소설, 논픽션, TV 드라마, 영화에 상을 수여하는 미국 추리 소설 작가 협회의 에드거상 시상식에서 그랜드 마스터 상을 받는 킹.

황한 문체를 벗겨내고 새로운 방식으로"³⁷⁹ 써내고자 했다.

『미스터 메르세데스』를 완성한 후인 2013년 4월, 메인주에서 시작된 『리바이벌』 작업은 그해 12월 플로리다주의 자택에서 마무리됐다. 『리바이벌』은 킹에게 로큰롤에 관한 소설을 써볼 기회이기도 했다. 킹은 로큰롤 음악 연주에 엄청난 소질은 없지만 그래도 연주를 즐긴다고 밝혔다.

이제 킹은 마약과 술이 아니라 차를 연료 삼아 글을 쓰지만, 그래도 마약 중독에 빠지는 주인공 이야기는 킹이 잘 아는 이야기다. 『리바이벌』은 다른 면에서도 자전적 소설이다. 킹은 독실한 기독교 가정에서 자란 경험을 소설에서 활용한다. 어린 시절, 킹은 감리교 교회에 다녔고 감리교 청년회에서도 활동했다. 킹은 "죽음 이후에 대해서도 약간 얘기하고 싶었습니다."라며, "부인과 아들을 잃은 목사는 일종의 내세 같은 것이 있는지 무척 궁금해합니다. 전통적인 기독교

신앙을 잃어버린 뒤죠."³⁸⁰라고 말한다.

마침내 킹은 꽤 오랫동안 손 놓았던 초현실적 공포 소설을 제대로 쓰는 것을 목표로 삼았다. 익숙하게도 킹은 야구에 비유하면서 나이 든 투수들이 그러하듯 자신도 속도가 느려졌다고 고백했다. "구속이 줄었다는 비유가 딱 맞겠네요. 나이가 들고 나니 슬라이더와 체인지업을 던져야 하는 경우가 훨씬 많아졌습니다. 하지만 여차하면 다시 속도를 끌어올릴 수 있어요. 나이가 든 거지, 실력이 죽은 게 아니니까요. 그러니까 아직도 제대로 와인드업하고 매섭게 공을 뿌릴 수 있죠."³⁸⁸ 킹은 『리바이벌』을 두고 자신의 건재함을 보여주는 '속구'라고 불렀다.

『악몽을 파는 가게』(2015)

『악몽을 파는 가게』에는 열여덟 편의 단편과 두 편의 시가

컬래버레이션

보통 글쓰기는 일인 작업이지만, 킹은 이따금 다른 작가들과 협업하기도 했다. 문서로 남아 있는 공동 프로젝트 중 어떤 초기 작업은 '다만 어둠만이 나를 사랑할 뿐이니'라는 이야기로, 원고는 2쪽 분량만 남아 있으며 아들 조지프 킹(필명: 조 힐)과 함께 썼다. 이 원고는 둘째 아들 오언과 함께 완성한 '나는 월요일이 싫어' 원고와 함께 킹의 공식 아카이브에 보관되어 있다.

킹의 첫 번째 공식 협업은 피터 스트라우브와 함께 한 『부적』이다. 누가 어떤 부분을 썼는지 밝혀내는 독자들의 추측 놀이를 교란하기 위해 두 작가는 흥미로운 해결책을 제시했다. 킹은 "저는 피터처럼, 피터는 저처럼 쓰려고 노력했고 그렇게 우리는 그 중간 어디에서 만났습니다."[381]라고 말했다. 집필을 끝마친 뒤 두 작가가 서로의 글을 고쳐 쓴 덕에 그 경계는 더 흐려졌고, 작가 본인들조차 누가 어떤 부분을 썼는지 더는 기억하지 못하는 수준에 이르렀다. 킹과 스트라우브는 후속작 『블랙 하우스』에서 다시 만나 여러 화자의 전지적 일인칭 시점으로 이야기를 풀어나갔다. 두 사람은 잭 소여가 등장하는 세 번째 책을 주제로 논의했지만, 아직 실현되지는 않았다.*

킹은 아들 조 힐과 함께 두 편의 단편을 쓰고 발표했다. 첫 번째 단편은 리처드 매드슨의 단편 「결투」에 영감을 받은 「스로틀」이었고, 두 번째 단편은 플로리다주에서 부자가 함께 아침 식사하던 도중에 구상한 「높은 풀 속에서」다. 각자의 작업을 잠깐 쉬는 시기에 두 사람은 일주일간 함께 이 소설을 쓰기로 했다. 킹은 첫째 아들과의 공동 작업에 대해 이렇게 말했

다. "조와 저는 집필 스타일이 다르지만 서로 조화를 이룹니다. 자연스럽게 흘러가죠. 두 번의 공동 작업 모두 다 메르세데스 벤츠를 타고 있는 것처럼 부드럽게 나아갔습니다. 왜냐하면 그건 프로와 함께 한 작업이었고, 마침 그 프로는 제가 무척 사랑하는 사람이었으니까요."[382]

「다크랜드 카운티의 유령 형제(Ghost Brothers of Darkland County)」는 음악가 존 멜런캠프가 이야기 개요를 제시하고 킹이 이를 발전시켜서 썼다는 점에서 색다른 공동 작업이었다. 두 사람은 함께 과거의 망령에 쫓기는 두 형제에 관한 이야기가 담긴 남부 고딕 뮤지컬을 제작했다.

킹의 유일한 논픽션 공동 작업물이자 스튜어트 오언과 함께 쓴 『페이스풀』을 계기로 두 사람은 야구를 주제로 한 단편 「군중 속의 얼굴」에서 다시 한번 합을 맞췄다. 이 소설의 아이디어는 야구 경기를 보던 킹이 떠올렸다. 집에 틀어박혀 매일 TV로 야구 경기를 보며 지내는 어떤 사람이 매번 홈플레이트 뒤에서 어렸을 때 자동차 사고로 죽은 소년의 모습을 보게 된다는 것이 골자였다. 사바나 도서 축제에서 킹은 "이 아이디어에서 이야기가 잉태될까요? 음, 전 잘 모르겠네요. 여러분이 해보세요."[383]라고 관중을 도발했다. 그리고 그 자리에 있던 스튜어트 오언이 그 도발을 받아들였고, 두 사람은 그렇게 함께 소설을 쓰게 됐다.

킹은 아들 오언과 합심해 판타지 소설 『잠자는 미녀들』을 집필했다. 킹은 《엔터테인먼트 위클리》에서 이렇게 말했다. "오언에게 함께 책을 쓰자는 제안을 받은 것은 세상에서 가장 멋진 일이었습니다. 스미스 앤 선스 철물점 같은 상표에서 볼 수 있듯, 아들들이 아버지의 발자취를 따라 그 일을 하는 경우는 심심찮게 보이죠. 하지만 예술처럼 특화된 분야에서 그런 일이 일어나기는 쉽지 않아요. 제겐 무척 기쁜 일입니다."[384]

---

* 앞서 언급했듯, 베브 빈센트의 이 책은 스트라우브가 사망하기 전 시점에 쓰였으며, 이후 킹은 혼자서라도 세 번째 책을 쓸 생각이 있다고 밝혔다.

이 인터뷰에서는 흥미로운 이야기도 포착됐다. 바로 두 사람이 서로에게 글을 넘겨주기 전에 다뤄내기 까다로운 클리프행어를 부러 배치하기도 했다는 것이다.

킹은 리처드 치즈마*와 함께 그웬디 시리즈인 『그웬디의 버튼 박스』 중편소설과 후속작인 『그웬디의 마법 깃털』(치즈마가 단독 집필하고 킹이 편집을 맡았다.)을 함께 작업했고, 『그웬디의 마지막 임무』로 다시 한번 힘을 합쳐 삼부작을 완성해 냈다.

협업해 보고 싶은 다른 작가가 있냐는 질문에 킹은 "콜슨 화이트헤드, 마이클 로보텀, 린우드 바클레이, 알렉스 마우드, 타나 프렌치와 작업해 보고 싶군요. (…) 멋진 만남이 될 겁니다. 상대와 완벽하게 어우러져 제3의 목소리가 탄생한다면 이상적이겠죠."[385]라고 답했다. 또, 다른 작가와의 협업에 관한 생각을 이렇게 정리했다. "결국 좋은 협업을 끌어내는 건, 함께 작업하는 사람에 대한 존중입니다."[386] 제리 B. 젠킨스에게는 "저는 그다지 자아가 강하지 않고 사람들에게 잘 맞춰주는 사람이라 협업이 꽤 쉬웠어요. 하지만 매번 그러고 싶진 않아요. 대부분은 놀이터를 저 혼자 독차지하는 걸 좋아하죠."[387]라고 말하기도 했다.

---

* 리처드 치즈마(Richard Chizmar)(1965~)는 미국의 작가로, 공포 및 서스펜스 문학을 주로 출판하는 세미 트리 댄스 출판사의 설립자이자 운영자다. '스티븐 킹 다시 보기(Stephen King Revisited)'라는 웹사이트를 운영하고 있다. 국내에 번역 출간된 작품으로는 『부기맨을 찾아서』가 있다.

야구 경기를 관람 중인 스티븐 킹과 그의 아들이자 협업 작가인 조 힐.

실려 있다. 기출간 작품은 2009년~2015년 사이의 작품이고, 그중 몇몇은 전자책이나 오디오북으로 출간됐었다. 「못된 꼬맹이」는 이전까지 프랑스어와 독일어 전자책으로만 읽을 수 있었는데, 킹이 해당 나라에서 투어를 성공적으로 마치고 난 뒤 해외 팬들에게 감사의 표시로 선물한 것이었다. 「우르」는 킨들 전용 단편으로, 초현실적 힘이 깃든 초기 버전 전자책 단말기가 소재로 등장하고, 「130킬로미터」도 원래 전자책으로만 출간된 단편이었다. 「취중 폭죽놀이」는 원래 오디오북으로만 출간됐던 유머러스한 소설이다.

「그웬디의 버튼 박스」(2017), 「고도에서」(2018), 『그웬디의 마지막 임무』(2022)

2016년 7월, 킹은 현대판 판도라에 관한 이야깃거리를 떠올렸다. "모두 알다시피 판도라는 마법의 상자를 받은 호기심 많은 작은 소녀였다. 판도라가 그 망할 호기심(인류의 저주)에 못 이겨 상자를 열었을 때, 만악이 흘러나와 세상에 퍼졌다. 현대의 어떤 소녀가 그와 비슷한 상자를 제우스가 아닌 낯선 이에게서 받는다면 무슨 일이 생길지 호기심이 일었다. (…) 좋아하는 프레드릭 브라운의 단편인 「방문자」를 생각하고 있었던 걸지도 모르겠다."[389] 킹은 또한 리처드 매드슨의 「버튼, 버튼」을 언급하기도 했다.

킹은 색색의 버튼으로 뒤덮인 기묘한 보관용 상자를 건네받은 열두 살짜리 그웬디 피터슨의 이야기를 쓰기 시작했다. "이야기는 그웬디가 (아마 무척 힘든 날을 보낸 뒤) 그 버튼을 눌러 세상을 끝장내는 것으로 끝날 수도 있지 않을까?" 킹은 확신이 들지 않았고, 이야기를 끌어갈 동력은 떨어지

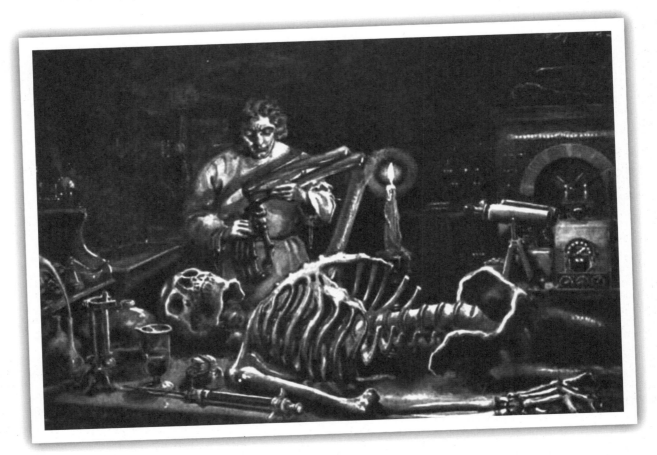

킹의 소설 『리바이벌』의 영감이 되어준 메리 셸리의 1992년 미국판 『프랑켄슈타인』 삽화.

고 말았다. 그렇게 킹은 다른 주제로 넘어갔지만, 이따금 그 웬디를 떠올리기도 했다.

2017년 1월, 친구이자 세미트리 댄스 출판사 운영자인 리처드 치즈마와 함께 라운드 로빈 스토리*와 협업에 관해 이야기하다가 번뜩 아이디어가 떠오른 킹은 이야기의 한 부분을 완성해 냈다. 킹은 그 글을 치즈마에게 보내면서 아이디어가 샘솟는다면 글을 마저 써서 마무리해달라고 말한다. 치즈마는 기이한 사건들로 악명을 얻기 전인 1974년의 캐슬록에 사는 한 소녀의 이야기에 영감을 받았다. 그렇게 두 사람은 중편소설을 완성하고 서로의 글을 편집해 주었다.

그웬디 이야기를 쓰다 보니 킹은 한동안 잊고 지냈던 캐슬록을 향한 관심이 다시금 새록새록 솟아났다. 이 관심은 캐슬록을 배경으로 하는 중편 「고도에서」의 탄생으로 이어졌다. 킹은 「고도에서」에 관해 이렇게 말했다. "그웬디 소설의 후속작 격인 작품입니다. 때로는 땅에 씨앗을 심으면 약간의 비료도 얻게 되고 그렇게 여러 가지가 자라나기도 하죠."[390]

그로부터 몇 년 후, 치즈마는 킹에게 그웬디 이야기에 관한 새로운 소재를 제안했다. 킹은 꽤 흥미가 돋았지만 『엔드 오브 왓치』 작업을 진행하고 있던 터라 치즈마에게 책을 혼자 써도 좋다고 허락했고 그렇게 『그웬디의 마법 깃털』이 완성됐다.

스크리브너 출판사는 세 번째 책이 나와서 삼부작으로 마무리되면 마케팅적으로 좋은 기회를 만들어낼 수 있을 것만 같았다. 킹은 그웬디의 새로운 모험 소재를 떠올렸고, 그렇게 두 작가는 다시 함께 작업했다. 그렇게 이전 두 작품을 합친 것보다 많은 분량으로 완결된 『그웬디의 마지막 임무』는 그웬디가 기막힌 우주 모험을 떠나는 이야기로, 메인주

의 또 다른 악명 높은 도시인 데리와 킹의 「다크 타워 시리즈」 요소도 또다시 등장한다.

『잠자는 미녀들』(2017)

킹의 집안사람들은 일상다반사로 킹에게 이야깃거리를 야구공 던지듯 던진다. 어느 날 킹의 막내아들 오언은 아버지가 쓸 법한 글감이 하나 떠올랐다. 바로 여성들이 고치에 뒤덮인 채 깊은 잠에 빠져들고 잠든 여성을 깨우면 난폭해져 살인까지 저지르는 현상이 전 세계를 휩쓴다는 아이디어였다. 킹은 이 소재의 파급력을 곧바로 눈치챘지만 오언에게 직접 글을 쓰라고 했다. 하지만 결국 두 사람은 함께 작업하기로 했다.

『잠자는 미녀들』은 원래 리미티드 TV 시리즈로 제작될 예정이었다. 킹 부자는 파일럿 에피소드와 후속 에피소드 한 편을 써내긴 했지만, 오언은 드라마라는 형식의 제약이 답답하게 느껴졌다. 그는 한 시간짜리 에피소드에는 다 담아낼 수 없는 등장인물의 모습들을 더 깊이 탐구하고 싶었다. 이후 2년간 두 사람은 소설을 주거니 받거니 하며 기나긴 초고를 완성했다. 스티븐 킹이 말했다. "제가 3~4주 정도 소설을 붙들고 쓰고 나면 오언이 이어받아 3~4주 혹은 그보다 조금 더 길게 붙들고 있었습니다. 오언은 저보다 집필 속도가 느리지만, 무척 좋은 작가예요. 아주 날카롭고 재치 있죠."[393]

두 사람은 『잠자는 미녀들』 집필 기간에 거의 같은 공간에 머물지 않았지만, 이야기의 주 무대인 뉴햄프셔주의 실제 교정 시설은 함께 방문해 자료를 조사했다.

---

* 라운드 로빈 스토리란 여러 저자가 하나의 글을 돌려가며 서로 이어받아 쓴 소설을 일컫는다.

「다크랜드 카운티의 유령 형제」

스티븐 킹과 음악가 존 멜런캠프는 수년간 함께 「다크랜드 카운티의 유령 형제」를 작업했다. 정통 뮤지컬이라기보다 음악을 곁들인 극놀이에 가까운 작품이다. 멜런캠프는 이 프로젝트를 위해 재즈부터 블루스, 블루그래스, 컨트리, 자이데코에 이르기까지 장르를 넘나들며 총 열일곱 곡을 작곡했다.

멜런캠프는 인디애나주의 한 호수 별장을 사들였는데, 그곳에는 1950년대에 술 게임을 하다가 형제를 총으로 쏜 남자에 얽힌 전설이 있다고 킹에게 귀띔했다. 그 남자와 한 여성은 다친 형제를 병원으로 데려가던 도중 나무에 부딪히고 마는데, 그렇게 모두 사망하고 만 세 사람의 유령이 그 주위를 맴돈다는 거다.

킹은 이 소재를 복잡한 남부 고딕물*로 바꿔놓았다. 한 남자가 서로 사이가 나쁜 두 아들을 데리고 미시시피주의 귀신 들린 오두막으로 휴가를 떠나는데, 그곳은 40년 전 남자의 두 형이 다툼 끝에 아름다운 젊은 여성과 함께 사망한 곳이었다. 그날 그곳에서 일어난 일은 당시 모든 일을 목격한 유일한 생존자인 남자만이 알고 있었다.

잡지 기자 라이언 다고스티노는 "남자들은 대개 뮤지컬을 좋아하지 않는다. 하지만 이 뮤지컬은 봐줄 만할 뿐만 아니라, 심지어 좋다. 남자가 쓴 남자를 위한 최초의 뮤지컬이라고 해도 좋을 것이다. 오케스트라도 없다. 줄을 퉁기는 어쿠스틱 기타 두 대, 아코디언 한 대, 바이올린 한 대가 전부다. 노래는 귓가에 맴도는 중독성을 지닌 동시에 완전히 미국적이다."[391]라고 평했다.

T. 본 버넷은 앙상블에 프로듀서이자 음악 감독으로 합류했다. 크리스 크리스토퍼슨, 네코 케이스, 엘비스 코스텔로, 셰릴 크로 등이 노래를 부르고 매튜 맥커너히, 맥 라이언이 대사를 읊은 멜런캠프의 올스타 음악 앨범이 발매됐다.

「다크랜드 카운티의 유령 형제」는 2012년 4월, 애틀랜타주의 얼라이언스 극장에서 시사회를 연 뒤 그곳에서 5월 중순까지 공연됐다. 2013년과 2014년에는 간추린 버전으로 미국과 캐나다에서 순회공연을 펼쳤다. 2018년에는 국제 라이선스용으로 뮤지컬을 재개발하겠다는 계획도 발표됐다.[392]

* 남부 고딕은 공포 요소와 로맨스 요소가 결합한 고딕 문학의 하위 장르로, 초자연적 공포 사건을 다루는 동시에 미국 남부를 배경으로 가난, 차별 등 해당 지역의 사회문화적 문제를 조명하는 것이 특징이다. 윌리엄 포크너가 대표적인 남부 고딕 작가다.

오른쪽 페이지(상단): 스티븐 킹과 존 멜런캠프가 데이비드 레터맨과 함께 협업에 관해 말하고 있는 모습. **오른쪽 페이지**(하단): 애틀랜타주 얼라이언스 극장에서 공연 중인 「다크랜드 카운티의 유령 형제」.

『아웃사이더』(2018)

킹은 『그것』의 페니 와이스부터 『자루 속의 뼈』의 사라 티드웰 유령이 깃든 괴물에 이르기까지, 외부인 개념에 천착한 작품을 여럿 써냈었다. 공포에 관한 이야기를 나누던 킹은 이렇게 말하기도 했다. "인간인 우리는 무엇을 두려워할까요? 혼돈과 외부인입니다."[394]

『아웃사이더』에서 킹은 범죄 소설의 틀을 갖고 외부인 개념을 탐구한다. "『아웃사이더』는 불가해한 것과 마주한 인간의 반응을 보여주는 소설입니다."[395] 이 소설에서 어린 소년이 살해당한 사건을 파헤치는 형사들은 현실적으로 불가능한 모순적 상황에 직면한다. 초자연적 현상이 얽힌 범죄를 조사해 본 적 있는 사람만이 이해할 수 있는 상황이다.

여기서 홀리 기브니가 등장한다. 『미스터 메르세데스』에서 조연으로 처음 등장했지만, 삼부작의 마지막 두 권에서 주요 인물이 되어 돌아왔던 바로 그 인물이다. 전직 경찰이자 탐정이었던 빌 호지스가 사망하고 나서 홀리 기브니는 불가해한 범죄를 제2의 전문 분야로 삼아 파인더스 키퍼스 탐정 사무소를 혼자 경영하고 있었다.

일면 『아웃사이더』는 작은 마을의 어두운 이면을 또 한 번 탐구하는 소설이다. "(랠프 앤더슨 형사는) 선택적 지각이 고장 나 모든 것을 보게 됩니다. 그가 보는 모든 것은 추하죠. 그는 이 마을의 추한 면모를 낱낱이 목격하게 되는데, 『캐리』에서처럼 작은 마을 이야기라는 측면에서 초심으로 돌아간 주제라고 볼 수 있겠네요. 그건 제가 잘 아는 이야기이고, 그래서 불쑥 튀어나오는 경향이 있죠."[396]

2021년 블러디 스코틀랜드 범죄 소설 축제에서 작가 린

E 스트리트 라디오에서 게스트 DJ로 참석한 스티븐 킹과 오언 킹. 좋아하는 브루스 스프링스틴의 노래를 틀고 『잠자는 미녀들』에 관한 대화를 나눴다.

우드 바클레이와 인터뷰하던 킹은 홀리 기브니가 등장하는 소설을 하나 더 작업 중이며, 2021년을 배경으로 코로나19 팬데믹을 플롯 일부로 차용한 소설이 될 것이라고 밝혔다.*

『인스티튜트』(2019)

킹은 『인스티튜트』 집필을 시작하기 최소 20년 전에 소설의 기본 콘셉트를 잡아뒀다. "『톰 브라운의 학교생활』 같은 책을 쓰고 싶었습니다. (…) 지옥 버전으로요."[397] 킹은 초능력을 지닌 아이들이 가득한 교내를 상상했다. 킹은 이 소설을 공포 소설이라기보다 저항의 이야기에 가깝다고 봤다. "약한 사람들이 어떻게 강해지는지에 관해 쓰고 싶었습니다."《뉴욕 타임스》와의 인터뷰에서 킹이 말했다. "우리는 각자의 섬에 살지만, 동시에 때로는 서로에게 소리를 치거나 한데 뭉칠 수도 있고, 거기서 공동체감과 공감을 발견할 수 있어요. (…) 전 이야기에 그런 것들이 담겨 있는 게 좋더군요." 그는 이어 말했다. "저는 우정을 중요시합니다. 그리고 목적이 수단을 정당화하는 비대한 정부를 염려합니다. 또, 스스로 보호할 방법을 찾아야 하는 무방비 상태의 사람들을 걱정합니다. 이 모든 것이 『인스티튜트』에 담겨 있죠."[398]

처음에 킹은 『파이어스타터』에 등장하는 정부 기관인 더 샵을 『인스티튜트』의 악당으로 가져올까 생각하기도 했다. 하지만 결국 킹은 그 아이디어를 버리고 대신 "민간 자금을 지원받는 광신자들"을 악당으로 등장시키기로 했다. 그런데 실제로 아이들이 수용소에 갇히면서 현실 정치가 킹의 소설을 모방하는 것 같은 일이 벌어졌다.** "제가 쓰고 있던

글이랑 너무 똑같은 일이 벌어지니까 소름이 돋았어요. (…) 하지만 그런 점을 염두에 두고 책을 쓴 건 아닙니다. 전 『동물 농장』이나 『1984』 같은 우화를 쓰고 싶은 사람이 아니거든요."

『피가 흐르는 곳에』(2020)

「해리건 씨의 전화기」, 「척의 일생」, 「피가 흐르는 곳에」, 「쥐」

킹은 모음집 『피가 흐르는 곳에』에 가장 먼저 실린 중편소설 「해리건 씨의 전화기」를 두고 「크립쇼」의 이야기들과 궤를 같이하는 'EC 코믹스'***풍 소설이라고 말한다. 어린 시절 킹은 산 채로 매장당할까 봐 너무 두려운 나머지 무덤 지하실에 전화기를 설치한 어느 남자의 이야기가 담긴 공포 영화를 본 적 있다고 했다. 그로부터 몇 년 뒤 킹은 "친한 친구가 예기치 않게 세상을 떠났을 때 나는 친구의 목소리를 한

*** EC 코믹스는 1940년대부터 1950년대 중반까지 만화책을 출간한 미국 출판사다. 주로 공포, 범죄, 다크 판타지, 공상 과학 같은 장르가 대부분이었고, 반인종차별, 반전, 반핵, 환경 운동과 같은 진보적인 주제를 다뤘다. 출판물 검열이 심화해 유머 잡지만 제외하고 전부 폐간됐다.

* 2023년 9월 5일에 출간된 『홀리(Holly)』다.

** 2018년 5월 7일, 트럼프 정부는 이민자에 대한 '무관용 정책'을 공식화하며 밀입국자의 아동을 부모와 분리해 억류했다. 하지만 비인도적 격리 수용을 향한 국제 사회의 비난이 쏟아지자, 같은 해 6월 20일에 격리 수용 정책을 철회했다. 트럼프 정부에서 부모와 격리된 유·아동은 오천 명이 넘고, 그중 이천 명 이상이 2024년 현재까지도 부모와 재회하지 못했다.

『인스티튜트』에 영감을 준 토머스 휴의 1857년 소설 『톰 브라운의 학교생활』 중 일부 페이지.

번 더 듣고 싶어서 그의 휴대 전화로 전화를 건 적이 있었다. 하지만 위안을 느끼기는커녕 소름이 돋았다. 나는 두 번 다시 전화를 걸지 않았"[399]고 한다.

소설을 쓰는 데 필요한 자료를 조사하기 위해 킹은 1세대 아이폰을 구매했다. "아직도 그걸로 모든 것을 할 수 있습니다. 주식 시장 정보도 볼 수 있고, 인스턴트 메시지도 보낼 수 있죠." 《배니티 페어》와의 인터뷰에서 한 말이다. "단 한 가지 못 하는 일은 전화를 거는 거예요. 그 휴대전화가 나온 뒤로 기술이 너무 비약적으로 발전했거든요."[400]

두 번째 단편은 킹의 가장 흥미로운 글 중 하나다. 「척의 일생」은 세 부분으로 이루어져 역순으로 진행된다. 작가의 말에서 킹은 이 단편의 소재가 어디서 왔는지 잘 모르겠다고 밝힌다. "그 '고마웠어요, 척!'이 적힌 광고판과 함께 그 남자의 사진과 39년 동안의 근사했던 시간이라는 구절이 어느 날 문득 생각났을 뿐이다. 그 광고판이 도대체 뭔지 알아내기 위해 이야기를 쓰기 시작했던 것 같지만 확실하지는 않다. 나는 예전부터 인간은 (…) 누구나 온 세상을 품고 있다고 생각했다는 것만 얘기할 수 있을 뿐이다."[401]

모음집의 제목으로 선정된 「피가 흐르는 곳에」는 야간 뉴스 업계와 "피가 흐르는 곳에 특종이 있다"라는 속설에 영감을 얻었다. 킹은 지난 10년간 항상 똑같은 기자가 방송에서 재난 소식을 전하고 있다는 점이 눈에 들어왔다. "문득 이런 생각이 들었어요. 알고 봤더니 그런 사람이 재난을 불러오고 있었다면 이상하지 않을까? 그러자 불현듯 『아웃사이더』와 연결 지을 수 있겠다 싶었고, 결국 아이디어가 탄생했습니다. 홀리가 딱 제격이겠구나 싶었죠."[402] 킹은 그렇게 메르세데스 삼부작의 등장인물을 가져오게 됐다고 말했다.

마지막 단편 「쥐」는 『인스티튜트』처럼 미래를 내다본 것만 같다. 아픈 사람과 악수를 한 뒤 손을 씻지 않아 감기에 걸린 사람이 등장하기 때문이다. 팬데믹으로 집에 틀어박혀 지내는 기간에 사람들에게 읽을거리가 필요하리라 판단한 스크리브너는 『피가 흐르는 곳에』를 예정보다 몇 주 서둘러 출간했다.

『빌리 서머스』(2021)

『빌리 서머스』에서 킹은 다시 한번 초자연적 소설이 아닌 범죄 스릴러 장르로 귀환한다. 이 소설은 반지하에서 어느 남자가 건물 바깥쪽 도보를 왔다 갔다 걸어 다니는 발들을 지켜보는 이미지에서 출발했다. 킹은 그 남자가 왜 거기 있는지 궁금했다. "한동안 그 이미지를 갖고 놀다 보니, 그 남자를 사무실 건물로 옮겨와 상상하기 시작했습니다. 법원 근처에 있는 건물의 5층 혹은 6층에 있는 모습을요. 거기서 뭘 하려는 걸까요? 아마 누군가를 총으로 쏠 건가 봅니다. 나쁜 놈을 쏠 거예요."[403]

킹은 《롤링 스톤》과의 인터뷰에서 이렇게 말했다. "저는 5층에서 총을 쏘고 달아나야 하는 암살자의 문제에 관해 생각하기 시작했어요. '대체 어떻게 하려는 걸까?' 싶었죠. 그러곤 여러 가능성과 여러 방법을 이래저래 생각해 보며 며칠 밤을 보냈습니다. 거기서부터 이야기가 그렇게 조금씩 싹텄죠."[404]

2019년 초에 쓰기 시작한 이 책의 배경은 원래 2020년이었다. 그런데 이후 팬데믹이 터지고 말았다. 이야기 진행 도중 몇몇 인물을 한동안 열외를 시켜야 했던 킹은 이들이 크루즈 여행을 떠나는 거로 설정하려 했지만, 팬데믹으로 크루즈 산업이 문을 닫은 상태였다. 또, 『빌리 서머스』에는 전국을 돌아다니는 이야기가 많았기에 킹은 코로나바이러스 문제를 해결하려 끙끙대느니 차라리 시간대를 2019년으로 옮기기로 했다.

『빌리 서머스』는 초자연적 소설은 아니지만, 『샤이닝』의 폐허가 된 호텔과 연관성을 지닌다. "오래된 독자들을 향한 의도된 목례 같은 거였습니다. '이 소설은 초자연적 소설이 아니지만, 내가 여기까지 올 수 있었던 뿌리를 잊지 않고 있다.'는 표현인 거죠. 초자연적 소설 장르를 향해 예의를 표했달까요."[405]

이 책은 글 쓰는 행위에 관해서도 말한다. "제 작품 중, 글쓰기를 일종의 중독성 있는 행위로 묘사한 작품이 소수지만 몇 개 있어요. 『미저리』가 그중 하나죠. 또 다른 하나가 『빌리 서머스』인데, 여기서는 글쓰기를 구원으로 봅니다. 때로 글쓰기가 구원 행위가 되기 위해서 꼭 전문 작가일 필요는 없어요. 글쓰기는 자신의 감정, 그리고 세상을 바라보는 자신의 관점을 살피게 해주는 통로죠. 그러니까 유익한 행위인 거예요."[406]

『페어리테일』(2022)

『페어리테일』의 발췌문과 함께 실린 인터뷰에서 킹은 소설의 출발점에 관해 이렇게 말한다. "어떤 글을 쓰면 행복할까? 제 상상력은 이 질문만을 기다렸다는 듯, 황량한 도시의 풍경을 펼쳐 보였습니다. 황량하지만 살아 있는 도시를요. 텅 빈 거리, 귀신 들린 건물, 거리에 뒤집힌 채 나뒹구는 가고일의 머리가 보였죠. 또, 처음부터 보였던 건 아니지만 나중에는 파괴된 석상도 눈에 들어왔습니다. 구름을 뚫을 정도로 높은 유리로 된 탑들이 있는 거대한 궁전의 모습도요. 이 이미지들은 제가 하고 싶었던 이야기들을 풀어내 주었습니다."[407]

『페어리테일』은 스케일 면에서 보자면 『부적』과 「다크 타워 시리즈」에 맞먹는 대서사 판타지다. 소설에서 찰리 리드라는 열일곱 살 남자아이는 어떤 노인과 친구가 되고, 그에게서 유산을 물려받는다. 바로 집 뒤편의 창고에 있는 다른 세상과 연결된 포털이다. 그 대체 우주에서는 두 세계를 모두 파괴할지도 모르는 전쟁이 벌어진다.

각색작들

2010년대에는 킹 소설 각색작의 두 번째 황금기가 도래했다. 방송 제한이 없는 다양한 스트리밍 플랫폼의 등장으로 킹의 작품 같은 이야기들이 검열 없이 작은 스크린을 통해 각색될 수 있게 된 것이다. 작품성 높고 박스오피스 성적도 좋은 킹 작품 각색 영화가 여럿 등장하자 다른 감독과 제작자도 자극받았다.

「그것」의 예고편이 공개되자마자 첫 24시간 만에 2억 회에 가까운 조회 수를 기록하면서[408] 영화 개봉 성적에 대한 기대감이 조심스레 올라갔다. 실제로 영화는 3500만 달러의 예산으로 제작되어 전 세계적으로 7억 달러의 수익을 올리며 청소년 관람 불가 등급 공포 영화를 기준으로 여러 수익 관련 신기록을 갈아치웠다.

갑자기 다시 한번 모두가 스티븐 킹 영화를 만들고 싶어 안달이었다. 하지만 그 어떤 영화도 「그것」의 성공을 다시 한번 재현하지는 못했다. 준수한 성적을 거둔 「그것: 두 번째 이야기」마저도 말이다. 비평적으로 혹평받은 저예산 영화 「공포의 묘지」조차 썩 괜찮은 성적을 거둬 여러 영화 제작자가 킹 소설 각색작의 프리퀄을 제작하겠다고 나섰다. 『닥터 슬립』을 각색한 영화는 킹의 소설과 큐브릭의 각색작 사이의 충돌 지점을 창의적인 방법으로 풀어냈고, 비록 흥행 기록을 세우지는 못했지만 스트리밍 플랫폼으로 옮겨간 후로 많은 시청자의 선택을 받았다.

작은 스크린에서는 『제럴드의 게임』, 「1922」, 스티븐 킹과 조 힐의 합작 「높은 풀 속에서」가 각색됐고, 그중 「빅 드라이버」는 각색을 거쳐 장편 영화 길이로 탄생했다.

『언더 더 돔』을 원작으로 한 ABC 드라마가 세 시즌 동안 힘을 못 쓰다가 결국 후속 시즌 제작이 취소됐다면, 『콜로라도 키드』에서 영감을 얻은 SyFy 드라마 「헤이븐」은 시즌 6까지 제작됐다. 메르세데스 삼부작에 기반한 드라마는

AT&T의 스트리밍 플랫폼인 오디언스 네트워크에서 방영되어 애초에 시청할 수 있는 시청자층이 제한적이었으나, 이후 NBC 플랫폼인 피콕이 사들여 드라마에 새로이 숨결을 불어 넣었다. 훌루에서는 킹이 만들어 낸 가상의 마을, 등장인물, 사건에 영감을 받은 「캐슬록」이 두 시즌 동안 방영됐다.

훌루의 「11.22.63」, HBO의 「아웃사이더」, Apple TV+의 「리시 이야기」, 그리고 「예루살렘 롯」에 영감을 받은 에픽스의 「채플웨이트」 같은 리미티드 시리즈들은 수작으로 평가받는다. 킹은 CBS 올 액세스에서 방영된 「더 스탠드」 리메이크 미니시리즈의 마지막 에피소드에서 결말을 새로 썼다. 믹 개리스는 2부작짜리 「백 오브 본즈」로 이력서에 또 하나의 킹 소설 각색작을 추가했고, 2010년대에는 「옥수수 밭의 아이들」 각색 영화가 두 편 더 등장했다.

더 많은 각색작 목록은 부록 3을 참고하라.

TV 드라마 「언더 더 돔」의 시즌 1 촬영장에 나타난 킹.

기타 각색작들

각색작이라고 하면 주로 영화, 미니시리즈, TV 에피소드를 일컫지만, 킹의 작품은 이외에도 다양한 방식으로 각색됐다. 앞서 어딘가에서 언급했듯 그래픽 노블 각색작도 있고, 연극, 오페라, 팟캐스트, 게임, 심지어 음악 각색작마저 있다.

누군가는 가장 악명높다고 말할지 모르는, 가장 유명한 킹 소설의 연극 각색작은 『캐리』를 원작으로 한 1998년 뮤지컬로, 브로드웨이 사상 가장 망한 작품이라고 평가된다. 이 연극은 시사회 이후 딱 다섯 번의 정규 공연을 끝으로 막을 내렸다. 이에 관한 이야기는 켄 맨들바움의 책 『전무후무 '캐리': 40년간의 브로드웨이 뮤지컬 실패작들』에 간략하게 소개되어 있다. 이 뮤지컬은 그토록 어두운 과거에도 불구하고 이후 여러 차례 부활하고 상연되었으며, 최근에는 '피의 복수'라는 팟캐스트에서 이 뮤지컬 이야기를 다뤘다.

『미저리』도 (음악 없이) 브로드웨이에 입성해 브루스 윌리스, 로리 멧칼프가 주연을 맡아 무대에 올랐다. 『분노』에 기반한 작품은 1993년, 책이 출간되기도 전에 무대에서 상연됐고, 『샤이닝』을 브로드웨이에서 상연하려는 계획들이 세워지고 있다.

『돌로레스 클레이본』과 『샤이닝』에 기반한 오페라가 상연됐고, 관객이 함께 참여하는 『샤이닝』의 댄스 시어터 공연도 있었다. 유명 배우들이 참여한 단편 「딸기봄」의 각색 팟캐스트도 있었다.

킹의 소설에서 영감을 얻은 노래도 열몇 곡 있는데, 그중에는 앤트락스의 곡이 몇 개 있다. 킹이 좋아하는 밴드인 라몬즈도 오리지널 영화 각색작에 쓸 「펫 시메터리」라는 노래를 작곡했다. 이 노래는 「미스터 메르세데스」 TV 시리즈의 어느 에피소드 중, 브래디 하츠필드의 라디오에서 흘러나온다.

킹의 작품 중 두 개가 게임으로 각색되기도 했다. 「미스트」는 MS-DOS용 텍스트 어드벤처 게임이고, 「다크 하프」는 마우스를 이용한 어드벤처 게임이다. 「런닝맨」, 「정원사」 영화를 기반으로 탄생한 게임들도 있다.

상단: 2006년, 『돌로레스 클레이본』을 기반으로 제작된 프랑스 연극에서 돌로레스 클레이본(미셸 버니에 분)과 베라 도노반(프레데릭 틸몽 분)이 이야기를 나누는 장면. 하단: 2015년, 브로드웨이에서 상영된 『미저리』 각색 연극이 초연된 날 밤, 커튼 콜을 진행 중인 브루스 윌리스와 로리 멧칼프.

결론: 세월의 시험

어떤 사람들은 작가의 작품을 면밀하게 뜯어 읽으면 그 작가에 관해 알 수 있다고 믿는다. 또 어떤 사람은 작가 개인을 둘러싼 삶을 자세히 알아보는 것이 작품을 이해하는 가장 좋은 방법이라고 생각한다. 작품이라는 거울은 작가의 안쪽과 바깥쪽 중 어느 쪽을 비출까? 양쪽 모두를 비추는 것은 아닐까?

이 책에서 살펴본 사건들은 스티븐 킹 소설이 현실에 뿌리내리도록 해주는 벽을 구성하는 벽돌이라고 할 수 있다. 이전 챕터들을 통해 집필 당시 킹의 신변에 일어난 일들로부터 조금이나마 영향을 받은 책들이 얼마나 많은지 살펴봤다. 개인적 경험, 엿들은 대화, 뉴스 소식, 꿈 등, 글감은 어디에서나 생겨나지만, 가장 커다란 공감을 불러일으키는 이야기는 킹의 실제 삶에서 영향을 받은 것들이다. 킹은 인간과 일상에 대한 날카로운 관찰을 이야기에 매끄럽게 엮어냄으로써 독자들과 친밀한 유대감을 형성한다.

그에 따라 독자는 킹의 인물들과 동일시한다. 인간이 실제로 경험할 수 없는 상황에서조차 말이다. 유령이나 뱀파이어, 혹은 빙의된 자동차를 실제로 만날 사람은 없지만, 만약 만난다면 이들은 킹이 책에서 묘사한 방식대로 행동할 것이다. 킹은 작가가 해야 할 가장 중요한 일은 이야기를 지어낼 때조차 진실을 말하는 것이라고 믿는다.

킹은 어떤 유산을 남기게 될까? 그는 사람들이 자신을 어떻게 기억해 주었으면 하는지 바라는 바가 있다고 말한다. "(50년 후의 사람들에게) 제 작품은 흐릿한 기억이 될 겁니다. 그중 나이가 많은 사람들은 제 작품을 읽어본 적 있을 테고, 몇몇 책은 시간이 흘러도 사람들에게 읽힐 수도 있겠지요. (…) 어떻게 될지는 아무도 모르는 법입니다. (…) 어느 작가든지 말하자면 세월의 시험을 통과해서 기억되고 읽히는 작가로 남고 싶을 겁니다. 하지만 한편, 한 명의 인간으로서 저는 죽을 것이고, 만약 사후 세계 같은 게 없다면 전 그냥 없어지는 건데 내 알 바겠어요? 만약 사후 세계가 있다고 하더라도 여기서 일어나는 일들은 무척 사소하게 느껴지리라 생각합니다. 하지만 어쨌든 나라는 인간은 사람들에게 기쁨을 주고자 노력하도록 설계되어 있어요. 그게 제가 하는 일이죠. 그러니까 전 사람들이 책을 읽고 거기에 흠뻑 빠져들길 바랍니다. 제가 멈춘 뒤에도요."[409]

"나이가 들면서 여러 방면으로 발전했어요. 하지만 절박함이 조금 줄어들긴 하죠. 40대에는 아이디어가 비상구로 탈출하려고 떼지어 몰려드는 사람들처럼 한가득 밀려 나왔어요. 아이디어가 너무 많아서 어서 빨리 타자기 앞으로 달려가 글을 쏟아내기에 바빴죠. (…) 요즘에는 사람들이 팔짱을 낀 채로 더 비판적으로 바라보는 것처럼 느껴져요. 그래서 살짝 속도가 느려집니다. 저도 제가 늙어가고 있다는 걸 알아요. 불같은 강속구는 사라지고 체인지업이나 커브에 기대기 시작하죠. 조심성도 많아지고 여러 구질을 섞기도 합니다."[410] 킹은 자기 작품이 길이길이 남지는 않을 거라는 회의적 태도를 보이기도 한다. "제가 죽고 나서도 이만한 인기를 누리리라는 착각은 단 한 번도 해본 적 없습니다. (…) 훗날까지도 사람들이 읽을 책 한두 권 정도는 남을 수 있겠지만요."[411]

하지만 킹은 "많은 동년배가 사람들의 기억 속에서 잊혔지만, 전 이렇게 노년에도 대성을 누리고 있습니다. 무척 기쁜 일이죠."[412]라고도 말한다. 킹은 자기 작품이 커리어 후반에 들어 더 긍정적인 비평적 평가를 받는 이유를 이렇게 설명한다. "악의에 가득 차서 제 작품을 비판했던 비평가들 대부분보다 제가 더 오래 살아남았거든요. 이렇게 말할 수 있어서 무척 기쁘군요. 저, 나쁜 사람인 걸까요?"[413]

물론 이야기는 여기서 끝이 아니다. 킹은 여전히 글을 쓰고 있다. 종종 글쓰기건 출판이건 이제는 그만두겠다는 얘기를 입에 올리곤 하지만, 속도를 늦출 계획은 전혀 없어 보인다. 킹은 은퇴에 관한 생각을 이렇게 갈무리했다. "그건 제가 아니라 신이 결정할 일입니다. 하지만 때가 되면 저도 알게 되겠죠. 책상에 앉은 채로 고꾸라지거나 아이디어가 고갈되거나 둘 중 하나일 겁니다. 중요한 건 나 자신에게 부끄럽지 않은 거예요. 스스로가 아직 썩 괜찮다고 느끼는 한, 글쓰기를 멈추는 일은 없을 것 같군요."[414]

참고문헌

『죽음의 무도(Danse Macabre)』, 스티븐 킹, 에버렛 하우스(1981). 최고의 공포 영화와 소설을 소개하는 개요서일 뿐만 아니라, 킹이 커리어 극초기에 쓴 「지겨운 자전적 넋두리」도 수록되어 있다.

『스티븐 킹: 어둠의 미학(Stephen King: The Art of Darkness)』, 더글러스 E. 윈터, 뉴 아메리칸 라이브러리(1984). 이 책은 킹과 킹의 작품을 다방면으로 검토한 첫 번째 작업물이다. 윈터는 킹과 직접 수많은 대화를 나눴고, 비록 주제 범위가 킹의 출판 경력 중 첫 10년에 국한되어 있지만, 지금까지도 이 책은 전기와 문학비평을 절묘하게 조합한 최고의 책 중 하나다. 1986년 개정판에는 바크만의 책에 관한 논의도 추가됐다.

『베어 본즈: 스티븐 킹과 공포에 관해 말하다(Bare Bones: Conversations on Terror, with Stephen King)』, 팀 언더우드, 척 밀러 편저, 맥그로힐(1988). 이전 10년 동안 킹이 응했던 인터뷰들을 모은 두 권의 책 중 첫 번째 책이다. 수록된 인터뷰 대부분은 이 책에 실리기 전까지는 그다지 널리 알려지지 않았다.

『공포의 향연: 스티븐 킹과의 대화(Feast of Fear: Conversations with Stephen King)』, 팀 언더우드, 척 밀러 편저, 캐럴 앤드 그라프(1992). 두 번째 인터뷰 모음집이다. 오래된 인터뷰는 1973년까지 거슬러 올라가기도 한다.

『비밀의 창(Secret Windows)』, 스티븐 킹, 북 오브 더 먼스 클럽(2000). 『유혹하는 글쓰기』와 한 쌍으로 출간된 이 책은 킹이 쓴 에세이와 책 서문 모음집이고, 여기에 단편 작품도 몇 개 실려 있다. 그중에는 킹의 형이 1959년~1960년에 발행한 《데이브스 래그》 신문에 실렸던 설익은 이야기 두 편도 포함되어 있다.

『유혹하는 글쓰기(On Writing)』, 스티븐 킹, 스크리브너(2000). 자전적 이야기와 글 쓰는 사람들을 위한 조언이 담겨 있다. '이력서' 섹션에서 킹은 재치 있고 통찰력 있는 시선으로 자기 커리어와 개인사를 돌아보면서 자신이 작가들에게 조언을 줄 수 있을 만한 사람이라는 것을 증명해 보인다.

『스티븐 킹 유니버스 뜯어보기(The Complete Stephen King Universe)』, 스탠리 비아터, 크리스토퍼 골든, 행크 바그너, 세인트 마틴스 그리핀(2006). 2001년에 출간된 책의 개정판으로, 킹의 모든 작품 간의 연관성을 추적하고 이야기의 플롯과 캐릭터가 뒤얽히는 방식을 탐구한다.

『사로잡힌 마음: 스티븐 킹의 삶과 시대(Haunted Heart: The Life and Times of Stephen King)』, 리사 로각, 토머스 던 북스(2009). 킹의 허가 없이 집필된 전기로, 이전에 쓰인 글, 광범위한 조사, 그리고 이 책의 저자를 포함해 킹과 연관된 사람들과 실시한 새로운 인터뷰에 기반해 킹이 인생에서 겪은 일들을 엮어냈다.

『스티븐 킹: 작품 길잡이(Stephen King: A Literary Companion)』, 로키 우드, 맥팔런드 앤드 컴퍼니(2011). 두 파트로 구성된 킹 작품 안내서다. 첫 번째 파트는 킹의 문학적 유산에 관한 에세이들로 구성되어 있다. 두 번째 파트는 킹의 초기작부터 『언더 더 돔』에 이르기까지 작품의 모든 등장인물, 설정 등을 백과사전식으로 나열해 놓았다.

『내 영혼의 유예(Hearts in Suspension)』, 짐 비숍 편집, 메인대학교 출판부(2016). 킹이 쓴 「5대1, 다섯 중 하나」라는 제목의 기나긴 자전적 에세이와 함께, 메인대학교 재학 시절 썼던 「킹의 쓰레기 수거차」 칼럼 네 편과 오래된 사진들이 실려 있다. 또, 킹의 대학 동창들의 회고도 읽어볼 수 있다.

부록 1: 스티븐 킹의 책

『캐리(Carrie)』(1974)

『살렘스 롯(Salem's Lot)』(1975)

『샤이닝(The Shining)』(1977)

『분노(Rage)』(1977)

『스티븐 킹 단편집(Night Shift)』(1978)

『스탠드(The Stand)』(1978)

『롱 워크(The Long Walk)』(1979) [리처드 바크만]

『데드 존(The Dead Zone)』(1979)

『파이어스타터(Firestarter)』(1980)

『로드워크(Roadwork)』(1981) [리처드 바크만]

『죽음의 무도(Danse Macabre)』(1981)

『쿠조(Cujo)』(1981)

『러닝맨(The Running Man)』(1982)[리처드 바크만]

『다크 타워 1 - 최후의 총잡이(The Gunslinger)』(1982)

『사계(Different Seasons)』(1982)

『크리스틴(Christine)』(1983)

『늑대인간(Cycle of the Werewolf)』(1983)

『애완동물 공동묘지(Pet Sematary)』(1983)

『용의 눈(The Eyes of the Dragon)』(1984)

『부적(The Talisman)』(1984), 피터 스트라우브 공저

『시너(Thinner)』(1984)[리처드 바크만]

『스켈레톤 크루(Skeleton Crew)』(1985)

『그것(It)』(1986)

『다크 타워 2 - 세 개의 문(The Drawing of the Three)』(1987)

『미저리(Misery)』(1987)

『토미노커(The Tommyknockers)』(1987)

『다크 하프(The Dark Half)』(1989)

『스탠드: 무삭제 완전판』(1990)

『자정 4분 뒤(Four Past Midnight)』(1990)

『다크 타워 3 - 황무지(The Waste Lands)』(1991)

『욕망을 파는 집(Needful Things)』(1991)

『제럴드의 게임(Gerald's Game)』(1992)

『돌로레스 클레이본(Dolores Claiborne)』(1992)

『악몽과 몽상(Nightmares & Dreamscapes)』(1993)

『불면증(Insomnia)』(1994)

『로즈 매더(Rose Madder)』(1995)

『그린 마일(The Green Mile)』(1996)

『데스퍼레이션(Desperation)』(1996)

『통제자들(The Regulators)』(1996)[리처드 바크만]

『다크 타워 4 - 마법사와 수정구슬(Wizard and Glass)』(1997)

『자루 속의 뼈(Bag of Bones)』(1998)

『톰 고든을 사랑한 소녀(The Girl Who Loved Tom Gordon)』(1999)

『내 영혼의 아틀란티스(Hearts in Atlantis)』(1999)

『센트리 스톰(Storm of the Century)』(1999)

『유혹하는 글쓰기(On Writing: A Memoir of the Craft)』(2000)

『드림캐처(Dreamcatcher)』(2001)

『블랙 하우스(Black House)』(2001), 피터 스트라우브 공저

『모든 일은 결국 벌어진다(Everything's Eventual)』(2002)

『프롬 어 뷰익 8(From a Buick 8)』(2002)

『다크 타워 5 - 칼라의 늑대들(Wolves of the Calla)』(2003)

『다크 타워 6 - 수재나의 노래(Song of Susannah)』(2004)

『다크 타워 7 - 다크 타워(The Dark Tower)』(2004)

『페이스풀(Faithful)』(2004), 스튜어트 오넌 공저

『콜로라도 키드(The Colorado Kid)』(2005)

『셀(Cell)』(2006)

『리시 이야기(Lisey's Story)』(2006)

『블레이즈(Blaze)』(2007) [리처드 바크만]

『듀마 키(Duma Key)』(2008)

『해가 저문 이후(Just After Sunset)』(2008)

『언더 더 돔(Under the Dome)』(2009)

『철벽 빌리(Blockade Billy)』(2010)

『별도 없는 한밤에(Full Dark, No Stars)』(2010)

『11/22/63(11/22/63)』(2011)

『다크 타워 8 - 열쇠 구멍에 흐르는 바람(The Wind Through the Keyhole)』(2012)

『조이랜드(Joyland)』(2013)

『닥터 슬립(Doctor Sleep)』(2013)

『미스터 메르세데스(Mr. Mercedes)』(2014)

『리바이벌(Revival)』(2014)

『파인더스 키퍼스(Finders Keepers)』(2015)

『악몽을 파는 가게(The Bazaar of Bad Dreams)』(2015)

『엔드 오브 왓치(End of Watch)』(2016)

「칙칙폭폭 찰리(Charlie the Choo-Choo)』(2016) [베릴 에번스]

「그웬디의 버튼 박스(Gwendy's Button Box)』(2017), 리처드 치즈마 공저

『잠자는 미녀들(Sleeping Beauties)』(2017), 오언 킹 공저

『아웃사이더(The Outsider)』(2018)

『공포의 비행(Flight or Fright)』(2018), 베브 빈센트 공동 편집

「고도에서(Elevation)」(2018)

『인스티튜트(The Institute)』(2019)

『피가 흐르는 곳에서(If It Bleeds)』(2020)

『나중에(Later)』(2021)

『빌리 서머스(Billy Summers)』(2021)

『그웬디의 마지막 임무(Gwendy's Final Task)(2022)』, 리처드 치즈마 공저

『페어리테일(Fairy Tale)』(2022)

『홀리(Holly)』(2023)

부록 2: 스티븐 킹의 단편 및 중편(초판 기준)

「철야근무(Graveyard Shift)」,《카발리에(Cavalier)》(1970년 10월)

「나는 통로이다(I Am the Doorway)」,《카발리에》(1971년 3월)

「파란색 공기 압축기(The Blue Air Compressor)」,《오넌(Onan)》(1971년 1월)

「전장(Battleground)」,《카발리에》(1972년 9월)

「맹글러(The Mangler)」,《카발리에》(1972년 12월)

「어린아이들을 허락하라(Suffer the Little Children)」,《카발리에》(1972년 2월)

「다섯 번째 4분의 1(The Fifth Quarter)」,《카발리에》(1972년 4월)

「부기맨(The Boogeyman)」,《카발리에》(1973년 3월)

「트럭(Trucks)」,《카발리에》(1973년 6월)

「회색 물질(Gray Matter)」,《카발리에》(1973년 10월)

「익숙해질 거야(It Grows on You)」,《머쉬루트(Marshroots)》(1973년 가을호)

「가끔 그들이 돌아온다(Sometimes They Come Back)」,《카발리에》(1974년 3월)

「밤의 파도(Night Surf)」,《카발리에》(1974년 8월)

「정원사(The Lawnmower Man)」,《카발리에》(1975년 5월)

「딸기봄(Strawberry Spring)」,《카발리에》(1975년 11월)

「뚱보 호건의 복수(The Revenge of Lardass Hogan)」,《메인 리뷰(The Maine Review)》(1975년 7월)

「잡초(Weeds)」,《카발리에》(5월 1976)

「벼랑(The Ledge)」,《펜트하우스(Penthouse)》(1976년 7월)

「나는 네가 원하는 것을 알고 있다(I Know What You Need)」,《코스모폴리탄(Cosmopolitan)》(1976년 9월)

「지옥에서 온 고양이(The Cat from Hell)」,《카발리에》(1977년 3월)

「옥수수 밭의 아이들(Children of the Corn)」,《펜트하우스》(1977년 3월)

「도로를 위해 한잔(One for the Road)」,《메인 매거진(Maine Magazine)》(1977년 3월/4월)

「킹네 가족과 사악한 마녀(The King Family and The Wicked Witch)」,《플린트(Flint)》(1977년 8월)

「꽃을 사랑한 남자(The Man Who Loved Flowers)」,《갤러리(Gallery)》(1977년 8월)

「호랑이의 밤(The Night of the Tiger)」,《판타지와 공상 과학 잡지(Magazine of Fantasy and Science Fiction)》(1978년 2월)

「예루살렘 롯(Jerusalem's Lot)」,『스티븐 킹 단편집』(1978)

「사다리의 마지막 단(The Last Rung on the Ladder)」,『스티븐 킹 단편집』(1978)

「금연 주식회사(Quitter's Inc.)」,『스티븐 킹 단편집』(1978)

「방 안의 여인(The Woman in the Room)」,『스티븐 킹 단편집』(1978)

「최후의 총잡이(The Gunslinger)」,《판타지와 공상 과학 잡지》(1978년 10월)

「배짱 있는 남자(Man with a Belly)」,《카발리에》(1978년 12월)

「노나(Nona)」,『그림자들(Shadows)』(1978)

「상자(The Crate)」,《갤러리》(1979년 7월)

「우유 배달부 2: 세탁 게임 이야기(Big Wheels: A Tale of the Laundry Game (Milkman No. 2))」,『새로운 공포(New Terrors)』(1980)

「중간역(The Way Station)」,《판타지와 공상 과학 잡지》(1980년 4월)

「안개(The Mist)」,『어둠의 힘(Dark Forces)』(1980년 8월)

「원숭이(The Monkey)」,《갤러리》(1980년 11월)

「결혼 축하 연주(The Wedding Gig)」,《엘러리 퀸의 미스터리 매거진(Ellery Queen's Mystery Magazine)》(1980년 12월)

「크라우치엔드(Crouch End)」,『크툴루 신화의 새로운 미토스(New Tales of the Cthulhu Mythos)』(1980)

「신탁과 산(The Oracle and The Mountains)」,《판타지와 공상 과학 잡지》(1981년 2월)

「조운트(The Jaunt)」,《트와일라잇 존(Twilight Zone)》(1981년 6월)

「느림보 돌연변이(The Slow Mutants)」,《판타지와 공상 과학 잡지》(1981년 7월)

「망자들은 노래하는가?(Do the Dead Sing?)」,《양키(Yankee)》(1981년 11월)

「최후의 총잡이와 검은 옷을 입은 남자(The Gunslinger and the Dark Man)」,《판타지와 공상 과학 잡지》(1981년 11월)

「악수하지 않는 남자(The Man Who Would Not Shake Hands)」,『그림자들 4』(1981)

「서바이버 타입(Survivor Type)」,『공포들(Terrors)』(1982년 7월)

「뗏목(The Raft)」,《갤러리》(1982년 11월)

「스카이바(Skybar)」,『DIY 북셀러(The Do-It-Yourself Bookseller)』(1982)

「신들의 워드프로세서(The Word Processor)」,《플레이보이(Playboy)》(1983년 1월)

「오토 삼촌의 트럭(Uncle Otto's Truck)」,《양키》(1983년 10월)

「할머니(Gramma)」,《위어드 북 19(Weird Book 19)》(1984년 봄호)

「토드 부인의 지름길(Mrs. Todd's Shortcut)」,《레드북(Redbook)》(1984년 5월)

「고무 탄환의 발라드(The Ballad of the Flexible Bullet)」,《판타지와 공상 과학 잡지》(1984년 6월)

「베카 폴슨의 계시(Revelations of 'Becka Paulson)」,《롤링 스톤(Rolling Stone)》(1984년 7월 19일/8월 2일)

「비치 월드(Beachworld)」,《위어드 테일스(Weird Tales)》(1984년 가을호)

「돌런의 캐딜락(Dolan's Cadillac)」,《캐슬록(Castle Rock)》(1985년 2월~6월)

「우유 배달부 1: 아침 배달(Morning Deliveries (Milkman #1))」,『스켈레톤 크루』(1985년 6월)

「새들을 위하여(For the Birds)」,『새들은 잘 크나요?(Bred Any Good Rooks Lately?)』(1986년 10월)

「난장판의 끝(The End of the Whole Mess)」,《옴니(Omni)》(1986년 10월)

「의사가 해결한 사건(The Doctor's Case)」,『셜록 홈스의 새로운 모험(The New Adventures of Sherlock

Holmes)』(1987)

「팝시(Popsy)」, 《가면극 2(Masques II)》(1987)

「나이트 플라이어(The Night Flier)」, 『최고악(Prime Evil)』(1988)

「리플로이드(The Reploids)」, 『나이트 비전 5(Night Visions 5)』(1988)

「운동화(Sneakers)」, 『나이트 비전 5』(1988)

「헌사(Dedication)」, 『나이트 비전 5』(1988)

「장마(Rainy Season)」, 《미드나잇 그라피티(Midnight Graffiti)》(1989년 봄호)

「내 귀염둥이 조랑말(My Pretty Pony)」, 크노프(Knopf)(1989)

「가정 분만(Home Delivery)」, 『망자의 책(Book of the Dead)』(1989)

「움직이는 손가락(The Moving Finger)」, 《판타지와 공상 과학 잡지》(1990년 12월)

「밴드가 엄청 많더군(You Know They Got a Hell of a Band)」, 『쇼크 록(Shock Rock)』(1992년 1월)

「움직이는 틀니(Chattery Teeth)」, 《세미트리 댄스(Cemetery Dance)》(1992년 가을호)

「클라이드 엄니의 마지막 사건(Umney's Last Case)」, 온라인 북스토어(1993년 9월 19일)

「10시의 사람들(The Ten O'clock People)」, 『악몽과 몽상』(1993년 10월)

「메이플 스트리트의 그 집(The House on Maple Street)」, 『악몽과 몽상』(1993년 10월)

「거지와 다이아몬드(The Beggar and The Diamond)」, 『악몽과 몽상』(1993년 10월)

「조너선과 마녀들(Jhonathan and the Witchs)」, 『첫 마디(First Words)』(1993)

「킬러(The Killer)」, 《영화계의 유명한 괴물들(Famous Monsters of Filmland)》(1994년 봄호)

「장님 윌리(Blind Willie)」, 《안타이오스: 폐간호(Antaeus: The Final Issue)》(1994년 가을호)

「검은 정장의 악마(The Man in the Black Suit)」, 《뉴요커(The New Yorker)》(1994년 10월 31일)

「행운의 동전(Luckey Quarter)」, 《USA 위켄드(USA Weekend)》(1995년 6월 30일/7월 2일)

「고담 카페에서의 점심식사(Lunch At the Gotham Café)」, 『다크 러브(Dark Love)』(1995년 11월)

「L.T.의 애완동물 이론(L.T's Theory of Pets)」, 『여섯

가지 이야기(Six Stories)』(1997)

「제4호 부검실(Autopsy Room 4)」, 『여섯 가지 이야기』(1997)

「모든 일은 결국 벌어진다(Everything's Eventual)」, 《판타지와 공상 과학 잡지》(1997년 10월/11월)

「데자뷰(That Feeling, You Can Only Say What It Is in French)」, 《뉴요커》(6월 22일/29일, 1998년)

「엘루리아의 어린 수녀들(Little Sisters of Eluria)」, 『레전드(Legends)』(1998년 10월)

「로드 바이러스, 북쪽으로 가다(The Road Virus Heads North)」, 『999』(1999년 9월)

「1408」, 「피와 연기(Blood and Smoke)』(1999)

「죽음의 방(In the Deathroom)」, 『피와 연기』(1999)

「총알차 타기(Riding the Bullet)」, 스크리브너 전자책(2000)

「늙은이의 심장(Old Dude's Ticker)」, 《네콘 20(NECON XX)》(2000년 7월)

「당신이 사랑하는 모든 것이 사라질 것이다(All That You Love Will Be Carried Away)」, 《뉴요커》(2001년 1월 29일)

「잭 해밀턴의 죽음(The Death of Jack Hamilton)」, 《뉴요커》(2001년 12월 24일/31일)

「하비의 꿈(Harvey's Dream)」, 《뉴요커》(2003년 6월 30일)

「휴게소(Rest Stop)」, 《에스콰이어(Esquire)》(2003년 12월)

「헬스 자전거(Stationary Bike)」, 『보더랜드 5(Borderlands 5)』(2003)

「그들이 남긴 것들(The Things They Left Behind)」, 『위반(Transgressions)』(2005년 5월)

「윌라(Willa)」, 《플레이보이》(2006년 12월)

「졸업식 오후(Graduation Afternoon)」, 《추신 10(Postscripts No. 10)》(2007년 봄호)

「진저브래드 걸(Gingerbread Girl)」, 《에스콰이어》(2007년 7월)

「아야나(Ayana)」, 《파리스 리뷰(The Paris Review)》(2007년 가을호)

「벙어리(Mute)」, 《플레이보이》(2007년 12월)

「아주 비좁은 곳(A Very Tight Place)」, 《맥스위니의 이번 분기 관심사 #27(McSweeney's Quarterly Concern #27)》(2008년 5월)

「《뉴욕 타임스》 특별 구독 이벤트(The New York Times at Special Bargain Rates)」, 《판타지와 공상 과학 잡지》(2008년 10월/11월)

「N.」, 『해가 저문 이후』(2008)

「스로틀(Throttle)」(조 힐 공저), 『그는 전설이다(He is Legend)』(2009년 2월)

「우르(Ur)」, 전자책(2009년 2월 12일)

「도덕성(Morality)」, 《에스콰이어》(2009년 6월)

「프리미엄 하모니(Premium Harmony)」, 《뉴요커》(2009년 11월 9일)

「철벽 빌리」, 시메트리 댄스 출판사(2010년 4월 20일)

「허먼 워크는 여전히 건재하다(Herman Wouk is Still Alive)」, 《애틀랜틱(The Atlantic)》(2011년 5월)

「컨디션 난조(Under the Weather)」, 『별도 없는 한밤에』(2011년 6월)

「130킬로미터(Mile 81)」, 스크리브너 전자책(2011년 9월 1일)

「모래 언덕(The Dune)」, 《그란타(Granta)》(2011년 10월 29일)

「초록색 악귀(The Little Green God of Agony)」, 『공포의 책(A Book of Horrors)』(2011)

「높은 풀 속에서(In the Tall Grass)」(조 힐 공저), 《에스콰이어》(2012년 6월/7월, 8월)

「군중 속의 얼굴(A Face in The Crowd)」(스튜어트 오넌 공저), 스크리브너 전자책/오디오(2012년 8월 21일)

「배트맨과 로빈, 격론을 벌이다(Batman and Robin Have an Altercation)」, 《하퍼스(Harpers)》(2012년 9월)

「로큰롤 데드 존(The Rock and Roll Dead Zone)」, 『하드 리스닝(Hard Listening)』(6월 2013)

「사후 세계(Afterlife)」, 《틴 하우스(Tin House)》(2013년 6월)

「못된 꼬맹이(Bad Little Kid)」, 프랑스어, 독일어 전자책(2014년 3월)

「저 버스는 다른 세상이었다(That Bus is Another World)」, 《에스콰이어》(2014년 8월)

「죽음(A Death)」, 《뉴요커》(2015년 3월 2일)

「취중 폭죽놀이(Drunken Fireworks)」, 사이먼 앤드 슈스터 오디오(2015년 6월 30일)

「여름 천둥(Summer Thunder)」, 『불을 꺼라(Turn Down the Lights)』(2015)

「미스터 여미(Mister Yummy)」, 『악몽을 파는 가게』
(2015)

「부고(Obits)」, 『악몽을 파는 가게』(2015)

「쿠키 단지(Cookie Jar)」, 《버지니아 쿼털리 리뷰
(Virginia Quarterly Review)》 92권 2번(2016년 봄호)

「음악실(The Music Room)」, 『빛 또는 그림자 속에서
(In Sunlight or In Shadow)』(2016년 12월)

「그웬디의 버튼 박스」(리처드 치즈마 공저), 시메트리
댄스 출판사(2017년 5월)

「흐릿한 풍경(Thin Scenery)」, 《플로셰어스
(Ploughshares)》 43권 2번(2017년 9월)

「로리(Laurie)」, 스티븐 킹 웹사이트(2018년 5월)

「스쿼드 D(Squad D)」, 『전율 8(Shivers VIII)』(2018)

「난기류 전문가(The Turbulence Expert)」, 『공포의 비
행(Flight or Fright)』(2018년 9월)

「고도에서(Elevation)」, 스크리브너(2018년 10월)

「다섯 번째 단계(The Fifth Step)」, 《하퍼스》(2020년
3월)

「슬라이드 인 길에서(On Slide Inn Road)」, 《에스콰이
어》, (2020년 10월~11월)

「붉은 화면(Red Screen)」, 험블 번들(Humble Bundle)
(2021년 9월 9일~16일)

「괴짜 윌리(Willie the Weirdo)」, 《맥스위니 66》(2022)

「핀(Finn)」, 스크립드(Scribd)(2022년 5월)

부록 3: 각색작들

극장 개봉 영화

「캐리」(1976)

「샤이닝」(1980)

「크립쇼(Creepshow)」(1982)

「쿠조」(1983)

「데드 존」(1983)

「크리스틴」(1983)

「옥수수밭의 아이들(Children of the Corn)」(1984)

「초능력 소녀의 분노(Firestarter)」(1984)

「캣츠 아이(Cat's Eye)」(1985)

「악마의 분신(Silver Bullet)」(1985)

「맥시멈 오버드라이브(Maximum Overdrive)」(1986)

「스탠 바이 미(Stand by Me)」(1986)

「크립쇼 2(Creepshow 2)」(1987)

「런닝맨」(1987)

「사령 전설(A Return to Salem's Lot)」(1987)

「공포의 묘지(Pet Sematary)」(1989)

「공포의 3일밤(Tales from the Darkside)」(1990) - '지옥에서 온 고양이'

「괴물(Graveyard Shift)」(1990)

「미저리」(1990)

「슬립워커스(Sleepwalkers)」(1992)

「론머 맨(The Lawnmower Man)」(1992)

「공포의 묘지 2(Pet Sematary Two)」(1992)

「옥수수밭의 아이들 2(Children of the Corn II: The Final Sacrifice)」(1992)

「다크 하프」(1993)

「욕망을 파는 집」(1993)

「쇼생크 탈출(The Shawshank Redemption)」(1994)

「써스펙트(The Mangler)」(1995)

「돌로레스 클레이븐(Dolores Claiborne)」(1995)

「시너」(1996)

「론머 맨 2(Lawnmower Man 2: Beyond Cyberspace)」(1996)

「캐리 2(The Rage: Carrie 2)」(1999)

「나이트 플라이어(The Night Flier)」(1997)

「죽음보다 무서운 비밀(Apt Pupil)」(1998)

「그린 마일」(1999)

「하트 인 아틀란티스(Hearts in Atlantis)」(2001)

「맹글러 2(The Mangler 2)」(2002)

「드림캐쳐(Dreamcatcher)」(2003)

「라이딩 더 불렛(Riding the Bullet)」(2004)

「시크릿 윈도우(Secret Window)」(2004)

「크립쇼 3(Creepshow 3)」(2006)

「1408」(2007)

「미스트(The Mist)」(2007)

「캐리」(2013)

「굿 메리지(A Good Marriage)」(2014)

「다크 타워: 희망의 탑(The Dark Tower)」(2017)

「그것」(2017, 2019)

「공포의 묘지(Pet Sematary)」(2019)

「닥터 슬립」(2019)

「칠드런 오브 더 콘(Children of the Corn)」(2020)

「파이어스타터」(2022)

「살렘스 롯」(2022)

비디오/TV/스트리밍용 영화

「썸타임 데이 컴 백(Sometimes They Come Back)」(1991)

「일리언 3(Children of the Corn III: Urban Harvest)」(1995)

「썸타임 데이 컴 백 2((Sometimes They Come Back... Again)」(1996)

「일리언 4(Children of the Corn IV: The Gathering)」(1996)

「트럭」(1997)

「프로즌(Sometimes They Come Back... for More)」(1998)

「일리언 5(Children of the Corn V: Fields of Terror)」(1998)

「일리언 6 - 더 싸인 666(Children of the Corn 666: Isaac's Return)」(1999)

「캐리」(2002)

「일리언 7(Children of the Corn: Revelation)」(2001)

「엘렌 림바우어의 일기(The Diary of Ellen Rimbauer)」(2003) - 「로즈 레드(Rose Red)」의 프리퀄

「맹글러 리본(The Mangler Reborn)」(2005)

「돌란스 캐딜락(Dolan's Cadillac)」(2009)

「일리언(Children of the Corn)」(2009)

「옥수수밭의 아이들(Children of the Corn: Genesis)」(2011)

「머시(Mercy)」(2014) - 원작 「할머니」

「빅 드라이버(Big Driver)」(2014)

「제럴드의 게임」(2017)

「1922」(2017)

「옥수수 밭의 아이들: 런어웨이(Children of the Corn: Runaway)」(2018)

「높은 풀 속에서」(2019)

「셀: 인류 최후의 날(Cell)」(2016)

「해리건 씨의 전화기(Mr. Harrigan's Phone)」(2022)

「부기맨(The Boogeyman)」(2022)

TV 에피소드

'신들의 워드프로세서', 「어둠 속의 외침(Tales from the Darkside)」(1984)

'할머니', 「환상 특급(Twilight Zone)」(1986)

'죄송합니다, 맞는 번호입니다(Sorry, Right Number)', 「어둠 속의 외침」(1987)

'움직이는 손가락', 「괴물들(Monsters)」(1991)

'움직이는 틀니', 「퀵실버 하이웨이(Quicksilver Highway)」(1997)

'베카 폴슨의 계시', 「아우터 리밋(The Outer Limits)」(1997)

'회색 물질', 「크립쇼」(2019)

'서바이버 타입', 「크립쇼」(2020)

TV/스트리밍 시리즈/미니시리즈

「살렘스 롯」(1979)

「샤이닝」

「그것」(1990)

「골든 이어스(Golden Years)」(1991)

「타미나커즈(The Tommyknockers)」(1993)

「미래의 묵시록(The Stand)」(1994)

「랭고리얼(The Langoliers)」(1995)

「샤이닝」(1997)

「센트리 스톰」(1999)

「로즈 레드」(2002)

「초능력 소녀의 분노 2(Firestarter: Rekindled)」(2002)

「데드 존」(2002~2007)

「스티븐 킹의 세일럼스 롯('Salem's Lot)」(2004)

「스티븐 킹의 킹덤(Kingdom Hospital)」(2004)

「스티븐 킹의 나이트메어 앤 드림스케이프(Nightmares & Dreamscapes)」(2006) - 단편 8편 각색

「데스퍼레이션」(2006)

「헤이븐(Haven)」(2010~2015) - 『콜로라도 키드』에 영감을 받은 작품

「백 오브 본즈(Bag of Bones)」(2011)

「언더 더 돔」(2013~2015)

「11.22.63」(2016)

「더 미스트(The Mist)」(2017)

「미스터 메르세데스」(2017~2019)

「캐슬록(Castle Rock)」(2018~2019)

「아웃사이더」(2020)

「더 스탠드(The Stand)」(2020~2021)

「리시 이야기」(2021)

「채플웨이트(Chapelwaite)」(2021) - 「예루살렘 롯」에 영감을 받은 작품

EPIX 채널에서 방영된 스티븐 킹의 소설 『예루살렘스 롯』을 원작으로 한 드라마 「채플웨이트: 피의 저택」에 출연한 에이드리언 브로디.

미주

1) 마이크 패런(Mike Farren)과의 인터뷰, 「인터뷰 16, 제2번(Interview XVI, no. 2)」(1986), 68쪽~70쪽. 『공포의 향연(Feast of Fear)』에 재인쇄. 팀 언더우드(Tim Underwood), 척 밀러(Chuck Miller) 편저, 언더우드-밀러(Underwood-Miller)(1986), 247쪽.

2) 「왕이 된 킹(It's good to be the King)」, 브라이언 트루잇(Brian Truitt), 《USA 위켄드(USA Weekend)》, 2009년 12월 8일.

3) 「브랜드가 되는 법(On Becoming a Brand Name)」, 『날것의 공포(Fear Itself)』, 팀 언더우드, 척 밀러 편저, 언더우드-밀러(1982), 15쪽~42쪽.

4) 마크 로손(Mark Lawson)과의 인터뷰, BBC 포(BBC Four), 2006년 12월 11일.

5) 마크 로손과의 인터뷰, BBC 포, 2006년 12월 11일.

6) 「성장, 신앙, 무서움에 관해 말하는 스티븐 킹(Stephen King on Growing Up, Believing in God and Getting Scared)」, 테리 그로스(Terry Gross), '프레시 에어(Fresh Air)', 2013년 5월 28일. https://www.npr.org/2013/05/28/184827647/stephen-king-on-growing-up-believing-in-god-and-getting-scared, 2021년 9월 11일.

7) 『유혹하는 글쓰기(On Writing)』, 스크리브너(Scribner)(2000), 28쪽.

8) 『첫 마디: 유명 현대 작가들이 처음으로 쓴 글들(First Words: Earliest Writing from Favorite Contemporary Authors)』, 폴 맨들바움(Paul Mandelbaum), 앨곤퀸 북스(1993), 118쪽.

9) 『어둠의 미학(The Art of Darkness)』, 더글러스 E. 윈터(Douglas E. Winter), 플럼(Plume)(1986), 19쪽.

10) 『어둠의 미학』, 더글러스 E. 윈터, 플럼(1986), 19쪽.

11) 『유혹하는 글쓰기』, 스크리브너(2000), 51쪽.

12) 「총(Guns)」, 필트럼 프레스(Philtrum Press)(2013), 7쪽.

13) 공식 웹사이트, 작품(Works), 『롱 워크(The Long Walk)』 영감(Inspiration), https://stephenking.com/works/novel/long-walk.html, 2021년 9월 25일.

14) 「5대1, 다섯 중 하나(Five to One, One in Five)」, 『내 영혼의 유예(Hearts in Suspension)』, 메인대학교 출판부(University of Maine Press), 56쪽.

15) 『스티븐 킹: 인간, 예술가(Stephen King: Man and Artist)』, 캐럴 F. 테럴(Carroll F. Terrell), 노던 라이츠(Northern Lights)(1991), 33쪽.

16) 『스티븐 킹: 미수록작 및 미출간작(Stephen King: Uncollected, Unpublished)』, 로키 우드(Rocky Wood), 데이비드 로스톤(David Rawsthorne), 노마 블랙번(Norma Blackburn), 칸록 퍼블리싱(Kanrock Publishing)(2006).

17) 「데드 존(The Dead Zone)」, 베브 빈센트(Bev Vincent), 포에트리 파운데이션(The Poetry Foundation), 2018년 5월, https://www.poetryfoundation.org/articles/146551/the-dead-zone, 2021년 9월 6일.

18) 「60분'에 출연한 스티븐 킹(Stephen King on 60 Minutes)」, CBS, 1997년 2월 16일, 전사문, http://www.utopianweb.com/king/king60.asp, 2021년 9월 6일.

19) 《퍼블리셔스 위클리(Publishers Weekly)》(2004), https://www.publishersweekly.com/978-1-58767-070-1, 2021년 9월 6일.

20) 『악몽을 파는 가게(The Bazaar of Bad Dreams)』, 스크리브너(2009), 95쪽.

21) 『악몽과 몽상(Nightmares and Dreamscapes)』, 바이킹(Viking)(1993), 470쪽.

22) 『다크 타워 1 - 최후의 총잡이(The Gunslinger)』, 도널드 M. 그랜트(Donald M. Grant)(1982), 208쪽.

23) 「캐리라는 이름의 소녀(A Girl Named Carrie)」, 빌 톰슨, 『공포의 왕국(Kingdom of Fear)』, 팀 언더우드, 척 밀러 편저(언더우드-밀러)(1986), 29쪽~33쪽.

24) 『유혹하는 글쓰기』, 스크리브너(2000), 73쪽.

25) 서문, 빌 톰슨, 『공포의 왕국』, 팀 언더우드, 척 밀러 편저(언더우드-밀러)(1986), 29쪽~33쪽.

26) 「브랜드가 되는 법」, 『날것의 공포』, 팀 언더우드, 척 밀러 편저, 언더우드-밀러(1982), 15쪽~42쪽.

27) 『어둠의 몽상가들: 호러 거장들과의 대화(Dark Dreamers: Conversations with the Masters of Horror)』, 스탠리 비아터(Stanley Wiater), 크로스로드 출판사(Crossroad Press), 2018년 8월 26일.

28) 「지루한 교과서에서 흥행 보증수표가 되기까지(From Textbook to Checkbook)」, 로버트 W. 웰스(Robert W. Wells), 밀워키 저널(Milwaukee Journal), 1980년 9월 15일, 『공포의 향연』에 재인쇄, 팀 언더우드, 척 밀러 편저(언더우드-밀러)(1986), 6쪽~8쪽.

29) 찰스 L. 그랜트(Charles L. Grant)와의 인터뷰, 《몬스터랜드 매거진(Monsterland Magazine)》, 1985년 6월, 30쪽.

30) 찰스 L. 그랜트와의 인터뷰, 《몬스터랜드 매거진》, 1985년 6월, 30쪽.

31) 『블레이즈(Blaze)』, 스크리브너(2007), 3쪽.

32) 《월든 북 리포트(Walden Book Report)》, 1997년 12월.

33) 『유혹하는 글쓰기』, 스크리브너(2000), 87쪽.

34) 데이비드 킹과 함께한 스티븐 스피그네시(Stephen Spignesi) 인터뷰, 『침대보에 내비치는 형태(The Shape Under the Sheet)』, 오버룩 커넥션 출판사(Overlook Connection Press)(1991), 31쪽~38쪽.

35) CBS 선데이 모닝(CBS Sunday Morning), 2021년 6월 13일, https://www.cbsnews.com/news/stephen-king-liseys-story/, 2021년 9월 6일.

36) 서문, 『살렘스 롯』, 포켓 북스(Pocket Books)(1999), xv~xx.

37) 「브랜드가 되는 법」, 『날것의 공포』, 팀 언더우드, 척 밀러 편저, 언더우드-밀러(1982), 15쪽~42쪽.

38) 「브랜드가 되는 법」, 『날것의 공포』, 팀 언더우드, 척 밀러 편저, 언더우

드-밀러(1982), 15쪽~42쪽.

39) 서문, 『살렘스 롯』, 포켓 북스(1999), v~xx.

40) 『사계(Different Seasons』, 바이킹(1983), 324쪽.

41) 「브랜드가 되는 법」, 『날것의 공포』, 팀 언더우드, 척 밀러 편저, 언더우드-밀러(1982), 15쪽~42쪽.

42) 「'샤이닝'과 못된 이야기들(On The Shining and Other Perpetrations)」, 《위스퍼스(Whispers)》 17~18번, 5권, 12호, 1982년 8월, 11쪽~16쪽.

43) 「샤이닝'과 못된 이야기들」, 《위스퍼스》 17~18번, 5권, 12호, 1982년 8월, 11쪽~16쪽.

44) 「샤이닝'과 못된 이야기들」, 《위스퍼스》 17~18번, 5권, 12호, 1982년 8월, 11쪽~16쪽.

45) 『유혹하는 글쓰기』, 스크리브너(2000), 95.

46) 『죽음의 무도(Danse Macabre)』, 에베레스트 하우스(Everest House)(1981), 254쪽.

47) 「플레이보이 인터뷰(The Playboy interview), 에릭 노든(Eric Norden), 《플레이보이(Playboy)》, 1983년 6월, 74쪽.

48) 『죽음의 무도』, 에베레스트 하우스(1981), 253쪽.

49) 서문, 『샤이닝』, 포켓 북스(2001), xv-xviii.

50) 서문, 『샤이닝』, 포켓 북스(2001), xv-xviii.

51) 「자신의 언어로: 스티븐 킹과의 인터뷰(In Their Own Words: An Interview with Stephen King)」, 폴 야네치코(Paul Janeczko), 『잉글리시 저널(English Journal)』, 69호, 2번, 1980년 2월, 9쪽~10쪽.

52) 『유혹하는 글쓰기』, 스크리브너(2000), 207쪽.

53) 『샤이닝』 서문, 포켓 북스(2001), xv-xviii.

54) 마이클 킬고어(Michael Kilgore)와의 인터뷰, 《탬파 트리뷴(Tampa Tribune)》, 1980년 8월 31일. 『베어 본즈(Bare Bones)』에 재인쇄, 팀 언더우드, 척 밀러 편저, 맥그로힐(McGraw-Hill)(1988), 101쪽~111쪽.

55) 「킹의 '샤이닝', 미니시리즈로 돌아온다(King's Shining Returning as a Miniseries)」, 루에인 리(Luaine Lee), 《나이트 라이더/트리뷴 뉴스 서비스(Knight-Ridder/Tribune News Service)》, 1997년 4월 20일. http://community.seattletimes.nwsource.com/archive/?date=19970420&slug=2534728, 2021년 9월 6일.

56) 「스릴의 왕(King of the Thrill)」, 데이비드 L. 울린(David L. Ulin), 《로스앤젤레스 타임스(Los Angeles Times)》, 1998년 10월 9일, E1.

57) 「브랜드가 되는 법」, 『날것의 공포』, 팀 언더우드, 척 밀러 편저, 언더우드-밀러(1982), 15쪽~42쪽.

58) 서문, 『샤이닝』, 포켓 북스(2001), xv-xviii.

59) 「브랜드가 되는 법」, 『날것의 공포』, 팀 언더우드, 척 밀러 편저, 언더우드-밀러(1982), 15쪽~42쪽.

60) FAQ, www.stephenking.com, https://stephenking.com/faq/?scroll=why-did-you-write-books-as-richard-bachman-, 2021년 9월 12일.

61) 「나는 왜 바크만이 되었나(Why I Was Bachman)」, 『바크만의 책들(The Bachman Books)』, NAL(1985), v-x.

62) 『어둠의 미학』, 더글러스 E. 윈터, NAL(1984), 26쪽.

63) 「총」, 필트럼 프레스(2013), 7쪽.

64) 「성공이 스티븐 킹을 망쳐놓았다고? 그럴 리가(Has Success Spoiled Stephen King? Naaah)」, 팻 캐디건(Pat Cadigan), 마티 케첨(Marty Ketchum), 아니 페너(Arnie Fenner), 《샤율(Shayol)》 1권, 6번. 1982년 겨울호. 『공포의 향연』에 재인쇄, 팀 언더우드, 척 밀러 편저(언더우드-밀러)(1986), 46쪽.

65) 「나는 왜 바크만이 되었나」, 『바크만의 책들』, NAL(1985), v-x.

66) 작가 노트, 『다크 하프』, 바이킹(1989).

67) 『쇼생크 탈출: 각본집(The Shawshank Redemption: The Shooting Script)』, 뉴마켓 프레스(Newmarket Press)(1996), ix-xii.

68) 「지역 영화제, 공포 장르의 '킹' 덕에 주목받아(Local film festival garners attention from 'King' of horror genre)」, 디온 웨어마우스(Dione Wearmouth), 마이 프린스 고져스 나우(My Prince George Now), 2021년 4월 26일. https://www.myprincegeorgenow.com/140368/local-film-festival-garners-attention-from-king-of-horror-genre/, 2021년 9월 12일.

69) 「스티븐 킹, 콜베어와의 인터뷰에서 코로나19를 예견한 것에 대해 사과하다(Stephen King Apologizes to Colbert for Predicting COVID-19)」, 클레어 셰퍼(Claire Shaffer), 《롤링 스톤(Rolling Stone)》, 2020년 5월 6일. https://www.rollingstone.com/tv/tv-news/stephen-king-stephen-colbert-covid-19-994623/, 2021년 9월 22일.

70) 트위터, 2020년 3월 22일. https://twitter.com/StephenKing/status/1241819736880660480, 2021년 9월 22일.

71) 『죽음의 무도』, 에베레스트 하우스(1981), 373쪽.

72) 『죽음의 무도』, 에베레스트 하우스(1981), 371쪽.

73) 『유혹하는 글쓰기』, 스크리브너(2000), 202쪽.

74) 「시대의 빛(Shine of the Times)」, 마티 케첨, 팻 캐디건, 루이스 샤이너. 《샤율》 1, 3번(1979년 여름호), 43쪽~46쪽.

75) 「스티븐 킹의 신적 여행(Stephen King's God Trip)」, 존 마크스(John Marks), 《살롱(Salon)》, 2008년 10월 23일, https://www.salon.com/2008/10/23/stephen_king/ 2021년 9월 6일.

76) 머리말, 『스탠드(The Stand: Uncut and Expanded Edition)』, 더블데이(1990), ix-xii.

77) 밥 스튜어트(Bhob Stewart)와의 인터뷰, 《헤비메탈(Heavy Metal)》, 1980년 2월, 53쪽.

78) 「시대의 빛」, 마티 케첨, 팻 캐디건, 루이스 샤이너. 《샤율》 1, 3번(1979년 여름호), 43쪽~46쪽.

79) 리처드 볼린스키(Richard Wolinsky), 로런스 데이비슨(Lawrence Davison)과의 인터뷰, KPFA-FM, 1979년 9월 8일. 『공포의 향연』에 실린 전사문, 팀 언더우드, 척 밀러 편저, 캐럴 앤드 그라프(Carroll & Graf)(1989), 22쪽~31쪽.

80) 「악몽을 쓰는 남자(The Man Who Writes Nightmares)」, 멜 앨런(Mel Allen), 《양키(Yankee)》 43, 3번. 1979년 3월, 127쪽~128쪽. https://newengland.com/yankee-magazine/living/profiles/1979-stephen-king-interview/, 2021년 9월 12일.

81) 『내 영혼의 유예』, 짐 비숍 편저, 메인대학교 출판부(2016), 23쪽~76쪽.

82) 「스티븐 킹이 가장 아끼는 작품인 『다크 타워 시리즈』, 드디어 막을 내리다(Stephen King's Favored Child: The Dark Tower Series Is Finally Finished)」, 트루디 와이스(Trudy Wyss)와의 인터뷰, 보더스(Borders)(2007), https://web.archive.org/web/20071024144123/http://www.bordersstores.com/features/feature.jsp?file=stephenking, 2021년 9월 6일.

83) 《월든 북 리포트》, 2003년 7월.

84) 폴 R. 가네(Paul R. Gagne)와의 인터뷰, 『공포의 향연』, 팀 언더우드, 척 밀러 편저, 캐럴 앤드 그라프(1989), 90쪽~108쪽.

85) 마이클 킬고어와의 인터뷰, 《탬파 트리뷴》, 1980년 8월 31일. 『베어 본즈』에 재인쇄, 팀 언더우드, 척 밀러 편저, 맥 그로우힐(1988), 101쪽~111쪽.

86) 『죽음의 무도』, 에베레스트 하우스(1981), 371쪽.

87) 『유혹하는 글쓰기』, 스크리브너(2000), 201쪽.

88) 『죽음의 무도』, 에베레스트 하우스(1981), 371쪽~372쪽.

89) 『유혹하는 글쓰기』, 스크리브너(2000), 203쪽.

90) 「스티븐 킹, 소설의 기술 189번(Stephen King, The Art of Fiction No. 189)」, 크리스토퍼 레만-하우프트(Christopher Lehmann-Haupt), 너새니얼 리치(Nathaniel Rich), 《파리스 리뷰(The Paris Review)》, 178호, 2006년 가을호. https://www.theparisreview.org/interviews/5653/the-art-of-fiction-no-189-stephen-king, 2021년 9월 17일.

91) 「빌러리카에서 보낸 스티븐 킹과의 저녁 시간(An Evening with Stephen King at the Billerica)」, 매사추세츠 공립도서관, 1983년 4월 22일. https://www.youtube.com/watch?v=qG5GLlWZof4, 2021년 10월 6일.

92) 『어둠의 미학』, 더글러스 E. 윈터, NAL(1984), 76쪽.

93) 『어둠의 미학』, 더글러스 E. 윈터, NAL(1984), 76쪽.

94) 폴 R. 가네와의 인터뷰, 『공포의 향연』, 팀 언더우드, 척 밀러 편저, 캐럴 앤드 그라프(1989), 90쪽~108쪽.

95) 크리스토퍼 에반스(Christopher Evans)와의 인터뷰, 《미니애폴리스 스타(Minneapolis Star)》, 1979년 9월 8일. 『베어 본즈』에 재인쇄, 팀 언더우드, 척 밀러 편저, 맥그로힐(1988), 90쪽~92쪽.

96) 「록의 영역에 들어가기(Entering the Rock Zone)」, 《캐슬록(Castle Rock)》3, 10번(1987년 10월호), 1쪽.

97) 「스티븐 킹, 뱅고어 내 레드삭스 중계권이 92.9 라디오에 주어지자 언짢아해(Stephen King unhappy after Red Sox broadcast rights in Bangor awarded to 92.9)」, 어니 클라크(Ernie Clark), 《뱅고어 데일리 뉴스(Bangor Daily News)》, 2018년 1월 19일. https://bangordailynews.com/2018/01/19/sports/stephen-kings-radio-station-loses-red-sox-radio-broadcast-rights-to-92-9-the-ticket/, 2021년 9월 12일.

98) 폴 R. 가네와의 인터뷰, 『공포의 향연』, 팀 언더우드, 척 밀러 편저, 캐럴 앤드 그라프(1989), 90쪽~108쪽.

99) 『유혹하는 글쓰기』, 스크리브너(2000), 192쪽.

100) 「이드 몬스터 파헤치기(Excavating ID Monsters)」, 스탠 니컬스(Stan Nicholls), 1998년 9월. http://www.herebedragons.co.uk/nicholls/interviews.htm, 2009년 4월 5일.

101) 「스티븐 킹의 공포의 궁궐(Stephen King's Court of Horror)」, 아베 펙(Abe Peck), 《롤링 스톤 컬리지 페이퍼(Rolling Stone College Papers)》, 1980년 겨울호. 『베어 본즈』에 재인쇄, 팀 언더우드, 척 밀러 편저, 맥그로힐(1988), 93쪽~101쪽.

102) 크리스토퍼 에반스와의 인터뷰, 《미니애폴리스 스타》, 1979년 9월 8일. 『베어 본즈』에 재인쇄, 팀 언더우드, 척 밀러 편저, 맥그로힐(1988), 90쪽~92쪽.

103) 『유혹하는 글쓰기』, 스크리브너(2000), 192쪽.

104) 마이클 킬고어와의 인터뷰, 《탬파 트리뷴》, 1980년 8월 31일. 『베어 본즈』에 재인쇄, 팀 언더우드, 척 밀러 편저, 맥그로힐(1988), 101쪽~111쪽.

105) 나우 디스(Now This), 2019년 7월, https://twitter.com/nowthisnews/status/1149684335127093248?s=20, 2021년 9월 6일.

106) 「밤의 제왕, 킹(King of the Night)」, 데이비드 슈트(David Chute). 《테이크 원(Take One)》. 1979년 1월. 『공포의 향연』에 재인쇄. 팀 언더우드, 척 밀러 편저(언더우드-밀러)(1986), 73쪽.

107) 「길의 제왕, 킹(King of the Road)」, 대럴 유잉(Darrell Ewing), 데니스 마이어스(Dennis Myers), 《아메리칸 필름(American Film)》. 1986년 6월. 『공포의 향연』에 재인쇄, 팀 언더우드, 척 밀러 편저(언더우드-밀러(1986), 108쪽~109쪽.

108) 「브랜드가 되는 법」, 『날것의 공포』, 팀 언더우드, 척 밀러 편저, 언더우드-밀러(1982), 15쪽~42쪽.

109) 「스티븐 킹 인터뷰(The Stephen King Interview)」, 데이비드 셔먼(David Sherman), 『판고리아: 어둠의 대가들(Fangoria: Masters of the Dark)』, 하퍼프리즘(HarperPrism)(1997), 18쪽.

110) 「스티븐 킹, 무시무시한 스토커들, J. K. 롤링에게 '손절' 당한 사건, 트라우마를 헤쳐 나가는 법에 관해 말하다(Stephen King on Scary Stalkers, Being 'Canceled' by J.K. Rowling, and Navigating Trauma)」, 말로 스턴(Marlow Stern), 《데일리 비스트(Daily Beast)》, 2021년 5월 19일. https://www.thedailybeast.com/stephen-king-on-scary-stalkers-being-canceled-by-jk-rowling-and-navigating-trauma, 2021년 9월 25일.

111) 「폴라로이드 개(The Sun Dog)」 서문, 『자정 4분 뒤(Four Past Midnight)』, 바이킹(1990), 432쪽.

112) 「폴라로이드 개」 서문, 『자정 4분 뒤』, 바이킹(1990), 739쪽.

113) 「공포의 민낯들(Faces of Fear)」, 더글러스 E. 윈터, 버클리(1985), 222쪽.

114) 「넘어진 제왕, 킹콩(Stricken A la King)」, 커트 서플리(Curt Suplee), 《워싱턴 포스트(The Washington Post)》, 1980년 8월. https://www.washingtonpost.com/archive/lifestyle/1980/08/26/stricken-a-la-king/27f02eb5-bac7-41f2-b3d9-4f8612596bc5/, 2021년 9월 6일.

115) 「스티븐 킹, 소설의 기술 189번」, 크리스토퍼 레만-하우프트, 너새니얼 리치, 《파리스 리뷰》, 178호, 2006년 가을호. https://www.theparisreview.org/interviews/5653/the-art-of-fiction-no-189-

stephen-king, 2021년 9월 17일.

116) 「스티븐 킹과 함께 이야기 파헤치기(Digging Up Stories with Stephen King)」, 월리스 스트로비(Wallace Stroby), 작가, 글쓰기를 말하다(Writers on Writing), 1991년 9월 16일. http://wallacestroby.com/writersonwriting_king.html, 2021년 9월 19일.

117) 「스티븐 킹, 소설의 기술 189번」, 크리스토퍼 레만-하우프트, 너새니얼 리치, 《파리스 리뷰》, 178호, 2006년 가을호. https://www.theparisreview.org/interviews/5653/the-art-of-fiction-no-189-stephen-king, 2021년 9월 17일.

118) 「공포의 제왕(King of Horror)」, 스테판 캔퍼(Stefan Kanfer), 《타임(Time)》, 1986년 10월 6일, 92쪽.

119) 「한정판의 정치학(The Politics of Limited Editions)」, 파트 1, 《캐슬록》 1권, 6번(1985년 6월), 3쪽.

120) 벤 리스(Ben Reese)와의 인터뷰, Amazon.com, 2003년 5월. 《L》, 2021년 9월 14일.

121) 서문, 『그린 마일: 두 소녀의 죽음(The Green Mile: The Two Dead Girls)』, 시그넷(Signet), 1996년 3월, vii-xiii.

122) 피터 스트라우브, 제프 잘레스키(Jeff Zaleski)와의 인터뷰, 《퍼블리셔스 위클리》, 2001년 8월 20일. https://www.publishersweekly.com/pw/by-topic/authors/interviews/article/28070-pw-talks-with-peter-straub.html, 2021년 9월 14일.

123) 닫는 글, 『다크 타워 4 - 마법사와 수정구슬(The Wizard and Glass)』, 도널드 M. 그랜트(1997), 511쪽~512쪽.

124) 닫는 글, 『다크 타워 7 - 다크 타워(The Dark Tower)』, 스크리브너(2004), 861쪽~863쪽.

125) 닫는 글, 『다크 타워 3 - 황무지(The Waste Lands)』, 스크리브너(2004), 511쪽~512쪽.

126) 폴라 잰(Paula Zahn)과의 인터뷰, CNN, 2003년 10월 31일. 전사문: https://transcripts.cnn.com/show/pzn/date/2003-10-31/segment/00, 2021년 9월 14일.

127) 「스티븐 킹, 은퇴 선언(Stephen King Quits)」, 크리스 나샤와티(Chris Nashawaty), 《엔터테인먼트 위클리(Entertainment Weekly)》, 2002년 9월 27일.

128) 「집의 대가(House Master)」, 킴 머피(Kim Murphy), 《로스앤젤레스 타임스》, 2002년 1월 27일, F-3. https://www.latimes.com/archives/la-xpm-2002-jan-27-ca-murphy27-story.html. 2021년 9월 14일.

129) 「스티븐 킹, 은퇴 선언」, 크리스 나샤와티, 《엔터테인먼트 위클리》, 2002년 9월 27일.

130) 「스티븐 킹조차 현 상황을 스티븐 킹 소설 같다고 여기다(Even Stephen King Thinks We're Living in a Stephen King Book)」, 앤서니 브렌지캔(Anthony Brenzican), 《배니티 페어(Vanity Fair)》, 2020년 4월 28일. https://www.vanityfair.com/culture/2020/04/stephen-king-trump-quarantine-the-stand-if-it-bleeds, 2021년 10월 2일.

131) 「초록색 악귀」, 스티븐 킹 공식 웹사이트, 2012년 9월 13일, https://stephenking.com/promo/little_green_god_of_agony/, 2021년 10월 15일.

132) 「월든인들에게(Dear Walden People)」, 『독서 노트(Book Notes)』, 월든북스(Waldenbooks), 1983년 8월.

133) 재닛 C. 보리우(Janet C. Beaulieu)와의 인터뷰, 《뱅고어 데일리 뉴스》, 1988년 11월.

134) 「스티븐 킹의 과거와 미래(The Once and Future Stephen King)」, 질 오언스(Jill Owens), powells.com, 2006년 11월 22일. https://www.powells.com/post/interviews/the-once-and-future-stephen-king, 2021년 9월 22일.

135) 「월든인들에게」, 『독서 노트』, 월든북스, 1983년 8월.

136) 「스티븐 킹과의 인터뷰: '크리스틴'에 관하여(Interview with Stephen King on Christine)」, 랜디 로피시어(Randy Lofficier), 2001년. https://www.lofficier.com/christine.htm, 2021년 9월 20일.

137) 『어둠의 미학』, 더글러스 E. 윈터, NAL(1984), 120쪽.

138) 「스티븐 킹과의 인터뷰(Interview with Stephen King)」, 폴 R. 가네, 『공포의 향연』.

팀 언더우드, 척 밀러 편저 (언더우드-밀러)(1986), 104쪽.

139) 「금서와 우려 사항: 버지니아비치 강연(Banned Books and Other Concerns: The Virginia Beach Lecture)」, 『비밀의 창(Secret Windows)』, 북 오브 더 먼스 클럽(Book-of-the-Month Club)(2000), 325쪽~330쪽.

140) 「데드 존에서 날아온 소식(News from the Dead Zone)」, 베브 빈센트, 《세미트리 댄스(Cemetery Dance)》, 37호, 2001년 12월, 24쪽~25쪽.

141) 도서 산업 자선 재단에 지지를 보내기 위한 록 바텀 리메인더스의 영상, 2020년 7월 24일. https://livetalksla.org/blog/books/rock-bottom-remainders/, 2021년 9월 12일.

142) 『어둠의 미학』, 더글러스 E. 윈터, NAL(1984), 242쪽.

143) 「스티븐 킹과의 인터뷰: '크리스틴'에 관하여」, 랜디 로피시어, 《트와일라잇 존(Twilight Zone)》, 3권 6번, 1984년 2월, 73쪽~75쪽.

144) 「앨런 D. 윌리엄스: 스티븐 킹이 보내는 감사글(Alan D. Williams; appreciation by Stephen King)」, 《로커스(Locus)》, 1998년 7월.

145) 「킹, 최고작이 될 만한 작품을 쓰는 중이라고 밝히다(King Working on Book He Believes Could Be His Best)」, 《뱅고어 데일리 뉴스》, 린 플루웰링(Lynn Flewelling), 1990년 9월 11일. https://www.sff.net/people/lynn.flewelling/s.stephen.king.html, 2011년 3월 10일.

146) 『애완동물 공동묘지(Pet Sematary)』 서문, 포켓 북스(2001), ix-xiii.

147) 서문, 『애완동물 공동묘지』, 포켓 북스(2001), ix-xiii.

148) 마이크 패런과의 인터뷰, 『인터뷰 16, 제2번』(1986), 68쪽~70쪽. 『공포의 향연』에 재인쇄. 팀 언더우드, 척 밀러 편저, 언더우드-밀러(1986), 247쪽.

149) 「웬디고(The Wendigo)」, 앨저넌 블랙우드(Algernon Blackwood), 『잃어버린 계곡과 소설들(The Lost Valley and Other Stories)』, 앨프리드 A. 크노프(Alfred A. Knopf)(1917), 118쪽.

150) 리처드 볼린스키, 로런스 데이비슨과의 인터뷰, KPFA-FM, 1979년 9월 8일. 『공포의 향연』에 실린 전사문, 팀 언더우드, 척 밀러 편저, 캐럴 앤드 그라프, 22쪽~31쪽.

151) 「내가 '용의 눈'을 쓴 이유(Why I Wrote The Eyes of the Dragon)」, 《캐슬록》 3권, 2번, 1987년 2월, 4쪽.

152) 「내가 '용의 눈'을 쓴 이유」, 《캐슬록》 3권, 2번, 1987년 2월, 4쪽.

153) 「'그것'에 관한 진실(The Truth About IT)」, 타이슨 블루(Tyson Blue), 《트와일라잇 존》 6권, 5번, 1986년, 49쪽.

154) 『꿈의 비서(The Secretary of Dreams)』(1권), 세미트리 댄스 출판사 (2006), https://www.cemeterydance.com/the-secretary-of-dreams-volume-one.html, 2021년 9월 13일.

155) 「잭의 귀환: 속편에 부쳐(Jack's Back: Thoughts on the Sequel)」, 『블랙하우스』, 랜덤 하우스(Random House)(2001), 639쪽.

156) 「무편집 및 미공개 스티븐 킹 인터뷰(The Stephen King interview, uncut and unpublished)」, 팀 애덤스(Tim Adams), 《가디언(The Guardian)》, 2000년 9월 14일. https://www.theguardian.com/books/2000/sep/14/stephenking.fiction, 2021년 9월 15일.

157) 「스티븐 킹 파트 2(Stephen King part 2)」, 한스 오케 릴리아(Hans-Åke Lilja), 릴리아의 서재, 2007년 1월 17일. https://liljas-library.com/showinterview.php?id=35, 2021년 9월 29일.

158) 「스티븐 킹 파트 2」, 한스 오케 릴리아, 릴리아의 서재, 2007년 1월 17일. https://liljas-library.com/showinterview.php?id=35, 2021년 9월 29일.

159) 공식 웹사이트, 작품(Works), 『시너(Thinner)』, 영감(Inspiration), https://stephenking.com/works/novel/thinner.html, 2021년 11월 13일.

160) 「리처드 바크만의 삶과 죽음(The Life and Death of Richard Bachman)」, 스티븐 P. 브라운(Stephen P. Brown), 『공포의 왕국』 팀 언더우드, 척 밀러 편저(언더우드-밀러)(1986), 124쪽.

161) 「리처드 바크만의 삶과 죽음」, 스티븐 P. 브라운, 『공포의 왕국』 팀 언더우드, 척 밀러 편저(언더우드-밀러)(1986), 125쪽.

162) 『어둠의 미학』 더글러스 E. 윈터, NAL(1984), 174쪽.

163) 「스티븐 킹, 가려지지 않는 빛(Steven [sic] King Shining Through)」, 스티븐 P. 브라운(Stephen P. Brown), 《워싱턴 포스트》, 1985년 4월 9일. https://www.washingtonpost.com/archive/lifestyle/1985/04/09/steven-king-shining-through/eaf662da-e9eb-4aba-9eb9-217826684ab6/, 2021년 9월 20일.

164) 「스티븐 킹, '그것'에 대해 말하다(Stephen King Comments on It)」, 《캐슬록》 2권, 7번, 1986년 7월, 1쪽.

165) 공식 웹사이트, 작품(Works), 그것(It), 영감(Inspiration), https://stephenking.com/works/novel/it.html, 2021년 9월 19일.

166) 「스티븐 킹, '그것'에 대해 말하다」, 《캐슬록》 2권, 7번, 1986년 7월, 1쪽.

167) 『어둠의 미학』 더글러스 E. 윈터, NAL(1984), 153쪽.

168) 스티븐 쉐퍼(Stephen Schaefer)와의 인터뷰, 《보스턴 해럴드(Boston Herald)》, 1986년 7월 27일. 『공포의 향연』에 재인쇄. 팀 언더우드, 척 밀러 편저(언더우드-밀러)(1986), 192쪽~203쪽.

169) 스티븐 쉐퍼와의 인터뷰, 《보스턴 해럴드》, 1986년 7월 27일. 『공포의 향연』에 재인쇄. 팀 언더우드, 척 밀러 편저(언더우드-밀러)(1986), 192쪽~203쪽.

170) 「공포의 한계(The Limits of Fear)」, 조 플레처(Jo Fletcher), 《네이브(Knave)》 19, 5번, 1987년. 『공포의 향연』에 재인쇄. 팀 언더우드, 척 밀러 편저(언더우드-밀러)(1986), 258쪽~265쪽.

171) 「죽음의 왕, 킹의 집(The King of the Macabre at Home)」, 마이클 J. 밴들러(Michael J. Bandler), 《페어런츠(Parents)》, 1982년 1월. 『공포의 향연』에 재인쇄. 팀 언더우드, 척 밀러 편저(언더우드-밀러)(1986), 221쪽~226쪽.

172) 「스티븐 킹, 소설의 기술 189번」, 크리스토퍼 레만-하우프트, 너새니얼 리치, 《파리스 리뷰》, 178호, 2006년 가을호. https://www.theparisreview.org/interviews/5653/the-art-of-fiction-no-189-stephen-king, 2021년 9월 17일.

173) 「스티븐 킹의 공포의 궁궐」, 아베 펙, 《롤링 스톤 컬리지 페이퍼》, 1980년 겨울호. 『베어 본즈』에 재인쇄, 팀 언더우드, 척 밀러 편저, 맥그로힐(1988), 93쪽~101쪽.

174) 『유혹하는 글쓰기』, 스크리브너(2000), 17쪽.

175) 「작가가 꾸는 꿈(Writers Dreaming)」, 나오미 에펠(Naomi Epel), 클라크슨 포터(Clarkson Potter)(1983), 134쪽~143쪽.

176) 「작가가 바라본 자신: 스티븐 킹 인터뷰(The Writer Defines Himself: An Interview with Stephen King)」, 토니 매깃트레일(Tony Magistrale), 『스티븐 킹의 후반 10년: '죽음의 무도'부터 '다크 하프'까지(Stephen King: the Second Decade, Danse Macabre to The Dark Half)』, 트웨인 출판사 (Twayne Publishers)(1992), 16쪽.

177) 「스티븐 킹과의 저녁 시간(An Evening with Stephen King)」, 『비밀의 창』, 북 오브 더 먼스 클럽(2000), 387쪽~401쪽.

178) 「스티븐 킹, '그것'에 대해 말하다」, 《캐슬록》 2권, 7번, 1986년 7월, 1쪽.

179) 「작가가 바라본 자신: 스티븐 킹 인터뷰」, 토니 매깃트레일, 『스티븐 킹의 후반 10년: '죽음의 무도'부터 '다크 하프'까지』, 트웨인 출판사(1992), 13쪽.

180) 「무시무시한 가면 뒤 슬픈 민낯(A sad face behind the scary mask)」, 나이절 판데일(Nigel Farndale), 《선데이 텔레그래프(The Sunday Telegraph)》, 2006년 11월 25일. https://www.theage.com.au/entertainment/books/a-sad-face-behind-the-scary-mask-20061125-ge3n3y.html, 2021년 9월 15일.

181) 「무시무시한 가면 뒤 슬픈 민낯」, 나이절 판데일, 《선데이 텔레그래프》, 2006년 11월 25일. https://www.theage.com.au/entertainment/books/a-sad-face-behind-the-scary-mask-20061125-ge3n3y.html, 2021년 9월 15일.

182) 『그웬디의 마지막 임무(Gwendy's Final Task)』, 스티븐 킹, 리처드 치즈마(Richard Chizmar), 세미트리 댄스 출판사(2022), 70쪽.

183) . 「이드 몬스터 파헤치기」, 스탠 니컬스, 1998년 9월. http://www.herebedragons.co.uk/nicholls/interviews.htm, 2009년 4월 5일.

184) 『유혹하는 글쓰기』, 스크리브너(2000), 165쪽.

185) 『유혹하는 글쓰기』, 스크리브너(2000), 166쪽.

186) 「스티븐 킹의 가장 무서운 영화 속 순간들(Stephen King's Scariest Movie Moments)」, 앤서니 팀폰(Anthony Timpone), 《판고리아 #238》 (2004).

187) 『유혹하는 글쓰기』, 스크리브너(2000), 168쪽.

188) 에드 고먼(Ed Gorman)과의 인터뷰, 《미스터리 신(Mystery Scene) 10》, 1987년 8월.

189) 「스티븐 킹과 함께 '미저리'에 상처받은 팬을 위로하는 태비사 킹 (Tabitha King, Co-Miser-ating with Stephen King)」, 《캐슬록》 3, 8번, 1987년 8월, 1쪽.

190) 「이드 몬스터 파헤치기」, 스탠 니컬스, 1998년 9월. http://www.herebedragons.co.uk/nicholls/interviews.htm, 2009년 4월 5일.

191) 「킹, 최고작이 될 만한 작품을 쓰는 중이라고 밝히다」, 《뱅고어 데일리 뉴스》, 린 플루웰링, 1990년 9월 11일. https://www.sff.net/people/lynn.flewelling/s.stephen.king.html, 2011년 3월 10일.

192) 『유혹하는 글쓰기』, 스크리브너(2000), 168쪽.

193) 「킹의 특징들(King's Features)」, 데이비드 호크먼(David Hochman), 《엔터테인먼트 위클리》, 1999년 7월 2일.

194) 「스티븐 킹, 소설의 기술 189번」, 크리스토퍼 레만-하우프트, 너새니얼 리치, 《파리스 리뷰》, 178호, 2006년 가을호. https://www.theparisreview.org/interviews/5653/the-art-of-fiction-no-189-stephen-king, 2021년 9월 17일.

195) 「스티븐 킹, 가장 긴 소설 10편에 관해 말하다(Stephen King on His 10 Longest Novels)」, 길버트 크루즈(Gilbert Cruz), 《타임》, 2009년 11월. https://entertainment.time.com/2009/11/09/stephen-king-on-his-10-longest-novels/slide/the-tommyknockers-1987/, 2021년 9월 27일.

196) 「스티븐 킹, 가장 긴 소설 10편에 관해 말하다」, 길버트 크루즈, 《타임》, 2009년 11월. https://entertainment.time.com/2009/11/09/stephen-king-on-his-10-longest-novels/slide/the-tommyknockers-1987/, 2021년 9월 27일.

197) 『어둠의 미학』, 더글러스 E. 윈터, 플럼(1986), 170쪽.

198) 오서토크(Authortalk), 《W. B.》, 윌든북스, 1권, 4번, 1989년 11월/12월호.

199) 『유혹하는 글쓰기』, 스크리브너(2000), 96쪽~97쪽.

200) 「스티븐 킹: 롤링 스톤 인터뷰(Stephen King: The Rolling stone Interview)」, 앤디 그린(Andy Greene), 《롤링 스톤》, 2014년 10월 31일. https://www.rollingstone.com/culture/culture-features/stephen-king-the-rolling-stone-interview-191529/, 2021년 9월 15일.

201) 오서토크, 《W. B.》, 윌든북스, 1권, 4번, 1989년 11월/12월호.

202) 「스티븐 킹과 함께 이야기 파헤치기」, 월리스 스트로비, 작가, 글쓰기를 말하다, 1991년 9월 16일. http://wallacestroby.com/writersonwriting_king.html, 2021년 9월 19일.

203) 오서토크, 《W. B.》, 윌든북스, 1권, 4번, 1989년 11월/12월호.

204) 오서토크, 《W. B.》, 윌든북스, 1권, 4번, 1989년 11월/12월호.

205) 「왜 바크만이어야 하는가(The Importance of Being Bachman)」, 『바크만의 책들』, NAL(1996), 7쪽.

206) 재닛 C. 보리우와의 인터뷰, 《뱅고어 데일리 뉴스》, 1988년 11월.

207) 「스티븐 킹, '스탠드: 무삭제 완전판'에 관해 말하다(Stephen King discusses The Stand Complete and Uncut)」, 피터 슈나이더 (Peter Schneider), 1989년 11월. https://www.youtube.com/watch?v=qsj15Ji9Gf0, 2021년 9월 18일.

208) 「글 되살리기(Putting Back the Words)」, 에드윈 맥도웰(Edwin McDowell), 《뉴욕 타임스: 북 노트(The New York Times: Book Notes)》, 1990년 1월 31일. https://www.nytimes.com/1990/01/31/books/book-notes-059490.html, 2021년 9월 18일.

209) 머리말, 『스탠드』, 더블데이(1990), ix-xii.

210) 머리말, 『스탠드』, 더블데이(1990), ix-xii.

211) 오서토크, 《W. B.》, 윌든북스, 1권, 4번, 1989년 11월/12월호.

212) 「자정 정각: 머리말(Straight Up Midnight: An Introductory Note)」, 『자정 4분 뒤』, 바이킹(1990), 4쪽.

213) 「킹, 최고작이 될 만한 작품을 쓰는 중이라고 밝히다」, 《뱅고어 데일리 뉴스》, 린 플루웰링, 1990년 9월 11일. https://www.sff.net/people/lynn.flewelling/s.stephen.king.html, 2011년 3월 10일.

214) 「'도서관 경찰'에 부치는 글(A Note on 'The Library Policeman')」, 『자정 4분 뒤』, 바이킹(1990), 483쪽.

215) 「'폴라로이드 개'에 부치는 글(A Note on 'The Sun Dog')」, 『자정 4분 뒤』, 바이킹(1990), 737쪽.

216) 「스티븐 킹과 함께 이야기 파헤치기」, 월리스 스트로비, 작가, 글쓰기를 말하다, 1991년 9월 16일. http://wallacestroby.com/writersonwriting_king.html, 2021년 9월 19일.

217) 「작가가 바라본 자신: 스티븐 킹 인터뷰」, 토니 매깃트레일, 『스티븐 킹의 후반 10년: '죽음의 무도'부터 '다크 하프'까지』, 트웨인 출판사(1992), 17쪽.

218) 「스티븐 킹, 소설의 기술 189번」, 크리스토퍼 레만-하우프트, 너새니얼 리치, 《파리스 리뷰》, 178호, 2006년 가을호. https://www.theparisreview.org/interviews/5653/the-art-of-fiction-no-189-stephen-king, 2021년 9월 17일.

219) 「피 칠갑한 것들(Bleedful Things)」, 브래드 애슈턴-헤이스트(Brad Ashton-Haiste), 《판고리아》, 1991년 8월, 28쪽~31쪽.

220) 「스티븐 킹, 가장 긴 소설 10편에 관해 말하다」, 길버트 크루즈, 《타임》, 2009년 11월 6일. https://entertainment.time.com/2009/11/09/stephen-king-on-his-10-longest-novels/slide/needful-things-1991/, 2021년 9월 19일.

221) 「피 칠갑한 것들」, 브래드 애슈턴-헤이스트, 《판고리아》, 1991년 8월, 28쪽~31쪽.

222) 「스티븐 킹, 소설의 기술 189번」, 크리스토퍼 레만-하우프트, 너새니얼 리치, 《파리스 리뷰》, 178호, 2006년 가을호. https://www.theparisreview.org/interviews/5653/the-art-of-fiction-no-189-stephen-king, 2021년 9월 17일.

223) 「피 칠갑한 것들」, 브래드 애슈턴-헤이스트, 《판고리아》, 1991년 8월, 28쪽~31쪽.

224) 「스티븐 킹, 소설의 기술 189번」, 크리스토퍼 레만-하우프트, 너새니얼 리치, 《파리스 리뷰》, 178호, 2006년 가을호. https://www.theparisreview.org/interviews/5653/the-art-of-fiction-no-189-stephen-king, 2021년 9월 17일.

225) 「스티븐 킹과 함께 이야기 파헤치기」, 월리스 스트로비, 작가, 글쓰기를 말하다, 1991년 9월 16일. http://wallacestroby.com/writersonwriting_king.html, 2021년 9월 19일.

226) 「스티븐 킹, 소설의 기술 189번」, 크리스토퍼 레만-하우프트, 너새니얼 리치, 《파리스 리뷰》, 178호, 2006년 가을호. https://www.theparisreview.org/interviews/5653/the-art-of-fiction-no-189-stephen-king, 2021년 9월 17일.

227) 「작가가 바라본 자신: 스티븐 킹 인터뷰」, 토니 매깃트레일, 『스티븐 킹의 후반 10년: '죽음의 무도'부터 '다크 하프'까지』, 트웨인 출판사(1992), 5쪽.

228) 「스티븐 킹: 심리적 크로스드레서(Stephen King: Psychological Crossdresser)」, 《온 디 이슈(On the Issues)》, 1995년 가을호. https://www.ontheissuesmagazine.com/1995fall/f95king.php, 2021년 9월 28일.

229) 「작가가 바라본 자신: 스티븐 킹 인터뷰」, 토니 매깃트레일, 『스티븐 킹의 후반 10년: '죽음의 무도'부터 '다크 하프'까지』, 트웨인 출판사(1992), 3쪽.

230) 「계속해서 빛나는 스티븐 킹(Stephen King Shines On)」, 린다 마로타(Linda Marotta), 《판고리아 #150》, 1996년 3월.

231) 「스티븐 킹과 함께 이야기 파헤치기」, 월리스 스트로비, 작가, 글쓰기를 말하다, 1991년 9월 16일. http://wallacestroby.com/writersonwriting_king.html, 2021년 9월 19일.

232) 『악몽과 몽상』, 바이킹(1993), xviii.

233) 『악몽과 몽상』, 바이킹(1993), xxii.

234) 『유혹하는 글쓰기』, 스크리브너(2000), 169쪽.

235) 「스티븐 킹, 가장 긴 소설 10편에 관해 말하다」, 길버트 크루즈, 《타임》, 2009년 11월. https://entertainment.time.com/2009/11/09/stephen-king-on-his-10-longest-novels/slide/the-tommyknockers-1987/, 2021년 9월 28일.

236) 전사문, alt.books.stephen-king, 1996년 4월 24일. https://groups.google.com/g/alt.books.stephen-king/c/Dtq9N8LAL-A/m/bty91c-JRzIJ, 2021년 10월 7일.

237) 「스티븐 킹과 함께 이야기 파헤치기」, 월리스 스트로비, 작가, 글쓰기를 말하다, 1991년 9월 16일. http://wallacestroby.com/writersonwriting_king.html, 2021년 9월 19일.

238) 전사문, alt.books.stephen-king, 1997년 11월 11일. https://groups.google.com/g/alt.books.stephen-king/c/eJnZ9DjqAUs/m/AG872J4BO-gJ, 2021년 10월 4일.

239) 「스티븐 킹: 심리적 크로스드레서」, 《온 디 이슈》, 1995년 가을호. https://www.ontheissuesmagazine.com/1995fall/f95king.php, 2021년 9월 28일.

240) 『유혹하는 글쓰기』, 스크리브너(2000), 169쪽.

241) 「스티븐 킹과 글쓰기 강박(Stephen King and his compulsion to write)」, 앤서니 메이슨(Anthony Mason), CBS 선데이 모닝, 2013년 6월 30일. https://www.cbsnews.com/news/stephen-king-and-his-compulsion-to-write/, 2021년 9월 28일.

242) 「죽음으로부터의 귀환(Back from the Dead)」, 존 코놀리(John Connolly), 《아이리시 타임즈(The Irish Times)》, 2006년 11월 4일. https://www.irishtimes.com/life-and-style/back-from-the-dead-1.1024940, 2021년 9월 28일.

243) 「계속해서 빛나는 스티븐 킹」, 린다 마로타, 《판고리아 #150》, 1996년 3월.

244) 서문, 『그린 마일(The Green Mile)』, 플럼(1997), v-viii.

245) 서문, 『그린 마일』, 플럼(1997), v-viii.

246) 서문, 『그린 마일: 두 소녀의 죽음』, 시그넷(1996), vii-xiii.

247) 서문, 『그린 마일: 두 소녀의 죽음』, 시그넷(1996), vii-xiii.

248) 서문, 『그린 마일: 각본(The Green Mile: The Screenplay)』, 스크리브너 문고본 소설(1999), ix-xi.

249) 전사문, alt.books.stephen-king, 1996년 4월 24일. https://groups.google.com/g/alt.books.stephen-king/c/Dtq9N8LAL-A/m/bty91c-JRzIJ, 2021년 10월 7일.

250) 서문, 『그린 마일: 두 소녀의 죽음』, 시그넷(1996), vii-xiii.

251) 서문, 『그린 마일: 두 소녀의 죽음』, 시그넷(1996), vii-xiii.

252) 『유혹하는 글쓰기』, 스크리브너(2000), 197쪽.

253) 「스티븐 킹과의 저녁 시간」, 『비밀의 창』, 북 오브 더 먼스 클럽(2000), 387쪽~401쪽.

254) 「계절의 제왕(King of the Season)」, 주디 퀸(Judy Quinn), 《퍼블리셔스 위클리의 1996년 가을 신간 가이드(Publishers Weekly Guide to Fall Books 1996)》, 1996년 가을호, 293쪽.

255) 「스티븐 킹의 신적 여행」, 존 마크스, 《살롱》, 2008년 10월 23일, https://www.salon.com/2008/10/23/stephen_king/, 2021년 9월 11일.

256) 「스티븐 킹, 가장 긴 소설 10편에 관해 말하다」, 길버트 크루즈, 《타임》, 2009년 11월 6일. https://entertainment.time.com/2009/11/09/stephen-king-on-his-10-longest-novels/slide/desperation-1996/, 2021년 9월 30일.

257) 「킹과의 인터뷰(Interview with a King)」, 조셉 B. 마우체리(Joseph B. Mauceri), 팬덤의 세계(World of Fandom)(2006). https://www.angelfire.com/tx/SKPage/Interview3.html, 2021년 9월 30일.

258) 「왜 바크만이어야 하는가」, 『바크만의 책들』, NAL(1996), 7쪽.

259) 「왜 바크만이어야 하는가」, 『바크만의 책들』, NAL(1996), 7쪽.

260) 「왜 바크만이어야 하는가」, 『바크만의 책들』, NAL(1996), 7쪽.

261) 《북 리포터(The Book Reporter)》, 1997년 11월 21일. http://www.

teenreads.com/authors/au-king-stephen.asp#pastview, 2009년 4월 5일.

262) 「킹의 전략에 놀라다(Getting Spooked by King's Tactic)」, 마틴 아놀드 (Martin Arnold), 《뉴욕 타임스(The New York Times)》, 1997년 11월 5일, E3. https://www.nytimes.com/1997/11/05/books/making-books-getting-spooked-by-king-s-tactic.html, 2021년 9월 18일.

263) 「당신이 두려워하는 것은 무엇인가?(What Are You Afraid Of?)」, 마크 싱어(Mark Singer), 《뉴요커(New Yorker)》, 1998년 9월 7일, 56쪽~67쪽. https://www.newyorker.com/magazine/1998/09/07/what-are-you-afraid-of, 2021년 9월 18일.

264) 「비밀, 거짓말, 그리고 자루 속의 뼈(Secrets, Lies and Bag of Bones)」, Amazon.com, 1998년 10월, http://www.geocities.com/willemfh/king/mail_king.htm, 2009년 4월 4일.

265) 「사랑, 죽음, 스티븐 킹(Love, Death and Stephen King)」, Amazon.com, 1998년, http://www.amazon.com/gp/feature.html?ie=UTF8&docId=5604, 2009년 4월 4일.

266) 「사랑, 죽음, 스티븐 킹」, Amazon.com, 1998년, http://www.amazon.com/gp/feature.html?ie=UTF8&docId=5604, 2009년 4월 4일.

267) 「스티븐 킹, 소설의 기술 189번」 크리스토퍼 레만-하우프트, 너 새니얼 리치, 《파리스 리뷰》, 178호, 2006년 가을호. https://www.theparisreview.org/interviews/5653/the-art-of-fiction-no-189-stephen-king, 2021년 9월 17일.

268) 「폭풍을 견뎌낸 언덕(Weathering Heights)」, 마이클 로(Michael Rowe), 《판고리아 181》, 1999년 4월, 34쪽~38쪽.

269) 「사랑, 죽음, 스티븐 킹」, Amazon.com, 1998년, http://www.amazon.com/gp/feature.html?ie=UTF8&docId=5604, 2009년 4월 5일.

270) 「살롱 인터뷰(The Salon Interview)」, 앤드류 오헤이르(Andrew O'Hehir), 《살롱(Salon)》, 1998년 9월 24일, https://www.salon.com/1998/09/24/cov_si_24int/, 2021년 9월 18일.

271) 「독자에게 보내는 편지(Letter to Readers)」, 스크리브너 웹사이트, 1998년 4월. http://www.litteraturesdelimaginaire.com/_dossiers/sac.html, 2021년 9월 18일.

272) 「고든과 함께 홈런 친 킹(King homers off Gordon)」, 조지프 P. 칸 (Joseph P. Kahn), 《보스턴 글로브(Boston Globe)》, 1999년 4월 28일, E01.

273) 「고든과 함께 홈런 친 킹」, 조지프 P. 칸, 《보스턴 글로브》, 1999년 4월 28일, E01.

274) 「고든과 함께 홈런 친 킹」, 조지프 P. 칸, 《보스턴 글로브》, 1999년 4월 28일, E01.

275) 「고든과 함께 홈런 친 킹」, 조지프 P. 칸, 《보스턴 글로브》, 1999년 4월 28일, E01.

276) 「스티븐 킹의 신작, 인쇄본과 로켓 에디션으로 동시에 만나본다(New Stephen King Novel Released Simultaneously in Print and Rocket Edition)」,

보도 자료, 1999년 4월 6일. http://nt.excite.com/news/pr/990406/ca-nuvomedia-ebook, 1999년 4월 7일.

277) 「킹과 고든에게 안식처가 되지 못한 소설(Novel comes as no relief for King, Gordon)」, 론 라포트(Ron Rapoport), 《시카고 선타임스(Chicago Sun-Times)》, 2000년 12월 26일. https://chicagosuntimes.newsbank.com/doc/news/0EB424B5A15592D6?pdate=2000-12-26, 2021년 9월 19일.

278) 「온라인의 스티븐 킹 영상, 백만 회 이상의 조회 수를 기록하다(Online King video gets more than 1 million hits)」, ABC 액션 뉴스(ABC Action News), 2008년 11월 13일. https://6abc.com/archive/6505144/, 2021년 9월 13일.

279) 「친애하는 애독자에게(Dear Constant Readers)」, 스크리브너(1999).

280) 「스티븐 킹, 과거를 활용하다(Stephen King Scares Up His Past)」, 매리 언 롱(Marion Long), 《메라 히긴스 클라크 미스터리 매거진(Mary Higgins Clark Mystery Magazine)》, 26권 6번, 2000년 여름호, 4쪽.

281) 스탠리 비아터와의 인터뷰, 반스 앤 노블(Barnes and Noble), 1998년 9월.

282) 유튜브(YouTube), https://www.youtube.com/watch?v=fLB8Rx6FzOE, 2021년 10월 7일.

283) 「유혹하는 글쓰기」 스크리브너(2000), 253쪽.

284) 「유혹하는 글쓰기」 스크리브너(2000), 254쪽.

285) 「유혹하는 글쓰기」 스크리브너(2000), 256쪽.

286) 「무시무시한 가면 뒤 슬픈 민낯」 나이절 판데일, 《선데이 텔레그래 프》, 2006년 11월 25일. https://www.theage.com.au/entertainment/books/a-sad-face-behind-the-scary-mask-20061125-ge3n3y.html, 2021년 9월 14일.

287) 브라이언트 검벨(Bryant Gumbel)과의 인터뷰, 「얼리 쇼(The Early Show)」, 2001년 3월 20일.

288) 「유혹하는 글쓰기」 스크리브너(2000), 267쪽.

289) 「집의 대가」 김 머피, 《로스앤젤레스 타임스》, 2002년 1월 27일, F-3. https://www.latimes.com/archives/la-xpm-2002-jan-27-ca-murphy27-story.html, 2021년 9월 14일.

290) 「스티븐 킹, 은퇴 선언」 크리스 나샤와티, 《엔터테인먼트 위클리》, 2002년 9월 27일.

291) 「유혹하는 글쓰기」 스크리브너(2000), 265쪽.

292) 「유혹하는 글쓰기」 스크리브너(2000), 9쪽.

293) 「유혹하는 글쓰기」 스크리브너(2000), 230쪽.

294) 「유혹하는 글쓰기」 스크리브너(2000), 286쪽.

295) 「무편집 및 미공개 스티븐 킹 인터뷰」 팀 애덤스, 《가디언》, 2000년 9월 14일. https://www.theguardian.com/books/2000/sep/14/stephenking.fiction, 2021년 9월 15일.

296) 「드림캐처」 스크리브너(2000), 45쪽.

297) 작가의 말, 「드림캐처」 스크리브너(2001), 619쪽~620쪽.

298) 작가의 말, 「드림캐처」 스크리브너(2001), 619쪽~620쪽.

299) 「스티븐 킹, 가장 긴 소설 10편에 관해 말하다」 길버트 크루즈, 《타

임》, 2009년 11월 6일. https://entertainment.time.com/2009/11/09/stephen-king-on-his-10-longest-novels/slide/dreamcatcher-2001/, 2021년 9월 15일.

300)「스티븐 킹: 롤링 스톤 인터뷰」, 앤디 그린, 《롤링 스톤》, 2014년 10월 31일. https://www.rollingstone.com/culture/culture-features/stephen-king-the-rolling-stone-interview-191529/, 2021년 9월 15일.

301)『모든 일은 결국 벌어진다』, 스크리브너(2001), 목차.

302)『모든 일은 결국 벌어진다』, 스크리브너(2001), 17쪽.

303) 후기, 『프롬 어 뷰익 8』, 스크리브너(2003), 213쪽.

304) 조이스 린치 듀스 무어(Joyce Lynch Dewes Moore)와의 인터뷰, 《미스터리(Mystery)》, 1981년 3월. 『베어 본즈』에 재인쇄, 팀 언더우드, 척 밀러 편저, 맥그로힐(1988), 68쪽~76쪽.

305) 후기, 『프롬 어 뷰익 8』, 스크리브너(2003), 213쪽~214쪽.

306)「스티븐 킹 식대로 은퇴하기: 쓰되 출간하지 않기(Retirement, the Stephen King way: writing, not publishing)」, 마셜 파인(Marshall Fine), 《더 뉴스 저널(The News Journal)》(뉴욕주 웨스트체스터 카운티), 2002년 10월 13일. https://archive.seattletimes.com/archive/?date=20021013&slug=wstephenking13, 2021년 9월 15일.

307)「집의 대가」, 킴 머피, 《로스앤젤레스 타임스》, 2002년 1월 27일, F-3. https://www.latimes.com/archives/la-xpm-2002-jan-27-ca-murphy27-story.html. 2021년 9월 15일.

308)「스티븐 킹에게 던지는 열 가지 질문(10 Questions for Stephen King)」, 안드레아 삭스(Andrea Sachs), 《타임》, 2002년 3월 24일. http://content.time.com/time/magazine/article/0,9171,219787,00.html, 2021년 9월 15일.

309)『페이스풀(Faithful)』, 스크리브너(2004), 246쪽.

310)「스티븐 킹의 신작으로 열어젖히는 하드 케이스 크라임의 2년 차(New Book by Stephen King to Kick Off Hard Case Crime's Second Year)」, 공식 웹사이트, 2005년 2월 28일. https://stephenking.com/news/new-book-by-stephen-king-to-kick-off-hard-case-crimes-second-year-54.html, 2021년 9월 16일.

311)「커버에 실린 남자들(Cover boys)」, 매들린 머레이(Madeleine Murray), 《시드니 모닝 해럴드(The Sydney Morning Herald)》, 2005년 12월 29일. https://www.smh.com.au/entertainment/books/cover-boys-20051229-gdmp9b.html, 2021년 9월 17일.

312)「진정한 거장, 리들리 피어슨(A Grand Master, Indeed, Ridley Pearson)」, 《써드 디그리(The 3rd Degree)》, 미국 추리작가회 뉴스레터, 2006년 11월, 5쪽.

313)『유혹하는 글쓰기』, 스크리브너(2000), 56쪽.

314)「소설 아이디어가 떠오른 레드삭스의 왕팬(King of Sox fans has novel concept)」, 댄 쇼네시(Dan Shaughnessy), 《보스턴 글로브》, 1999년 2월 20일.

315)「킹의 쓰레기 수거차(King's Garbage Truck)」, 《메인 캠퍼스(The Maine Campus)》, 1969년 10월 23일, 4쪽.

316)「서문: 신화, 믿음, 신뢰, 그리고 리플리의 믿거나 말거나(Introduction: Myth, Belief, Faith and Ripley's Believe It or Not!)」, 『악몽과 몽상』, 바이킹(1993), xxi.

317)「세미트리 댄스 출판사, 스티븐 킹의 '철벽 빌리' 공개(Cemetery Dance Publications Announces Blockade Billy by Stephen King)」, 보도 자료. https://www.prnewswire.com/news-releases/cemetery-dance-publications-announces-blockade-billy-by-stephen-king-89501162.html, 2021년 9월 12일.

318)「소설 아이디어가 떠오른 레드삭스의 왕팬」, 댄 쇼네시, 《보스턴 글로브》, 1999년 2월 20일.

319)『셀』, 스크리브너(2006), 172쪽.

320)「스티븐 킹, 소설의 기술 189번」, 크리스토퍼 레만-하우프트, 너새니얼 리치, 《파리스 리뷰》, 178호, 2006년 가을호. https://www.theparisreview.org/interviews/5653/the-art-of-fiction-no-189-stephen-king, 2021년 9월 17일.

321)「어떤 작가의 소설에 등장하고 싶나요?(Whose novels would you like to be in?)」, 미셸 폴리(Michelle Pauli), 《가디언》, 2009년 7월 14일. https://www.theguardian.com/books/booksblog/2009/jul/14/novels-name-character-you, 2021년 9월 16일.

322)「책 판매를 늘리기 위한 스티븐 킹의 노력(Stephen King Tries to Ring Up Book Sales)」, 제프리 A. 트라첸버그(Jeffrey A. Trachtenberg), 《월스트리트 저널(The Wall Street Journal)》, 2016년 1월 17일. https://www.wsj.com/articles/SB113745182031647918, 2021년 9월 17일.

323)「책 판매를 늘리기 위한 스티븐 킹의 노력」, 제프리 A. 트라첸버그, 《월스트리트 저널》, 2016년 1월 17일. https://www.wsj.com/articles/SB113745182031647918, 2021년 9월 17일.

324)「스티븐 킹의 과거와 미래」, 질 오언스, powells.com, 2006년 11월 22일. https://www.powells.com/post/interviews/the-once-and-future-stephen-king, 2021년 9월 15일.

325) 한스 오케 릴리아와의 인터뷰, 릴리아의 서재, 2007년 1월 17일, http://www.liljas-library.com/showinterview.php?id=35, 2021년 9월 15일.

326)「리시는 어떻게 자기만의 이야기를 찾았나(How Lisey Found Her Story)」, 벤 P. 인딕(Ben P. Indick), 《퍼블리셔스 위클리》, 2006년 8월 28일. https://www.publishersweekly.com/pw/by-topic/authors/interviews/article/16357-how-lisey-found-her-story.html, 2021년 9월 15일.

327) 마크 로손과의 인터뷰, BBC 포, 2006년 12월 11일.

328) 폴라 젠과의 인터뷰, CNN, 2003년 10월 31일. 전사문: https://transcripts.cnn.com/show/pzn/date/2003-10-31/segment/00, 2021년 9월 15일.

329) 전미도서상 시상식 수상 연설, 2003년 11월 19일. https://stephenking.com/news/transcript-now-online-16.html, 2021년 9월 15일.

330)『모든 일은 결국 벌어진다』, 스크리브너(2002), 70쪽.

331) 「스티븐 킹의 과거와 미래」, 질 오언스, powells.com, 2006년 11월 22일. https://www.powells.com/post/interviews/the-once-and-future-stephen-king, 2021년 9월 15일.

332) 지은이의 말, 『리시 이야기』, 스크리브너(2006), 511쪽~512쪽.

333) 「무시무시한 가면 뒤 슬픈 민낯」, 나이절 판데일, 《선데이 텔레그래프》, 2006년 11월 25일. https://www.theage.com.au/entertainment/books/a-sad-face-behind-the-scary-mask-20061125-ge3n3y.html, 2021년 9월 15일.

334) 『해럴드 블룸: 낭만주의적 비전의 레토릭(Harold Bloom: The Rhetoric of Romantic Vision)』, 데이비드 파이트(David Fite), 매사추세츠대학교 출판부(University of Massachusetts Press)(1985), 221쪽.

335) 서문, 『스티븐 킹: 현대 비평의 관점에서(Introduction, Stephen King: Modern Critical Views)』, 해럴드 블룸, 첼시 하우스(Chelsea House)(1998), 1쪽~3쪽.

336) 「문학의 세계를 향해 던진 공포(For the World of Letters, It's a Horror)」, 해럴드 블룸, 《로스앤젤레스 타임스》, 2003년 9월 19일, B-13. https://www.latimes.com/archives/la-xpm-2003-sep-19-oe-bloom19-story.html, 2021년 9월 12일.

337) 폴라 잰과의 인터뷰, CNN, 2003년 10월 31일. 전사문: https://transcripts.cnn.com/show/pzn/date/2003-10-31/segment/00, 2021년 9월 12일.

338) 「어둠을 두려워하는 자, 누구인가?(Who's Afraid of the Dark?)」, 맷 손(Matt Thorne), 《런던 인디펜던트(London Independent)》, 2006년 11월 12일. https://www.independent.co.uk/arts-entertainment/books/features/stephen-king-who-s-afraid-dark-6230070.html, 2021년 9월 12일.

339) 「스티븐 킹의 과거와 미래」, 질 오언스, powells.com, 2006년 11월 22일. https://www.powells.com/post/interviews/the-once-and-future-stephen-king, 2021년 9월 15일.

340) 서문, 『블레이즈』(스크리브너)(2007), 3쪽~5쪽.

341) 지은이의 말, 『사계』, 바이킹(1983), 323쪽.

342) 지은이의 말, 『사계』, 바이킹(1983), 323쪽.

343) 서문, 『블레이즈』(스크리브너)(2007), 3쪽~5쪽.

344) 서문, 『블레이즈』(스크리브너)(2007), 3쪽~5쪽.

345) 「퀸트와 스티븐 킹의 잡담(Quint's chat with Stephen King)」, 에릭 베스페(Eric Vespe)(일명 퀸트), 멋진 소식(Ain't it Cool News), 2007년 2월 27일. http://legacy.aintitcool.com/node/31707, 2021년 9월 18일.

346) 서문, 『해가 저문 이후(Just After Sunset)』, 스크리브너(2008), 3쪽.

347) 「환갑을 맞은 공포 소설 작가 스티븐 킹, 더는 중년이 아님을 인정하다(At 60, horror writer Stephen King accepts that he's no longer middle-aged)」, 《AP》, 2008년 1월 20일. https://dailyillini.com/features/2008/01/21/at-60-horror-writer-stephen-king-accepts-that-hes-no-longer-middle-aged/, 2021년 9월 15일.

348) 「킹의 새로운 영역(King's New Realm)」, 길버트 크루즈, 《타임》, 2008년 7월 17일. http://content.time.com/time/subscriber/

349) 「킹의 새로운 영역」, 길버트 크루즈, 《타임》, 2008년 7월 17일. http://content.time.com/time/subscriber/article/0,33009,1704697,00.html, 2021년 9월 15일.

350) 「스티븐 킹, '듀마 키'를 통해 자기 삶을 돌아보다(Duma Key finds Stephen King stepping into his own life)」, 밥 민저샤이머(Bob Minzesheimer), 《USA 투데이(USA Today)》, 2008년 1월 24일. https://horrorthon.blogspot.com/2008/01/duma-key-finds-stephen-king-stepping.html, 2021년 9월 15일.

351) 「스티븐 킹, 가장 긴 소설 10편에 관해 말하다」, 길버트 크루즈, 《타임》, 2009년 11월 6일. https://entertainment.time.com/2009/11/09/stephen-king-on-his-10-longest-novels/slide/duma-key-2008/, 2021년 9월 15일.

352) 「환갑을 맞은 공포 소설 작가 스티븐 킹, 더는 중년이 아님을 인정하다」, 《AP》, 2008년 1월 20일. https://dailyillini.com/features/2008/01/21/at-60-horror-writer-stephen-king-accepts-that-hes-no-longer-middle-aged/, 2021년 9월 15일.

353) 「스티븐 킹, '듀마 키'를 통해 자기 삶을 돌아보다」, 밥 민저샤이머, 《USA 투데이》, 2008년 1월 24일. https://horrorthon.blogspot.com/2008/01/duma-key-finds-stephen-king-stepping.html, 2021년 9월 15일.

354) 「스티븐 킹, 가장 긴 소설 10편에 관해 말하다」, 길버트 크루즈, 《타임》, 2009년 11월 6일. https://entertainment.time.com/2009/11/09/stephen-king-on-his-10-longest-novels/slide/duma-key-2008/, 2021년 9월 15일.

355) 「도서관에서 발언하는 스티븐 킹과 가족들(Stephen King and Family Speak at the Library)」, 2008년 4월 4일. https://www.loc.gov/item/webcast-4302/, 2021년 9월 16일.

356) 「스티븐 킹의 신적 여행」, 존 마크스, 《살롱》, 2008년 10월 23일, https://www.salon.com/2008/10/23/stephen_king/, 2021년 9월 16일.

357) 『어둠의 미학』, 더글러스 E. 윈터, NAL(1984), 157쪽.

358) 「스티븐이 보낸 메시지(Message from Stephen)」, 공식 웹사이트, 2009년 9월 15일. https://stephenking.com/news/message-from-stephen-msg14.html, 2021년 9월 14일.

359) 「더 카니발」, 공식 웹사이트, 2009년 9월 15일, https://stephenking.com/news/the-cannibals-167.html, 2021년 9월 14일.

360) 「알고 보면 스티븐 킹 이스터 에그가 흘러넘치는 '스탠드'」, 조쉬 바이스(Josh Weiss), 《포브스(Forbes)》, 2021년 2월 12일. https://www.forbes.com/sites/joshweiss/2021/02/12/the-stand-is-a-cornucopia-of-stephen-king-easter-eggs-if-you-know-where-to-look/?sh=2e40826a6655. 2021년 9월 22일.

361) 닫는 글, 『별도 없는 한밤에(Full Dark, No Stars)』, 스크리브너(2010), 365쪽.

362) 「새 앨범 작업을 위해 스티븐 킹에게 연락한 슈터 제닝스(Shooter

Jennings taps Stephen King for new album)」, 네케사 멈비 무디(Nekesa Mumbi Moody), 《AP》, 2010년 1월 10일. https://www.houmatoday.com/news/20100110/shooter-jennings-taps-stephen-king-for-new-album, 2021년 9월 13일.

363) 「스티븐 킹, 만화가로 데뷔하다(Stephen King on His Comics' Debut)」, 섀넌 도널리(Shannon Donnelly), 《데일리 비스트》, 2010년 3월 14일. https://www.thedailybeast.com/stephen-king-on-his-comics-debut, 2021년 9월 13일.

364) 「'블랙 리본' 작업으로 손잡은 슈터 제닝스와 스티븐 킹(Shooter Jennings and Stephen King team for Black Ribbons)」, 랜디 루이스(Randy Lewis), 《로스앤젤레스 타임스》, 2010년 2월 27일. https://www.latimes.com/entertainment/la-et-shooter-jennings27-2010feb27-story.html, 2021년 9월 13일.

365) 『다크 타워 5 - 칼라의 늑대들』, 도널드 M. 그랜트(2004), 436쪽.

366) 「스티븐 킹의 새로운 괴물(Stephen King's New Monster)」, 알렉산드라 알터(Alexandra Alter), 《월스트리트 저널》, 2011년 10월 28일. https://www.wsj.com/articles/SB10001424052970204644504576651540980143566, 2021년 10월 7일.

367) 에롤 모리스(Errol Morris)와의 인터뷰, 《뉴욕 타임스》, 2011년 11월 10일, https://artsbeat.blogs.nytimes.com/2011/11/10/errol-morris-interviews-stephen-king/, 2021년 9월 11일.

368) 「스티븐 킹, '샤이닝'의 후속작 '닥터 슬립'의 근원을 파헤치다(Stephen King unearths origin of The Shining sequel Doctor Sleep)」, 앤서니 브렌지캔, 《엔터테인먼트 위클리》, 2013년 2월 1일, http://shelf-life.ew.com/2013/02/01/stephen-king-the-shining-doctor-sleep-preview/, 2021년 9월 11일.

369) 메이슨 어워드 프레젠테이션, 조지메이슨대학교(George Mason University)의 2011년 가을 도서 축제, 2011년 9월 23일, http://vimeo.com/29786512, 2021년 9월 11일.

370) 「스티브가 보낸 메시지 - '닥터 슬립'(Message from Steve - Doctor Sleep)」, 2012년 3월 2일, https://stephenking.com/news/message-from-steve-doctor-sleep-293.html, 2021년 9월 11일.

371) 「성장, 신앙, 무서움에 관해 말하는 스티븐 킹」, 테리 그로스, '프레시 에어', 2013년 5월 28일. https://www.npr.org/2013/05/28/184827647/stephen-king-on-growing-up-believing-in-god-and-getting-scared, 2021년 9월 11일.

372) 「성장, 신앙, 무서움에 관해 말하는 스티븐 킹」, 테리 그로스, '프레시 에어', 2013년 5월 28일. https://www.npr.org/2013/05/28/184827647/stephen-king-on-growing-up-believing-in-god-and-getting-scared, 2021년 9월 11일.

373) 「성장, 신앙, 무서움에 관해 말하는 스티븐 킹」, 테리 그로스, '프레시 에어', 2013년 5월 28일. https://www.npr.org/2013/05/28/184827647/stephen-king-on-growing-up-believing-in-god-and-getting-scared, 2021년 9월 11일.

374) 「스티븐 킹 소설, '조이랜드' 공식 발표(Stephen King novel Joyland officially announced)」, 스테판 리(Stephan Lee), 《엔터테인먼트 위클리》, 2012년 5월 30일, https://ew.com/article/2012/05/30/stephen-king-joyland-hard-case-crime/, 2021년 9월 11일.

375) 「신작 '나중에', 꼬마 주인공, 코로나 시대의 스토리텔링에 관해 말하는 스티븐 킹(Stephen King talks new novel Later, kid protagonists and storytelling during COVID-19)」, 브라이언 트루잇, 《USA 투데이》, 2021년 3월 1일. https://www.usatoday.com/story/entertainment/books/2021/03/01/stephen-king-talks-new-novel-later-covid-storytelling/6815490002/, 2021년 9월 11일.

376) 「범죄, 창의성, 신작 소설에 관해 말하는 스티븐 킹(Stephen King talks about crime, creativity and new novel)」, 힐렐 이탈리에(Hillel Italie), 《AP 뉴스(AP News)》, 2021년 2월 25일. https://apnews.com/article/stephen-king-later-new-crime-book-b4ec29efb4c3183f1e565575a54ae777, 2021년 9월 11일.

377) 스티븐 킹 메시지 보드 게시물, 마샤 드 필리포(Marsha De Filippo), 2015년 6월 11일. https://stephenking.com/xf/index.php?threads/hate-new-name.7513/#post-413409, 2021년 9월 11일.

378) 「스티븐 킹과의 인터뷰」, 굿리드(Goodreads), 2014년 11월 5일. https://www.goodreads.com/interviews/show/989.Stephen_King, 2021년 9월 28일.

379) 「스티븐 킹과의 인터뷰」, 굿리드, 2014년 11월 5일. https://www.goodreads.com/interviews/show/989.Stephen_King, 2021년 9월 28일.

380) 「신작과 밴드 활동에 관해 말하는 스티븐 킹(Stephen King on new book, playing in a band)」, '모닝 조(Morning Joe)', MSNBC, 2014년 11월 12일. https://www.msnbc.com/morning-joe/watch/stephen-king-on-new-book—playing-in-a-band-356885059539, 2021년 9월 28일.

381) 「환희를 쓰다(Writing Rapture)」, 제시카 스트로저(Jessica Strawser), 《라이터스 다이제스트(Writers Digest)》, 2009년 5월/6월, 48쪽.

382) 「스티븐 킹과 아들 조 힐이 합심한 '높은 풀 속에서', 무서움은 두 배가 된다(Things get doubly freaky when Stephen King and son Joe Hill team up 'In the Tall Grass')」, 브라이언 트루잇, 《USA 투데이》, 2019년 10월 3일. https://www.usatoday.com/story/entertainment/movies/2019/10/03/stephen-king-joe-hill-give-netflix-scare-in-tall-grass/3835164002/, 2021년 10월 3일.

383) 「사바나 도서 축제의 게스트, 스티븐 킹(Stephen King guest of honors Savannah Book Festival)」, YouTube, 2012년 2월 22일. https://www.youtube.com/watch?v=UUfeHTK1Nw8, 2021년 10월 3일.

384) 「스티븐 킹과 아들 오언, '잠자는 미녀들'로 공포 문학계에서 뭉치다(How Stephen King and son Owen joined forces in the nightmare business for Sleeping Beauties)」, 앤서니 브렌지캔, 《엔터테인먼트 위클리》, 2017년 9월 25일. https://ew.com/books/2017/09/25/stephen-king-owen-king-sleeping-beauties/, 2021년 10월 3일.

385) 「스티븐 킹: '절 혹평한 비평가들보다 제가 더 오래 살아남았다는 점

이 저를 기쁘게 합니다'(Stephen King: 'I have outlived most of my critics. It gives me great pleasure)」, 잔 브룩스(Xan Brooks), 《가디언》, 2019년 9월 7일. https://www.theguardian.com/books/2019/sep/07/stephen-king-interview-the-institute, 2021년 9월 29일.

386)「살인 광대, '기묘한 이야기', 치 떨리게 무서운 것에 관해 말하는 스티븐 킹(Stephen King on killer clowns, Stranger Things, and his secrets for scaring you silly)」, 닉 샤거(Nick Schager), 《AP》, 2017년 9월 6일. https://www.yahoo.com/entertainment/stephen-king-killer-clowns-stranger-things-secrets-scaring-silly-153305101.html, 2021년 10월 3일.

387)「환희를 쓰다」, 제시카 스트로저, 《라이터스 다이제스트》, 2009년 5월/6월, 48쪽.

388)「야구, 신작 '리바이벌', 앞으로의 계획에 관해 말하는 공포의 거장 스티븐 킹(Master of horror Stephen King talks baseball, his latest book Revival and how he's not done yet)」, 존 홀리요크(John Holyoke), 《뱅고어 데일리 뉴스》, 2014년 11월 7일. https://www.pressherald.com/2014/11/14/king-talks-baseball-revival-writing-retirement/, 2021년 9월 28일.

389)「그웬디는 어떻게 망각에서 벗어났나(How Gwendy Escaped Oblivion)」, 리처드 치즈마의『그웬디의 마법 깃털』서문, 세미트리 댄스 (2019), 7쪽.

390)「페니 와이스의 창조주가 2017년에 선사하는 공포(Pennywise's creator on scaring the hell out of 2017)」, 앤서니 브렌지캔, 《엔터테인먼트 위클리》, 2017년 12월 22일.

391)「남자를 위한 뮤지컬(A Musical for Men)」, 라이언 다고스티노(Ryan D'Agostino), 《에스콰이어(Esquire)》, 2007년 9월 18일. https://www.esquire.com/news-politics/a3395/ghostbrothers1007/, 2021년 9월 13일.

392)「스티븐 킹과 존 멜런캠프의 '다크랜드 카운티의 유령 형제'신버전을 개발 중인 브로드웨이 라이선싱(Broadway Licensing Developing New Version of Stephen King and John Mellencamp's Ghost Brothers of Darkland County)」, 앤드류 간스(Andrew Gans), 《플레이빌(Playbill)》, 2018년 10월 24일. https://www.playbill.com/article/broadway-licensing-developing-new-version-of-stephen-king-and-john-mellencamps-ghost-brothers-of-darkland-county, 2021년 9월 13일.

393)「새러소타에서 새 책과 영화에 관해 말하는 스티븐 킹(Stephen King talks new book, movies in Sarasota)」, 지미 게르츠(Jimmy Geurts), 《새러소타 헤럴드 트리뷴(Sarasota Herald Tribune)》, 2017년 3월 15일. https://www.heraldtribune.com/news/20170315/exclusive-stephen-king-talks-new-book-movies-in-sarasota, 2021년 10월 2일.

394)「스티븐 킹, 소설의 기술 189번」, 크리스토퍼 레만-하우프트, 너새니얼 리치, 《파리스 리뷰》, 178호, 2006년 가을호. https://www.theparisreview.org/interviews/5653/the-art-of-fiction-no-189-

stephen-king, 2021년 9월 17일.

395)「스티븐 킹, '리시 이야기'를 직접 각색할 수밖에 없었던 이유(Stephen King on Why Lisey's Story Was One He Had to Adapt Himself)」, 에릭 피펜부르크(Erik Piepenburg), 《뉴욕 타임스》, 2021년 6월 3일. https://www.nytimes.com/2021/06/03/arts/television/liseys-story-stephen-king-apple.html, 2021년 10월 2일.

396)「그저 이야기를 들려주고픈 스티븐 킹과 트럼프 시대의 저항을 읽어내려는 독자들(Stephen King Just Wants to Tell Stories. His Readers Want Trump-Era Resistance)」, 루이스 페이츠만(Louis Peitzman), 버즈피드(BuzzFeed), 2018년 6월 14일. https://www.buzzfeednews.com/article/louispeitzman/stephen-king-the-outsider-donald-trump-resistance-twitter, 2021년 10월 2일.

397)「신작 공포 소설, 트럼프의 '악몽', '기묘한 이야기'에 관해 말하다 (Stephen King on His New-Horror Novel, the 'Nightmare'of Trump, and Stranger Things)」, 앤디 그린, 《롤링 스톤》, 2019년 9월 1일. https://www.rollingstone.com/tv/tv-features/stephen-king-interview-trump-institute-stranger-things-878362/, 2021년 10월 2일.

398)「스티븐 킹, 자기 작품을 모방하는 현실을 두려워하다(Life Is Imitating Stephen King's Art, and That Scares Him)」, 앤서니 브렌지캔, 《뉴욕 타임스》, 2019년 9월 3일. https://www.nytimes.com/2019/09/03/books/stephen-king-interview-the-institute.html, 2021년 10월 2일.

399) 작가의 말, 『피가 흐르는 곳에』, 스크리브너(2020), 433쪽.

400)「스티븐 킹조차 현 상황을 스티븐 킹 소설 같다고 여기다」, 앤서니 브렌지캔, 《배니티 페어》, 2020년 4월 28일. https://www.vanityfair.com/culture/2020/04/stephen-king-trump-quarantine-the-stand-if-it-bleeds, 2021년 10월 2일.

401) 작가의 말, 『피가 흐르는 곳에』, 스크리브너(2020), 434쪽.

402) 스티븐 킹조차 현 상황을 스티븐 킹 소설 같다고 여기다」, 앤서니 브렌지캔, 《배니티 페어》, 2020년 4월 28일. https://www.vanityfair.com/culture/2020/04/stephen-king-trump-quarantine-the-stand-if-it-bleeds, 2021년 10월 2일.

403)「빌리 서머스' 쓰기(Writing Billy Summers)」, 아드리엔 베스텐펠드 (Adrienne Westenfeld), 《에스콰이어》, 2021년 8월 3일. https://www.esquire.com/entertainment/books/a37182078/stephen-king-billy-summers-interview/, 2021년 10월 2일.

404)「스티븐 킹이 상상해 낸 암살자, 생명력을 얻다(Stephen King Dreamed Up a Hitman. Then King Let Him Take on a Life of His Own)」, 브레나 에를리히(Brenna Ehrlich), 《롤링 스톤》, 2021년 8월 3일. https://www.rollingstone.com/culture/culture-features/stephen-king-billy-summers-interview-1203646/, 2021년 10월 2일.

405)「빌리 서머스' 쓰기」, 아드리엔 베스텐펠드, 《에스콰이어》, 2021년 8월 3일. https://www.esquire.com/entertainment/books/a37182078/stephen-king-billy-summers-interview/, 2021년 10월 2일.

406) 「스티븐 킹이 상상해 낸 암살자, 생명력을 얻다」, 브레나 에를리히, 《롤링 스톤》, 2021년 8월 3일. https://www.rollingstone.com/culture/culture-features/stephen-king-billy-summers-interview-1203646/, 2021년 10월 2일.

407) 「스티븐 킹의 출시 예정작 '페어리테일' 발췌문 독점 공개(Read an exclusive excerpt from Stephen King's forthcoming novel Fairy Tale)」, 클라크 콜리스(Clark Collis), 《엔터테인먼트 위클리》, 2022년 1월 24일, https://ew.com/books/stephen-king-fairy-tale-new-novel-excerpt/, 2022년 3월 12일.

408) 「'그것' 예고편, 첫 24시간 만에 약 2억 회 조회 수를 기록하며 세계 신기록을 세우다(It Trailer Scares Up Worldwide Traffic Record in First 24 Hours with Near 200M)」, 앤서니 달레산드로(Anthony D'Alessandro), 《데드라인(Deadline)》, 2017년 3월 31일. https://deadline.com/2017/03/it-stephen-king-trailer-traffic-record-warner-bros-new-line-1202056928/, 2021년 10월 4일.

409) 한스 오케 릴리아와의 인터뷰, 릴리아의 서재, 2007년 1월 18일, http://www.liljas-library.com/showinterview.php?id=35, 2021년 10월 1일.

410) 「범죄, 창의성, 신작 소설에 관해 말하는 스티븐 킹」, 힐렐 이탈리에, 《AP 뉴스》, 2021년 2월 25일. https://apnews.com/article/stephen-king-later-new-crime-book-b4ec29efb4c3183f1e565575a54ae777, 2021년 9월 11일.

411) 「스티븐 킹의 새로운 괴물」, 알렉산드라 알터, 《월스트리트 저널》, 2011년 10월 28일. https://www.wsj.com/articles/SB10001424052970204644504576651540980143566, 2021년 10월 7일.

412) 「신작 공포 소설, 트럼프의 '악몽', '기묘한 이야기'에 관해 말하다」, 앤디 그린, 《롤링 스톤》, 2019년 9월 1일. https://www.rollingstone.com/tv/tv-features/stephen-king-interview-trump-institute-stranger-things-878362/, 2021년 10월 2일.

413) 「스티븐 킹: '절 혹평한 비평가들보다 제가 더 오래 살아남았다는 점이 저를 기쁘게 합니다'」, 잔 브룩스, 《가디언》, 2019년 9월 7일. https://www.theguardian.com/books/2019/sep/07/stephen-king-interview-the-institute, 2021년 9월 29일.

414) 「신작 공포 소설, 트럼프의 '악몽', '기묘한 이야기'에 관해 말하다」, 앤디 그린, 《롤링 스톤》, 2019년 9월 1일. https://www.rollingstone.com/tv/tv-features/stephen-king-interview-trump-institute-stranger-things-878362/, 2021년 10월 2일.

IMAGE CREDITS

P2: Courtesy of Stephen King
P7: Andre Jenny/Alamy Stock Photo
P8: Courtesy of Stephen King
P11: (both) Courtesy of Stephen King
P12: Courtesy of Stephen King
P13: Courtesy of Stephen King
P15: Courtesy of Stephen King
P18: (both) Courtesy of Bob Jackson
P19: Courtesy of Bob Jackson
P21: Courtesy of Stephen King
P23: Courtesy of Bob Jackson
P24: Courtesy of Bob Jackson
P25: Courtesy of Bob Jackson
P27: (right) Peter Jones/Corbis; (left top and bottom) Courtesy of Stephen King
P28: Courtesy of Doubleday Publishing Group
P29: Courtesy of Stephen King
P30: Courtesy of Stephen King
P32: Courtesy of Doubleday Publishing Group
P33: (both) Courtesy of Stephen King
P35: Sunset Boulevard/Corbis; (inset) Courtesy of Bob Jackson
P36: Peter Jones/Corbis
P38: Courtesy of Stephen King
P39: Courtesy of Bob Jackson
P41: Courtesy of Penguin Random House
P43: (both) Courtesy of Stephen King
P45: AF archive/Alamy Stock Photo
P47: Courtesy of Stephen King
P48: (top) Bridgeman Images; (bottom) Courtesy of Doubleday Publishing Group
P50: CBS Photo Archive/CBS
P51: (top) New York Daily News Archive/Getty; (bottom) Courtesy of Bob Jackson
P53: (both) Courtesy of Bob Jackson
P55: Courtesy of Stephen King
P56: CBS Photo Archive/CBS
P57: Courtesy of Stephen King
P59: (both) Courtesy of Stephen King
P60: Courtesy of Stephen King
P61: Courtesy of Stephen King
P62: United Archives GmbH/Alamy Stock Photo
P64: The Everett Collection
P65: Pictorial Press Ltd/Alamy Stock Photo
P66: Courtesy of Glenn Chadbourne
P69: (both) ©Columbia/courtesy Everett Collection
P71: AF archive/Alamy Stock Photo
P72: Buddy Mays/Alamy Stock Photo
P73: Courtesy of Stephen King
P74: AA Film Archive/Alamy Stock Photo
P75: Courtesy of Jim Leonard
P77: (both) Courtesy of Stephen King
P83: Courtesy of Stephen King
P86: (top) Moviestore Collection Ltd/Alamy Stock Photo; (bottom) Courtesy of Jim Leonard
P89: Courtesy of Doubleday Publishing Group
P90: The Everett Collection
P92: ©Paramount/courtesy Everett Collection
P93: Courtesy of Bob Jackson
P95: Courtesy of Penguin Random House
P97: Courtesy of Stephen King
P99: Courtesy of Cemetery Dance Publications
P101: Jeffrey Vock/Stringer/Getty Images
P103: (both) Courtesy of Stephen King
P104: United Archives GmbH/Alamy Stock Photo
P107: Moviestore Collection Ltd/Alamy Stock Photo
P108: John Van Decker/Alamy Stock Photo
P109: Courtesy of Stephen King

P110: Allstar Picture Library Ltd./Alamy Stock Photo
P111: Stratford Library Association, Stratford, Connecticut, USA
P112: Courtesy of Penguin Random House
P113: Courtesy of Stephen King
P114: Michael Chamberlain/Shutterstock
P115: The Everett Collection
P117: Jeffrey Isaac Greenberg 12+/Alamy Stock Photo
P118: Niday Picture Library/Alamy Stock Photo
P121: Courtesy of Penguin Random House
P122: Courtesy of Stephen King
P123: ZUMA Press, Inc./Alamy Stock Photo
P124: (top) Courtesy of Stephen King; (bottom) Courtesy of Bob Jackson
P125: United Archives GmbH/Alamy Stock Photo
P127: Courtesy of Penguin Random House
P129: AF archive/Alamy Stock Photo
P130: Carolyn Jenkins/Alamy Stock Photo
P131: Contributor: Photo 12/Alamy Stock Photo
P133: ©Columbia Pictures/Everett Collection
P136: WENN US/Alamy Stock Photo
P137: Carolyn Jenkins/Alamy Stock Photo
P138: Everett Collection, Inc./Alamy Stock Photo
P139: Photo 12/Alamy Stock Photo
P140: AF archive/Alamy Stock Photo
P143: Sean Zanni/Patrick McMullan/Getty Images
P145: ©Scribner, a division of Simon & Schuster
P146: (top) Allstar Picture Library Ltd./Alamy Stock Photo; (bottom) Archive Photos/Stringer/Moviepix
P151: Courtesy of Stephen King
P152: ©Scribner, a division of Simon & Schuster
P155: REUTERS/Alamy Stock Photo
P156: Courtesy of Stephen King
P159: (top) Mario Tama/Getty Images; (bottom) Courtesy of Stephen King
P160: Courtesy of Stephen King
P161: ©Warner Brothers/courtesy Everett Collection
P162: (top) Courtesy of Stephen King; (bottom) ©Warner Bros. Television/courtesy Everett Collection
P163: World History Archive/Alamy Stock Photo
P165: Mitchell Gerber/Corbis
P166: Arnaldo Magnani/Hutton Archive
P167: Jeff Riedel/Contour RA
P169: Lawrence Lucier/Stringer/Getty Images
P171: Courtesy of Stephen King
P174: Photo by Amy Guip
P175: ©Scribner, a division of Simon & Schuster
P176: UPI/Alamy Stock Photo
P179: (left) Courtesy of Stephen King; (right) Charles Krupa/AP
P181: ©Hodder & Stoughton
P182: Matthew Peyton/Getty Images
P183: Leigh Vogel/WireImage
P184: UPI/Alamy Stock Photo
P188: Abaca Press/Alamy Stock Photo
P189: Fort Worth Star-Telegram/Tribune News Service
P190: CBS Photo Archive/CBS
P191: Larry French/Stringer/Getty Images
P193: AF archive/Alamy Stock Photo
P197: Courtesy of Black Country Rock
P198: ©Scribner, a division of Simon & Schuster
P199: Album/Alamy Stock Photo
P200: Loop Images Ltd/Alamy Stock Photo
P201: Courtesy of Bob Jackson
P203: Pictorial Press Ltd/Alamy Stock Photo
P206: Matthew Peyton/Getty Images
P207: Rick Kern/WireImage
P209: Elise Amendola/AP
P213: (top) CBS Photo Archive/CBS; (bottom) Daniel Zuchnik/WireImage
P214: Astrid Stawiarz/Getty Images
P218: AA Film Archive/Alamy Stock Photo
P219: (top) Abaca Press/Alamy Stock Photo; (bottom) Bruce Glikas FilmMagic
P221: Courtesy of Thomas R. Hindman/*Bangor Daily News*
P227: Album/Alamy Stock Photo

이미지 자료 번역

1 P15

컬치, 1975년 9월.

엄마, 형, 그리고 나는 1954년부터 1958년까지 코네티컷주 스트랫퍼드에서 살았다. 그러니까 내가 여섯 살일 때부터 열 살이 될 때까지의 일이다. 어린아이는 이 시기에 처음으로 자기 주위 세상을 본격 탐험해 본다. 안전한 유년과 그 외 다른 것들을 가르는, 깔끄럽고도 매력적인 담장에 처음으로 매달려보고 그것을 넘어보는 시기인 것이다. '다른 것들'이란 무엇인지, 어린이가 그것을 그토록 갈망하는 이유가 무엇인지는 아무도 모른다. 나는 성인이 된 이후 대부분의 삶을 그 '다른 것들'에 관한 글을 쓰는 데 할애했지만, 나조차도 그게 뭔지 모른다. 여섯 살에서 열 살 사이에는 대통령이 누군지, 자신이 그 사람을 지지하는지 반대하는지 확실히 알게 된다. 금 밟으면 엄마 등이 부러진다는 미신이 실현되면 엄마가 오랫동안 견인 치료를 받아야 한다는 것도 알게 된다. 때론 혼자 나가 놀아도 좋다는 허락을 받고 처음으로 갖갖 죽은 고양이나 새, 혹은 차에 치인 뒤 진창에 나뒹구는 개 한두 마리를 들여다볼 시간을 갖기도 한다. 물론 생전 처음 본 건 아니겠지마는 그땐 족쇄 같은 엄마의 손에 꽉 붙들린 채 잰걸음으로 끌려갈 수밖에 없었을 테다. "새끼 고양이의 입속에 있는 이상한 하얀 것"이 뭔지 엄마에게 물어볼라치면 체이즌 씨에게 손을 흔들라거나 브로드 스트리트를 건널 때 좌우를 잘 살피라는 둥의 명령이 떨어져 흐지부지 묻히고 만다. 하지만 이제는 자유다. 자유롭게 조사하고 판단할 수 있다.

실로, 생애 처음으로, 그 모든 것을 조사할 수 있는 자유가 우리 손에 주어진다. 나와 같다면 여덟 살에는 자신만의 판단을 내릴 수 있고, 열여덟 살에는 선생님의 판단을, 스물여덟 살에는 부모의 판단을 파악할 수 있다. 만약 부모의 결론이 쓰레기 같다면? 명복을 빈다. 오늘날 세계와의 갈등 대부분은 여기서 발생한다.

나는 행운아였다. 나와 형에겐 부모가 엄마 한 명뿐이었고, 적어도 60% 정도의 경우에는 엄마가 옳았기 때문이다. 나머지 인류보다 20%는 나은 상황이었다고, 나는 생각한다. 엄마가 '옳았다'고 해서 형이나 나에 관해, 혹은 엄마 자신에 관해 옳았다는 뜻은 아니다. 엄마는 그런 문제엔 몽매했다. 그러나 세상에 관해서는 엄마가 옳았다.

*

그때 그 시절, 신발을 팔던 스트랫퍼드 F. W. 울워스 지하에는 기계가 한 대 있었다. 대략 120센티미터 높이에 나무 무늬가 새겨져 있었고, 더러 미래주의적 연단 같아 보였다. 맨 윗부분에는 들여다볼 수 있는 접안창이, 아래에는 발 하나 정도 들어갈 만한 크기의 구멍이, 측면에는 스위치가 달려 있었다.

2 P21

상상 속의 장소들

이곳은 유나이티드 항공이 친절한 운항을 하지 않는 곳이자,
은색의 달빛 선로를 따라 철길이 놓인 곳.
이곳은 아무도 스폴딩 테니스 라켓 커버를
　　본 적 없는 곳이자
가슴팍에 악어가 그려진 옷을 입지 않는 곳.
"여기선 거기로 갈 수 없어."라는, 메인주의 고릿적 농담이지만,
어디에 있건 브루어로는 갈 수 있지-
정말로 가고 싶다면-
거기는 옷장을 통해서만 갈 수 있어
그리고 옷장을 통해 여행을 보내주는 여행사는 없어.
　　하지만 멋진 일이야, 그러니까,
본 적 없는 나무 바닥이 발아래서 차갑고 하얗게 변하는
　　순간은
코트의 올과 털이 가문비나무와 소나무의 침엽으로 변하는 순간은
종약의 냄새가 항상 겨울이지만 크리스마스는 오지 않는 곳의
찬 공기 냄새로 변하는 순간은 말이지.
세상에는 그런 곳이 있어, 돌아누워야만,
눈을 감아야만,
차가운 깔개를 비집고 들어가듯 여러 꿈을 비집고 들어가야만 닿을 수 있는 곳.
그중에는 샤이어가 있지 모든 카운티가 파딩인 곳,
회색 항구와 리븐델 사이 그 어딘가,
모든 문이 둥그스름하고
땅으로 통하는 곳,
그중에는 아컴도 있지, 꿈에 쫓기는 미스카토닉강이 관통하고,
교수대 언덕의 서쪽에 있으며 어둠 골짜기의 남쪽 어드매에 있고
니알라토텝과 천 마리의 새끼를 거느린 염소의 은신처 위에 있는 곳.
　　때로 이들은 교차 수분을 하지,

3 P24

해냈어요. 『캐리』는 더블데이에서 공식 출간됩니다. 선인세는 2500달러입니다. 전화하면 이 멋진 소식에 관해 자세히 알려드리죠. 축하해요. 앞날에 펼쳐질 꽃길을 즐기세요.

4 P25

빌에게,

지급 조항이 적힌 계약서를 받아서 다 잘 사인했어요. 만약 『캐리』로 백만 달러를 벌어서 앞으로 제 인생이 핀다면…… 운전대에 부들부들한 분홍색 털

이 씌워져 있고, 백미러에 아기 신발이 달랑달랑 달린 커다란 노랑이 캐딜락을 타고 다닐 겁니다. 4채널 스테레오 테이프 플레이어가 내장되어 있고, 후드에는 사슴뿔이 장식된 뭐 그런 거 있잖아요. 젠장, 자본주의는 정말 멋지지 않나요? 대체 누가 저보고 세상과 담쌓은 젊은 작가라고 하는 거죠?
정말이지, 어서 빨리 다시 타이핑한 『캐리』 사본을 받아서 우리가 얘기 나눴던 수정 사항들을 확실히 못 박아버리고 싶어요. 글에 두어 가지를 추가할까 싶어 그간 이리저리 생각해 봤는데, 결국 안 하기로 했어요. 정말이지 글을 손보고 싶은 유혹은 끝도 없다니까요.
이제 우리 앞길은 집안 가득 촛불을 켠 듯 밝을 거예요. 당신이 저작권을 40군데 정도 다양하게 팔아주면 좋겠군요. 풍선껌 카드 제작 같은 데에 말이죠(다시 생각해 보니, 카드 얘기는 없던 일로 해 둡시다.).
그쪽 사람들에게 안부 전해주세요.

스티븐 킹 드림

추신-세상에, 양키스가 뉴욕에 떡하니 버티고 있는데 대체 누가 메츠를 응원하겠어요?

5 P38

* 편지
잰 카민스키
374 N. 올드 랜드 로드
일리노이주 레이크 취리히
60047

킹 씨에게,
『샤이닝』을 집어 든 이후 처음으로 평화를 얻었습니다. 이전 3일 동안에는 밤마다 나타나는 괴물들과 불을 끄면 침대로 스멀스멀 기어들어 오는 것들 때문에 밤잠을 설쳤거든요.
그런데 마침내, 잭이 술을 마시네요. (마음이 놓입니다.) 그런 거 아닌가요? 60와트짜리 램프 아래에서 당신의 책이 절 응시하고 있습니다. 더 읽어야 할지, 그만둬야 할지 제발 알려주세요. 정신이 위태로울 지경이니까요.

6 P53

어둠의 남자
"그러면 이제 가자, 너와 나……."
T. S. 엘리엇

태양이 내려치고
뜬 숯이 부서져
연기가 자욱한 길을 성큼성큼 걸었다
기차에 몰래 몸을 싣고

철로 부랑촌의 갠트리형 침묵 속에서
스터노를 태웠다
나는 어둠의 남자다.

기차에 몰래 몸을 싣고
모조 굴뚝을 달았다고
으스대는 절박한 집들을 지나쳐
바깥에서 소리를 들었다
칵테일 얼음 안쪽이 짤그락대는 소리를
닫힌 문이 세상을 부수는 동안—
그 위로 뜬 야만적인 낫 모양의 달이
빛의 뼈로 내 눈을 괴롭힌다.

나는 번쩍이는 늪에서 잠을 청했다
곤죽 악취가 올라와
썩어들어가는 사이프러스 밀동의
섹스 냄새와 섞이는 곳이자
침몰한 세례의 정신 영역에
마녀 불이 엉겨 붙은 곳에서—
그림자가 빨아들이는 소리도 들었다

너덜너덜한 기둥에
넝쿨이 들러붙은 집이
불쑥 튀어나온 버섯 같은 하늘에 말을 거는 곳에서.

주유소에서 밤새
차가운 기계에 동전을 먹였다
차들이 미친 듯 밀려드는 불길로
어둠 속의 6차로를 붉게 줄 그을 때,
식칼 같은 히치하이킹 바람을 마시며
갓길에서 엄지손가락을 반듯하게 뉘었고
안전유리 뒤쪽에서 히터를 켠 채
만족스러워하는 그늘진 얼굴들을 보았다
이 괴물 같은 공허의 요동치는 그림자 속에서
만족스러운 달처럼 떠오르는 얼굴들

태양의 중심만큼 차가운
증오와 외로움이 갑자기 번뜩이기에
나는 한 소녀를 밀밭으로 나포해
순결한 빵 옆에 나뒹굴어지도록 두었다
야만적인 희생이자
틀에 박힌 방식에
슬쩍 겨드는 이들에게 보내는 경고
나는 어둠의 남자다.
— 스티브 킹

1978년 5월 22일
『스탠드』의 교열본 관련 사항:

1) 등장인물들이 대화 중 'g' 발음을 생략할 때(간혹 서술문에서도 'g'가 생략됨), 문자가 생략됐음을 알리기 위해 통상적으로 사용하는 아포스트로피는 뺐습니다. 활자 조판 시, 해당 규칙을 따랐으면 합니다. 'them'을 '-em'으로 표기할 때나 'rock n roll', 그리고 'of'를 축약어 'o'로 표기한 경우도 마찬가지입니다. (예: "Hand me that pad o paper, Nick.")
2) U.S. 95 또는 U.S. 6 등으로 표기하지 말고, 제가 작성한 대로 모든 경우에 (온점 없이) US로 작업해 주세요.

감사합니다.
스티븐 킹

채리티는 저도 모르게 브렛을 향해 한 발 옮긴 뒤 멈췄다. 그녀는 몽유병자를 깨우면 영혼이 영영 육신으로 들어오지 못한 채 밖을 떠돈다든가, 미치거나 죽을 수도 있다는 세간의 미신은 믿지 않았다. 그 점에 관해서는 의사 그레섬이 그녀에게 따로 당부하지 않아도 되었다. 채리티는 포틀랜드 시립도서관에서 특별 대출로 책 한 권을 빌려두었지만, 사실 그것조차 필요 없었다. 몽유병자를 깨우면 일어나는 일이라곤 그 사람이 잠에서 깨는 것, 그 이상도 이하도 아니라는 지극히 당연한 사실을 그녀 내면의 상식이 말해주고 있었다. 아마 눈물을 흘릴 순 있겠지. 가벼운 짜증 정도 낼 수는 있겠지만, 그런 반응은 단지 정신이 혼란해져 나타나는 것뿐이리라.

하지만 채리티는 몽유병 증세를 보이는 브렛을 깨워본 적이 이제껏 단 한 번도 없었고, 지금조차 그럴 엄두가 나지 않았다. 지극히 당연한 상식과 비이성적인 두려움은 전연 별개였다. 그리고 오늘 아침, 그녀는 느닷없이 두려움이 엄습하는 것을 느꼈고, 도통 그 이유를 몰랐다. 브렛이 꿈을 꾸는 동안 실제로 개에게 먹이 좀 준다고 한들, 그 행동이 그리도 섬뜩할 건 또 뭔가? 브렛이 쿠조를 끔찍이도 걱정했던 걸 생각하면 무척이나 자연스러운 행동이었다.

브렛이 소스 그릇을 든 채 허리를 숙이자, 잠옷 바지의 흰색 허리끈이 떨어져 빨간색과 검은색이 섞인 평평한 리놀륨 바닥과 직각을 이루었다. 그는 느릿느릿 팬터마임 하듯 얼굴에 슬픈 표정을 떠올렸다. 그러곤 이내 중얼거렸다. 여느 잠꼬대와 마찬가지로 웅얼대며, 빠르게, 거의 알 수 없는 말을 뱉었다……. 아무런 감정도 실리지 않은 채로. 감정은 꿈이라는 고치 속에 죄다 갇혀 있었다. 그 모든 시간을 뒤로한 채 브렛을 다시금 오밤중에 걷게 할 정도로 생생한 어떤 꿈 말이다. 브렛이 잠결에 한숨 쉬듯 갑급하게 쏟아낸 말에는 애초에 감상적인 데가 전혀 없었지만, 그녀의 손은 목으로 향했다. 손에 닿는 목의 살이 차디찼다.

브렛이 한숨을 쉬었다. "쿠조는 이제 배가 안 고프네." 그는 다시 몸을 일으켜 소스 그릇을 가슴팍에 껴안았다. "쿠조는 이제 배가 안 고파, 이제 더는."

브렛은 카운터 옆에 잠시 움직이지 않고 서 있었다. 채리티도 부엌 문간에 가만히 서 있었다. 눈물 한 방울이 브렛의 얼굴을 타고 흘러내렸다. 그는 소스 그릇을 카운터에 올려놓은 뒤, 문을 향해 걸어갔다. 브렛은 눈을 뜨고 있었지만 (…)

《캐슬록》
1985년 1월, 스티븐 킹 뉴스레터, 1호

*****

이 잡지는 스티븐 킹 뉴스레터인《캐슬록》창간호다. 다작하는 작가 S. K.에 관한 최신 소식을 전달하는 것이 본지의 목표다.《캐슬록》은 매달 발행할 예정이며, 작가 관련 소식뿐만 아니라 잡다한 정보, 퍼즐, 서평, 광고, 콘테스트 등을 싣고, 바라건대 독자 기고문도 실으려고 한다.

*****

자주 들리는 질문에 답하자면, 우리가 아는 한 스티븐 킹의 공식 팬클럽은 존재하지 않는다. 뉴스레터에서 언급하겠지만, 많은 사람이 S. K.에게 다가와 팬클럽을 하나 직접 만들어도 되겠냐고 물어왔다. 하지만 킹은 팬클럽이 생기는 것을 썩 원치 않았고, 그래서 우리 또한《캐슬록》이 팬클럽처럼 변질되지 않기를 바란다. 그러니까 이 뉴스레터를 구독한다고 해서 8x10 사이즈의 광택지 포토 카드나 작가의 얼굴이 박힌 티셔츠 같은 것을 받아볼 수 없다는 뜻이다! 하지만 비공식 팬클럽 활동에 관한 이야기는 언제든지 환영이다. 회사 탕비실에서 삼삼오오 모여 얘기 나누는 소규모 모임이라도 좋다…….

*****

앞으로 몇 달간은 다음과 같은 내용을 전달할 예정이다.

S. K.의 차기작: 이제껏 '밤이 움직인다'라는 제목으로 알려진 『스켈레톤 크루』.『스티븐 킹 단편집』과 비슷한 형식의 단편 모음집이다. 대부분 선집이나 잡지에 출판된 적 있는 작품이며, 수록작은 다음과 같다. 「안개」, 「원숭이」, 「뗏목」, 「오토 삼촌의 트럭」, 「망자들은 노래하는가?」(S. K.가 붙인 원제 「리치」로 수록될 예정), 「호랑이가 있다」, 「카인의 부활」, 「토드 부인의 지름길」, 「조운트」, 「결혼 축하 연주」, 「비치 월드」, 「서바이버 타입」, 「신들의 워드프로세서」(《플레이보이》에서 「워드 프로세서」라는 제목으로 실렸던 작품), 「우유 배달부 2: 세탁 게임 이야기」, 「악수하지 않는 남자」, 「할머니」, 「우유 배달부 1: 아침 배달」, 「노나」, 「사신의 이미지」, 「고무 탄환의 발라드」, 두 편의 시 「편집증에 관한 노래」와 「오웬을 위하여」, S. K.가 쓴 서문과 후기. G. P. 퍼트넘 출판, 양장본 $18.95, 1985년 5월 출간.

현재 노스캐롤라이나에서 「캣츠 아이」 촬영이 진행 중이다. 드류 배리모어, 로버트 헤이스, 앨런 킹, 캔디 클라크, 케네스 맥밀런, 패티 루폰, 제임스 우즈, 제임스 너턴이 출연한다. S. K.이 각본을, 루이스 티그가 감독을 맡는다……. 「캣츠 아이」는 S. K.의 여러 단편(「금연 주식회사」와 「벼랑」을 기억하는가?)을 바탕으로 제작됐다. 최근 1차 편집본을 슬쩍 봤는데 무척이나 인상 깊었다. 예상 개봉일은 3월 중이다.

S. K.의 1983년 소설, 『늑대인간』에 기반한 영화 「악마의 분신」 제작 관련 논의도 진행 중이다. 디노 드로렌티스가 제작하고, S. K.이 각본을 말을 예정이다. 출연자 중 앨 삼촌(이 프로덕션에서는 '레드 삼촌'으로 불린다.)역에는 게리 부시(버디 홀리와 최근에는 베어 브라이언트를 연기한 배우)가 캐스팅됐

다. 애초에 『늑대인간』은 매우 소량으로 출판되었으므로 놓친 독자가 많으리라 생각한다. 그래서 영화 개봉에 맞춰 『늑대인간』 보급판을 출간할 계획이다. 항간의 소문에 의하면 보급판 책에는 오리지널 스토리뿐만 아니라 각본, 영화 스틸컷, S. K.의 후기글이 실릴 거라는데……

10 P154

*『자루 속의 뼈』 초고 원고

(…) 주차장을 가로질러 사고 현장을 향해 내달리던 중, 대뇌피질의 약한 혈관이 타이어 터지듯 팍 터져버렸다. 그렇게 그녀는 조절 중추가 핏속에 잠긴 채 사망했다. 보조 검시관이 말하길, 즉사는 아니었겠으나 충분히 빨랐기에 고통은 없었을 거라고 했다. 단 한 번의 거대한 암흑 폭발이면 충분했다. 미처 땅바닥에 부딪히기도 전에 그 모든 감각과 생각이 사라져 버리기까지는. 검시관은 또 다른 사실도 알려줬는데, 아마 실수로 알려준 것이 아닐까 싶다……. 확실히 적어도 검시관 입장에서는 내게 알려줄 이유가 없는 정보였다. 조는 라이트 에이드 주차장에서 숨을 거둘 때, 임신 6주 차였다고 했다. 장례식과 장례식이 있기까지의 나날들은 기억 속에 꿈처럼 희미하게 남아 있다. 그나마 가장 선명한 기억이라곤 조의 초콜릿 '선드라이'를 먹고 울었던 것이다……. 내가 운 이유는 그 맛이 얼마나 빨리 사라질지 잘 알고 있었기 때문이다. 조를 묻고 나서 며칠 뒤, 또 한 번 숨넘어가게 울어 젖힌 일이 있는데, 그 이야기는 곧 다시 들려주겠다.

11 P171

챕터 1: 주황색 모자를 쓴 사람

1

숲에서 한 남자가 나왔을 때, 하마터면 존시는 그를 쏠 뻔했다. 얼마나 아슬아슬했냐고? 개런드 소총 방아쇠에 1파운드, 아니 0.5파운드의 압력만 더 가했더라면 됐었다. 숫제 겁에 질려버리고 나면 이따금 정신이 번쩍 들기도 하는데, 그렇게 명료해진 정신으로 그는 주황색 모자와 주황색 안전 조끼가 눈에 들어오기 전에 쏴버렸다면 좋았겠다고 생각했다. 리처드 매카시를 죽인다고 해서 손해 볼 건 없었다. 오히려 득이 되면 됐겠지. 매카시를 죽였더라면 모두를 구할 수 있었을 터다.

2

피트와 헨리는 빵, 통조림 식품, 그리고 진짜 생필품인 맥주를 좀 쟁여두려고 가장 가까운 가게인 고슬린 마켓으로 가버리고 없었다. 가진 거로도 한 이틀은 거뜬하겠지만, 라디오에서 곧 눈이 내릴 거라고 했다. 헨리는 이미 튼실한 암사슴을 잡아뒀고, 존시가 생각하기에 피트는 사슴을 얼마나 잘 잡느냐보다 맥주가 충분하냐에 더 신경을 쏟는 듯했다. 피트 무어에게 사냥은 취미였고, 맥주는 종교였으니까. 비버도 어딘가 나와 있었지만 존시는 8km 이내에서 소총 쏘는 소리를 못 들었으니 비버도 아마 자기처럼 아직 사냥감을 기다리는 중이겠거니 했다.

야영지에서 64m 남짓 떨어진 곳에 서 있는 단풍 고목에는 스탠드가 있었다. 존시가 그곳에서 커피를 홀짝이며 로버트 파커의 추리 소설을 읽고 있을 때, 무언가 다가오는 소리가 들려서 그는 책과 보온병을 옆에 내려놓았다. 5년 전, 아니 3년 전만 해도 이런 상황이 오면 달뜬 마음에 커피를 왈칵 쏟아버렸겠지만, 이번엔 아니었다. 이번엔 심지어 몇 초를 들여 보온병의 밝은 빨간색 스토퍼를 돌려 닫는 여유도 있었다.

네 사람이 매년 11월 첫째 주마다 이곳에 와 사냥한 지도 20년이 되었다. 비버의 아버지가 네 사람을 데리고 온 것까지 합치면 그보다 더 되었을 거다. 그동안 존시는 단 한 번도 나무 스탠드를 거들떠보지 않았다. 모두가 그랬다. 너무 비좁았기 때문이다. 올해는 존시가 스탠드를 점찍었다. 다른 이들은 그 이유를 잘 안다고 생각했지만, 사실은 절반 정도밖에 몰랐다.

3월, 존시는 교사 일을 하던 케임브리지에서 길을 건너다가 차에 치였다. 두개골이 골절되고, 갈비뼈 두 대가 부러졌으며, 고관절이 박살 나 테프론과 금속이라는 이색 조합의 인공물로 대체해야 했다. 존시를 들이받은 남자는 보스턴대학교에서 역사를 가르쳤던 은퇴 교수였는데, 뭐가 됐건 그쪽 변호사 말로는 그 남자가 알츠하이머 초기 단계여서 처벌보다는 동정받아야 마땅하다고 했다. 얼마간 상황이 정리되고 난 뒤, 존시는 탓할 사람이 없다는 생각이 종종 들었다. 있다고 한들 무슨 소용이랴? 어찌 되었든 사고가 남긴 상흔을 안고 살아가야 하며, (그 모든 일을 다 잊어버리기 전까지) 사람들이 말하듯 여차하면 더 끔찍한 일이 벌어졌을 수도 있다는 사실을 위안으로 삼아야 하는 건 매한가지인데 말이다.

그리고 그건 사실이었다. 존시의 머리는 딱딱했고, 금 간 두개골은 아물었다. 하버드 광장에서 사고를 당하기까지 몇 시간 동안의 기억은 잃어버렸지만, (…)

감사의 말

이 책은 콰르토 출판사의 델리아 그리브, 헤일리 스토킹, 스티브 로스를 비롯해 통성명하지 못한 수많은 사람의 도움으로 탄생할 수 있었다. 이런 책을 만드는 데는 정말 엄청나게 많은 사람의 노고가 투입되는 법이니까!

지금은 은퇴했지만, 스티븐 킹의 개인 조수였던 마샤 드필리포에게 감사드린다. 지난 몇 년간 내게 훌륭한 정보원이 되어 주었다. 너무 귀찮게 굴고 싶지는 않았지만, 드필리포는 항상 내 물음에 대한 답을 갖고 있어서 어쩔 수 없었다. 줄리 유글리는 킹의 아카이브에 있는 최신 자료들을 제공해 주었다.

내 문학 대리인인 마이클 살티스는 모든 작가가 옆에 두고 싶어 하는 그런 사람이다. 작가로서의 내 미래를 눈여겨 봐주는 사람이 있다는 사실은 정말이지 한없는 용기를 선사한다. 아내인 메리 앤은 내 최고의 팬이고, 나는 언제까지고 앤의 것이다.

1979년, 나는 노바스코샤주의 핼리팩스에 있는 어느 중고 서점에서 『살렘스 롯』을 집어 들었다. 그날 샀던 다른 책들은 기억도 나지 않는다. 하지만 붉은 핏방울이 뿌려진 그 작고 검은 문고본을 집어 든 사건은 스티븐 킹 작품을 탐독하게 된 발단이었다. 그때 이후로 1년에 적어도 한 번씩은 킹의 새 소설을 읽는 기쁨을 누릴 수 있었다. 나는 킹이 로맨스 소설 작가였더라도 그의 책을 읽었을 것이라고 종종 말하곤 하는데, 왜냐하면 내가 사랑하는 건 킹의 인물들이기 때문이다. 수십 년간 즐거움을 선사해 준 킹에게 감사하다. 앞으로도 그의 작품을 많이 즐길 수 있기를 바란다.

STEPHEN KING:

A Complete Exploration of His Work, Life, and Influences

by Ben Vincent

First published in 2022 by Epic Ink,
An imprint of The Quarto Group.